블랙베리 파이

BLACKBERRY PIE MURDER

살인사건

조앤 플루크 지음 / 박영인 옮김

해문

블랙베리 파이

BLACKBERRY PIE MURDER

살인사건

등장인물

·······················

한나 스웬슨	'쿠키단지'라는 베이커리 카페 운영.
안드레아 토드	한나의 여동생, 부동산 중개인.
미셸 스웬슨	한나의 막냇동생.
노먼 로드	레이크 에덴의 치과의사.
마이크 킹스턴	위넷카 카운티의 경찰관.
리사 & 허브 비즈먼	한나의 어린 동업자와 경찰관 남편.
딜로어 스웬슨	한나의 어머니. 골동품점을 운영.
나이트 박사	레이크 에덴의 의사. 딜로어와 친구 사이.
로니	미셸의 남자친구.
칼리 리처드슨	미셸의 친구.
제니퍼 리처드슨	어린 시절 가출했다 돌아온 칼리의 언니.
로레타 리처드슨	칼리와 제니퍼의 어머니.
위니 헨더슨	레이크 에덴에서 농장을 운영.

"그래서 정말로 엄마 말을 믿었단 말이야?"

한나 스웬슨은 놀란 표정으로 동생을 쳐다보았다.

"그게…… 그랬지."

안드레아는 한나의 쿠키단지 제빵 작업실 스테인리스 작업대 앞 의자에 앉은 채로 살짝 몸을 비틀었다.

"그러니까 내가 다시 정리해볼게."

한나의 막냇동생인 미셸 역시 한나만큼이나 놀란 듯 보였다.

"결혼식 계획에 절대 간섭하지 않겠다는 엄마의 약속을 정말인 줄 믿었단 말이지?"

"그래, 바보짓 한 건 줄 알겠는데, 엄마가 테이블에 앉은 모두의 앞에서 이야기하셨다고. 완전히 진지한 얼굴로."

"당연히 진지하셨겠지…… 그때는."

한나가 동의했다.

"하지만 지금 문제가 되는 건 진지함이 아니라, 엄마의 성격이야. 엄마는 본인도 어쩌지 못하는 참견쟁이란 말이야."

미셸도 고개를 끄덕였다.

"엄마의 전적들을 떠올렸어야지. 정말로 엄마가 우리가 준비하는 대로 가만히 기다리고만 계시다가 결혼식에 짠하고 나서실 줄 알았어?"

"음…… 아니. 네가 그렇게 얘기하니까 또 달리 생각되긴 해. 하지만 엄마가 가을 예식이 좋다고 하셔서 내가 색깔도 가을 색깔로 골랐단 말이야. 청동빛 과꽃에 노란색과 주홍색의 국화를 준비했어. 엄마가 국화를 좋아하신다기에. 국화를 제일 좋아하신다고 얘기했던 게 바로 지난 주였다고!"

한나는 살짝 코웃음을 쳤다.

"아마 사실이었을 거야…… 지난주까지는. 하지만 이번 주는 이번 주지. 장미가 어떤지 여쭤보지 그랬어? 장미는 색깔도 다양하잖아."

"장미면 될까?"

안드레아가 물었다. 하지만 한나도 미셸도 대답하지 못한 채, 의심스러운 얼굴로 안드레아를 쳐다볼 뿐이었다. 그리고 거의 동시에 고개를 설레설레 저었다. 안드레아는 이내 웃음을 터뜨렸다.

"언니 말이 맞아. 엄마는 내가 고르는 꽃들은 전부 퇴짜를 놓으실 게 분명해. 적어도 오늘은 안 될 거야. 뭐, 그래도 장미는 한 번 권해봐야지."

"맞는 말이야."

미셸과 미소를 교환하며 한나가 말했다. 한나의 막냇동생은 여름방학을 맞아 집에 돌아왔고, 가을 학기가 시작되기 전까지 2주간 마을에 머물고 있었다. 전날 밤은 가족에게 큰 변화가 생긴 그녀의 친구 칼리 리차드슨과 시간을 보낸 참이었다.

"아까 왔을 때 물어본다는 걸 못 물어봤네."

안드레아가 미셸에게 말했다.

"제니퍼 리차드슨은 어떻게 지내?"

"생각보다 잘 지내고 있어. 한 번도 떠난 적 없는 것처럼 잘 적응했다니까. 제니퍼가 집에 돌아와서 로레타도 행복해 하는 것 같아. 칼리도 제니퍼가 마음에 든대. 하지만 칼리로서도 적응이 필요한 일이긴 해. 그녀 평생에 형제자매라곤 없었으니까."

"제니퍼가 가출했을 때 칼리가 몇 살이었지?"

"네 살. 거의 열 살 차이가 나는 거지. 제니퍼가 집을 나간 게 열네 살 생일파티 직후였다고 하니까."

"그래도 로레타가 잘 이겨내었던 모양이야?"

한나가 물었다.

"응. 칼리 말로는 제니퍼에게서 전화를 받았을 때에는 엄마가 충격이 컸대. 하지만 언젠가는 다시 집에 돌아올 거라고 굳게 믿고 있었다고 해."

지금껏 리차드슨 가족이 감내해야 했을 아픔들을 떠올리며 스웬슨가의 세 자매는 한동안 말이 없었다. 모든 일은 제니퍼가 갑작스레 집을 나가면서 시작되었다. 제니퍼가 집을 나간 지 6개월 되는 때에 로레타의 남편이자 칼리의 아버지인 웨스 리차드슨이 헛간의 건초다락에서 권총 자살로 생을 마감했고, 그 일 이후 가족의 상처는 더욱 깊어지고 말았다. 하지만 로레타는 그 모든 시련을 묵묵히 참아내며 웨스가 남겨준 생명보험금으로 칼리를 키웠고 역시 그 돈으로 트루디 직물점의 동업자가 되었다.

"혹시 내가 도울 일은 없는지 칼리에게 물어봐줄래?"

안드레아가 미셸에게 물었다.

"그래, 칼리한테 물어볼게."

"나도 마찬가지로 물어봐 줘."

한나가 말했다. 미셸과 칼리, 트리샤 바텔은 학창 시절부터 가까운 친구 사이였고, 한나 역시 칼리를 좋아했다.

"이제 엄마 오기 전에 얼른 결혼식 계획이나 얘기해보자."

한나는 서둘러 화제를 돌렸다.

"들러리 드레스는 어떻게 되어가고 있어, 미셸?"

"아직이야. 엄마가 우리 드레스를 꽃 색깔과 맞췄으면 좋겠다고 하셨는데, 아직 꽃을 결정 못했잖아. 클레어가 세 명의 드레스를 똑같이 맞추는 건 특별한 경우라 완성하는 데 적어도 3주는 걸릴 거라던데."

"그러니까 꽃부터 결정해야 한단 말이지."

손가락 끝을 톡톡 튕기는 안드레아는 우울한 표정이었다.

"엄마랑 얼른 협상을 끝내야지. 안 그러면 결혼식은 시작도 못해보겠어."

"그래도 피로연 메뉴는 결정됐잖아."

미셸이 애써 상황을 긍정적으로 바라보려는 듯 말했지만 한나의 난감한 표정을 눈치채고 말았다.

"설마 메뉴 결정도 아직이야?"

"엄마가 어제 전화해서는 스탠딩 립 로스트는 별로라잖아. 소고기도 안 된다, 돼지고기도 안 된다, 양고기는 물론이거니와 박사님이 좋아하는 락 코니쉬 게임 헨즈를 포함한 닭고기도 모두 퇴짜를 놓으셨어."

"그럼 생선만 남았군."

안드레아가 지적했다.

"그래서 샴페인 소스를 얹은 연어구이를 얘기해볼 생각이야. 샐리가 대량 주문도 가능하대어."

"연어라면 엄마도 좋아하실 거야."

미셸이 말했다. 하지만 표정은 여전히 떨떠름했다.

"좋다고 하시겠지?"

"아마 곧 알 수……."

뒷문에서 명쾌한 노크소리가 들리자 한나가 하던 말을 멈추었다.

"분명 엄마일 거야. 안드레아, 네가 좀 나가볼래? 그리고 미셸, 너는 내가 초콜릿 체리 쿠키를 접시에 담는 동안 엄마에게 커피 한 잔 갖다드려. 엄마가 좋아하는 쿠키 몇 조각 있으면 한결 협조적으로 나오실 거야."

한나가 접시에 쿠키를 담고 나자 작업실 문이 열리고 안드레아가 엄마에게 인사하는 소리가 들렸다.

"내 생에 이렇게 당황스럽기는 처음이구나!"

딜로어 스웬슨이 마치 허리케인과 같은 힘으로 벌컥 작업실에 들어섰다.

"정말이지 어이가 없어!"

"앉으세요, 엄마."

안드레아가 작업대 앞 의자를 가리켰다.

"커피 여기 있어요, 엄마."

미셸이 엄마 앞에 머그잔을 내려놓았다.

"엄마 좋아하는 쿠키도요."

한나도 덧붙이며 접시를 엄마에게 내밀었다.

"너무 속상해서 뭘 먹을 기분이 아니구나. 앉을 기분도 아니고. 커피도 넘어가지 않을 것 같다."

세 자매는 혼란스러운 눈빛을 주고받았다. 엄마는 확실히 어딘가 불안한 모습이었다. 집을 나설 때면 늘 완벽한 옷차림과 머리 스타일을 고수하는 엄마였는데 오늘 아침에는 목에 두른 스카프가 비뚤어져 있고, 블라우스 자락도 치마에 군데군데 삐져나와 있었다. 그리고 무엇보다 놀라운 것은 화장을 전혀 하지 않은 맨얼굴이라는 사실이었다!

"화장을 안 하셨네요."

한나가 엄마의 덜 완벽한 외모에 대해 이야기를 꺼냈다.

"너희들한테 보여주려고 서둘러 오다 보니 화장할 시간이 없었다. 너희들 이 끔찍한 것 봤느냐?"

한나는 엄마가 머리 위로 마치 곤도처럼 휘두르고 있는 신문에 시선을 고정했다.

"그거 레이크 에덴 신문이에요?"

한나가 위험스럽게 추측해보았다.

"그래! 로드 멧칼프와 다시는 말도 섞지 않을 거다!"

엄마는 마을 신문사의 사장이자 편집자의 이름을 언급했다.

"그 사람, 정말이지…… 풀밭에 기어다니는 뱀 같은 인간이더구나!"

한나는 먼저 나서서 물어보고 싶지 않았지만, 동생들 모두 가만히 있는 터라 혼자 총대를 멜 수밖에 없었다.

"무슨 말씀이신지 모르겠어요, 엄마. 로드가 어쨌길래요?"

"그 인간이 이걸 썼지 뭐냐!"

엄마가 스테인리스 작업대 위로 신문을 철썩 내려놓았다.

"읽어보면 무슨 얘긴지 알 거다!"

한나는 신문을 흘끗 내려다보았다.

"조단 고등학교 팀, 연속 세 경기 우승?"

한나가 눈에 띈 헤드라인을 크게 읽으며 물었다.

"그거 말고!"

"로레타 리차드슨은 딸이 돌아오리라는 희망을 단 한 번도 놓은 적이 없다?"

"그것도 아니야! 그 아래 기사를 읽어보거라. 내 평생 이런 모욕감은 처음이구나!"

"다음은 언제가 될까? 아무도 모르지롱!"

한나가 아랫부분에 있는 기사의 헤드라인을 큰 소리로 읽었다.

"그래! 그 인간이 우리를 아주 대놓고 놀려댔더구나! 너희들은 어떡할 건지 모르겠다만 난 집에 들어가 커튼을 모두 쳐놓고 밖에 한 발자국도 나오지 않을 생각이다! 사람들의 조롱거리가 되긴 싫으니까!"

한나의 동생들은 호기심 어린 눈빛으로 한나 쪽을 살폈고, 한나는 기사를 큰 소리로 읽기 시작했다.

"스웬슨가의 일원이 또 다른 피해자의 시체를 발견하지 않은 지 4개월이 넘었다."

엄마가 이내 손을 들어 한나를 말렸다.

"한 번 읽은 걸로 족하다, 나는. 더 이상 듣고 싶지 않구나!"

"알겠어요."

한나는 대답했다. 하지만 속으로는 '아무도 모르지롱' 이라는 로드의 헤드라인과 피해자 시체를 언급한 그의 기사가 재치있다고 생각되는 것은 어쩔 수 없었다. 막대한 인내를 필요로 했음에도 불구하고 한나는 엄마 앞으로 접시를 더 가까이 밀며 제법 엄중한 표정을 지었다.

"엄마를 위해 특별히 만든 거예요."

"알았다, 얘야. 그럼 하나만 먹어보마. 네 성의를 생각해서 말이다."

엄마가 쿠키를 향해 손을 뻗는 것을 보며 한나는 안도의 한숨을 내쉬었다. 초콜릿의 엔도르핀이 진정효과를 발휘해줄 것이다. 그런 다음 한나는 작업대 위에 신문을 펼친 다음 동생들을 불러 모아 함께 조용히 기사를 읽었다. 기사는 헤드라인에서 느껴지는 기조를 비슷하게 유지하며, 왓슨 코치의 경우를 제외하고, 레이크 에덴의 다른 모든 살인사건 피해자들은 스웬슨가의 누군가에 의해 발견되어왔다는 점을 지적하고 있었다. 심지어 야구경기의 시합 결과표와 똑같은 것을 만들어 제일 많은 사건 해결의 홈런을 날린 사람을 한나로 기록한 뒤 그 뒤를 이어 엄마와 안드레아의 이름을 기재했다. 미셸은 스트라이크 아웃으로 제일 마지막 칸에 기재되어있었다. 시합 결과표 밑에는 위넷카 카운티의 경찰서장이자 안드레아의 남편인 빌 토드의 말을 인용해 살인사건 발생률이 감소한 덕분에 경찰의 업무가 경범죄에 대한 체포 영장 발부 및 재판에 나타나지 않는 사람들 추적에 이르기까지 다소 경미해졌다고 실었고, 그 다음에는 한나의 남자친구인 마이크 킹스턴 형사의 말을 인용해 그의 살인사건 수사가 서류작업 정도로 축소되었다고 말한 내용을 실었다. 또한 역시나 마이크의 말을 인용해 살인사건 피해자를 찾아내는 한나의 기묘한 능력, 마이크의 표현대로라면 한나의 '사건 레이더'가 더 이상 제대로 작동하지 않아 한나가 조금 위축되어 지낸다는 내용도 실려있었다.

기사를 다 읽고 난 세 자매 사이에 한동안 어색한 침묵이 흘렀고, 이내 한나가 입을 열었다.

"이런 걸로 기분 나빠할 필요 없어."

한나는 방금 읽은 기사를 긍정적으로 해석하려 애쓰며 말했다.

"최근 다룰 만한 기사거리가 없으니까 이런 얘기로 우스갯소리 한 번 한 거지, 뭐."

"우습다니, 천혀!"

엄마가 냉랭한 어조로 말했다.

"이건 잔인한 기사다. 박사도 이 기사를 읽고 난 뒤에 나만큼이나 당혹스러워 하더구나. 결혼 얘기를 없던 걸로 하자고 해도 원망할 수 없을 게다!"

"박사님이 그러실 리 없죠."

한나가 말했다.

"박사님이 엄마를 사랑하시는 거 아시잖아요. 이 기사가 로드의 또 다른 풍자글에 지나지 않는다는 걸 충분히 알고 계실 거예요. 이걸 진지하게 받아들일 사람은 아무도 없어요, 엄마."

한나는 동생들을 향해 고개를 돌렸다.

"안 그래?"

"맞아!"

미셸이 재빨리 동의했다.

"레이크 에덴 사람이라면 로드가 이상한 유머감각의 소유자라는 사실을 모르는 사람이 없을 거야."

안드레아가 말했다.

"우리 그이가 서장으로 승진하고 나서 신문에 실었던 이상한 사진 기억나지?"

" '한창 날리던 시절의 경찰서장' 이라는 제목으로 실렸던 것 말이지?"

한나는 할로윈 때 빌이 은행강도 복장을 한 채 트레시와 트레시의 친구들을 데리고 집집마다 사탕을 얻으러 다녔을 때 찍혔던 사진을 떠올리자 입가에 절로 웃음이 지어졌다.

"그래, 빌도 당연히 농담으로 받아들였어. 재미있다고까지 했으니까. 경찰서에 있는 사람들 전부 그렇게 생각하고 말았다고."

"그거랑은 달라!"

엄마가 무시무시한 눈빛으로 안드레아를 쏘아보았다.

"너희들은 이게 재미있다고 생각하는 모양인데, 난 더 이상 마을에서 얼굴을 들고 다닐 수 없을 것 같구나!"

자매는 다시 시선을 주고받았지만, 아무도 논쟁의 핵심을 짚어내려 하지 않았다. 엄마는 또다시 쿠키를 향해 손을 뻗고 있었지만, 기분은 여전히 최악인 듯했다. 몇 초간 침묵이 이어지더니 마침내 미셸이 입을 열었다.

"리사는 어디 갔어?"

화제를 돌려보려는 시도인 듯했다.

"시릴의 정비소에."

한나가 말했다.

"차 수리가 7시쯤에 끝난다고 해서 허브가 출근하면서 내려주기로 했대."

안드레아가 부엌 벽에 걸린 시계를 쳐다보았다.

"8시 30분이야. 시릴이 제 시간에 수리를 못 끝냈나본데."

"놀랄 일도 아니지."

엄마가 실소를 터뜨렸다.

"지난번에 엔진오일 교환 때문에 차 수리를 맡겼는데 이틀이나 걸렸지 뭐냐. 근데 리사는 차를 뭣 때문에 맡겼다더냐?"

엄마가 쿠키를 향해 세 번째 손길을 뻗자 한나는 마음이 한결 가벼워졌다.

"연료펌프가 고장났대요. 9시까지 수리가 안 끝나면 전화 준다고 했는데."

그때 마치 약속이라도 한 듯, 전화벨이 울렸고 미셸이 일어나 수화기를 들었다. 한나는 미셸의 대화 끝머리를 듣고 있다가 자리에서 일어나 자동차 열쇠를 집었다.

"아직이래?"

미셸이 전화를 끊자마자 안드레아가 물었다.

"응, 언니가 데리러 갈 거면 가게 오픈 준비는 내가 할게."

"나도 도와줄게."

안드레아도 덧붙였다.

"커피 따르고 사람들이랑 얘기 나누는 건 자신 있으니까."

엄마가 고개를 끄덕였다.

"나도 도우마. 하지만 난 내내 작업실에 있을 거다. 그래야 로드의 그 흉포한 기사 얘기는 하지 않아도 될 테니 말이다. 내가 진열대 단지를 채울 테니, 너희들이 홀까지 나르면 되겠어."

"모두 고마워요."

한나는 진심을 담아 말했다. 가족들은 한나에게 도움이 필요할 때면 언제나 선뜻 나서주었다. 창문 밖을 내다본 한나는 하늘이 흐린 것을 확인하고는 얼굴을 살짝 찌푸렸다.

"설마……."

그때 밖에서 쿠구궁 소리가 들렸고, 한나는 하던 말을 멈추었다. 그리고 잠시 후 번쩍하는 섬광이 하늘을 갈랐다.

"우산을 가져가야겠구나, 얘야."

엄마가 말했다.

"여기 오는 길에 차에서 KOOW 라디오를 들었는데, 래인 필립스가 오늘 아침에 여름 폭풍우가 몰려올 확률이 60퍼센트라고 하더라."

"100퍼센트라고 했어야 했는데."

안드레아가 말했다. 그때 창틀에 빗방울이 똑똑 떨어지기 시작했다.

한나는 뒷문 옆에 놓인 옷걸이에서 우산을 꺼냈다.

"서둘러야겠어. 리사한테 전화가 오면 내가 가는 중이라고 얘기해줘. 차에 여분 우산도 챙겼다고 말이야."

"잠깐."

막 나서려는 한나를 엄마가 붙잡았다.

"왜요?"

한나가 엄마를 향해 고개를 돌렸다.

"시릴의 정비소까지 가는 길에 또 다시 시체를 발견하지 않겠다고 나랑 약속하라."

엄마의 얼굴에 서린 미소가 한나는 반가웠다. 쿠키 안에 든 초콜릿이 제 역할을 해낸 것이다. 엄마에게 평소의 유머감각이 되돌아오고 있었다.

"약속할게요."

한나가 대답했다.

"돌아오는 길에도 마찬가지다."

"알았어요, 엄마."

한나는 약속하고는 비가 내리는 문밖으로 나섰다.

8월의 비 내리는 아침은 한나가 쿠키단지의 뒤편 주차장을 빠져나오자마자 온갖 난제들을 던져주었다. 후텁지근한 공기 때문에 한나의 트럭 차창이 뿌옇게 흐려지기 시작한 것이다. 골목의 끝에 다다랐을 때는 시야를 확보하기 위해 손으로 앞 차창을 닦아야 했을 정도였다. 한나는 또다시 차창에 김이 서리는 것을 방지하기 위해 운전석 쪽 창문을 조금 내렸다. 그러자 곧 비가 들이쳤지만, 비 조금 맞는 것이 앞이 보이지 않아 멀쩡한 건물이나 차와 충돌하는 것보다 훨씬 나았다.

당연히 에어컨은 작동되지 않았다. 에어컨이 멀쩡하게 작동될 때는 정작 찬바람이 필요 없는 겨울철뿐이었다. 게다가 히터는 오히려 여름에 더 잘 돌아갔다. 차창에 김이 서려 길을 제대로 보지 못할 바에는 왼팔 소매쯤 젖는 것은 일도 아니다.

"그래도 안경은 안 썼으니 다행이지, 뭐."

퍼스트 거리에서 우회전을 한 뒤 시릴의 정비소로 향하는 고속도로를 향해 달렸다.

고속도로에서는 빨라진 속력 때문에 비가 더 이상 들이치지 않았고, 한나는 안도의 한숨을 내쉬었다. 하지만 원하는 만큼 달릴 수는 없었다. 한 주 넘게 비가 내리지 않았던 터라 아스팔트는 매일같이 이 길을 달리는 트럭에서 새어나온 기름으로 반질반질했다. 번개가 번쩍일 때마다 빗줄기로 젖은 도로의 표면이 함께 번쩍였고, 우르릉거리는 천둥 때문에 라디오 소리를 잘 들을 수 없었다.

하늘에 사는 거인들이 볼링을 치는가 보군. 한나는 어린 시절 번개소리에 무서워할 때면 아빠가 들려주었던 이야기를 떠올렸다. *그럼 번쩍거리는 건 왜 그래요?* 그때 한나는 번개에 대해 아빠에게 물었더랬다. *그건 거인들이 치는 볼링공에는 불빛이 들어있기 때문이지.* 아빠는 그렇게 대답했다. 그때부터 한나는 매년 크리스마스 때마다 안에 불빛이 든 볼링공을 선물로 받게 해달라고 기도했다. 물론 어느 정도 나이가 든 다음에는 그 이야기들이 아빠의 상상 속에서 나온 것들이라는 사실을 깨닫고 말았지만.

리사는 안에서 줄곧 바깥을 지켜보고 있었던 듯 한나의 트럭이 멈춰서자마자 신문을 우산 삼아 머리 위로 받치고는 밖으로 달려나왔다.

"늦겠어요."

조수석에 올라타며 리사가 말했다.

"벌써 9시가 다 됐는데."

"괜찮아. 안드레아랑 미셀이 대신 오픈 준비 해주기로 했어. 진열대도 엄마가 맡아서 준비해주기로 했고. 걱정할 필요 없어."

"아, 다행이네요!"

리사가 안전벨트를 맸다.

"시릴이 지금쯤이면 작업을 끝낼 것으로 생각했는데, 제조사에서 연료 펌프를 잘못 보낸 바람에 새것으로 다시 주문을 했대요. 5시까지는 완료 해주겠다고 하니까 퇴근할 때 들러서 찾아가면 되겠어요."

"그럼 이따 또 데려다줄게."

한나는 리사가 계기판 위에 던져놓은 신문을 흘낏 쳐다보았다.

"그거 레이크 에덴 신문이야?"

"네, 마을에 있는 신문들은 전부 사들여야 하겠어요. 그래야 한나 어머님이 기사를 못 보실 테니까요."

"이미 늦었어. 오늘 아침에 신문을 휙휙 휘두르면서 오셔서는 아주 열을 내셨는걸."

"이해해요. 근데 로드가 좀 웃겨보려고 할 때면 엄청 오버하는 것 다들 알잖아요. 여기 오기 전에 충분히 달래드린 것 맞죠?"

"그런 것 같아. 초콜릿을 입힌 체리 쿠키를 네 조각이나 드셨으니까."

"그걸로 효과가 있었어요?"

"아마도. 가게에서 나오기 전에 엄마가 웃으면서 나한테 또다시 시체를 발견하지 않겠다고 약속하란 말씀까지 하셨으니까."

"그렇다면야."

리사가 얼굴을 살짝 찌푸렸다.

"결혼식 계획 모임에 불참해서 죄송해요. 근데 불참하는 게 더 나았는지도 모르겠어요. 결혼식 케이크며 테이블 장식까지 더 이상 아이디어가 생각나지 않거든요. 결혼식 주요 색상조차 정해지지 않은 상태에서 뭔가를 계획한다는 게 너무 어려워요."

"괜찮아. 어차피 모임은 하지 못했으니까."

한나는 다시 고속도로로 접어드는 입구에 들어섰지만, 이내 자갈길로 이어지는 우회도로로 빠졌다.

"고속도로로 안 가요?"

"와이퍼가 고장 나서 옆에 차가 지나갈 때마다 앞이 전혀 안 보여. 시내까지 뒷길로 가는 게 나을 것 같아."

"전 상관없어요."

리사는 창문을 내리고 시원한 공기를 호흡했다.

"그러다 젖겠어."

한나가 경고했다.

"가게에 새 블라우스 있어요. 차 안이 마치 사우나 같잖아요. 온도조절시스템이 작동 안 돼서 어떡해요."

한나는 웃음을 터뜨렸다.

"무슨 온도조절시스템? 이 트럭이 처음 나왔을 땐 그런 단어는 존재하지도 않았어. 그런 게 있었어도 아마 진즉 고장이 났을 거야. 그래도 히터는 마이크가 대충 고쳐놓긴 했는데, 에어컨은 계속 말썽이네. 시릴 말로는 통째로 수리를 해야 한다는데, 워낙 오래된 트럭이라 돈 들여봤자래."

"그럼 새 쿠키 트럭을 사야 할 때가 온 건가요?"

"좋지, 하지만 아직은 형편이 안 돼. 아직도 아파트 대출 이자를 내고 있는 판국에 차 대출금까지는 무리거든."

"알 만해요. 저희도 연료 펌프가 고장났을 때 새 차를 살까 생각해봤는데, 가능하면 더 타보는 것으로 결론 내렸어요."

"나랑 같네. 나도 이 트럭으로 좀 더 버텨볼……."

그때 머리 위로 천둥이 큰 소리로 쿵쿵거렸고 한나는 하던 말을 멈추었다. 창문을 올리자 차 안은 한결 조용해졌지만, 대화의 용이성보다는 바깥에서 불어오는 시원한 바람의 혜택이 더 그리웠다.

"…… 생각이야."

한나가 말을 끝마쳤다.

근처 들판의 한 나무 위로 번개가 번쩍거리자 리사는 살짝 탄식했다.

"날씨가 정말 험하네요."

이어지는 천둥에 리사는 귀를 막았다.

"그것 때문에도 뒷길을 택한 거지."

천둥소리가 절정을 치달은 후 다시금 옅어지자 한나가 말했다.

"이 길은 길가에 나무들이 쭉 서 있어서 혹시 번개가 떨어지더라도 나무들이 방패막이가 되어줄 수 있거든."

"그럼 우린 번개 맞은 나무가 앞을 가로막을 일만 걱정하면 되는 건가요?"

"그렇지."

한나는 트럭 천장에 떨어지는 빗줄기 소리에 잠시 귀를 기울이다가 이내 슬쩍 웃음을 지었다.

"그리고 길이 떠내려가지 않을까 하는 걱정 정도?"

"그건 걱정하지 않아도 될 것 같아요. 고작 비가……."

또다시 천둥소리가 울렸고 리사가 말을 멈추었다가 다시 이어나갔다.

"30분 조금 못 되게 내렸을 뿐인데요."

길이 넓어지자 한나는 속도를 올렸다가 가로수 길에서는 속도를 줄였다.

"어쨌든 이 길에서 우리가 가장 키 큰 물체가 아니라 다행이야."

두 여자는 네모난 철제 고치에 안전하게 자리를 잡은 채 차 밖에서 번쩍이는 전기와 함께 폭풍이 으르렁거리는 소리에 귀를 기울이며 잠시 침묵에 잠겼다. 이윽고 리사가 입을 열었다.

"과연 오늘 가게에 손님이 들지 모르겠네요."

"아마 많이는 안 올 거야."

"제 생각도 그래요. 그렇담 커피 한 잔 마시면서 한나 어머님 결혼식 계획 말고 다른 주제에 대해 이야기할 짬도 있겠어요."

"반가운 얘기야."

또다시 넓은 길이 나오자 한나는 운전대를 단단히 쥐었다. 번쩍거리는 번개에 눈이 부실 지경인데다 쾅쾅거리는 천둥은 소리만으로도 무시무시했다. 도로의 나지막한 곳에 고인 물웅덩이를 피하기 위해 트럭을 요리조리 몰았는데도, 트럭 끄트머리가 웅덩이에 걸려 조금 미끄러지고 말았다. 그때 급격한 커브길이 나왔고 한나는 가까스로 운전대를 돌렸다.

"조심해요!"

길 한가운데 떨어져있는 커다란 나뭇가지를 발견한 리사가 소리쳤다.

"꽉 잡아!"

한나는 장애물을 발견하자마자 소리치며 있는 힘껏 브레이크를 밟았다. 나뭇가지를 피하느라 운전대를 트는 바람에 트럭은 또다시 축축한 자갈길 위로 미끄러졌고, 갓길에서 앞 범퍼가 무언가와 부딪히면서 쿵하고 소름 돋을 만큼 큰 소리가 났다.

한나는 조카들 앞에서라면 결코 내뱉지 말아야 할 욕설들을 중얼거렸다.

"미안, 리사. 괜찮아?"

"괜찮아요. 빨리 달리지도 않았잖아요. 방금 중얼거린 것도 걱정 말아요.

저도 같은 심정이니까요. 그나저나 아까 그 나뭇가지에 부딪힌 거예요?"

"그건 아닌 것 같아. 나뭇가지는 확실히 피했거든. 다른 거랑 부딪혔어."

한나는 앞 유리창에 낀 김을 닦았고, 리사 역시 마찬가지로 김을 닦았다. 그런 뒤 두 사람은 비가 세차게 내리치는 밖을 살폈다.

"뭐가 보여?"

"잘 안 보이는데, 저기 밝은 색깔의 뭔가가 있는 것 같아요. 근데……."

번쩍이는 번개에 리사는 하던 말을 멈추었다가 이내 흐느끼듯 말했다.

"어머, 한나! 사, 사람 같아요!"

일심동체가 된 듯, 두 사람은 얼른 차 문을 열고 빗속으로 뛰어내렸다. 한나는 수도꼭지를 틀어놓은 듯 뺨 위로 세차게 내리치는 빗줄기가 전혀 느껴지지 않았다. 얼마간을 멍하니 서 있었는지 두 사람이 있는 곳에서 멀지 않은 위치에 또다시 번개가 내리쳤다. 한나는 미동도 없이 자갈길에 쓰러져있는 형체에 집중하려 애썼다.

"정확히 뭔지…… 어머, 세상에!"

트럭 앞으로 달려간 리사는 심하게 떨고 있었다.

"남자예요, 한나! 이 남자…… 죽은 것 같아요!"

공황에 빠진 리사의 목소리가 들렸지만, 한나는 어떻게든 침착하려 애썼다. 남자 옆에 차분하게 무릎을 꿇고 차갑게 젖은 손가락으로 맥을 짚어보았다. 잠시 생명의 기운이 느껴지는 듯했지만, 이내 남자의 목이 비정상적인 각도로 꺾인 것을 확인한 순간 희망은 순식간에 달아나버리고 말았다.

"이 남자 정말……?"

리사가 또다시 물었다.

"죽었어."

한나가 대답했다.

리사는 힘겹게 침을 삼켜내리고는 또다시 물었다.

"누구일까요?"

"모르겠어. 처음 보는 사람이야."

"외지인이로군요."

리사가 떨리는 목소리로 말했다.

"어서, 리사."

한나는 자리에서 일어나 다시 트럭 뒤로 돌아가며 리사에게 손짓했다.

"얼른 경찰서에 신고해야겠어."

잠시 후, 신고를 마친 뒤 한나와 리사는 각자의 자리에 앉아 차창에 육중하게 부딪히는 빗줄기를 바라보며 한동안 말을 잃었다. 거친 빗줄기에 나뭇가지 세 개가 낮게 내려앉았고, 천둥은 여전히 선사시대 야수처럼 으르렁거렸으며, 번개는 순간순간의 시간을 정지시키며 쉴 새 없이 번쩍거렸다. 거칠고 야비한 폭풍우였다. 두 사람으로서는 차 안에서 폭풍우를 피할 수 있는 것이 다행이었다.

"어디 가요?"

한나가 뒷좌석에서 우산을 집어 들고 운전석 문을 열자 리사가 물었다.

한나는 대답하지 않았다. 적당한 말을 찾을 수가 없었다. 고개를 숙이고 시선은 땅에 고정한 채 한나는 트럭 앞으로 가 우산을 펼치고 죽은 남자의 얼굴 위에 씌워주었다. 이런 폭풍우에 홀로 내버려지고 싶은 사람은 아무도 없을 것이다. 마음이 편치 않았다.

한나가 다시 트럭에 올라탔을 때 리사는 눈물을 흘리고 있었다. 리사는 한나의 손을 가만히 잡아 몇 번 토닥이고는 가방에 손을 넣어 티슈를 찾았고, 한나는 콘솔을 열어 티슈 상자를 꺼내 리사에게 건네주었다.

"좋은 생각이었어요."

리사는 눈물을 닦았다.

"당연히 그렇게 해야지."

한나는 대답한 뒤 스스로도 주체할 수 없을 만큼 고개를 흔들었다. 이건 비 때문이고, 추위 때문이고, 그리고 입고 있는 젖은 옷 때문이다. 그리고 또, 쿠키단지에서 엄마와 했던 약속에도 불구하고 또다시 시체를 발견하고 말았다는 사실 때문이다. 심지어 이번에는 사람을 죽이기까지 했다!

사고가 난 곳에서 병원은 고작 몇 마일밖에 떨어져있지 않았기 때문에 금세 구급차가 도착했다. 한나는 운전석에 앉아 노란색의 비옷을 입고 비 모자를 쓴 나이트 박사님이 남자의 바이탈 사인을 확인하는 모습을 지켜보았다. 박사님은 워낙 신중한 사람이라 확인하는 데는 시간이 조금 걸렸다. 곧 박사님은 한나가 있는 쪽으로 다가오기 시작했고, 그의 어두운 표정은 나쁜 결말의 확신을 주기에 충분했다.

　"죽었어요?"

　최악의 상황에 두려움을 느끼며 한나가 물었다.

　"그래."

　하지만 박사님이 미처 한나의 어깨를 두드리기도 전에 마이크 킹스턴과 로니 머피가 다가섰다. 마이크와는 때때로 데이트를 즐기며 만날 때마다 설렘을 느끼기도 하는 사이지만, 오늘은 상황이 완전히 달랐다. 정확한 이유는 모르겠지만 사고에 대한 상심과 죄책감, 그리고 무엇보다도 상대방 남자가 죽었다는 사실 때문인 듯했다. 되돌아 생각해보아도 전혀 예측할 수 없고, 피할 수도 없는 사고였지만, 그래도 절망스럽기는 마찬가지였다. 사고에 대한 충격과 옷이 흠뻑 젖은 탓에 느껴지는 오한으로 사정없이 떨고 있는 지금, 제아무리 남자친구라고 해도 즐거운 마음이 들 리 없었다.

　"한나."

　마이크의 목소리는 어떤 상황에서 듣게 되더라도 순식간에 행복해질

24

만큼의 따스함이 깃들어있었다.

"어떻게 된 거에요, 한나?"

"비가 심하게 내렸어요. 그렇게 빨리 달리진 않았는데, 떨어진 나뭇가지를 피하려다가 트럭이 미끄러졌고……."

"잠깐만요."

마이크가 한나의 팔을 꼬옥 잡으며 말한 뒤, 자신의 수첩을 꺼냈다.

"처음부터 얘기해봅시다. 작은 것 하나도 빠트리지 말아야 해요. 리사? 리사는 경찰차에서 로니가 진술을 받을 겁니다, 그러니 로니를 따라가요."

조수석에서 내리는 리사를 바라보며 한나는 부디 떠나지 말라고 리사를 붙들고 싶은 충동이 일었다. 하지만 미처 충동을 행동으로 옮기기 전에 마이크가 한나의 어깨를 토닥였다.

"괜찮아요. 다 괜찮을 겁니다, 한나. 무슨 일이 있었는지를 처음부터 하나씩 차근차근 얘기해봐요."

사고가 일어났던 경위를 자세하게 설명하는 동안 시간은 거북이걸음을 하는 듯 느껴졌다. 그리고 이어서 마이크가 질문하기 시작했다. 질문과 답변은 쉴 새 없이, 그리고 끊임없이 이어졌고, 한나는 다 그만두고 집으로 돌아가 침대에 몸을 눕힌 다음 이불을 머리 위까지 뒤집어쓰고 싶었다. 이건 사실이 아니야. 그럴 리가 없어. 오늘 아침에 일어났을 때만 해도 하늘은 쾌청했고, 기분도 좋았단 말이다. 근데 네 시간도 채 지나지 않은 지금 사람을 죽였다는 죄책감에 괴로워하고 있다니, 이게 현실이라니!

"그만, 마이크. 그걸로 충분하네."

나이트 박사님이 한나의 열린 차창으로 다가와 말했다.

"이제 그만 한나와 리사를 가게에 데려다줘야겠어."

"하지만 아직 끝나지……."

"그만하면 됐어."

박사님이 한나를 지그시 바라보았다.

"가게에 갈아입을 옷이 있던가?"

한나는 고개를 끄덕였다. 이가 딱딱 부딪히는 탓에 제대로 대답하기가 힘들었다.

"그렇담 다행이군. 내 차에 히터를 틀어뒀어. 리사는 벌써 차에 가 있고. 트럭 열쇠는 마이크에게 맡기고 어서 내려서 내 차로 가. 내가 금방 갈 테니."

박사님은 마이크를 쳐다보았다.

"트럭은 조사가 끝나는 대로 한나에게 갖다줄 수 있겠지?"

"네, 하지만 정말로 아직……."

마이크는 항변하려 했지만, 박사님은 고개를 가로저었다.

"뭐가 남았는지 모르겠지만, 그건 나중에 가게에서 하게. 두 사람 다 흠뻑 젖어 떨고 있지 않나. 심각한 정신적 충격으로 인해 두 사람이 폐렴에라도 걸리면 어떡할 건가? 자네가 책임지고 싶진 않겠지, 안 그래?"

"물론입니다. 하지만……."

"좋네!"

박사님은 운전석 문을 열고 한나가 차에서 내리는 것을 도와주었다.

"어서 가, 한나. 얼른 현장에서 벗어나게나. 이게 이 의사의 처방이야."

"오, 한나!"

박사님이 한나와 리사를 데리고 작업실로 들어서자 엄마가 울음 섞인 탄식을 뱉었다.

올 것이 왔어. 한나는 마음의 준비를 위해 심호흡을 했다. 또다시 시체를 발견했을 뿐만 아니라, 이번에는 그 시체를 내가 만들었다.

"죄송해요, 엄마."

한나가 말했다.

"뭐가 말이냐?"

"다시는 시체를 발견하지 않겠다고 약속했는데 말이에요."

"바보같은 소리 말거라, 얘야. 그건 살인사건 피해자 얘기를 한 거였 잖느냐. 두 사람이 무사하니 얼마나 다행이냐!"

"그건 다행이지만, 세 사람을 치다니, 정말 끔찍해요. 길에 떨어진 나뭇가지를 피하려던 것뿐이었는데, 그 사람이 거기 있는 줄 몰랐어요."

옷과 머리카락이 흠뻑 젖었는데도 엄마는 개의치 않고 한나를 와락 안았다.

"그건 단지 사고였다는 걸 잊지 말거라. 넌 그 사람을 칠 의도가 없었 잖니. 박사도 아까 전화로 비가 엄청나게 쏟아져서 앞이 잘 보이지 않았 다고 하더구나. 하마터면 네 트럭을 칠 뻔 했다고 말이야."

"그냥 차를 한쪽에 세우고 멈췄어야 했는데."

한나가 후회스러운 말들을 중얼거렸다.

"하지만 그건 불가능했어요."

리사가 말했다.

"번개를 피하느라 나무 밑으로 달릴 수밖에 없었잖아요."

"지금은 자책할 때가 아니다."

엄마가 한나에게는 익숙한 '엄마 말대로만 하거라'는 톤으로 말했다.

"한나?"

엄마는 작업실 한켠에 딸린 자그마한 욕실을 가리켰다.

"어서 따뜻하게 샤워하거라. 그런 다음에 새 옷으로 갈아입고 나와."

"하지만 리사도……."

"오븐을 켜뒀으니 걱정 말거라. 오븐 열기가 어떤지 너도 알잖니. 네 가 샤워하고 옷을 갈아입는 동안 리사는 오븐 앞에서 몸을 녹이면 될 게 다. 네가 나온 다음에는 리사가 샤워하면 될 테고."

박사님은 엄마에게 다가가 포옹했다.

"오늘은 결혼식 얘긴 하지 말자고, 로리. 우리 아가씨들이 많이 상심 했을 테니."

"알았어, 오늘은 얘기도 꺼내지 않을게."

"좋아. 나중에 시간되면 병원에 들러줬으면 해. 미니애폴리스에서 위원회 위원들 몇 명이 방문한다는데, 당신이 옆에 있어야 내가 좀 점잖아지거든."

한나는 욕실로 향했다. 그리고 잠시 고개를 돌렸을 때 엄마 입가에 번지는 미소를 볼 수 있었다. 엄마의 미소는 마음 깊은 곳에서 우러나온 듯 아주 아름다운 미소였다. 엄마의 환한 얼굴은 두 사람의 결혼이 앞으로도 쭉 행복할 것이란 확신을 주는 듯했다.

샤워를 하고 옷을 갈아입는 데는 오랜 시간이 걸리지 않았다. 리사역시 샤워를 하는 데 10분 이상 걸리지 않았고, 두 사람은 엄마와 함께 작업대 앞에 앉아 따뜻한 커피를 마셨다.

"네가 다녀오는 동안 미셸이랑 같이 널 위해 뭘 좀 구워봤단다."

엄마가 말했다.

"엄마가 제빵을요?"

놀란 한나의 눈썹이 위로 올라갔다. 엄마는 옛날 한나가 어렸을 적에도 제빵 같은 것은 하지 않았고, 한나가 알고 있는 한, 지금까지 단 한번도 제빵을 한 적이 없다.

"그게…… 정확히 말해 제빵을 한 건 아니지만, 재료 측량은 좀 했지."

"정말 잘하셨을 것 같아요."

리사가 엄마를 추켜세웠다.

"미셸도 그렇게 얘기하더라. 물론 버터 1.5스틱이 3/4컵이랑 같다는 건 설명해줘야 알았지만 말이다. 어쨌거나 녹여서 측량하지 않고서는 영 모르겠더구나."

"맞아요."

엄마가 미셸의 제빵을 돕기 위해 직접 재료 측량을 했다는 사실에 한나는 기묘하게도 기뻤다.

"그래서 뭘 만드셨는데요?"

"티오 티토의 서브라임 라임 바."

"티오 티토가 누구예요?"

리사가 물었다.

"쿠키 바에 들어가는 보드카를 만든 남자 이름이란다. 티토는 별명이고, 티오는 스페인어로 '아저씨'란 뜻이라고 하네."

"그럼 그 이름은 어떻게 지으신 거예요?"

리사가 다시 물었다.

"미셸이 지었다. 여름학기에 스페인어 수업을 들었는데, 그 발음이 귀엽게 들렸다는구나."

"미성년자에겐 못 팔겠어요, 엄마."

한나가 말했다.

"술이 들었잖아요."

"오, 팔 거 아니다. 오직 너랑 리사를 위해서 만든 거야. 박사가 아까 전화로 주류점에 가서 네 커피에 넣어줄 브랜디를 한 병 사라더구나. 그런데 행크 가게에 브랜디 종류가 어찌나 많던지 좀처럼 고를 수가 없었단다. 그때 구리 뚜껑이 달린 병이 딱 눈에 들어오지 뭐냐. 다른 브랜디들과는 확연히 달라서 그걸 샀단다. 근데 여기 와서 보니 내가 산 것이 브랜디가 아니고 보드카더라."

"그럼 어떻게 해서 저희 커피에 넣는 대신 제빵에 사용하겠다고 생각하게 되셨어요?"

리사가 물었다.

"미셸의 아이디어였어. 지난번 내 파티 때 네가 만들었던 더블 웨미 레몬 케이크를 떠올리더구나. 라임 쿠키 바에도 한 번 시도해보면 좋겠다고 말이야."

한나는 엄마를 살짝 골려줄 생각으로 엄마를 향해 미소를 지었다.

"얘기 듣기로는 진짜 맛있겠는데, 계속 이렇게 얘기만 하는 거예요? 진짜로 먹어볼 수는 있는 거예요?"

"먹어봐야지."

엄마는 작업대 가장자리에 놓인, 포일로 덮은 접시로 손을 뻗으며 웃음을 터뜨렸다.

"잠깐 기다리거라. 가서 미셸을 불러오마. 네가 맛볼 때 자기를 꼭 부르라고 했거든."

홀과 작업실 사이를 구분해주는 회전문이 한 번 획 열렸다 닫히고 난 뒤 한나는 마침내 접시를 잡고 포일을 벗겨냈다.

"예쁘다."

"설마 미셸 오기 전에 맛보실 건 아니죠?"

리사가 염려스러운 목소리로 물었다.

"이렇게 맛있는 걸 준비해준 것만으로도 너무 고마운데 그럴 수야 없지."

"근데 정말 냄새가 너무 좋네요."

"내 말이! 밑에만 조금 맛봐도 괜찮지……."

그때 회전문이 벌컥 열리면서 미셸과 엄마가 들어왔다.

"아직 맛본 건 아니겠지, 그렇지?"

엄마가 물었다.

한나는 고개를 가로저었다.

"아슬아슬했지만, 잘 참았어요. 제때 오셔서 다행이네요."

잠시 후, 네 사람은 미셸의 작품을 오물거렸다. 한나는 마지막 남은 바 쿠키 조각을 입에 밀어넣고 행복한 한숨을 내쉬었다.

"장난 아니게 맛있어."

한나가 말했다.

"이건 그냥 예술이에요!"

리사도 덧붙였다.

"보드카 빼고 만들어도 괜찮을까요? 그럼 가게에서도 팔 수 있잖아요."

미셸은 잠시 생각에 잠겼다.

"안 될 거 있을까. 어차피 팬 하나에 보드카 1/3컵 들어가는 거니까 보드카 대신 라임주스를 넣어도 괜찮을 것 같아. 아니면 라임주스는 주스대로 넣고 전지유를 1/3컵 더 넣어도 좋고."

"그렇다면 라임주스를 2/3컵 넣는 건 어떠냐?"

엄마가 물었다.

"난 라임주스가 그렇게 좋더라."

"라임주스는 저도 좋아하지만, 그렇게 되면 너무 '라이미' 해지지 않을까요…… '라이미' 라는 단어가 있는지는 모르겠지만요."

"있어."

한나가 말했다.

"영국 선원들이 옛날에 사용하던 단어야. 바다에 짧게는 몇 달, 길게는 몇 년씩도 나가 있으니까 배에 라임이 담긴 통을 가득 실어서 괴혈병에 걸렸을 때 먹곤 했대. 그걸 '라이미' 라고 해. 엄마, 나도 엄마만큼이나 라임 좋아하지만, 이번엔 미셸 말이 옳아요. 그렇게 되면 너무 라이미해질 거예요."

"그래서 내가 재료 측량만 하는 거란다."

엄마가 말했다.

"암튼 이거 정말 맛있구나, 미셸. 기분이 좋아지는 레시피야. 박사도 맛보면 분명 좋아할 텐데."

한나는 엄마의 뻔한 눈치를 간파했다.

"알았어요, 엄마. 그럼 하나 더 만들어서 허브 몫으로 리사도 좀 가져가고, 남은 건 엄마가 챙겨서 병원에 계신 박사님께 가져다드려요."

"박사만 챙길 게 아니다."

엄마가 설명했다.

"위원들이랑 같이한다는 그 점심식사 말이다. 박사가 몇 가지 승인받을 것도 있고 하니, 보드카 들어간 바 쿠키를 대접하면 협상하는 데 조금은 도움이 될 것 같구나."

티오 티토의 서브라임 라임 바 쿠키

오븐은 175도로 예열합니다.

틀은 오븐의 중앙에 두세요.

재료

잘게 다진 코코넛 1/2컵(다진 다음에 측량하세요. 측량할 때는 측량컵에 가득 눌러 담으세요)

소금기 있는 차가운 버터 1개(224g) / 슈가파우더 1/2컵(큰 덩어리가 보이지 않는

이상 체질하지 않아도 됩니다) / 다목적용 밀가루 2컵(측량할 때 컵에 눌러 담으세요)

거품 낸 계란 4개(포크로 저어줍니다) / 백설탕 2컵

라임주스 1/3컵(갓 짜낸 신선한 주스일수록 좋습니다) / 보드카 1/3컵(전 티토의

수제 보드카를 사용했어요) / 소금 1/2티스푼 / 베이킹파우더 1티스푼

다목적용 밀가루 1/2컵(측량할 때 컵에 눌러 담으세요) / 장식용 슈가파우더 조금

만드는 법

코코넛 크러스트:

1. 코코넛을 잘게 다지기 위해 믹서기 그릇에 채 썬 코코넛
을 약 3/4컵 넣습니다(다진 상태에서는 측량컵에 더 많이 들어가기 때문에 이 레시
피에서 필요한 1/2컵을 정확히 측량하기 위해서는 믹서기에 코코넛을 넉넉하게 넣어야 합니다).
칼날이 부착된 믹서기에서 코코넛을 잘게 다진 다음 그릇에
부은 뒤 1/2컵을 측량합니다. 측량한 1/2컵은 다시 믹서기에
넣습니다(믹서기 대신 도마 위에 놓고 칼로 잘게 다져도 좋습니다).

2. 버터를 여덟 조각으로 잘라서 코코넛이 들어있는 믹서기 군데군데에 넣습니다. 그 위에 슈가파우더와 밀가루를 붓습니다. 칼날을 장착한 믹서기를 껐다 켰다를 반복하면서 거친 옥수수가루처럼 보일 때까지 재료들을 섞습니다.

3. 9×13 크기의 직사각형 케이크 팬을 꺼내 들러붙음 방지 스프레이를 뿌립니다. 팬에서 쿠키 바를 더 쉽게 꺼내려면 두터운 쿠킹 포일을 바닥에 깐 뒤 그 위에 들러붙음 방지 스프레이를 뿌려주셔도 좋습니다(바 쿠키가 완성되어 식은 다음에는 간편하게 포일을 들어 올려 도마로 옮기면 될 테니까요).

4. 믹서기에서 섞은 것을 준비한 케이크 팬에 붓고 손가락으로 골고루 펴줍니다. 큰 주걱이나 깨끗한 손의 손바닥으로 평평하게 고릅니다.

한나의 첫 번째 메모: 버터가 너무 부드러우면 재료를 섞는 과정에서 버터 덩어리가 믹서기 칼날에 엉겨붙을 수 있어요. 하지만 괜찮습니다. 그냥 덩어리를 떼어내어 준비한 팬의 바닥에 발라주면 될 테니까요(포크나 믹서기의 칼날을 이용해 떼어내도 좋습니다).

한나의 두 번째 메모: 아직 믹서기를 씻지 마세요. 라임 레이어를 만들 때 또다시 사용해야 할 테니까요(손으로 크러스트 반죽을 만들었다면 그때 사용한 그릇과 포크 역시 씻지 마세요).

5. 코코넛 크러스트는 175도에서 15분간 굽습니다. 크러스트를 굽는 동안 라임 레이어를 준비하세요.

라임 레이어

6. 계란과 백설탕을 섞습니다(믹서기를 사용해도 되고, 손으로 해도 됩니다). 거기에 라임주스, 보드카, 소금, 베이킹파우더를 넣고 잘 섞어줍니다. 밀가루를 넣고 다시 한 번 잘 섞어줍니다(반죽이 조금 묽을 거예요. 원래 그런 것이니 걱정하지 마세요).

7. 크러스트가 다 구워졌으면 오븐에서 팬을 꺼내 불을 켜지 않은 가스레인지나 식힘망에 올려놓으세요. 오븐은 아직 끄지 마세요! 계속 175도의 온도로 계속 놓아둡니다.

8. 라임 레이어 반죽을 방금 구운 크러스트 위에 붓습니다. 그런 뒤 장갑을 끼고 팬을 들어서 다시 오븐에 넣고, 30분을 더 굽습니다.

9. 오븐에서 팬을 꺼낸 뒤 가스레인지나 식힘망에 올려 식힙니다. 팬이 실온 정도로 식었으면 팬 위를 포일로 덮어서 냉장고에 보관합니다.

10. 손님에게 대접할 준비가 되었다면 냉장고에서 팬을 꺼내 브라우니 크기의 조각으로 자릅니다. 그런 뒤 예쁜 접시에 담고 위에 슈가파우더를 살짝 뿌립니다. 먹음직스럽네요!

하나의 세 번째 메모: 이 바 쿠키에 알콜 재료를 넣고 싶지 않다면, 보드카 대신 전지유를 넣으세요. 어떤 재료를 넣어도 똑같이 맛있답니다. 제가 만든 이 서브라임 라임 바 쿠키가 입맛에 맞지 않다고 하는 사람은 한 사람도 없었으니까요!

뒷문에 누군가 노크하는 소리가 들렸다. 한나는 시계를 쳐다보았다. 오전 11시, 엄마는 위원회 사람들과의 오찬에 대접할 티오 티토의 서브라임 라임 바 쿠키를 양팔에 잔뜩 안고서 20분 전에 가게를 나섰다. 병원까지는 차로 적어도 10분 거리고, 엄마의 가장 친한 친구인 캐리 로드 역시 레인보우 레이디스 회원으로 오늘 아침에도 병원에서 일하고 있을 테니, 지금쯤 한나의 사고 소식은 온 마을에 퍼졌을 것이다.

"나쁜 소문은 꼭 빨리 퍼진다니까."

한나는 뒷문으로 향하며 증조할머니가 좋아했던 훈계의 말 중 하나를 중얼거렸다.

"그렇다면 얼른 해치워버리는 게 좋겠어."

한나는 낯선 사람을 차로 친 이후 계속해서 되뇌고 있는 문장을 다시금 되새겼다. 블록 끝에 있는 컷앤컬 미용실 주인인 버티 스트롭일 것이다. 레이크 에덴에 소문을 빨리 전파하기 위해 엄마가 로드 부인과 함께 만든 전화조직망인 레이크 에덴 소문 핫라인의 세 번째 단에 위치한 버티가 아마 지금쯤이면 충분히 사고 소식을 듣고도 남았을 일이다. 한나에게 제대로 된 전체 이야기를 듣고 싶어 찾아온 것일 테다. 그래야 미용실의 아침 파마 손님들에게 따끈하게 전할 수 있을 테니 말이다.

"안녕, 버…… 노먼!"

노먼 로드가 문 앞에 서 있는 것을 본 한나가 화급히 이름을 바꿔 인사했다.

"어서 들어와요."

노먼은 우산을 접고 안으로 들어선 다음 비가 올 때면 늘 한나가 내놓는 양탄자 위에 우산을 내려놓았다.

"별로 얘기하고 싶은 기분이 아닐지도 모르겠어요."

"그래도 노먼은 다르죠."

한나는 환영의 의미로 노먼의 팔에 안겼다. 자신을 꼭 안아주는 노먼의 품에서 한나는 오늘 박사님에게서 길에 쓰러져있던 남자의 사망 선고를 들은 뒤 처음으로 위안과 안도를 느낄 수 있었다. 노먼이야말로 인생의 재난에서 한나를 안전하게 보호해줄 피난처 같은 존재다. 그런데 그런 남자와 결혼해서 남은 평생을 안락하게 보내려 하지 않다니, 나는 정말 바보인 걸까? 누군가는 그렇다고 할 테지만, 그렇지 않다고 대답하는 이들도 있을 것이다. 양쪽의 말 모두 옳다. 당연히 한나는 바보다. 한나에게 필요한 모든 것이 바로 이 남자, 노먼의 품에 다 있다. 하지만 한나는 바보가 아니기도 했다. 여전히 다른 남자에게서 강한 설렘을 느끼면서도 결혼을 결심할 여자는 없을 테니 말이다. 거기까지 생각이 이르자 한나는 노먼의 품에서 조금 떨어졌다.

한나의 기분을 눈치채기라도 한 듯 노먼은 때맞춰 한나를 풀어주었고, 덕분에 한나는 다시 뒤로 멀어질 수 있었다.

"어떻게 된 건지 말해 봐요."

노먼이 말한 뒤 살짝 망설였다.

"물론 한나가 얘기하고 싶다면 말이에요."

"그럼요. 커피부터 갖다줄게요."

한나가 작업대 쪽으로 손짓했다.

"어서 앉아요. 쿠키도 좀 내올게요."

"좋아요! 안 그래도 아침을 걸렀거든요. 커들스가 공 쫓는 놀이에 재미를 들린 바람에 생각보다 길게 놀아주느라 식사할 시간이 없었어요."

커피포트로 향하는 한나의 입가에 절로 미소가 지어졌다. 노먼은 좋은 고양이 아빠다.

"그 놀이는 예전부터 좋아하고 있었는 줄 알았는데."

"아, 그랬죠. 근데 이제는 공을 가져다주면 내가 다시 던져주는 걸 알고는 얼른 물어다가 내 앞에 갖다놓는다니까요."

식힘망에서 초콜릿 칩 크런치 쿠키와 러블리 레몬 바 쿠키, 당밀 크래클을 꺼내며 한나는 쥐 인형을 던져줄 때마다 모이쉐가 잽싸게 물어왔던 일이 문득 생각났다.

"모이쉐에게 배운 걸까요?"

"분명히 그럴 거예요. 한 번도 가르치지 않았거든요. 지난 밤에 한나네 집에 데려갔을 때 배운 게 틀림없어요."

그날 밤은 정말 재미있었다. 한나는 잠시였지만, 다시 노먼이 한나의 아파트에 막 도착한 그때의 시간으로 돌아갔으면 좋겠다고 생각했다. 두 번째 기회라면 시릴이 리사의 차를 수리하는 방법도 조금은 달라질지 모른다. 하지만, 그렇게 되면 리사가 자기 차로 가게로 돌아오는 길에 그 남자를 쳤을 수도 있다. 이런 끔찍한 죄책감을 다른 사람에게 느끼게 하고 싶지 않다. 특히 좋은 친구나 동업자라면 더더욱.

"왜 그래요?"

한나가 머그잔과 쿠키 접시를 내려놓자 노먼이 물었다.

"표정이 심각해졌어요."

"아무것도 아니에요. 운명을 거스를 순 없겠다는 생각을 하고 있었어요."

"무슨 생각을 했는데요? 다시 시간을 되돌려서 사고를 없던 일로 하고 싶다는?"

"네, 내가 5분만 늦게 나섰다면 어떻게 됐을까요? 뒷길 대신 고속도로를 택했더라면? 이런 생각하는 사람은 나쁜일까요."

"나도 그런 생각 종종 해요. 우리 집에 이사 온 직후 차고로 차를 후

진해서 넣다가 사이드미러를 긁었거든요. 그때 몇 초 전으로 돌아갔으면 좋겠다. 그러면 후진을 제대로 해서 사이드미러는 긁지 않았을 텐데 생각했었죠."

"나쁜이 아니라는 게 안심이네요."

한나는 말했다. 하지만 노먼이 방금 이야기한 두 단어가 한나의 마음에 각인되었다. 우리 집. 노먼은 자신의 집을 우리 집이라고 얘기했다. 한나는 오히려 슬퍼졌다. 어떤 면에서 그건 정말 한나와 노먼의 집이었다. 함께 디자인한 설계도를 미니애폴리스 신문사 대회에 공모했고 그 설계가 1등을 했기 때문이다. 하지만 한나는 노먼이 정말로 그 집을 지어서 한나에게 청혼하리라고는 꿈에도 생각하지 못했다!

노먼이 손을 뻗어 한나의 손을 감싸쥐었다.

"내가 있는 한 한나는 절대 혼자가 아니에요."

둘 사이에 긴 침묵이 흘렀다. 하지만 불편한 침묵은 아니었다. 마침내 한나는 자세를 곧게 세워 고쳐앉은 뒤 한숨을 내쉬었다.

"내가 그 남자를 죽였어요."

한나가 말했다.

"한나 잘못이 아니에요. 폭우가 쏟아지는 바람에 남자를 보지 못했잖아요."

"그럼, 그냥 차를 세웠어야 했는데."

"그것도 좋은 방법이 됐을지 모르겠네요. 근데 왜 그러지 않았어요?"

"나무 아래로 달리면 나무가 번개를 막아줄 테니 괜찮을 거라고 생각했거든요."

"그 생각도 옳네요."

"근데 커브길을 돌자마자 길 한가운데 큰 나뭇가지가 떨어져있었어요. 피하려다가 바퀴가 미끄러졌고, 곧장 갓길로 돌진하고 만 거죠. 그래서…… 채 정신을 차리기도 전에 그 남자를 치고 말았어요."

"거기 서 있는 건 못 봤고요?"

"네, 모든 게 너무 순식간에 벌어졌고, 나뭇가지를 보자마자 본능적으로 반응할 수밖에 없었어요. 갓길에 사람이 서 있는 줄은 전혀 몰랐죠."

노먼은 곰곰이 생각에 잠긴 듯했다.

"근데 그 사람은 왜 거기 있었을까요. 한나 차를 봤으면 길에서 피하기라도 했을 텐데요. 속도가 좀 있었어요?"

"아뇨, 비가 너무 많이 와서 앞이 잘 안 보였기 때문에 속도를 줄여서 가고 있었어요."

"그렇다면 제대로 했네요."

한나는 잠시 생각에 잠겼다.

"어쩌면요. 근데 정말 내가 제대로 다 잘한 거라면 왜 사고가 난 걸까요?"

"그럼에도 불구하고 어쩔 수 없는 상황이었으니까요. 그건 사고였어요, 한나. 일부러 그 사람을 친 게 아니라고요."

"나도 알지만, 그래도 기분이 좋지 않아요. 그 사람, 누구일까요?"

"모르는 사람이었어요?"

"네, 나이트 박사님은 아는 사람이었는지는 모르겠네요."

노먼은 어깨를 으쓱했다.

"이 근처에 사는 사람이라면 박사님이 알았을 거예요. 마을에 사신 지 벌써 수년이 되셨으니까요. 박사님이 모르는 사람이라면 완전 외지인인 거죠."

"누군지 알았으면 좀 기분이 더 나았을 텐데……"

한나가 말한 뒤 잠시 멈칫했다.

"그냥 그랬을 것 같아요."

"그럼 박사님께 전화해서 물어봐요."

한나는 시계를 쳐다보았다. 박사님의 점심시간이 1시부터라고 엄마에게 들은 기억이 났다. 다행히 지금은 11시 30분이다.

"좋은 생각이에요. 전화해봐야겠어요."

잠시 후, 한나는 부엌 전화기 옆에 서서 나이트 박사님의 사무실에 엄마와 통화를 했다.

"안됐구나, 얘야."

엄마가 말했다.

"박사는 지금 여기 없어."

"괜찮아요. 오늘 아침에 제가 친 남자가 혹시 아는 사람인지 여쭤보려고 전화했어요. 전 모르는 사람이었거든요."

"박사도 모르는 사람이더구나. 안 그래도 내가 물어봤거든. 신분증이니 뭐니 아무것도 없어서 여행객이 아닐까 했다더라."

"엄마는 박사님보다 더 오래 여기 사셨잖아요. 혹시 엄마가 보기에도 모르는 사람이었어요?"

"난 얼굴을 못 봤다, 얘야."

하긴 엄마가 그 사람 얼굴을 어떻게 봤겠는가! 바보같은 질문에 한나는 스스로를 꾸짖었다. 엄마는 시체를 보겠다고 영안실의 흰색 천을 들출 사람이 결코 아니다.

"네가 원하다면 사진으로라도 확인해보마."

엄마가 제안했다. 엄마로서는 순전히 딸을 위한 엄청난 희생이라는 사실을 한나는 잘 알고 있었다.

"아뇨, 괜찮아요. 다만 박사님께 다른 사람들 중에 누구든 그 남자를 아는 사람이 있었는지 물어봐주실래요? 그런 다음에 전화 부탁드려요."

"알았다, 얘야. 위원회 사람들과 식사가 끝나는 대로 전화하마."

문득 긴 침묵이 이어졌고, 이윽고 엄마가 한숨을 내쉬었다.

"아직 가게에 있는 거지?"

"네, 엄마."

"혼자 있는 건 아니지?"

"네, 지금 노먼이랑 같이 있어요. 안드레아랑 미셸은 바깥 홀에 있고요. 리사는 오늘 하루 허브랑 쉬라고 휴가를 줬어요. 사고 때문에 리사도 마음이 안 좋은 것 같아서요."

"당연히 그렇겠지. 너도 오후에는 쉬는 게 좋을지도 모르겠다. 집에 가서 낮잠이라도 자면 어떻겠느냐?"

한나는 살짝 몸을 떨었다. 집에 돌아가 잠을 청하게 되면 어떤 일이 벌어질지 눈에 선했다. 아침에 친 그 남자에 대한 꿈을 꿀 테고, 그 꿈은 실제 일어난 일보다 더 끔찍할 것이다.

"그냥 여기 있을래요, 엄마. 차라리 일이라도 하는 게 나아요. 빵이나 굽죠, 뭐. 낮잠보다 제빵이 저한테는 더 효과만점이니까요."

"좋은 생각이다. 미셸이 아직 위니 헨더슨 파티 얘기 안 했지?"

"네, 홀이 너무 바빠서 미셸은 지금 얼굴 보기도 힘들어요."

"그럼, 얘기 나온 김에 내가 알려주마. 아까 내가 가게에 있을 때 위니가 전화해서 손자 생일파티에 쓸 해적 쿠키 여섯 상자를 주문했단다. 해적 파티를 할 건데 그 주제에 맞는 쿠키로 만들어주면 좋겠다고 하더구나."

"해적 쿠키라."

한나는 중얼거리며 얼굴을 살짝 찌푸렸다.

"해적 쿠키는 한 번도 만들어본 적이 없는데."

"나도 네가 그랬을 것 같아서 가급적 미리 알려주는 거란다. 어찌할 생각이냐? 해골이랑 뼈다귀를 엑스 모양으로 그려야 하는 건가?"

"위니의 손자는 좋아하겠지만, 위니는 어떻게 생각할지 모르겠네요. 어쨌든 알려줘서 고마워요, 엄마. 당장 할 일이 생겨서 좋네요. 점심식사 후에 전화 주시는 것 잊지 마세요."

"그러마, 얘야. 식사가 그렇게 길어지진 않을 것 같다. 박사가 병원 식당에서 데친 연어 요리를 주문했다는데, 내가 연어를 어떻게 생각하는지는 너도 잘 알잖니. 난 접시를 치워뒀다가 디저트로 나올 라임 바 쿠키나 두 개 먹어야겠다."

엄마와 인사를 하고 전화를 끊은 뒤 한나는 다시 작업대에 앉아있는 노먼에게로 돌아갔다.

"박사님도 누군지 모른다고 했대요. 병원에 데려왔을 때 누구 알아본 사람은 없었는지 물어봐주시겠다고 했어요. 박사님 식사 후에 사무실에 오시는 대로 전화 주시겠대요."

"해적은 무슨 얘기에요?"

노먼이 살짝 부끄러워하며 물었다.

"미안해요. 엿들은 건 아닌데 어쩌다 보니 들렸어요."

"괜찮아요. 위니 헨더슨이 손자 생일 때 해적 파티를 열 거라고 했대요. 그래서 특별히 해적 쿠키를 주문했어요."

"그럼 해적 모양의 쿠키를 만들어야 하나요?"

한나는 고개를 가로저었다.

"그러려면 해적 모양의 쿠키 커터도 있어야 하고, 리사가 그 위에 프로스팅도 해야 하는데, 당장 커터도 없어요. 그냥 해적을 연상시킬 만한 거면 될 것 같아요."

노먼은 남은 커피를 다 마신 뒤 자리에서 일어섰다.

"미안해요, 한나. 이 해적 건에 대해선 내가 도울 일이 별로 없겠네요. 더 있고 싶지만, 정오에 진료 예약이 있어서요. 로즈 맥더못이 촉진 받으러 오기로 했거든요. 대체해야 할 브릿지가 몇 개 있어서요."

"쿠키 좀 가져갈래요?"

접시가 깨끗해진 것을 본 한나가 물었다.

"고맙지만 괜찮아요. 저녁식사를 맛있게 하고 싶거든요. 그러고 보니 생각났는데…… 오늘 레이크 에덴 호텔에서 같이 저녁 먹지 않을래요?"

한나는 배가 전혀 고프지 않았는데도 저절로 입에 침이 고였다. 이건 본능적인 반응이다. 레이크 에덴 호텔 레스토랑의 요리사인 샐리 래플린은 한나가 지금껏 맛난 요리사들 중 단연 최고의 솜씨를 지니고 있었다.

"외출이라도 하면 기분이 좀 나아지지 않을까 싶어요."

망설이는 한나를 향해 노먼이 말했다.

"이따 한나 데리러 갈 때 커들스도 데려가서 모이쉐랑 놀게 하는 건 어때요?"

"좋죠!"

한나는 즉각 동의했다. 빠른 결정은 단지 샐리의 요리 때문만이 아니었다. 엄마가 데친 연어 요리를 싫어하니 결혼식 피로연 메뉴로는 다른 것을 생각해봐야겠다는 얘기를 어차피 샐리에게 전해야 했다.

"6시 30분?"

노먼이 물었다.

"좋아요."

한나는 작업실을 가로질러 노먼을 위해 뒷문을 열어주었다.

"그때까지 준비하고 기다리고 있을게요. 모이쉐랑 같이요."

노먼은 문가에서 잠시 멈칫하더니 한나를 다시 한 번 꼭 끌어안았다.

"한나 잘못이 아니었고, 한나를 비난할 사람은 아무도 없어요. 그 점을 꼭 기억해요."

"노력해볼게요."

노먼의 작별 키스를 받으며 한나가 약속했다. 노먼의 품은 늘 편안하고 따뜻하다. 그가 밖으로 나선 뒤 한나는 문을 닫으며 만족스러운 한숨을 내쉬었다. 노먼과 결혼해야 한다. 이런 행복감을 느끼게 해주는 남자, 노먼은 한나에게 꼭 맞는 짝이었다.

5분도 지나지 않아 한나는 위니와 전화 통화를 했다. 간단한 인사를 주고받은 뒤 한나는 위니가 사고에 대해 물어보리라 생각했지만, 그녀는 아무것도 묻지 않았다. 평소답지 않게 자제력을 시험하고 있는 중이거나 농장 일에 너무 바빠 레이크 에덴 소문 핫라인 전화를 받지 못한 게 분명하다.

"반가워, 한나. 무슨 일로 전화했어?"

"손자 파티 때문에 좀 더 자세하게 여쭤보려고 전화했어요. 저희 엄마 말씀이 이번 주말이라고 하던데요?"

"맞아."

"해적 쿠키 여섯 상자 주문하셨고요?"

"그랬지."

"근데 왜 해적 쿠키에요?"

"우리 귀염둥이 매트가 캐리비안의 해적들 영화 시리즈를 엄청 좋아하거든. 나중에 커서 잭 스패로우가 되고 싶다나. 해적 파티도 매트 때문에 여는 거야. 흥미진진할 거야. 코노가 보물지도를 그렸거든. 아이들은 전부 해적 옷을 입힐 거고. 단서들을 하나씩 찾아서 우리가 풀밭에 묻어 놓은 보물을 찾아내는 거지."

"재미있을 것 같네요."

"오, 물론이지. 코노는 해적 두목을 할 건데, 우리 아이들이 너무 좋아해."

위니의 목소리에 깃든 따스함에 한나는 미소를 지었다. 몇 번의 결혼 실패를 경험한 뒤 위니는 자신의 말 조련사였던 그를 만나 비로소 행복을 찾은 듯했다.

"매트가 몇 살이에요?"

한나는 물으며 작업실 전화기 옆에 항상 놓아두는 수첩에 적을 준비를 했다.

"이번 주말이면 여섯 살이 돼. 아주 장난꾸러기야. 코노가 한창 길들이고 있는 종마보다도 더 힘이 넘친다니까. 작년에는 재니스 콕스의 유치원에 다녔는데, 호기심도 많고 이야기도 끊임없이 한다고 하더라고. 나중에 변호사가 되려나 봐."

"그럼 파티에 쿠키 말고 다른 것은 뭐가 나오는지 알고 계세요?"

"당연하지. 귀염둥이 매트가 제 엄마랑 나한테 뭐가 먹고 싶은지 정확히 집어서 알려줬거든. 버타넬리의 페퍼로니 피자랑 루트비어, 감자칩. 몸에 좋은 음식들은 아니지만 매트의 생일이니까 우리가 아무것이나 골라도 좋다고 했어."

한나는 수첩에 단어들을 메모했다. 감자칩, 피자, 그리고 루트비어.

"케이크도 있어요?"

"케이크랑 파이가 있지. 우리 귀염둥이가 내가 만든 블랙베리 파이를 좋아하거든. 블랙버드 파이라고 하면서."

"재밌네요. 언제 레시피 좀 받을 수 있을까요?"

한나는 순간 자신이 대대로 내려오는 가족 레시피를 너무 당당하게 요구했다는 생각이 들었다.

"혹시 괜찮으시다면요."

한나가 덧붙였다.

"그다지 비밀도 아니고, 방법도 아주 간단해. 블랙베리도 조금 줄게. 근방에서 블랙베리를 키우는 사람은 나뿐이니까. 말뚝을 박아서 세웠기 때문에 수확하기 아주 편해. 북쪽 농지 가장자리에 넓게 기르고 있지. 그러고 보니 코노에게 이따 점심 먹으러 올 때 좀 따가지고 오라고 해야겠네. 오늘 아침에 매트 생일 파티 때 쓸 파이를 구웠는데 무슨 일이 있었는 줄 알아? 글쎄, 내가 파이를 식히려고 창틀 끝에 내다놓았는데 누군가 하나를 훔쳐갔지 뭐야! 이제 부엌 창문을 열어두면 안 되겠어."

한나는 미소를 지었다. 그 '도둑'은 아마도 위니가 여름 동안 고용한 일꾼들 중 한 명일 것이다.

"케이크도 있다고 하셨죠?"

"당연하지. 여섯 살 녀석들이 얼마나 많이 먹는데."

"무슨 케이크예요?"

"모르겠어. 원래는 쇼핑몰에 있는 케이크 집에서 주문할 생각이었거든. 케이크 위에 사진을 넣어주는 것 말이야. 잭 스패로우로 분장한 조니 뎁 사진을 들고 가서 똑같이 아이싱을 해달라고 하려 했는데, 코노가 걱정하더라고. 케이크 자를 때 우리 매트가 속상해할까 봐."

"속상해해요?"

"매트가 잭 스패로우를 최고의 해적으로 여기고 있잖아. 코노 말이,

그런 잭 스패로우가 여러 조각으로 잘리는 건 가슴 아플 거래."

"코노 말이 맞네요."

"그래서 그 케이크는 사지 않기로 했어. 덕분에 블랙버드 파이와 함께 어떤 케이크를 놓으면 좋을지 고민에 빠졌지. 시간은 피터팬에 나오는 악어 뱃속의 시계처럼 똑딱똑딱 자꾸 흘러가는데 말이야."

"러미 텀텀 케이크는 어때요?"

한나가 물었다.

"해적들은 럼을 마시잖아요, 그쵸?"

"그렇지. 만들 수 있어?"

"전 못 만들지만 레이크 에덴 호텔의 샐리는 할 수 있어요. 보통은 진짜 럼을 넣던데, 럼 맛이 나는 다른 걸로 대체할 수 있을 거예요."

"좋은 생각이야, 한나. 전화 끊는 대로 샐리에게 전화해야겠어. 내가 우리 매트 생일선물로 뭘 준비했는지 궁금하지 않아?"

"당연히 궁금하죠. 뭘 준비하셨는데요?"

"조니 뎁 입간판을 하나 찾지 않았겠어? 홀딩포드에서 사진사를 한 명 고용해서 우리 매트를 옆에 세워놓고 사진을 찍었지. 그 사진사가 사진을 얼마나 잘 찍는지. 우리 매트에게 입간판이랑 같이, 자기 방에 걸 수 있도록 그 사진을 액자에 넣어서 선물하려고 해."

"정말 멋진 선물이에요, 위니."

"그렇지? 어차피 벽에 액자를 걸어줄 사람이 걔 엄마니, 엄마에게도 물어봤는데 멋진 선물이라고 하더라."

위니는 잠시 말이 없었다.

"해적 쿠키 만들 수 있겠어, 한나?"

"그럼요. 걱정하실 필요 없어요. 리사와 함께 준비해서 내일 파티에 늦지 않게 배달할게요."

전화를 끊고 난 뒤 한나는 작업대 앞에 앉아 커피를 한 잔 더 마시면서 위니가 했던 말에 대해 곰곰이 생각했다.

"해적 쿠키."

어떤 쿠키를 구우면 좋을까 고심하며 한나는 한숨을 내쉬었다. 해적에 관해 어떻게 하면 좋을지 당장은 아이디어가 떠오르지 않았다. 해적들은 적들에 대한 처벌로 그들에게 판자 위를 걷게 하기도 하고, 황금 귀고리를 하거나 어깨에 앵무새를 올려놓기도 한다. 그리고 종종 '호, 호, 호, 아르르르' 라고 외치기도 한다. 여전히 아무런 아이디어가 떠오르지 않는다. 해적들이 또 어떤 것을 하더라?

한나는 오늘 아침에 구운 코코아 스냅 쿠키를 가지러 자리에서 일어났다. 초콜릿을 먹으면 두뇌 회전이 좀 더 빨라질지도 모른다. 한나는 쿠키를 한 입 베어물며 자신이 해적선에 올라타 선원들을 바라보고 있다고 상상했다. 그 다음에는 어떻게 하지? 해적들은 아마도 상선에 올라타 돈을 훔치거나 선장이 탑재 화물을 꺼내놓을 때까지 기다릴지도 모른다. 그런 뒤 물건 값으로 받은 금 조각들을 거둬들일 것이다. 금 조각들. 금 조각들로 제빵할 수 있는 것이 있지 않을까? 한나는 잠시 생각해보았지만, 더 이상은 생각나는 것이 없었다. 해적들의 생활상보다는 그들 자체에 좀 더 집중해보는 것이 좋겠다.

해적의 이미지를 떠올리는 일은 이미 영화나 할로윈 의상으로 많이 보아왔기 때문에 어렵지 않았다. 해적들은 눈에 안대를 하고, 화약총을 휘두른다. 보석을 차거나 링 귀고리를 하고, 딱 붙는 바지에 셔츠의 버튼은 허리춤까지 풀러놓는다. 이가 빠지거나 앞니에 금니를 해 넣는 경우도 있다. 후크 선장 같은 경우는 손에 갈고리를 달았다.

"그건 아니야."

한나는 고개를 설레설레 저으며 큰 소리로 말했다.

"로맨틱한 해적이라고는 잭 스패로우랑 라파예트밖에는 없잖아."

저장실에 가면 아이디어가 떠오를지도 모른다. 한나는 자리에서 일어나 저장실로 향했다. 얼굴을 한껏 찌푸린 채 선반 하나하나를 뒤지고 있는데 누군가 부르는 소리가 들렸다.

"한나?"

누구의 목소리인지 단번에 알 수 있었다. 리사가 작업실에 들어와 한나를 부르고 있었다. 근데 오늘 하루 휴가를 주었는데 무슨 일로 다시 가게를 찾았을까?

"여기야."

한나는 저장실 문 사이로 빼꼼 머리를 내밀며 말했다.

"무슨 일로 다시 왔어? 오늘 오후에는 쉬라고 했는데."

"계획이 바뀌었어요. 허브가 정오에 바스콤 시장님과 회의가 있는데, 언제 끝날지 모르겠대요. 딜런은 허브가 데려갔고, 새미는 목사관에서 베스랑 놀기로 했거든요. 크누드슨 부인 댁에 새미를 내려주고 나서는 혼자 집에 갈 생각을 하니 좀 적적해서 다시 이리로 왔어요."

리사는 하던 말을 멈추고 한숨을 쉬었다.

"게다가 계속 그 남자 생각이 나서요. 제가 미리 보고 한나에게 알려 줬어야 했는데."

"비가 너무 많이 와서 앞이 제대로 보이지 않았잖아, 리사."

"저도 알아요. 하지만 그냥 그랬으면 좋았을 텐데 하고 계속 생각이 나는 거예요. 집에 있으면 줄곧 우울할 것 같고, 문득 한나가 속상할 때마다 제빵을 한다고 했던 이야기가 떠오르기에 차라리 가게에 다시 나와 보자는 생각이 들었어요."

"그렇다면 새 쿠키 만드는 걸 도와주면 되겠어."

한나는 저장실에서 나온 뒤 저장실의 불을 껐다.

"무슨 쿠키인데요?"

"해적 쿠키. 위니 헨더슨이 손자를 위해 해적 생일파티를 열거래. 그래서 해적을 주제로 한 쿠키를 만들어야 해."

리사는 주전자에서 커피를 한 잔 따라 작업대 앞에 앉아서는 한나가 앉기를 기다렸다.

"숨겨진 보물 바 쿠키를 활용해보면 어때요?"

리사가 물었다.

"그건 안 돼. 위니는 쿠키여야 한다고 했거든. 바 쿠키가 아니라."

두 여자는 자리에 앉아 한참을 고민했고, 마침내 리사가 미소를 지었다.

"좋은 생각이 났어?"

한나가 물었다.

"서프라이즈 쿠키가 떠올랐어요. 리틀 스노우볼도요. 두 가지를 하나로 합쳐서 완전히 새로운 쿠키를 만들어보면 어때요?"

"그러니까…… 안에 서프라이즈를 넣고 좀 더 큰 리틀 스노우볼을 만들자는 거지?"

"네, 크기가 더 커지면 안에 더 다양한 재료들을 넣을 수 있어요. 얼마나 만들어야 하는데요?"

"여섯 상자."

"언제까지요?"

"토요일 아침까지."

"시간은 많네요."

"하지만 내일이 토요일이잖아!"

리사는 개의치 않는다는 표정이었다.

"식은 죽 먹기예요……."

리사가 말했다.

"식은 쿠키 먹기라고 해야 하나."

"뭐야, 리사."

한나가 지켜보는 가운데 리사의 눈이 반짝반짝 빛났다.

"그거면 될 거예요, 한나. 보물상자 쿠키라고 이름 붙이면, 해적 파티에 아주 안성맞춤이에요. 안에 비밀 재료들을 갖가지 보석으로 치는 거죠."

"그거 괜찮게 들리는데. 근데 그 보석 쿠키를 담을 보물상자를 과연 우리가 만들 수 있을까?"

"허브라면 가능해요."

리사가 재빨리 남편의 이름으로 자원했다.

"차고에 목재 공구들이 가득하거든요. 매우 창의적이기도 하고요. 허브라면 보물상자와 비슷한 것을 만들 수 있을 거예요."

"한나 이모!"

한나의 큰 조카인 트레시가 홀을 통해 작업실로 달려 들어왔다.

"이모는 괜찮다고 엄마한테 들었는데, 그래도 직접 보고 싶어서요."

"걱정하지 않아도 돼."

안드레아가 트레시에게 사고 이야기를 해준 모양이라고 생각하며 한나가 말했다.

"난 괜찮으니까."

"그래도 사람을 죽이다니 기분이 너무 안 좋을 것 같아요!"

"너네 엄마가 그렇게 말했니?!"

"아, 아니요. 엄마는 그런 얘기 하나도 안 했어요. 그런 얘기를 듣기에는 내가 아직 어리대요. 그건 여름성경 학교에서 안 거예요."

"누가 알려줬는데?"

신성한 구세주 루터교회에서도 마을의 소문이 돌고 있다는 사실에 자극을 받은 듯 리사가 물었다.

"혹시 밥 목사님을 생각하신다면 목사님은 아니에요."

트레시는 고개를 설레설레 저었다. 그 바람에 어깨 길이의 금발이 트레시의 볼에 살짝살짝 부딪혔다.

"이번 우리 선생님인데요. 다른 사람에게 상처 주는 이야기는 절대 퍼뜨리지 말아야 하지만, 이번에는 이미 죽은 사람이기 때문에 괜찮다고 했어요."

트레시는 하던 말을 멈추고 한나를 쳐다보았다.

"죽은 거 맞죠?"

"나이트 박사님 말씀으론 그렇다고 해."

한나가 말했다.

"리사 이모는 괜찮아요?"

트레시가 리사를 쳐다보며 물었다.

"아까 물어봤어야 했는데. 한나 이모랑 같이 있었다면서요. 근데도 괜찮은지 묻지 못했어요."

트레시는 리사에게 달려가 그녀를 꼭 안아 주었다.

"죄송해요. 제가 너무…… 무관심했어요. 이 단어가 맞죠?"

"그래, 맞는 단어야. 하지만 넌 무관심하지 않았어. 네 이모 걱정이 너무 커서 다른 건 미처 생각하지 못했던 것뿐이야. 근데 그 사고 이야기는 누가 해준 건지 여전히 궁금한 걸."

"카렌 딜라이트요. 우리 반인데, 걔는 캘빈 재노스키한테서 들었대요. 오늘 아침에 쉬는 시간에 캘빈 엄마가 전화해서 지금 교회에 캘빈을 데리러 가는 중인데 사건 수사 때문에 도로를 통제하고 있어서 좀 늦게 도착할지도 모르겠다고 했대요. 경찰차들이 도로를 막고 있는 사진까지 찍어서 보내줬어요."

"핸드폰에 또 한 방 먹었군."

한나가 나지막이 말했지만, 트레시는 한나 쪽으로 고개를 돌렸다.

"애들은 거의 다 갖고 있어요."

트레시가 설명했다.

"저도 있어요. 근데 비상 상황 때 말고는 안 써요."

트레시가 문득 하던 말을 멈추고 걱정스러운 표정을 지었다.

"설마 사고났을 때 핸드폰으로 통화하던 중은 아니었겠죠, 이모?"

"아니."

"문자 보내지도 않았고요?"

"그럼."

"아, 다행이에요. 아빠가 우리 마을 주변에서 나는 교통사고의 절반은 사람들이 핸드폰으로 문자를 보내느라 일어난다고 했거든요."

"문자에 대해선 걱정 안 해도 돼, 트레시. 이모 핸드폰은 엄청 구식이거든. 그런 기능이 있는지조차 모르겠어."

"이모 핸드폰에서는 문자를 못 보낸다고요?"

트레시가 깜짝 놀라 물었다.

"그럴 걸. 가능하다고 해도 내가 보내는 방법을 몰라."

"제가 가르쳐줄게요. 어떻게 보내는지 알아요."

이번에는 한나가 놀랄 차례였다.

"아빠, 엄마가 문자 보내는 걸 허락하셨어?"

"아뇨, 그냥 방법만 알아요. 언니, 오빠들이 보내는 걸 봤는데, 쉬워요. LOL이랑 TC 같은 약어만 알면 돼요."

"LOL은 '크게 웃다(laughing out loud)' 라는 건 알겠는데. TC는 뭐야?"

리사가 물었다.

"'선생님 오신다(Teacher coming)' 요. 그건 교실에서 보내는 문자에요."

트레시가 하던 말을 멈추고 불안한 눈빛으로 한나를 쳐다보았다.

"내가 문자 보내는 법을 안다고 엄마에게 얘기하지 않을 거죠, 이모?"

"꼭 필요할 때만 보내겠다고 약속하면."

"아, 다행이에요. 저 간신히 위기 모면한 거죠?"

한나는 웃음을 참으려 입술을 깨물고 있는 리사를 쳐다보았다.

"그런 것 같구나."

"암튼 리사 이모 제빵하는 거 저도 도와도 돼요? 베시는 낮잠 자고, 할머니는 30분 후에나 데리러 오신단 말이에요."

"당연히 도와도 되지. 우리의 공식 교반기가 되면 되겠어. 마침 이모가 리사랑 보물상자 쿠키 레시피를 시험해볼 참이었거든."

"와, 신난다!"

한나가 여분의 앞치마를 넣어두는 서랍장으로 달려가며 트레시는 무척 기뻐했다.

"오늘은 행운의 날이에요. 보물상자 쿠키는 난생 처음 들어보거든요!"

보물상자 쿠키

(리사의 이모인 낸시의 베이비씨터의 쿠키입니다)

오븐은 175도로 예열합니다.
틀은 오븐의 중앙에 둡니다.

재료

쿠키 반죽:

소금기 있는 버터 1/2컵(112g)(실온에 두세요) / 슈가파우더 3/4컵(반죽을 굴릴
때 사용할 용과 글레이즈를 만들 용으로 1과 1/2컵을 더 추가해주세요)

소금 1/4티스푼 / 우유 2테이블스푼(1/8컵입니다) / 바닐라 추출액 1티스푼
다목적용 밀가루 1과 1/2컵(측량할 때 컵에 가득 차게 담아주세요)

"보물" 재료:

물기를 잘 말린 마라스키노 체리, 파인애플 통조림의 파인애플 조각, 초콜릿 조
각, 호두 혹은 피칸 과일잼 1/4티스푼, 작은 크기의 소프트 캔디 혹은 쿠키
반죽에 딱 맞게 들어갈 기타 작은 크기의 간식들.

토핑

슈가파우더 1컵

만드는 법

1. 쿠키 반죽을 만들기 위해서는: 중간 크기의 믹싱볼에 부드러워진 버터와 슈가파우더 3/4컵을 넣고 섞습니다. 혼합물이 가볍고 보드랍게 올라올 때까지 섞어줍니다.

2. 소금을 넣고 섞습니다.

3. 우유와 바닐라 추출액을 넣고 섞습니다. 재료가 골고루 섞일 때까지 저어줍니다.

4. 밀가루를 1/2컵씩 넣으면서 잘 섞어줍니다.

5. 반죽을 똑같은 양으로 4등분합니다(딱 맞춰서 등분해야 하는 것이 아니기 때문에 무게를 달거나 측량할 필요는 없습니다).

6. 각 반죽을 통나무 모양으로 늘려서 반죽 1개당 6개 조각으로 잘라줍니다(우선 반죽을 반으로 자른 다음 그것을 3등분씩 해주면 쉽습니다).

7. 각 반죽을 껍질을 벗기지 않은 호두나 그보다 조금 더 큰 공 모양으로 굴립니다.

8. 그런 뒤 깨끗한 손으로 반죽을 눌러줍니다.

9. 선택한 "보물" 주위로 반죽을 감쌉니다. 보물 재료로 잼을 선택했다면, 반드시 1/4티스푼이 넘지 않도록 해야 합니다. 너무 많이 넣으면 재료가 반죽 밖으로 흐를 수가 있거든요.

10. 완성된 "포장"을 공 모양으로 잘 다듬은 다음 기름칠을 하지 않은 쿠키 틀에 올립니다. 12개 정도가 기본으로 올라갈 겁니다. 틀에 올린 반죽은 오븐에 넣었을 때 구르지 않도록 손으로 살짝 눌러줍니다.

한나의 첫 번째 메모: 잼을 넣은 쿠키를 구울 때 저는 틀에 옆면까지

가려지는 베이킹 시트를 덮은 뒤 틀의 선을 따라 양피지로 한 번 더 덮어주세요. 그래야 잼이 새어나오더라도 기름종이에 막혀 쿠키 틀이나 오븐 바닥에 흐르는 것을 막을 수 있습니다.

11. 반죽을 올린 틀은 오븐에 넣어 175도의 온도에서 약 18분간 구워줍니다. 주걱으로 쿠키를 살짝 들어 올렸을 때 바닥의 가장자리가 황갈색을 띠면 완성입니다.

12. 오븐에서 틀은 꺼내 5분간 식힙니다.

13. 슈가파우더 1/2컵을 작은 볼에 넣습니다.

14. 식힘망 밑에 기름종이나 양피지를 깔아줍니다.

15. 아직 온기가 있는 쿠키를 슈가파우더에 굴립니다. 설탕이 따뜻한 쿠키에 잘 달라붙을 겁니다. 슈가파우더를 골고루 묻힌 다음 다시 식힘망으로 옮겨 식힙니다(쿠키가 아직 따뜻하다 보니 슈가파우더가 조금 녹기도 할 텐데, 그래도 괜찮습니다. 완전히 식은 다음에 다시 한 번 파우더 옷을 입혀줄 거거든요).

16. 쿠키가 완전히 식었으면 슈가파우더 1/2컵을 다시 볼에 담고, 쿠키를 다시 한 번 굴립니다. 그런 뒤 쿠키단지나 별도의 용기에 담아 건조하고 시원한 곳에 보관합니다.

한나의 두 번째 메모: 미니 마시멜로우나 일반 크기의 마시멜로우 반을 잘라 쿠키에 넣어보려 했는데, 실패하고 말았습니다. 오븐에서 마시멜로우가 완전히 녹아버렸거든요.

리사의 메모: 다음번 보물상자 쿠키를 만들 때에는 롤로의 롤을 넣어볼 생각이에요. 허브가 부드러운 캬라멜을 입힌 그 초콜릿을 무척 좋아하거든요. 미니 리세스도 만들어보라고 하더군요.

영원할 것 같던 한나의 날도 드디어 끝이 보이기 시작했다. 엄마는 약속대로 위원들과의 오찬이 끝난 뒤 전화를 걸어 나이트 박사님의 보조 의사들이나 병원 직원들 중 한나가 친 그 남자를 아는 사람은 없었다고 전해왔다. 또한 한나의 생각대로 남자는 목이 부러져있었다는 소식도 전해주었다. 늦은 오후에 박사님이 정확한 사인을 위해 부검을 시행할 예정이라는 소식도 함께였다.

모두들 집으로 돌아가고 가게 문도 닫았다. 안드레아는 가게 앞문을 잠글 때 먼저 떠났고, 허브도 리사를 데리러 왔다. 리사의 차는 완벽하게 수리를 마쳤고, 허브가 이미 확인까지 끝냈다고 했다. 집에 돌아가는 길에 머피의 정비소에 들러 차를 가져갈 계획이었다. 한나와 미셸이 내일 아침 영업 준비를 마치고 나니 가게 안에는 두 사람뿐이어서 황량하기 이를 데 없었다.

"갈 준비 됐어, 언니?"

미셸이 내일 아침에 구울 마지막 쿠키 반죽을 냉장실에 가져다놓은 뒤 밖으로 나오며 물었다.

"준비는 됐는데, 아직 트럭이 오질 않았어."

"로니가 방금 핸드폰으로 전화했는데, 트럭은 밤새 조사해야 할 것 같대."

"아, 잘됐군!"

한나는 자조 섞인 외마디를 뱉었다.

"그럼 뭘 타고 집에 가지?"

"그건 로니가 해결해준대. 아버지한테 여쭤봤는데, 시릴의 정비공이 언니한테 렌트카 업자와 함께 렌트카를 보낼 거래. 트럭을 찾을 때까지는 그걸 타면 될 거야."

"그렇게 친절할 데가. 근데 왜 내 트럭을 그렇게 오래 갖고 있어야 하는 건지 모르겠네."

"로니 말로는 부검 결과를 기다려야 하기 때문이라던데. 남자의 부상 위치와 언니 트럭의 손상 위치가 일치하는지를 확인해봐야 한다고 말이야."

한나는 잠시 생각에 잠겼다.

"그렇다면 이해가 가고."

두 자매는 작업대에 앉은 채 각자 옆에 놓인 의자 위로 다리를 올려놓은 채, 매트의 생일파티에 안성맞춤이라고 둘 다 인정했던 보물상자 쿠키를 오물거렸다. 그리고 마침내 뒷문에 노크 소리가 들렸고, 문을 여니 시릴의 수리공이 렌트카 업자와 함께 당도해 있었다. 20분도 지나지 않아 두 자매는 한나의 아파트를 향해 달리고 있었다. 운전은 미셸이 담당했다. 아직은 그 어떤 자동차도 운전하고 싶지 않다고 한 한나의 말에 미셸이 선뜻 나서준 덕분이었다.

"집이 이렇게 반가울 줄이야!"

미셸이 차를 몰아 아파트의 지하 주차장으로 들어선 뒤 늘 세우는 자리에 주차하고 나자 한나가 외쳤다.

"힘든 하루를 보낸 뒤에는 집만큼 좋은 곳이 없지."

미셸의 목소리에서 연민이 느껴졌다.

"오늘 아주 힘든 하루를 보냈잖아."

"내가 친 남자만큼은 아니지."

한나는 에어컨이 아주 잘 작동되는 뷰익의 최신 모델 차에서 내려 계단을 올라가기 시작했다. 난생 처음으로 한나는 주차장이 지상 높이에 있었으면 좋았을 텐데, 그리고 한나의 집이 2층이 아니었다면 좋았을 텐데라고 생각했다. 마치 좀비가 된 듯 지쳐서 노먼과 함께 저녁식사 데이트를 나가려면 조금이라도 에너지를 회복해야 할 것 같았다.

"언니 차례가, 내 차례가?"

한나의 집 앞에 도착하자 미셸이 물었다.

"네 차례. 내가 문을 열 테니까 넌 잘 버티고 있어."

"준비됐어."

한나는 문을 연 뒤 재빨리 옆으로 비켜섰다. 미셸은 현관 앞으로 펄쩍 뛰어들어 앞으로 벌어질 일에 단단히 대비했다. 순간 모이쉐가 거실 소파에서 현관 쪽으로 휙 날아들었고, 잠시 후, 녀석은 하늘을 날아서 미셸의 뻗친 팔에 무사히 안착했다.

"아주 잘했어, 모이쉐."

미셸이 녀석을 안으로 데리고 들어가며 볼 밑을 살살 긁어주었다. 그리고 이내 소파 뒤 녀석이 좋아하는 자리에 내려놓고는 한나를 돌아보았다.

"모이쉐 요즘 살찌고 있는 거야?"

"모르겠지만, 아마도? 요즘 들어서 너무 잘 먹더라고. 다이어트라도 시켜야 할까 봐."

한나의 말에 응답하기라도 하는 듯 모이쉐는 냐옹거린 뒤 한나를 째려보았다.

"녀석이 단어를 알아들은 모양이야."

미셸이 말했다.

"그럴 거야. 녀석이 방금 우리가 뭔가 잘못을 저질렀을 때 엄마가 쏘아보던 눈빛으로 날 쳐다봤거든. 식습관에 변화가 필요하다고 이야기할 걸 그랬나."

두 자매는 동시에 모이쉐를 쳐다보았지만, 녀석은 아무렇지도 않은 표정으로 아무런 소리도 내지 않았다.

"그게 효과 있네."

미셸이 말했다.

"당장은 먹히지만, 이것도 조만간 알아듣게 될 거야. 아주 똑똑한 녀석이거든. 밥 박사님께 전화해서 내일 진료 예약을 잡아야겠어. 진찰 받아 보고 체중계에 무게도 달아봐야지."

그때 모이쉐가 또다시 울음소리를 내며 털을 곧추세우기 시작했다.

"밥 박사님 싫어해?"

녀석이 이윽고 눈을 가늘게 뜨며 귀를 바짝 붙이자 미셸이 물었다.

"박사님 좋아하지, 수도 좋아하고. 그것 때문이 아니라, 내가 그 단어를 얘기해서……."

한나는 대체할 만한 다른 단어가 무엇이 있을까 생각하느라 잠시 말을 멈추었다.

"…… 그 무게 다는 기계 말이야. 그 공포증도 나를 닮았나 봐. 나도 그 기계에 올라가는 것 너무 싫거든."

한나는 모이쉐를 몇 번 토닥이고는 부엌으로 향했다.

"난 노먼이랑 약속이 있어서 저녁은 너 혼자 해결해야 할 거야. 냉장고에 뭐가 있나 봐줄게."

"내 걱정은 하지 마. 뭐라도 있겠지. 재료가 마땅치 않으면 피자를 시켜 먹어도 되고. 버타넬리에서 여름에는 배달도 해준다고 로니에게서 들었어."

"맞아. 자가용이 있는 고등학생들을 고용해서 마일리지로 급여를 준다고 하던데. 애들은 용돈 벌어서 좋고, 버트도 장사가 더 잘되서 좋대."

한나가 막 부엌에 들어서려는 찰나 전화벨이 울렸다.

"내가 받을게."

한나는 미셸에게 외치고는 부엌 탁자 옆에 놓인 벽걸이 전화기의 수화기를 집어 들었다.

"쿠키단지에 한나입…… 어머!"

반대편에서 웃음소리가 들렸다.

"일터가 아닌 걸 깜빡한 거야?"

상대편이 물었다.

"그랬네요. 안녕하세요, 켄."

조단고등학교 교장인 케네스 퍼비스의 목소리를 알아챈 한나가 인사했다.

"학교에 무슨 일이라도 있어요?"

"지금 운동부들이 단합해서 기금 모금을 위해 경품행사를 하고 있어."

"멋지네요."

한나는 켄이 무엇 때문에 전화해서 이런 이야기를 하는 걸까 궁금해졌다.

"근데 내가 전화한 건 한나가 경품에 당첨이 됐다는 소식을 전하기 위해서야!"

"제가요?"

한나는 깜짝 놀라고 말았다. 쿠키단지를 찾은 미식축구팀 아이들 몇 명에게서 경품권을 구매했던 기억이 어렴풋이 떠올랐다. 조단고등학교 운동부에서는 매년 대대적인 기금 모금 행사를 열어 모아진 돈으로 유니폼이나 운동기구들을 구입하곤 했다. 근데 올해는 경품상품이 무엇이었는지 기억이 나지 않았다.

"어떻게 이런 일이, 켄! 상품이 뭐에요?"

"1등상이 뭐였는지 기억이 안나?"

"사실…… 네. 제가 될 거라고는 전혀 생각하지 못했기 때문에 전단지를 자세히 보지 않았어요. 그냥 매년 했던 것처럼 학교에 도움을 주려고 경품권을 구매했던 것뿐이라."

"참, 그렇다면 깜짝 놀랄 일이겠어. 경품이 어마어마하거든. 금액으로는 1천 달러가 넘어!"

"와우!"

한나는 흥분이 점차 커져가는 것을 느낄 수 있었다.

"말해줘요, 켄. 뭔데요?"

잠시 침묵이 흘렀고, 마침내 켄이 큭큭거렸다.

"미리 알려주지 않겠어. 월요일에 배송 보내서 깜짝 놀라게 해줘야겠는 걸. 1시에서 2시 사이에 집에 있을 거지?"

"아뇨, 쿠키단지로 배송해주시면 안 돼요?"

"그러기엔 부피가 너무 커. 무겁기도 하고. 한나 혼자서는 집에 가져가지 못할 거야. 게다가 애들이 직접 조립해서 설치하고, 연결까지 해줄 거거든. 대신 문 열어줄 사람 없어? 친구나? 같은 아파트에 사는 이웃이라든가?"

한나는 재빨리 생각했다.

"아랫집에 부탁해볼 수도 있겠지만, 오후에는 키디 코너 유치원에서 일하거든요. 그 남편은 집에 있지만, 델레이 제조공장에서 야간 당직으로 일하기 때문에 그 시간에는 잠을 자고 있을 거예요. 아마 노먼은 될지도 모르겠네요. 사실 부탁하고 싶진 않은데. 베넷 박사님이 휴가 중이셔서 노먼이 혼자 진료를 보느라 무척 바쁘거든요."

"그렇다면 우리가 한나 가게에 들러서 열쇠를 받아가면 어떻겠어? 배달하는 녀석들은 다 믿을 만한 친구들이라 괜찮을 거야. 나도 감독할 겸 같이 갈 거고."

"그렇담 좋아요. 단, 모이쉐를 잘 살펴주세요. 혹시나 밖으로 나갈지도 모르니까요."

"그건 걱정하지 않아도 돼. 캐시도 같이 갈 거거든. 고양이를 좋아하니까 같이 가면 모이쉐를 잘 돌봐줄 거야."

"좋아요."

한나는 로스 바튼이 레이크 에덴에서 영화 촬영을 하느라 모이쉐가 가게에서 지내던 며칠 동안 켄의 부인인 캐시가 녀석을 얼마나 귀여워했는지를 떠올리며 대답했다.

"질문 하나 더."

켄이 말했다.

"어디에 설치하면 되겠어?"

순간 경품에 대해 켄이 설명한 몇 개의 단어와 표현이 한나의 머릿속에 스쳐지나갔다. 조립. 설치. 연결. 1천 달러 가치에 달한다는 그 경품은 커다란 신상 TV가 아니면 물과 얼음이 나오는 냉장고일 수도 있겠다.

"그 전에 물건이 무엇인지부터 알아야 될 것 같은데요."

"깜짝 선물의 정체를 미리 폭로할 순 없지. 그럼 우리가 알아서 결정할게. 우리를 믿지? 여자의 안목으로 봐야 할 테니까 캐시와 적극 의논할게. 우리가 고른 장소가 맘에 들지 않으면, 다시 우리한테 전화해. 한나가 원하는 위치에 언제든 옮겨줄 테니."

"알았어요. 고마워요, 켄. 정말 흥미진진하네요. 월요일에 쿠키단지에서 봴게요. 이제 월요일에 퇴근하고 돌아가서 깜짝 놀랄 일만 남았네요."

수화기를 내려놓은 뒤 한나는 뒤에 서 있는 미셸을 쳐다보았다.

"들었어."

미셸이 말했다.

"오늘밤에 복권이라도 사는 게 좋겠어. 잭팟이 다가오고 있는데, 언니 행운이 좀 트이려는 것 같잖아."

"너무 감사하지! 오늘 하루 시작은 운 좋았다고 말할 수 없었으니까."

"그러게, 지금이 훨씬 낫지. 경품도 당첨됐고, 곧 레이크 에덴에서 제일 좋은 레스토랑에서 사랑하는 남자와 저녁식사도 하게 될 테니까. 이보다 더 좋을 수 있겠어?"

오늘 아침으로 돌아가, 그 남자를 다시 살릴 수 있다면 더욱 좋겠지.

한나는 속으로 생각했다. 너무도 우울한 생각이라 입 밖에 내고 싶지 않았다.

"네 이론을 한 번 시험해보자. 냉장고에 가서 네가 먹을 만한 것이 있나 볼게."

한나는 냉장고로 다가가 문을 열고 선반에 놓인 물건들을 살폈다.

"빵 있어?"

미셸이 한나 주변을 살피며 물었다.

"응."

"버터는?"

"버터야 항상 있지."

"사우어 크림 뒤에 있는 상자가 내가 생각하는 그게 맞다면 저녁식사 재료는 완벽해."

"이거?"

한나는 벨비타 치즈를 앞쪽 선반으로 끌어당겼다.

"그릴드 치즈에 토마토 슬라이스를 올려서 먹을래. 내가 좋아하는 음식이거든. 케첩도 찾았으니까 재료는 이걸로 완벽해. 그릴드 치즈를 사각형으로 잘라서 케첩에 찍어 먹어야겠어."

"그래. 찬장에 포테이토칩도 있으니까 같이 먹어. 며칠 전에 칩칩 후레이 쿠키를 만들었는데, 남은 게 조금 있을 거야. 디저트도 먹겠으면 단지에 있으니까 한번 찾아봐."

"그 쿠키 좋지. 완벽해, 언니. 이 정도면 고급식당 부럽지 않겠어."

미셸은 시계를 올려다보고는 얼굴을 찌푸렸다.

"모이쉐 밥은 내가 챙길게. 언니는 시간이 없잖아. 노먼이 6시 30분에 데리러 오기로 했다면서? 얼른 씻고 옷 갈아입고, 준비해야겠어. 지금 벌써 6시 10분이야. 집에 돌아오기 전에 복권 사는 거 잊지 마."

칩칩 후레이 쿠키

오븐은 175도로 예열합니다.
틀은 오븐의 중앙에 둡니다.

재료

부드러운 버터 1과 1/2컵(336g) / 백설탕 1과 1/4컵

큰 계란의 노른자 2개(흰자는 따로 남겨두었다가 엔젤 키스 쿠키나 엔젤 필로우 쿠키

만들 때 사용하세요) / 소금 1/2티스푼 / 바닐라 추출액 2티스푼

다목적용 밀가루 2와 1/2컵(측량할 때 컵에 가득 담으세요)

일반 감자칩 부순 것 1과 1/2컵(부순 다음에 측량하세요. 비닐팩에 든 채로 손으로

눌러 부수어주면 됩니다) / 화이트 초콜릿 칩 3/4컵

중간 달기의 초콜릿 칩 3/4컵 / 데핑용 백설탕 1/3컵

한나의 첫 번째 메모: 소금기가 적은 일반 감자칩을 고릅니다. 구운
칩, 물결무늬 칩, 껍질이 붙어있는 칩, 향미가 더해진 칩 등등은 안
돼요. 먹음직스러운 기름기에 약간의 소금기가 더해진 바삭바삭한 일
반 감자칩이어야 합니다.

리사의 메모: 에덴 호수에서 열리는 네 번째 7월 피크닉에 이걸 만들
어 갔었어요. 하얀색, 빨간색, 파란색 설탕 코팅을 입혀서 말이죠.

만드는 법

1. 커다란 믹싱볼에 버터, 설탕, 계란 노른자, 소금, 바닐라

추출액을 넣고 잘 섞어줍니다(손으로 저어주어도 좋지만, 믹서기가 있으면 훨씬 편하답니다).

2. 밀가루를 1/2컵씩 넣으며 섞어줍니다.

3. 잘게 부순 감자칩을 넣고 잘 섞어줍니다.

4. 믹서기에서 그릇을 꺼내 화이트 초콜릿 칩과 중간 달기의 초콜릿 칩을 넣고 손으로 골고루 섞어줍니다.

5. 손으로 반죽을 떼어 1인치(2.54cm) 크기의 공 모양으로 만든 다음 기름칠하지 않은 쿠키 틀에 올립니다(대안으로 양피지를 깔아도 좋습니다).

6. 작은 그릇에 설탕을 담습니다. 유리잔의 바닥에 들러붙음 방지 스프레이를 뿌린 뒤 설탕 그릇에 한 번 담가 설탕을 묻힌 다음 그 바닥면으로 반죽을 하나씩 눌러줍니다(반죽 하나 누를 때마다 설탕을 새로 묻혀주세요).

7. 175도의 온도에서 10~12분간 굽습니다. 가장자리가 먹음직스러운 황금빛을 띠기 시작할 때까지 구워주세요(전 12분 동안 구웠어요).

8. 완성된 쿠키는 틀 위에서 2분간 식힌 다음 식힘망으로 옮겨 완전히 식힙니다(양피지를 사용하였다면, 양피지 채로 식힘망으로 옮겨 그대로 식혀주세요).

"오늘밤 한나가 얼마나 예쁜지 내가 얘기했나요?"

테이블에 놓인, 시원한 물이 담긴 물병으로 손을 뻗어 유리컵에 물을 따르며 노먼이 물었다.

"얘기했어요. 그래서 내가 고맙다고도 했고요. 남자가 외모 칭찬을 할 때면 그렇게 대답해야 한다고 엄마가 늘 얘기하셨거든요. 딱 그 말만 하라고 하셨던 것 같은데, 노먼이 생일선물로 사준 옷을 입고 있으니 오늘밤 내가 당연히 예뻐 보일 수밖에 없다는 쓸데없는 얘기를 내가 지금 하고 있네요."

노먼은 웃음을 터뜨렸다.

"맞아요, 내가 선물해준 옷이죠. 클레어가 골라준 거예요. 근데 내가 하려던 말은 그게 전부가 아니에요. 한나가 오늘 아침보다는 확실히 더 행복해 보여요. 한나는 행복해 할 때 제일 예쁘거든요."

몇 가지 대꾸들이 한나의 머릿속을 스쳐지나갔다. 첫 번째 대꾸는 *최근에 시력 검사 받아본 일 있어요? 아무래도 안경을 써야겠어요.* 두 번째 대꾸는 *바보 같은 소리 말아요. 아무리 그래도 내가 예쁜 얼굴은 아니잖아요.* 그리고 세 번째 대꾸는 *나한테 뭐, 잘 보일 일 있어요?* 하지만 한나는 엄마의 가르침을 따르기로 하고 세 가지 대꾸 중 어떤 것도 선택하지 않았다.

"고마워요, 노먼."

한나는 차분히 인사한 뒤 손을 뻗어 노먼의 손을 감쌌다.

그때 샐리 래플린이 두 사람의 테이블로 다가왔고 한나는 다시 손을 뺐다. 다른 사람 앞에서 애정 행각을 보이는 것이 어쩐지 불편했다.

"안녕, 샐리."

"안녕, 한나. 반가워요, 노먼."

샐리는 자신의 주방장 재킷을 입고 있었는데, 가장자리에는 다른 주방 요리사들이 입고 있는 앞치마와 똑같이 화려한 색상의 무늬가 새겨져있었다. 손님들이 자신이 주문한 요리가 준비되는 과정을 지켜볼 수 있도록, 주방의 벽면이 커다란 유리창으로 되어 있었기 때문에 금세 알 수 있었다.

"사고 소식 들었어."

샐리가 말했다.

"괜찮아?"

"괜찮아요."

한나는 간단히 대답했다. 사고이야기는 하고 싶지 않았다. 오늘 아침 빗속에서 무슨 일이 있었는지는 깨끗하게 잊어버리거나 적어도 지금은 이 순간만 생각하고 싶었다. 사고이야기는 되풀이해봤자 아무 소용도 없을뿐더러, 다시 기분이 우울해져 노먼과 함께하는 이 멋진 저녁을 망칠 수도 있다.

"한나 어머님이랑 박사님도 이리로 오고 계셔."

한나가 아무런 대꾸도 하지 않자 샐리가 화제를 돌렸다.

"오늘 엄마랑 박사님도 같이 식사하기로 한 거예요?"

한나가 노먼에게 물었다.

"글쎄요. 합석하신다면야 환영이지만, 나도 처음 듣는 이야기라서요."

한나는 다시 샐리에게로 고개를 돌렸다.

"엄마가 다른 얘긴 안 하셨어요?"

"그냥 한나에게 중요하게 할 말이 있다고 하셨어. 빨리 얘기해줘야 한다고."

한나와 노먼은 시선을 교환했다. 엄마에게 '중요한 말'이란 자신에게 크게 영향을 미치는 무언가를 말한다. 이를 테면, 운영하고 있는 앤틱 가게에 엄청 좋은 물건이 들어왔다거나 결혼식 계획에 자매들이 제안한 무언가를 수락하겠다는 선언을 하겠다던가 하는 일들 말이다.

"일찍 경고해줘서 고마워요."

한나가 말했다.

"20분 정도면 도착하시겠네요."

노먼이 한나를 향해 의심쩍은 눈빛을 보냈고, 한나는 살짝 고개를 끄덕였다. 노먼이 보낸 무언의 신호가 무엇을 뜻하는지 아주 잘 알고 있었다.

"도착하시면 저희랑 같이 식사하시도록 이리로 안내해주세요."

한나의 고갯짓을 정확히 눈치챈 노먼이 말했다.

"그럴게요."

샐리는 다시 한나를 향해 고개를 돌렸다.

"참, 오늘 새 디저트가 있어. 버터밀크 파이라고."

"버터밀크 파이는 처음 들어 봐요."

노먼이 말했다.

"전 그걸로 주문할게요."

"그거 남부 지방에서 먹는 디저트 아니에요?"

한나가 물었다.

"맞아. 우리 보조 요리사가 남부 지방에 친척이 산다는데, 거기 사시는 할머니의 레시피라고 했어."

"저도 그것으로요."

한나는 노먼의 주문에 자신의 것도 더했다.

"버터밀크 파이는 저도 한 번도 못 먹어봤거든요."

샐리는 다른 사람들이 듣지 못하도록 몸을 바짝 기울였다.

"혹시 어머님이 결혼식 피로연 때 대접할 음식으로 제안한 내 주요리가 마음에 드신대요?"

"그 부분에 있어서는 나쁜 소식이 있네요."

한나는 살포시 한숨을 내쉬었다.

"말도 못 꺼냈어요. 오늘 아침에 엄마 말이 연어를 별로 안 좋아하신다고 하더라고요. 정말 좋은 아이디어였는데, 샐리. 엄마가 마음에 들어 하실 것 같지 않아요."

"뭘 제안하셨는데요?"

노먼이 샐리에게 물었다. 결혼식 이야기가 나오자 다소 소외감을 느꼈던 모양이었다.

"샴페인 소스를 곁들인 연어 필레."

샐리가 대답했다.

"대인원 분량으로 준비할 수 있을 만한 메뉴는 전부 얘기했는데, 모두 퇴짜를 놓으셨어."

"대체 왜요?"

노먼이 한나를 돌아보며 물었다.

"샐리 요리는 전부 맛있잖아요."

"그거야 나도 알고, 노먼도 알고, 물론 우리 엄마도 아는 사실이죠. 근데 요즘 들어 우리가 추천한 것 중에 어떤 것도 마음에 들지 않는 모양이에요."

"마음에는 드는데, 단지 고삐를 놓고 싶지 않으신 것 아닐까요."

노먼이 추측했다.

"바로 그거예요. 결혼식 준비에 관여하지 않겠다고 하셨지만, 그래도 계속 주도권을 쥐고 싶으신 거죠."

"그렇다면 정말 큰 문제인데."

샐리가 의견을 게재했다.

"오늘밤 메뉴에 연어 요리를 올려보면 어떨까? 한나가 제안하기 전에 직접 맛을 보게 해드리는 거야."

"효과가 있을까요?"

노먼이 물었다.

"아마도. 샴페인 소스 위에 특별히 한나 어머님이 좋아하시는 캐비어를 조금 얻으면 한나가 제안하기도 전에 어머님이 먼저 얘기를 꺼내게 되실 거야."

"그렇다면 성공할 수도 있겠어요."

한나가 말했다. 하지만 여전히 확신은 들지 않았다.

"오늘 특별요리는 뭐에요?"

"꼬꼬뱅. 야생버섯 소스를 곁들인 쁘띠 필레도 있어."

"전 꼬꼬뱅으로 할게요."

노먼이 말했다.

"제가 좋아하는 거라서요."

"저도요."

한나도 말했다. 필레와 닭고기 사이에서 잠시 갈등했지만, 이내 닭고기로 마음을 정했다.

"꼬꼬뱅으로 두 개 부탁해요, 샐리."

샐리가 다시 주방으로 돌아가자마자, 샐리의 수석 웨이트리스인 도트 라슨이 기적처럼 순식간에 두 사람의 테이블로 다가왔다. 이게 바로 도트의 특기 중 하나였다. 두드러지지 않게 테이블 주변을 돌아다니다가 때가 되면 갑자기 공기 중에 훅 나타나는 것 말이다. 한나는 문득 도트가 사람들의 사적인 이야기들을 얼마나 많이 알고 있을까 궁금해졌다. 살인사건 수사 때는 그러한 정보들이 큰 도움이 될 것이다. 한나와 리사도 쿠키단지에서 종종 그러한 기술을 사용하곤 하는데, 여기 호텔 레스토랑에서도 마찬가지로 가치 있는 일일 테다. 다음 번 사건 수사 때는 아무래도 도트와 협업을 해야할 것 같다.

"안녕, 도트."

한나가 따뜻하게 인사했다.

도트는 두 사람을 향해 미소를 지었다.

"안녕하세요, 한나. 그리고 노먼. 반가워요."

"아기는 잘 커요, 도트?"

노먼이 물었다.

"나무처럼 쑥쑥 자라고 있어요. 오늘처럼 제가 일하는 밤에는 저희 어머니가 아기 돌보느라 눈코 뜰 새 없이 바쁘시죠!"

"그럼, 아기 봐주시는 것, 별로 개의치 않으시는 거죠…… 그렇죠?"

한나가 물었다.

"그럼요. 매일 밤 안아서 흔들며 재우시는 걸요. 지미 말로는 우리 착한 아기, 착한 아기 하면서 노래도 불러주신대요."

한나는 부끄러운 미소를 감췄다. 한나도 예전에 한동안 모이쉐에게 우리 착한 아기, 착한 아기 노래를 불러줬던 적이 있었다!

"와인 하시겠어요?"

도트가 노먼에게 물었다.

"한나는 어때요?"

노먼은 한나에게 대답을 미뤘다.

"오늘밤은 됐어요."

한나는 대답하고는 이내 단서를 달았다.

"일단 난 괜찮은데, 엄마와 박사님은 와인 드실지 어쩔지 모르겠네요."

"그럼, 그건 이따가 다시 여쭤볼게요. 칵테일 드시겠어요? 아니면 그냥 물?"

"전 아이스티 주세요. 그리고 잔에 레몬 조각도 꽂아줄 수 있을까요?"

"물론이죠."

도트는 노먼을 돌아보았다.

"노먼은요?"

"나도 같은 것으로요."

"식전빵은 지금 갖다드릴까요? 아니면 두 분 더 오시면 그때 갖다드릴까요?"

"지금 주세요."

한나는 빠른 결정을 내렸다. 몹시 배가 고팠다. 사고 때문에 마음이 우울했던 나머지 온종일 먹은 것이라곤 아침에 미셸과 엄마가 만들어준 라임 바 쿠키와 오후에 코코아 스냅 쿠키 한 조각이 전부였기 때문이다.

"식전빵은 조금 있다가 가져다줘."

도트가 막 자리를 뜨려고 하는 찰나에 샐리가 모습을 보였다.

"이것 먼저 맛보여주고 싶거든."

한나는 샐리가 내려놓은 접시를 바라보았다. 접시에는 아주 얇은 파이 조각이 놓여있었다.

"이게 버터밀크 파이에요?"

한나가 물었다.

"한나 보여주려고 샘플로 만든 거야."

노먼은 웃음을 터뜨렸다.

"디저트로 에피타이저를 대신해보긴 처음이에요."

"저도 그래요."

한나도 말했다.

"그럴 리가. 아침 식사로 쿠키 먹은 적 없었어?"

"아, 오늘 아침에 그랬네요."

노먼이 인정했다.

"아침에 식사할 시간이 없었거든요. 한나를 만나러 가게에 갔더니 한나가 쿠키를 주더라고요."

"그래서 우리가 이렇게 배가 고픈 거죠!"

한나도 인정했다.

"나도 노먼처럼 식사를 해요."

한나는 자신을 향해 마구 손짓을 하고 있는 파이를 한 입 베어 물었다.

"부드럽고, 담백하면서 톡 쏘는 달콤함이 있어요. 정말 맛있어요, 샐리."

"육두구 향신료가 환상이에요."

노먼이 또 한 입 베어 물며 말했다.

"훌륭하네요, 샐리."

"고마워요."

샐리는 접시에 디저트가 다 사라질 때까지 기다렸다가 빈 접시를 도트에게 건네주었다.

"이제 식전빵 가져와."

샐리가 말했다.

"두 사람 모두 하루 종일 디저트로만 배를 채웠다고 하니 넉넉하게 준비하는 게 좋겠어."

1~2분 뒤 식전빵이 도착했고, 한나와 노먼은 굶주린 늑대처럼 빵을 먹기 시작했다. 그 작은 파이 조각이 두 사람의 입맛을 한껏 돋운 탓이었다. 두 사람은 머핀을 가르고, 샐리의 특제 복숭아 빵 두 조각을 먹어 치운 다음 미니 스콘까지 각각 두 개씩 입에 넣었다.

"다 비었어요."

한나가 식전빵을 담았던 바구니를 덮은 빨간색과 흰색의 체크무늬 냅킨을 물끄러미 내려다보며 말했다.

"아무래도 엄마랑 박사님 오시기 전에 식전빵을 좀 더 갖다달라고 도트에게 부탁……."

"여기 있어요."

도트가 불쑥 나타나 바구니를 테이블에 내려놓고는 빈 바구니를 버스보이에게 들려 보냈다.

"어머님과 나이트 박사님도 도착하셨어요. 샐리가 지금 이리로 모셔오고 있네요. 와인도 여기 있어요. 어머님이 전화로 미리 주문하셨거든요. 와인이 꼭 필요할 거라고 하시면서요."

한나는 노먼을 쳐다보았다. 한나만큼이나 미심쩍은 표정이 역력했다.

"그게 무슨 의미일까요."

한나가 말했다.

"모르겠어요. 어쨌든 곧 알게 되겠죠. 저기 두 분이 오시네요. 표정이 어두우신데요."

할머니의 버터밀크 파이

오븐은 175도로 예열합니다.
틀은 오븐의 중앙에 둡니다.

재료

시작하기 전에, 다음 중 한 가지를 준비하세요:

그래햄 크래커 크러스트 (직접 만들어도 되고, 가게에서 구매하셔도 됩니다)

쇼트브레드 쿠키 크러스트 (직접 만들어도 되고, 가게에서 구매하셔도 됩니다)

9인치 깊이 접시 모양의 파이 껍질 (포장에 적혀있는 대로 만드세요)

한나의 첫 번째 메모: 샐리 말로는 그 요리사의 할머니는 꼭 그래햄 크래커 크러스트로 이 파이를 만드셨대요. 제 개인적으로는 위의 세 가지 크러스트 중에서 아무것이나 다 좋습니다.

소금기 있는 버터 6테이블스푼(84g) / 흰설탕 1컵(측량할 때는 컵에 가득 채워주세요)

큰 계란 2개(노른자와 흰자를 분리해서 그릇에 담아주세요)

다목적용 밀가루 1/4컵(측량할 때는 컵에 가득 채워주세요)

신선한 레몬 혹은 라임주스 1테이블스푼(요리사의 할머니는 겨울에는 레몬주스를 사용하고 여름에는 라임주스를 사용하셨대요. 왜 그렇게 하셨는지 이유는 모르고요)

육두구 1/4티스푼(갓 간 것을 사용하면 훨씬 좋아요!)

카르다몸 1/4티스푼(카르다몸이 없으면 대신 육두구를 사용하세요)

소금 1/4티스푼 / 바닐라 추출액 1티스푼

실온의 버터밀크 1컵(버터밀크를 실온에서 데울 시간이 없다면, 전자레인지에 '강' 으로 20초간 돌려주세요)

만드는 법

1. 중간 크기의 믹싱볼에 버터와 설탕을 넣고 섞습니다. 설탕이 완전히 녹을 때까지 보슬보슬하게 잘 섞어줍니다.

> 한나의 두 번째 메모: 샐리는 이 과정에서 믹서기를 사용한다고 해요. 손으로 해도 상관없지만, 팔이 좀 아프긴 하겠죠.

2. 계란 노른자를 믹싱볼에 넣고 잘 섞어줍니다.
3. 밀가루, 레몬 혹은 라임주스, 육두구, 카르다몸, 소금, 그리고 바닐라 추출액을 넣고 골고루 섞어줍니다. 덩어리가 없이 부드러운 반죽이어야 합니다.
4. 믹서기를 가동시키는 가운데 버터밀크를 조금씩 천천히 부어 섞어줍니다.
5. 따로 덜어낸 계란 흰자를 거품기로 저어 부드러운 거품 봉우리를 만듭니다(믹서기나 거품기 동작을 멈추면 봉우리가 이내 떨어질 겁니다).
6. 계란 흰자에 거품이 잘 일었으면, 좀 더 묵직한 혼합물로 "중화" 할 차례입니다. 버터밀크 파이 반죽을 여기에 조금 부어서 서로 잘 섞이도록 뒤적여주세요.

한나의 세 번째 메모: 전 반죽 섞을 때 고무주걱을 사용했어요. 섞을 때 계란 흰자 거품에 가급적 공기층이 많이 들어갈 수 있도록 해주세요.

7. 이제 순서를 바꿀 차례입니다. 중화시킨 계란 흰자가 담긴 볼을 들어 버터밀크 반죽에 부어 잘 섞어주세요. 이때도 공기층이 가급적 많이 들어갈 수 있도록 섞어줍니다.

8. 완성된 반죽을 미리 구워놓은 파이 껍질에 부은 뒤 뒷면을 고르게 다져줍니다.

9. 175도의 온도에서 45~50분간 굽습니다. 소가 살짝 황갈색을 띄고 파이를 기울였을 때 흐르지 않으면 완성입니다(파이를 기울일 때는 물론 장갑을 껴야 하겠죠).

10. 가스레인지나 식힘망에 올려 식온 정도로 식힙니다.

따뜻할 때 먹어도 맛있고, 실온 정도에서 먹어도 맛있습니다.

남은 것은 냉장고에 보관하세요.

한나의 네 번째 메모: 레이크 에덴 호텔에서는 이 디저트를 가운데 쐐기가 박힌 파이 접시에 담아 가장자리를 라즈베리 소스와 레몬 혹은 라임 소스로 장식한답니다. 달콤한 휘핑크림과 함께 내기도 하고요. 제가 집에서 먹을 때는 그렇게까지 장식은 하지 않아요. 다만 조각마다 위에 민트 잎사귀를 장식으로 얹곤 하죠. 엄마에게 대접할 때는 양을 두 배로 불려서 만들어야 한답니다. 초콜릿이 들어가지 않는데도 이 파이를 엄청 좋아하시거든요! 아마도 항상 남부 귀족집안의 고명딸을 꿈꾸었던 탓이 아닐까 싶어요. 제가 이런 얘기 했다는 것 엄마에게는 비밀이에요!

박사님이 와인잔에 한나가 좋아하는 화이트 와인을 따른 다음 모두에게 잔을 돌리기 이전에 한나에게 먼저 잔을 건넸을 때 한나는 무슨 일인지는 몰라도 엄마의 중요한 할 말이라는 것이 좋은 소식은 아닐 것이라는 예감이 들었다. 모두에게 잔이 돌아가자 한나가 입을 열었다.

　"뭔가 잘못됐군요. 뭐에요?"

　엄마는 박사님을 쳐다보았고, 박사님도 엄마를 쳐다보았다. 잠시 두 사람은 아무 말도 하지 않았다. 이윽고 엄마가 살짝 고개를 끄덕였고, 박사님은 목청을 가다듬었다.

　"저녁식사 자리에서 할 만한 이야기는 아니라네."

　그가 말했다.

　"식사부터 하고 얘기하자고."

　"아뇨."

　한나가 말했다.

　"뭔지 몰라도, 전 지금 듣고 싶어요."

　"네가 오늘 아침에 트럭으로 친 남자 얘기란다."

　한나와 좀처럼 눈을 마주치려 하지 않은 채 엄마가 말했다.

　"아까 병원에서 부검을 막 끝냈는데…… 그게……."

　엄마는 더 이상 말을 잇지 못했다. 무언가 대단히 심각한 사안인 것이 분명했다.

"뭔데요?"

한나가 박사님을 돌아보며 물었다.

"광대뼈에 금이 간 것을 제외하고, 나머지 부상들은 한나 트럭의 앞면에 가해진 손상과 정확히 일치했어."

박사님이 말했다.

"그렇다면 사인이 광대뼈 골절인가요?"

한나가 두려운 마음에 차마 던지지 못했던 질문을 노먼이 대신했다.

"아니, 중상으로 인한 쇼크와 기도 폐쇄로 거의 즉사했네."

"그럼 제가 쳤을 때, 목이 부러졌군요."

한나가 말했다.

"미안하지만, 그런 것 같아, 한나. 나 역시 또 다른 사인이 있기를 바랐지만, 없었네. 한나가 트럭으로 쳤을 때 목이 부러져서 죽은 거야."

한나는 힘겹게 침을 삼켜내리며 입도 대지 않은 채 와인잔을 그대로 내려놓았다. 거의 불가능한 희망에 가까웠지만, 한나는 부검 결과상의 사인이 교통사고가 아닌 다른 무엇이기를 간절히 바라고 있었다. 하지만 역시나 그럴 리가 없다. 나는 그 남자를 죽였고, 박사님의 부검 결과서는 공식 문서와도 같았다.

"그냥 사고였을 뿐이야."

엄마가 테이블을 가로질러 한나의 손을 토닥였다.

"아무도 널 탓하지 않는단다."

"그래요."

노먼 역시 손을 뻗어 한나의 다른 손 위를 다정스럽게 덮었다.

"폭풍이 심해서 그 남자를 확인할 수 없었어요. 모퉁이를 돌자마자 길 한가운데 나뭇가지가 떨어져 있었고요. 일부러 한 것이 아니라는 것을 모두가 알아요."

"할 얘기가 더 있어, 한나."

박사님은 슬픈 표정을 지었다.

"어떤 면에서 내 일이 정말 싫을 때가 있는데, 이게 그러한 때 중 하나야. 어찌 됐든 위넷카 카운티 부검의뢰서 책임이 있는 거니까. 미안하지만, 부검 결과를 당국에 제출해야만 했네."

"당국에요."

한나는 박사님이 무엇을 이야기하려 하는 것인지 몰라 멍하니 박사님의 말을 되풀이했다.

"당국, 어디요?"

"위넷카 카운티 경찰서에 말일세."

"그렇지만…… 왜요, 박사님? 그냥 사고였잖아요!"

"물론 거기에는 의심의 여지가 없지, 한나. 한나가 일부러 한 일이 아니라는 것도 알고. 하지만 어쨌든 사람을 쳤고, 결과적으로 그 사람이 죽었네. 이번 경우에는 매우 불운하게 된 일이지만, 무슨 일에든 결과가 따르기 마련이니까."

"그게…… 그게 무슨 뜻이세요?"

한나는 힘겹게 되물었다.

"내 표현법을 이해해주게. 나름 조심스럽게 말하고 있는 거라서."

물잔을 찾아 뻗은 한나의 손이 떨리기 시작했다. 잔을 들면 물이 쏟아질 것 같아 한나는 그냥 손을 거두었다. 입안은 톱밥이 가득 채워진 듯했고, 뭔가 말을 하려 할 때마다 목청은 바싹바싹 말라 들어갔다. 박사님에게 설명해야 한다. 나뭇가지를 피하려고 운전대를 틀었다가 트럭이 빗물에 젖은 자갈길에 미끄러졌다고, 퍼붓는 빗줄기 탓에 전방 가시도가 제로에 가까웠다고, 연신 번쩍거리는 번개 탓에 그 남자가 길가에 서 있는 것을 볼 수 없었다고 말이다. 한나가 막 입을 열려는 찰나에 레스토랑 안으로 화급히 달려 들어오는 마이크를 발견했다.

"최대한 빨리 왔어요."

마이크가 한나를 일으켜 세워 안으며 말했다.

"정말 미안해요, 한나!"

마이크가 너무 꽉 끌어안은 바람에 한나는 움직일 수조차 없었다. 하지만 간신히 질문을 던졌다.

"뭐가요?"

"최대한 시간을 끌어보려고 했는데. 일단 주방을 통해서 여기를 빠져나가요. 뒷일은 우리가 알아서 할 테니. 어서 가요, 한나! 미셸에게 전화할게요. 지금 한나를 데리러 와있어요!"

"아니, 내가 왜……."

막 물어보려는데 이번에는 안드레아가 달려 들어오는 것이 보였다. 마치 성난 황소가 뒤쫓고 있기라도 한 듯 안드레아는 웨이트리스들과 버스보이들을 헤치고 헐레벌떡 달려왔다.

"언니!"

안드레아는 소리를 지르며 한나를 마이크에게서 떼어놓고는 그를 이글거리는 눈빛으로 쏘아보았다.

"우리 언니한테서 손 떼요! 절대 데려가지 못해요!"

마이크는 놀란 눈으로 안드레아를 쳐다보았다.

"그러려던 것이 아닙니다!"

안드레아는 한나의 귀에는 거의 신음에 가까운 듯한 소리를 내고 있었다.

"아니, 데려가려고 했잖아요! 거짓말 말아요. 마이크, 당신은…… 당신은 경찰이잖아요!"

서로를 비난하는 두 사람을 번갈아 바라보며 한나는 뒤로 주춤 물러섰다. 도대체 무슨 일이 벌어지고 있는 것인가?! 그때 미셸이 달려와 한나의 손을 꽉 쥐었다.

"빨리! 나랑 같이 가자! 로니가 지금 이리로 오고 있어!"

"아니…… 도대체 이게 무슨……?"

"시간 없어!"

미셸이 말을 가로막았다.

"나중에 설명할게. 로니가 금방 도착할 거야. 그렇게 되면…… 오, 안돼! 너무 늦었어!"

한나는 미셸의 어깨 너머로 빌이 무척 음울한 얼굴로 이쪽 테이블로 다가오는 모습을 볼 수 있었다.

"어서 가!"

안드레아는 한나를 향해 외친 뒤 남편의 앞을 가로막은 뒤 그의 행진을 늦출 요량으로 그의 팔을 붙잡고 늘어졌다.

"비켜!"

지금껏 빌에게서 한 번도 들어본 적이 없는 톤의 목소리였다. 매우 사무적이면서도 명령적인 동시에 헛소리는 용납하지 않겠다는 무척이나 진중한 톤의 목소리.

"절대!"

안드레아는 계속 그의 팔에 매달렸다.

"어쩔 수 없어. 내 일이니까. 비키지 않으면 당신도 같이 데려갈 거야!"

안드레아는 더 세게 그를 붙들었다.

"나, 경고했어요, 빌. 정말로 감행한다면…… 시도라도 한다면, 나 당신이랑 앞으로 절대 말하지 않을 거예요!"

"나도 일이라 어쩔 수 없다고."

빌은 다시 반복한 뒤 마침내 안드레아를 떨쳐냈다. 그러고는 곧장 테이블로 다가와 한나 앞에 멈춰섰다.

"한나 루이즈 스웬슨."

그는 한나의 손에 공식 문서인 듯 보이는 종이를 쥐어준 다음 아까와 같은 무미건조한 톤으로 말을 이어 나갔다.

"체포 영장이 발부되었습니다."

잠시 무거운 침묵이 흘렀다. 테이블에 있던 모두를 비롯해 주변 테이블까지 전부 미동도 없이 조용해졌다. 그 광경을 보니 한나는 문득 초등학생 시절 비가 와서 밖에 나가 놀지 못할 때 교실에서 하던 '동상 놀이'가 생각났다. 자유롭게 교실 안을 돌아다니다가 선생님이 호루라기를 불면 그 자리에, 하던 동작 그대로 멈춰서는 것이다. 제일 훌륭한 '동상' 역할을 해낸 사람에게는 다음번에 호루라기를 불 기회가 주어졌다. 그렇게 해서 쉬는 시간이 끝날 때까지 놀이를 계속했다.

"마이크!"

마치 마법사의 주문과도 같은 빌의 목소리가 정적을 갈랐다.

"한나를 체포해!"

마이크는 한나를 쳐다보다가 이내 빌을 똑바로 바라보았다.

"아뇨."

마이크가 말했다.

놀란 빌은 자신의 귀를 믿을 수 없다는 듯 마이크를 바라보며 다시 한 번 명령했다.

"어서 체포하라고 했어!"

"못합니다."

빌은 깊은 한숨을 내쉬고, 또 내쉬었다.

"마이클 킹스턴. 지금 내 명령을 거역하는 건가?"

"네, 체포할 수 없습니다."

한나는 충격에 휩싸여 마이크를 바라보았다. 그는 아주 철두철미한 사람이었다. 마을 사람들 모두가 알고 있는 사실이다. 마이크는 자신의 임무 수행에 있어 절대로 사적인 감정을 끼워넣지 않았다. 상관이 점프를 하라고 하면, 즉각 "얼마나 높이 뛰면 될까요?"라고 물을 사람이었다. 마이크의 경찰 인생 수년 만에 상관의 명령을 거역한 것은 처음 있는 일일 것이다. 지금껏 한나는 마이크가 설사 자신의 어머니에게 체포 영장이 떨어졌어도 즉각 본가로 달려가 임무를 수행할 남자라고 생각했었다. 그런데 지금 이곳의 마이크는 한나를 체포하라는 빌의 지시를 거역하고 있다!

"또다시 내 명령을 거역하면, 급여 없는 정직 처분을 내리겠어. 내 말 알아듣겠나?"

마이크는 고개를 끄덕였다.

"알겠습니다."

"그럼 어서 한나 루이즈 스웬슨을 체포해."

마이크는 빌의 두 눈을 똑바로 바라보며 고개를 가로저었다.

"아뇨, 못합니다."

빌은 한나도 들어보지 못한 욕설들을 나지막이 내뱉었다.

"그럼, 내가 하지."

빌은 한나를 향해 몸을 돌렸다.

"체포해요, 마이크."

빌이 더 나서기 전에 한나가 말했다.

"어서요. 어차피 결과는 같아요. 마이크가 안 하더라도 어차피 빌이 할 텐데 괜히 정직 처분 받을 이유가 없잖아요."

"아뇨, 거기에 발 들이고 싶지 않습니다, 한나. 그냥 이건 옳지 않아요. 내가 할 일이 있고, 하지 않아야 할 일이 있습니다. 이건 하지 않아야 할 일이에요. 이런 날조된 죄상으로 한나를 내 손으로 체포할 순 없습니다."

"날조요?"

빌이 바로 뒤에 서 있는데도 불구하고 한나가 물었다.

"전부 정치적인 겁니다, 한나. 이 말도 안 되는 혐의는 오래가지 못할 거예요. 오늘 밤에 호위가 찾아갈 테니, 그에게 물어봐요. 내가 전화했으니 모두 알고 있을 겁니다."

"호위에게 전화했어요?"

한나는 깜짝 놀라고 말았다. 체포된 사람도 전화 한 통화는 할 수 있는 것이 아니었나? 경찰이 이런 일에까지 나서주면 안 될 텐데 말이다.

바로 그때 한나는 레이크 에덴 호텔 레스토랑 안에 무거운 적막이 흐르고 있음을 눈치챘다. 주변 테이블에서도 사람들 말소리는커녕 식기가 부딪히는 소리조차 들리지 않았다. 자리에서 일어서면서 스치는 옷깃 소리도 나지 않았다. 레스토랑 안에 있는 모두가 가만히, 그리고 조용히 눈앞에 펼쳐진 이 충격적인 광경을 쳐다보고 있었다.

아, 이런! 한나는 생각했다. *엄마가 오늘 신문에 실렸던 기사가 굴욕적이었다고 했던가? 내일 실릴 기사에 비하면 새 발의 피지. 로드가 이 일을 두고 아주 신이 났을 테니까!*

"한나 루이즈 스웬슨."

고요한 레스토랑에 빌의 목소리가 울려 퍼졌다.

"차량을 이용한 살인 혐의로 체포합니다. 조용히 따라오시죠."

한나는 테이블에 있는 다른 사람들을 바라보았다. 엄마는 레스토랑 안의 다른 사람들만큼이나 충격을 받은 얼굴이었고, 박사님은 뭍으로 나온 물고기마냥 창백한 얼굴로 입만 벙긋거리고 있을 뿐이었다. 미셸은 두 볼에 눈물을 흘리고 있었고, 노먼은 한나를 도울 수 있는 일이 아무것도 없다는 것이 마음 아픈 듯 무척 절망스러운 얼굴을 하고 있었다. 어느새 한나의 테이블 쪽으로 다가와 있던 샐리조차도 이 자리를 피하고 싶은 표정이었다. 충격을 받거나 슬프거나 완전히 무기력한 얼굴을 하고 있지 않은 것은 오로지 안드레아뿐이었다. 안드레아는 이글거리는 눈빛에 독기 오른 표정으로 빌을 쏘아보고 있었다.

빌, 오늘밤에 권총은 숨겨놓는 게 좋을 거야. 빌의 인도하에 고요한 레스토랑을 가로질러 로비를 지나 호텔 정문으로 향하며 한나는 생각했다. *안드레아가 그걸 찾아내면, 살인 혐의로 감옥 가는 스웬슨 자매는 나 혼자로 끝나지 않을 테니까.*

30분이 채 지나지 않아 한나는 위넷카 카운티 경찰서로 연행되었다. 빌은 한나를 안으로 데려간 뒤 로니의 형인 릭 머피를 시켜 한나의 이름을 등록하고 감방에 가두도록 했다. 그런 뒤 릭에게 오늘밤 수용자들을 잘 지키라는 지시를 내린 다음 곧장 등을 돌려 밖으로 나가버렸다. 단단히 화가 난 아내를 달래기 위해 곧장 집으로 향하는 것일 테다. 물론 빌이 그 어떤 말과 행동을 해도 안드레아의 화는 풀리지 않을 것이다. 적어도 오늘밤에는. 안드레아와 어렸을 적부터 죽 함께 자랐지만 오늘처럼 화내는 모습은 처음 보았다. 그러니 당장 화를 풀기는 어려울 것이다.

　"미안해요, 한나."

　서류 작업을 끝낸 뒤 한나를 감방으로 데려가며 릭이 말했다.

　"정말 내키지 않는다는 거 알죠."

　"알아요. 괜찮아요, 릭. 어쨌든 임무는 다해야 하잖아요."

　"마음에 들지 않더라도 말이죠."

　릭은 단기간의 형을 받거나 다음날 아침에 있을 재판에 대기 중인 수감자들을 수용하는 자그마한 감방으로 한나를 데려갔다.

　"유치장에는 오늘 아무도 없어요. 다른 감방보다는 훨씬 넓어서 돌아다닐 공간이 좀 될 거예요. 내가 앉아있는 책상도 바로 보이니까 필요한 것이 있으면 언제든 불러요."

한나는 결국 투옥되고 말았다. 감방 밖에서 문을 잠그며 릭은 또다시 사과를 했다. 릭의 기분도 엉망일 것이란 사실을 한나도 알고 있었다. 릭은 마음 같아서는 감방 문을 열어두고 싶다고 했지만, 빌이 언제 돌아와 확인할지 모를 일이니 그건 불가능하다고 했다. 릭은 문을 잠근 뒤 한나의 상황이 어떻게 돌아가고 있는지 알아보기 위해 전화 몇 통화하고 오겠다며 자리를 떴고 한나는 철창과 콘크리트 벽 사이에 홀로 남겨졌다.

할 수 있는 일이라고는 감방 안을 서성이는 것뿐이었다. 서성이기를 10분쯤 했을 때 마침내 릭이 돌아왔고, 의자를 가져와 한나가 있는 감방 앞에 앉았다.

"소식이 있어요."

릭에게는 좋은 소식과 나쁜 소식이 있었다.

좋은 소식 중 하나는 호위 레빈이 이리로 오고 있는 중이라는 것이었다. 미니애폴리스 구스리에서 아내와 함께 연극을 보다가 마이크의 전화를 받은 호위가 그 길로 극장을 빠져나와 레이크 에덴으로 오고 있는 중이라는 것이다. 도로에 차가 좀 막히긴 하지만, 마을에 한 시간 이내로 도착할 것 같다고 한다. 키티를 집에 내려준 뒤 곧장 경찰서로 달려올 것이다.

또다른 좋은 소식은 엄마가 레이크 에덴 호텔에서 포장한 저녁식사를 가지고 한나를 만나러 올 것이라는 사실이었다. 오늘밤은 굶주리지 않아도 된다.

나쁜 소식은 하나뿐이었지만, 매우 심각한 사안이었다. 오늘이 금요일 밤인 탓에 월요일 아침이 올 때까지 감방에 갇혀 있어야 한다는 사실이었다. 그 말은 곧 사흘을 감방에서 보내야 한다는 이야기였다. 감방이 넓고 돌아다닐 곳도 많다고 하지만, 계속 이렇게 갇힌 채 나갈 수 없다는 현실에 밀실공포증이 밀려왔다.

한나는 감방 바깥 벽에 걸린 벽시계를 바라보고는 한숨을 내쉬었다. 감방에는 고작 15분 있었을 뿐이고, 시간은 거북이처럼 느리게 흘러갔다. 집 거실 소파에 앉아 버터 팝콘을 오물거리며 모이쉐와 함께 TV에서 방영하는 추억의 영화나 보고 있다면 얼마나 좋을까. 아니면 미셸과 함께 부엌에서 간식을 만들며 웃고 떠들어도 좋겠다. 아니면 다시 레이크 에덴 호텔 레스토랑으로 돌아가 엄마와 박사님, 그리고 노먼과 함께 꼬꼬뱅을 즐기고 싶다. 자유로부터 분리시키는 이 철창에서 벗어날 수만 있다면 어느 곳이라도 좋을 것 같았다.

"바란다고 전부 이루어지는 건 아니지."

한나는 증조할머니 엘사가 즐겨 했던 이야기를 큰 소리로 읊었다. 위넷카 카운티 경찰서 감방에 갇힌 지금의 상황에서 가장 최선인 방법을 선택해야 한다. 무언가 읽을거리라도 있으면 시간이 빨리 갈지도 모르겠다. 이 끔찍한 상황에서 주의을 분산시켜줄 만한 무엇인가 말이다.

"릭?"

한나가 불렀다.

"혹시 읽을 만한 것 있을까요?"

"가서 찾아볼게요. 가끔 비서들이 휴게실에 잡지를 가져다두기도 하거든요."

한나는 릭이 자리를 뜨는 것을 지켜보았다. 그의 발자국 소리가 복도에 울려 퍼지더니 이내 멈췄다. 한나는 그가 휴게실 문을 열고 불을 켠 다음, 휴게실 중앙에 놓인 기다란 나무 탁자에 남겨져있는 잡지가 있는지 찾는 모습을 상상했다. 이내 문이 닫히고, 다시금 이리로 다가오는 릭의 발자국 소리가 들렸다.

"미안해요, 한나."

릭이 감방으로 다가왔다.

"잡지가 한 권도 없네요. 바바라의 사무실을 한번 살펴볼게요. 거기에는 뭔가 읽을 게 있을지도 몰라요."

한나는 또다시 기다렸다. 이 일련의 사건들에서 벗어나게 해줄 수 있을 만한 것이라면 무엇이라도 상관없었다. 경찰 행동 강령이나 운전 매뉴얼, 혹은 주 법규집이라도 괜찮았다. 레이크 에덴 마을 전화번호부 책이야 쪽수가 많지 않겠지만, 하다못해 그런 전화번호부 책이라도 좋았다.

릭이 돌아왔다. 한나는 열망 어린 마음으로 그의 발자국 소리에 귀 기울였다. 부디 뭔가를 찾았기를!

"별로 고를 만한 것이 없었어요."

릭이 몇 가지를 손에 들고 도착했다.

"아무것이나 괜찮아요."

그러자 릭이 웃음을 터뜨렸다.

"다행이네요."

그는 철창 사이로 한나에게 하루하루 날짜를 뜯게끔 되어 있는 달력 의 일부분을 건넸다.

"작년 것인데, 매 쪽 상단에 잠깐 유머가 실려있어요. 11월부터 시작 하는 것으로 되어 있으니 아마 작년에 샌디가 육아휴직을 냈을 때 대체 인력으로 고용했던 임시비서의 것이었던 모양이에요."

"고마워요, 릭."

잠깐 유머 같은 것은 별로 즐기지 않는 한나였지만, 그래도 감사 인 사를 건넸다.

"또 뭐가 있어요?"

"소책자인데요, 그…… 아니에요. 이건 가져오지 말 걸 그랬네요."

"뭔데요?"

"이건 한나도 별로 관심 없을 거예요."

한나는 호기심이 더욱 발동했다.

"어서요, 릭. 이리 줘봐요. 한 번 살펴보고 결정할게요."

"알았어요. 대신 전 미리 경고했어요."

릭은 철창 사이로 얇은 소책자를 건넸고, 한나는 겉면에 적힌 제목을 큰 소리로 읽었다.

"성병의 증상과 치료?"

릭의 얼굴이 살짝 붉어졌다.

"이걸 누가 가져다놓았는지 모르겠어요. 사실, 별로 알고 싶지도 않네요."

"나도 마찬가지예요."

한나가 소책자를 다시 그에게 돌려주었다.

"원래 있던 곳에 가져다두는 게 좋겠어요."

"좋은 생각이에요. 그리고 여기 하나 더 찾은 게 있어요, 한나. 꽤 지루해 보이긴 하지만."

한나는 두꺼운 책을 건네받고는 미소를 지었다.

"미네소타 날씨 연대표."

한나는 제목을 큰 소리로 읽었다.

"이거 정말 좋은데요, 릭!"

"정말이에요?"

릭은 놀란 듯했다.

"그럼, 그거 읽겠어요?"

"당연하죠! 벽에 달린 간이침대가 별로 편안해 보이지 않아서 밤을 꼴딱 샐까 봐 걱정이었거든요. 근데 이거 몇 쪽만 읽으면 지루해서 바로 잠들어버릴 수 있겠어요."

한나가 네 번째 주의 잠깐 유머를 읽고 있을 때 엄마의 목소리가 들렸다. 고개를 들어보니 엄마와 안드레아가 접수 데스크 앞에 서 있는 것이 보였다. 안드레아는 커다란 음식 꾸러미 두 개를 들고 있었고, 엄마역시 같은 분량의 짐을 들고 있었다.

"이건 자네 거야, 릭."

엄마가 들고 있는 꾸러미 중 한 개를 그에게 건넸다.

"샐리가 그러는데, 프라임 립 요리를 좋아한다면서? 그래서 가져왔네."

"감사합니다!"

한나가 있는 곳에서는 릭의 얼굴을 볼 수 없었지만, 분명 얼굴에 한 가득 미소를 띠고 있을 터였다.

"언니에게 저녁식사 가져다줘도 괜찮겠죠?"

안드레아가 물었다.

"그럼요. 안에 같이 들여보내 드릴게요. 한나가 식사하는 동안 같이 얘기하실 수 있어요. 저를 따라오세요."

릭은 엄마와 안드레아를 안내했고, 두 사람은 그를 따라 복도를 지났다. 마침내 한나의 감방에 도착하자 릭은 자물쇠를 열었다.

"여기에요."

그가 말했다.

"안에 들어가시면 밖에서 문을 잠근 다음에 저도 커피 한 잔 하면서 음식이 식기 전에 식사해야겠어요."

"우리를 안에 가둘 거라고요?!"

안드레아가 그를 노려보았다.

"그게…… 네, 토드 부인. 어쩔 수가 없어요. 어쨌든 한나는 재소자고 전 감방 문을 열어두고 갈 수는 없으니까요."

"전 서장 부인이에요! 만약 나랑 우리 엄마를 여기 가뒀다는 걸 그이가 알면 결코 좋아하지 않을 텐데요!"

순간 릭의 얼굴에는 갖가지 감정들이 교차했다. 처음에는 항변하려는 듯하다가 이내 수긍을 한 듯 보였다. 릭은 두 가지 극단 사이에서 고민했을 것이다. 한나는 그가 무슨 생각을 하는지 알 수 있을 것 같았다. *맞아, 토드 부인은 서장님 부인이니 그녀를 미치게 해봤자 득될 것이 없겠지. 하지만 그렇다고 해서 부인이 여기서 나한테 이래라 저래라 할 수 있는 것은 아니잖아. 내 상관은 오직 한 명뿐이고, 이것도 서장님이 지시한 일이니까. 감방을 잠그지 않았다가 규정을 따르지 않았다고 혼이 나면 어떡해? 부인에게 규정이라 어쩔 수 없다고 단호하게 이야기해야 할까? 진퇴양난의 상황인데, 어쩌면 좋을지 모르겠네. 마이크 형사님은 아까 임무 지시를 따르지 않아서 정직 처분을 받았는데, 나도 그렇게 되*

고 싶지는 않다고! 내가 정직 처분 받았다는 것을 제시카가 알게 되면 날 죽이려 들 거야!

"나한테 좋은 생각이 있어요."

릭의 갈등에 연민을 느낀 한나가 말했다.

"음식은 나한테 주고, 문을 잠근 다음에 의자 몇 개 가져와서 철창 밖에 두면 어때요? 엄마랑 안드레아는 거기 앉아서 내가 먹는 동안 이야기 나누면 될 테니까요."

"넵, 그러면 되겠네요!"

릭은 한결 안도한 표정으로 엄마와 안드레아에게서 음식을 건네받아 철창 안에 넣어주었다.

"잠시만 기다리세요, 우리 숙녀분들. 제가 얼른 의자를 가져올게요."

릭은 서둘러 의자를 대령한 다음 자기 식사를 하러 자리를 떴다. 안드레아는 갑작스러운 상황 변화가 불만스러운 듯했지만, 그래도 엄마와 함께 철창 밖 의자에 앉았다.

"오, 한나!"

엄마가 깊은 한숨을 내쉬었다.

"내가 오늘 이런 나쁜 일이 일어날 것 같더라니, 결국 이렇게 되었구나. 내 딸이 감옥에 갇히다니 믿을 수가 없구나!"

"그것도 우리 남편 손으로!"

안드레아의 표정을 슬쩍 보기만 해도 빌이 쉽게 용서받지 못하리라는 사실을 예감할 수 있었다.

"내일 신문은 보지 않을 게다."

엄마는 선언했다.

"그 뱀 같은 사람이 아까 호텔 레스토랑에 있었지 않겠느냐. 이 모든 상황을 지켜봤다고!"

"로드 메칼프가요?"

한나가 물었다. 엄마가 표현한 뱀 같은 사람이라면, 그 사람 외에는 떠오르는 이가 없었다.

"그래. 빌이 너를 연행해 갈 때 자기 핸드폰으로 사진도 찍은 것 같더라."

"아마 1면에 실릴 거야."

안드레아가 얼굴을 잔뜩 찌푸렸다.

"그 기사를 막으려면 어떻게 해야 하지? 로드에게 부탁해봤자 씨알도 안 먹힐 것 같고."

잠시 침묵이 흘렀다. 엄마와 안드레아는 마을에 돌 소문들을 어떻게 잠재울 수 있을지 고민하는 듯했다. 세 사람이 더 우울해지기 전에 이제 그만 화제를 돌려야 했다.

"그나저나 샐리가 저녁식사로 뭘 보냈어요?"

한나가 물었다.

"언니를 위해 새 에피타이저를 만들어 보냈어."

안드레아가 재빨리 대답했다. 안드레아 역시 화제를 돌리고 싶었던 모양이다. 결국, 자신의 남편 역시 불명예스러운 기사에 함께 실리게 됐으니 말이다.

"꾸러미를 열어서 한번 봐봐."

한나는 꾸러미 두 개를 연 다음 탁자로 쓸 수 있을 만한 것이 없을까 주변을 살펴보았다. 하지만 감방 안에는 탁자 비슷한 것도 없었다. 한나는 마침내 감방 문 가까이에 있는 간이침대에 앉아 샐리가 포장한 테이크아웃 상자들을 열기 시작했다.

"너무 예쁘다."

상자에는 네 개의 미니 오픈 샌드위치가 들어 있었다. 크림치즈를 바르고 토핑으로 조그마한 훈제연어 조각을 올린 것이었다.

"정말 그렇지 않니!"

한나가 기뻐하는 모습에 엄마도 환한 표정을 지었다.

"결혼식 피로연에 에피타이저로 어떻겠느냐?"

한나는 충격 어린 표정으로 엄마를 쳐다보았다. 지난 몇 주간 끊임없이 에피타이저 메뉴들을 제시했는데, 자매들의 추천에는 연속 퇴짜를 놓던 엄마였다.

"좋을 것 같네요."

한나는 자신이 동의했다고 엄마가 또다시 퇴짜를 놓지 않기를 바라며 조심스럽게 말했다.

"그럼 이걸로 결정이다."

엄마가 재빨리 고개를 끄덕였다.

"보자마자 결심했단다. 제법 파티 분위기도 나고, 깜찍한데다가 부피도 작지 않니. 하객들이 전부 좋은 옷을 갖춰 입고 올 텐데, 흘리면 안 될 테니까."

"현명한 생각이네요, 엄마."

안드레아가 엄마를 칭찬했다.

"정말 그래요."

한나도 동의했다.

"나머지 메뉴 정할 때도 그 점을 고려해야겠어요."

"고맙구나, 얘들아."

엄마는 기쁜 듯했다.

"그건 그렇고, 메인 요리도 정했단다."

"정말이요?"

한나는 깜짝 놀랐다. 큰 딸이 감방에 갇히자마자 이렇게나 빨리 결정을 내리다니, 이 방법을 진즉 알았으면 좀 더 일찍 감방에 갇힐 것을 그랬다. 그랬으면 그간의 수고를 아낄 수 있었을 텐데 말이다.

"뭘로 정하셨는데요?"

"비프 웰링턴. 작은 크기의 필레에 퍼프 패스트리로 감싸면 대인원 분량으로도 준비가 가능하다고 샐리가 그러더구나."

"정말 좋은 생각인데요!"

"오늘 엄마가 그걸 주문해서 드셨는데, 정말 맛있다고 하셨어."

안드레아가 설명했다.

"혹시 여기에도 있어요?"

한나는 샐리가 맛보기용으로 한나에게도 조금 보냈기를 바라며 물었다.

"아니, 얘야. 그건 장거리 포장이 안 된다더구나. 네 식사로는 페투치니 포르치니를 가져왔어. 샐리의 사촌이 호주에 있을 때 만들어 먹던 파스타 요리라던 걸."

"진짜 맛있어. 내가 오늘 그걸 먹었거든."

안드레아가 말했다.

"경찰서 휴게실에 전자레인지가 있다고 알려줬더니 혹시 요리가 식었으면 전자레인지에 데워서 먹으래."

"이 정도면 따뜻해."

한나가 상자에서 파스타 요리 접시를 꺼내 바닥을 만져보았다.

"디저트는?"

"두 가지 가져왔단다."

엄마가 말했다.

"네가 맛본 버터밀크 파이랑 러미 텀텀 케이크를 보내더구나."

디저트 상자의 플라스틱 뚜껑은 투명해서 안에 든 파이와 케이크가 훤히 들여다보였다. 디저트를 보자마자 한나의 배가 요동쳤다.

"정말 맛있어 보인다."

"내 디저트가 저 케이크였어."

안드레아가 말했다.

"아까 내가 너무 속상해 하니까 엄마가 초콜릿을 먹으라고 하더라고. 케이크 진짜 맛있는데, 언니 것에는 좀 더 특별한 게 있어."

한나는 샐리가 함께 포장한 포크를 집은 다음 상자의 뚜껑을 열었다.

"난 케이크부터 맛볼래."

"조심해!"

안드레아가 자리에서 벌떡 일어나 철창 앞으로 바짝 다가섰다.

"언니 것에는 특별한 게 있다니까. 아직 먹지 마!"

"왜? 메인 먹기 전에 한 입 정도는 괜찮잖아."

"멈추거라!"

엄마도 자리에서 벌떡 일어나 안드레아의 옆에 와 섰다.

"특별하다고 하지 않았니."

"그래서 맛보고 싶다니까요."

"그런 쪽으로 특별한 게 아니라."

안드레아가 설명하려 애썼다.

"특별하다는 게 그러니까……."

안드레아는 목소리를 한껏 낮췄다.

"안에 뭐가 들었기 때문에 특별하다는 거야."

"케이크니까 당연히 안에 뭐가 들었겠지. 근데 왜 갑자기 속삭이는 거야, 안드레아?"

안드레아는 철창에 몸을 바짝 기댔다.

"우리가 그 안에 줄을 넣어놓았거든."

안드레아가 속삭였다.

한나는 놀란 눈으로 동생을 쳐다보았다.

"나보고 탈옥을 하라는 거야?"

"그래!"

엄마도 속삭였다.

"이건 내 생각이었다. 처음에는 샐리에게 줄이 있냐고 물어봤는데, 없다고 하지 뭐냐. 근데 마침 안드레아가 지갑에 하나 가지고 있더란 말이다."

"안드레아가 지갑에 줄을요?"

"쉿! 케이크 바닥에 포일로 감싸져있을 게다. 그대로 꺼내기만 하면 돼."

엄마가 속삭였다.

한나는 케이크 조각을 내려다보았다. 큰 조각이긴 했지만, 줄을 숨길 수 있을 만큼은 아니었다. 한나는 포크로 케이크를 파내 마침내 바닥에 놓인 딱딱한 물건을 찾아냈다. 그리고 그것을 꺼낸 뒤 포일을 벗기고는 이내 웃기 시작했다.

"손톱 가는 줄?"

안드레아는 무척 당황한 눈치였다.

"이것밖에 없었어."

한나는 계속 웃어대다가 간신히 질문을 던졌다.

"이걸로 뭘 어떻게 하라고? 자물쇠를 열라고?"

그러자 엄마가 어깨를 으쓱했다.

"뭐, 그건 어렵겠지만, 그래도 뭔가 갖다주고 싶었다. 마침 네 손톱도 거칠어 보이는구나, 얘야."

"그렇다면 고마워요. 릭에게 압수당하지 않으면 이걸로 손톱정리 할게요. 여기서는 남아도는 게 시간이니까요. 기소까지 이틀이나 남았잖아요."

"오, 세상에!"

엄마는 다시 속상한 표정을 지었다.

"괜찮겠니, 얘야? 그 안에서 너무 지루하지 않느냐."

"집에 들러서 침구를 챙겨오는 건데 그랬어."

안드레아가 말했다.

"베개도 좀 가져오고."

"그거 좋은 생각이구나! 내가 내일 가져오마."

엄마는 딸을 위해 할 수 있는 일이 생겨 기쁜 듯했다.

"보석이 가능하겠지?"

안드레아가 한나에게 물었다.

"언니는 우리 마을이랑 연계가 깊잖아. 여기서 가게도 하고 있고, 집도 있고. 도주 우려도 없으니까…… 안 그래?"

"그렇지. 우선 다른 데 갈 곳도 없을 뿐더러, 나를 잡아가지 못할 다른 나라로 날아갈 돈도 없어."

"걱정말거라, 얘야."

엄마가 말했지만, 그 눈빛은 심란하기 이를 데 없었다.

"꼭 보석될 거다."

"그것도 문제에요."

한나가 말했다.

"보석금 낼 돈도 없는 걸요."

"나한테 있지 않니. 내가 대신 꺼내주마."

"정말 고마워요, 엄마."

엄마는 또다시 어깨를 으쓱했다.

"딸이 감옥에 갇혔는데, 그럼 엄마가 뭘 어떻게 하겠니? 널 여기에 내버려두지 않겠니! 이제 어서 저녁 먹거라, 얘야. 어서 먹고 힘을 내야지."

맞아요, 엄마. 한나는 생각했다. *고양이처럼 나약해서야 어떻게 이 창살을 구부리고 빠져나갈 수 있겠어요.* 한나는 엄마에게 어쨌든 미소를 지어 보였다. 엄마는 진심이었다. 한나는 마치 내일이 오지 않을 것처럼 샐리가 만든 훌륭한 요리를 허겁지겁 탐미했다.

크림치즈와 허브 스콘

오븐은 220도로 예열합니다.
틀은 오븐의 중앙에 둡니다.

재료

다목적 밀가루 3컵 / 타르타르 크림 2티스푼(아주 중요해요)

베이킹파우더 1티스푼 / 베이킹소다 1티스푼 / 소금 1티스푼

소금기 있는 버터(실온) 1/2컵(112g) / 휘핑 크림치즈(실온) 8온스(224g)(부피가

아니라 무게로 측정하셔야 해요) / 허브가 들어간 부르생 치즈(실온) 6.5온스(184g)

거품 낸 계란 2개(포크로 저어주세요) / 사우어크림 1컵

만드는 법

1. 믹싱볼에 밀가루, 타르타르 크림, 베이킹파우더, 베이킹소다, 소금을 넣고 잘 섞어주세요.
2. 포크 두 개 혹은 파이크러스트 반죽을 하듯 크러스트 블렌더를 사용해 소금기 있는 버터를 재료와 잘 섞어줍니다.

한나의 첫 번째 메모: 믹서기가 있다면, 그것을 사용하세요. 차가운 버터 1/2컵을 8조각으로 자른 다음 믹서기 바닥에 깔아줍니다. 믹서기에 칼날을 장착한 다음 믹서기를 껐다 켰다 하면서 옥수수 가루와 같은 질감이 나올 때까지 섞어줍니다. 섞은 것을 믹싱볼에 담은 뒤 다음 단계로 넘어갑니다.

4. 치즈를 살펴봐서 실온 정도까지 온도가 오르지 않았으면 포장을 벗겨내고 그릇에 담아 전자레인지 '강' 으로 20초간 돌려줍니다. 그런 뒤 꺼내서 거품 낸 계란과 사우어크림을 넣고 골고루 섞어줍니다.

5. 치즈와 계란, 사우어크림 섞은 것을 마른 재료들과 섞습니다. 재료들이 골고루 섞이도록 포크로 저어줍니다. 완성된 것은 코티지 치즈 정도의 농도가 되어야 합니다.

6. 커다란 숟가락을 사용해 기름칠하지 않은 베이킹 틀에 반죽을 떼어 얹습니다. 큰 크기로는 12개 정도가 나올 것이고, 중간 크기로는 24개가 나올 것입니다. 미니 사이즈로는 48~60개가 나올 테고요(이 반죽은 한 번에 틀 하나씩만 구워야 합니다. 반죽은 볼에 담은 채 30분 정도 두어도 괜찮으니 순서대로 구워주세요).

한나의 두 번째 메모: 전 완성된 스콘을 좀 더 쉽게 덜기 위해서 틀에 양피지를 깔아주었어요.

7. 스콘 반죽의 가장자리가 조금 거칠어 보이면 손가락에 물을 묻힌 다음 동그랗게 다듬어주세요.

8. 220도의 온도에서 큰 스콘은 14~16분, 중간 크기의 스콘은 12~14분, 미니 스콘은 8~10분간 굽습니다. 미니 스콘은 들러붙음 방지 스프레이를 뿌린 미니 컵케이크 틴에 담아 구우면 좋습니다. 잘 완성되었는지 확인하기 위해서는 숟가락 뒷면으로 봉우리가 단단한지 눌러보면 됩니다.

한나의 세 번째 메모: 이 스콘은 너무 오래 구우면 안 돼요. 오래 굽게 되면 반죽이 마르거든요. 제가 구웠던 가장 큰 스콘도 15분이면 완성이 되었어요. 중간 크기 스콘은 14분, 미니 스콘은 9분이 걸렸고요. 겉으로 보기에 완성된 것 같으면 완성이라는 것이 불변의 법칙이랍니다.

9. 완성된 스콘은 적어도 5분가량 틀 위에서 식혀준 뒤 주걱으로 떼어냅니다(양피지를 사용하였다면 틀에서 종이만 벗겨내어 스콘을 떼어내면 되겠죠). 미니 컵케이크 틴에 담은 미니 스콘은 8분가량 식혀주세요.

10. 광주리에 타월을 덮은 뒤 스콘을 담아주세요. 그래야 온기를 유지할 수 있거든요.

주의: 이 스콘은 크림치즈나 케이퍼(지중해산 관목의 작은 꽃봉오리를 식초에 절인 것), 연어와 곁들이면 더욱 맛있게 즐길 수 있습니다.

한나의 네 번째 메모: 에피타이저로 미니 스콘을 준비할 때에는 스콘을 충분히 식힌 다음 수평으로 반을 자르세요. 그런 뒤 크림치즈를 바르고 케이퍼 몇 개를 얹은 다음 위에 훈제연어 조각을 올리면 근사한 에피타이저가 완성됩니다. 아니면 샐리가 하는 것처럼 가운데 크림치즈를 발라 미니 샌드위치처럼 만들어도 됩니다.

페투치니 "포르치니"

(호주식 페투치니)

트루디의 첫 번째 메모: 호주 여행에서 막 돌아왔어요. 이건 시드니에서 처음 만난 레시피인데요. 만들기도 쉽고 정말 맛있답니다.

재료

파스타

좋아하는 브랜드의 페투치니 파스타를 준비해주세요. 4인분을 만들 거라는 점 유의 하시고요. 파스타가 다 삶아졌으면, 물기를 빼내고 서로 달라붙지 않도록 한 번 저 어주세요. 그런 뒤 포일로 덮고 맛있는 소스가 완성될 때까지 옆에 잘 놓아두세요.

소스:

베이컨 1/4파운드(113.5g)(너무 두껍지 않게 슬라이스합니다)

신선한 버섯 슬라이스 1/2파운드(224g)

다진 양파 1/2컵(일반 노란 양파나 파나 뭐든지 좋습니다. 파를 사용할 때는 줄기 부분을 5cm 굵기로 잘라주세요.) / 신선한 연어 필레 4인치(10cm) 크기

알프레도 소스 약 15온스(420g)(조금 더 되어도 괜찮습니다)

만드는 법

1. 베이컨을 바삭해질 때까지 프라이팬에 굽고, 숟가락에 종이 타월을 감아 기름기를 제거합니다.
2. 팬에 남은 베이컨 기름으로 버섯을 볶습니다.
3. 거기에 양파를 더해 양파가 투명해질 정도로 익을 때까지 볶습니다.
4. 생연어를 네모난 정사각형 큐브 모양으로 잘라 팬에 넣고, 완전히 익을 때까지 볶습니다.

5. 기름기를 제거한 베이컨을 다시 팬에 담은 다음 알프레도 소스를 더합니다. 재료들이 잘 섞일 수 있도록 골고루 저어줍니다.

6. 네 개의 접시에 파스타를 분배하여 담은 다음 맛있게 완성된 소스를 그 위에 부어 손님들에게 대접합니다!

트루디의 두 번째 메모: 포르치니에 인용 부호를 단 것은 레스토랑에서는 그 재료를 사용하고 있기 때문인 것 같아요. 포르치니도 좋지만 일반 버섯을 사용해도 훌륭한 맛이 날 뿐만 아니라 더욱 경제적이기도 합니다.
신선한 연어를 사용한다면 더할 나위 없이 좋지만 함께 요리하면 살이 흩어지곤 하기 때문에 통조림 연어를 사용해도 좋습니다. 결과물은 똑같이 나오거든요.
알프레도 소스는 직접 만들어도 되고, 시중에 판매하는 것을 사용하셔도 됩니다.

러미 텀텀 케이크

오븐은 175도로 예열합니다.
틀은 오븐의 중앙에 둡니다.

재료

초콜릿 케이크 믹스 1상자(9×13 크기의 케이크를 만들 수 있는 분량이야야 합니다. 푸딩이 든 것은 팬에 끈끈하게 달라붙을 수 있으니 사용하지 마세요. 전 데블스 푸드 케이크 믹스를 사용했습니다.)

인스턴트 초콜릿 푸딩 믹스 1상자(슈가프리는 안 돼요─반 컵 4개가 나올 분량이야야 합니다.)

식물성 기름 1/2컵 / 사우어크림 1컵 / 럼 1/3컵

럼 농축액 2티스푼(럼 농축액을 쉽게 구할 수 없다면 대신 바닐라 농축액을 사용하셔도 좋습니다)

큰 계란 4개 / 중간 달기의 초콜릿 칩 6온스(168g)(약 1컵)

만드는 법

1. 번트 팬에 들러붙음 방지 스프레이를 뿌립니다. 바닥 가운데에 솟은 기둥에도 골고루 뿌려주세요.

2. 초콜릿 케이크 믹스와 초콜릿 푸딩 믹스를 믹서기 그릇에 넣고 믹서기를 가동시켜 잘 섞어줍니다.

3. 식물성 기름, 사우어크림, 럼, 럼 농축액을 넣고 낮은 속도에서 잘 섞어줍니다.

4. 중간 속도에서 계란을 한 번에 한 개씩 넣으면서 섞어줍니다. 완성된 반죽은 고르고 보슬보슬할 거예요. 그렇지 않다면, 믹서기의 속도를 제일 높게 올린 다음 2분을 더 섞어주세요.

5. 믹서기에서 그릇을 꺼내 초콜릿 칩을 넣습니다. 너무 많이 젓지는 마세요. 반죽에 공기가 충분히 들어가야 하거든요.

6. 반죽을 숟가락으로 떠서 번트 팬에 담습니다. 윗면을 고무 주걱으로 평평하게 합니다.

7. 175도의 온도에서 50분간 굽습니다. 케이크 테스터나 가느다란 나무 꼬챙이로 가운데 부분을 찔러보아 묻어나오는 것이 없이 깨끗하면 완성입니다(전 53분간 구웠어요).

8. 러미 텀텀 케이크는 20분간 불을 켜지 않은 가스레인지 위나 식힘망에 올려 식힙니다.

9. 20분 뒤, 칼로 케이크 가장자리를 떼어냅니다. 번트 팬 가운데 솟은 기둥에도 칼질을 해주는 것 잊지 마세요. 케이크 접시로 번트 팬 위를 덮은 다음 팬을 뒤집어 케이크가 접시에 안착하도록 한 뒤, 팬을 떼어냅니다.

10. 케이크를 접시 위에서 완전히 식히는 동안 러미 텀텀 초콜릿 프로스팅을 만듭니다.

> 한나의 메모: 케이크에 알코올 재료를 넣고 싶지 않다면, 럼 대신 라이트 크림 1/3컵을 넣으시면 됩니다. 그렇게 해도 맛있어요.

러미 텀텀 초콜릿 프로스팅

재료

소금기 있는 버터 1/2컵(112g) / 백설탕 1컵 / 럼 1/3컵 / 초콜릿 칩 1/2컵
럼 농축액 1티스푼(바닐라 농축액으로 대체하셔도 됩니다) / 슈가파우더 1/2~1컵

만드는 법

1. 버터, 설탕, 럼은 중간 크기의 소스팬에 넣고, 끓이면서 천천히 저어줍니다. 내용물이 끓으면 불을 중간 정도로 낮춘 다음 2분간 더 요리합니다.

2. 초콜릿 칩 1/2컵을 넣고 저어준 다음 소스팬을 불에서 내립니다.

3. 럼 농축액을 넣고 저어줍니다.

4. 완성된 프로스팅은 실온에서 식힙니다. 소스가 조금 묽다면, 슈가파우더를 넣어 농도를 맞춰줍니다(저도 처음에는 1/2컵의 슈가파우더를 넣었는데 그래도 계속 묽은 것 같아 결국 결국 3/4컵 분량의 슈가파우더를 넣게 되었어요).

5. 케이크 위에 프로스팅을 합니다. 가운데 부분도 골고루 발라주는 것 잊지 마세요. 프로스팅을 좋아하는 사람이 있다면, 특별히 더욱 듬뿍 바릅니다.

6. 케이크를 냉장고에 넣어 프로스팅을 굳힙니다. 케이크가 담긴 접시 위로 포일을 여유 있게 덮어주어 2시간가량 냉장고에 보관합니다.

한나의 메모: 이 프로스팅에도 알코올 재료를 넣고 싶지 않다면, 역시나 라이트 크림 1/3컵으로 대체하세요.

호위는 약속대로 정확했다. 그는 1시간이 안 되어 경찰서에 도착했고, 엄마와 안드레아는 한나가 변호사와 이야기를 나눌 수 있도록 작별 인사를 한 뒤 내일 다시 오겠다는 약속도 잊지 않았다. 릭은 호위를 감방 안으로 들여보내 주었고, 릭이 어쩔 수 없이 감방 문을 잠가야 한다고 설명했을 때 호위는 전혀 개의치 않는 듯했다. 호위는 전에도 이런 경험이 많았던 모양이었다.

"이건 정말 웃긴 일이에요, 한나."

호위가 간이침대 위 한나 옆에 앉으며 말했다.

"그렇다면 프레밍 판사는 왜 저한테 체포 영장 발부를 허가하신 걸까요?"

"영장 발부를 허가한 건 플레밍 판사가 아니에요. 지금 휴가 중이라 스턴스 카운티의 콜팩스 판사가 자리를 대신하고 있어요. 그 사람이 영장 발부를 허가한 사람이죠."

한나는 얼굴을 찌푸렸다.

"콜팩스 판사는 모르는 사람인데."

"그 사람은 모르는 게 좋아요. 부디 그 사람이랑 맞닥뜨리게 되는 것이 이번이 처음이자 마지막이 되길 기도해요."

"콜팩스 판사가 어떤데요?"

호위는 실소를 지었다.

"어디 보자. 어디서부터 시작해야 하지? 우선, 첫째, 청력이 좋지 않은데도, 보청기를 착용하지 않아요. 둘째, 나이가 많고요. 우리끼리니까 하는 말인데, 젊었을 때도 뭐 그리 좋지는 않았어요. 셋째, 연줄을 동원해서 주 상원의원에게 마약 혐의를 적용해 그의 의원 자격을 박탈한 적이 있어요. 그때 딱 판사로 등용됐죠."

"나쁜 사람이네요!"

"그것도 좋게 설명한 거예요. 근데 어떤 이유인지는 모르겠지만, 그 사람은 나를 좋아해요. 그게 이점으로 작용할 거예요. 여기 오기 전에 그에게 전화를 해서 한나에 대한 기소 절차가 월요일 아침 일찍 시작될 수 있도록 설득해놓았어요. 일단 시작이 좋아요."

"일찍이면 저도 좋죠. 여기서 가급적 빨리 벗어나고 싶으니까요. 근데 만약 기소 결과가 좋지 못하면 어쩌죠?"

"콜팩스 판사는 오후 재판에서는 대부분 졸면서 시간을 보내거든요. 법원 집행관이 깨우면 몹시 짜증을 내죠. 그러니까 아침 시간이 좋아요. 판사실에 모카 자바 한 컵을 미리 가져다놓으면 더욱 효과가 있을 거예요."

"보석 판결이 나겠죠?"

한나는 두려워하며 물었다.

"아마 분명히 그렇게 될 거예요. 한나의 체포 영장 발부를 단번에 허가한 이유는 채드 노튼이 그의 조카이기 때문이거든요."

"그 주 검찰청 검사보 말이에요?"

"맞아요, 한나가 운이 나빴어요. 플레밍 판사가 있었으면 이런 일은 애초에 일어나지도 않았을 거예요. 채드 노튼의 상관이 딸의 결혼식 때문에 애틀란타에 가지만 않았어도 이런 일은 일어나지 않았겠죠. 이건 채드 노튼이 한나를 기소함으로써 사람들의 관심을 받고자 했기 때문이에요."

"그럼 전 희생양이 된 건가요?"

"그렇게 말할 수 있겠네요. 한나 사건이 재판에 회부될 때면 콜팩스 판사는 이미 제자리로 돌아가 있을 테니까요. 만약 재판까지 가게 된다면 말이죠."

"재판까지 가게 된다면요?"

한나는 신경이 바짝 곤두섰다.

"그렇게 되지 않을 가능성도 있는 거예요?"

"잘하면 그렇게 되지 않을 수도 있어요. 원래 재판 일정을 잡기까지 무척 많은 일들이 일어나거든요. 플레밍 판사가 휴가를 마치고 돌아와 한나 사건을 중지시킬 수도 있죠. 아니면 채드 노튼의 상관이 딸의 결혼식에서 돌아와 사건을 살펴보고는 채드에게 손 떼라고 할 수도 있고요. 채드의 입장에서도 고려해봐야 할 것이, 한나를 처벌해서 사람들에게 부정적인 평을 얻게 되면, 그도 지금은 때가 아니라고 생각하고 뜨거운 감자가 된 한나 사건을 손에서 놓게 될지도 몰라요."

호위의 이야기를 듣고 있자니 다소 기분이 나아지는 듯했지만, 중요한 질문이 남아있었다.

"만약 사건이 중지되지 않고 재판까지 가게 된다면, 호위가 내 혐의를 벗겨줄 수 있을까요?"

"사실 재판에 있어서는 무슨 일이든 확신할 수 없지만, 충분히 자신은 있어요. 우선 내일 다시 한나와 약속을 잡을게요. 무슨 일이 있었던 것인지 자세히 이야기해줘요. 기억하고 있는 것은 전부 알려줘야 해요."

"알았어요."

호위가 자리에서 일어나자 한나도 따라서 일어섰다. 그가 떠나면 갖가지 생각 속에 홀로 남겨지게 될 것이 두려웠다.

"참, 잊을 뻔했네요."

호위는 가져온 가방을 한나에게 건넸다.

"키티가 전해주라고 했어요. 릭이 벌써 살펴보고 전해도 좋다고 했어요. 권총은 반입 금지 당했고요."

"네?!"

"농담이에요."

한나는 웃음을 터뜨렸다.

"정말인 줄 알았잖아요. 키티에게 감사하다고 전해주세요."

"키티가 케어 패키지라고 전해달래요. 여기 있는 동안 마음이나마 편안하게 가질 수 있는 물건들이라고요. 내일 오후에 한나를 만나러 온다고 하니 아침에 내가 들렀을 때 필요한 것이 있으면 말해요. 키티가 오후에 가져다줄 거예요."

"고마워요, 호위."

릭이 돌아와 호위를 데리고 함께 복도를 빠져나가는 모습을 지켜보고 있자니 한나는 살짝 울컥한 기분이 들었다. 복도를 걷는 작은 일조차 허락받지 못하는 지금의 상황이 몹시도 낯설었다.

그래도 기분전환을 할 만한 것이 생겼다. 한나는 다시 간이침대에 앉아 키티가 보내준 가방을 집어 들었다. 마치 크리스마스 아침에 트리 밑에 놓인 선물 포장을 뜯는 듯 설레는 기분이었다.

"세상에!"

다섯 권의 소설책을 꺼내며 한나는 숨을 몰아쉬었다. 추리소설 2권, 영화배우 자서전 1권, 남북전쟁에 관한 역사책 1권, 그리고 따끈한 로맨스 이야기가 담긴 소설책 한 권이었다. 한나는 로맨스 소설책을 몇 쪽 들춰보고는 책들 중 가장 밑에 넣은 다음 간이침대 머리맡에 얹어두었다. 기분전환이 필요하긴 했지만, 절실할 정도는 아니었던 모양이다.

가방에서 다음으로 꺼낸 물건은 딸기향 비누였다. 한나는 향을 맡아보고는 미소를 지었다. 내일쯤이면 샤워를 할 수 있을까. 근데 여기서 어떻게 샤워를 하지? 여자 경찰관이 샤워실에도 함께 들어가는 건가? 아니면 혼자 샤워를 마칠 수 있도록 밖에서 기다려주나?

지금은 이런 고민을 할 필요가 없다. 한나는 또다시 가방으로 손을 뻗었다. 빗과 솔빗, 치약과 칫솔, 자그마한 데오도란트도 있었다. 캔디

바 몇 개와 포테이트 칩 꾸러미 작은 것, 물 한 병도 들어 있었다. 키티가 아주 세심하게 준비한 듯했다.

이제 가방에는 하나의 물건만이 남아있었고, 한나는 한껏 손을 뻗었다. 이번에는 펜이 달린 스프링 노트였다. 이렇게 완벽할 데가! 이제 오늘 아침에 일어났던 일을 노트에 상세히 기재해 내일 아침 호위에게 전해줄 수 있게 되었다.

"오늘 아침에 있었던 일만 적는 건가?"

한나는 큰 소리로 혼잣말을 했다. 아주 오래전에 있었던 일처럼 느껴졌다. 오늘 그 짧은 하루 동안 아주 많은 나쁜 일들이 일어났다. 그리고 심지어 그 하루가 아직 끝나지도 않았다!

사고에 대해 기억나는 것들을 전부 적고 있는데 릭의 책상 쪽에서 사람들의 말소리가 들렸다. 로니와 미셸이 찾아온 것이다.

"면회객이에요."

릭은 두 사람을 한나의 감방으로 데리고 왔다.

"내 동생도 경찰이니 이번에는 문을 잠그지 않아도 되겠어요."

"늦게 와서 미안해."

감방 안으로 들어서자마자 미셸이 말했다.

"갈아입을 옷 몇 벌이랑 신발이랑 슬리퍼 가져왔어."

"고마워."

한나는 이내 로니를 돌아보았다.

"혹시 아까 나를 위해 한 일 때문에 난처해진 거 아니에요?"

"괜찮아요. 미셸이 문자로 차를 가지고 호텔 주차장에서 기다리라고 하기에 그리로 갔는데, 서장님의 경찰차를 보고서야 무슨 일인지 알게 됐어요. 서장님이 정말로 한나를 체포하다니 믿을 수가 없네요."

"어쨌든 그랬으니 내가 여기 있겠죠."

"형에게 부탁해서 휴게실로 자리를 옮길까요? 거기서 커피 마시면서 이야기하게요."

한나는 잠시 생각해보았다. 복도를 걸어 휴게실로 자리를 옮긴다면 그보다 더한 행복이 없을 듯했다. 막 그러자고 하려던 찰나 한나는 그 제안이 가져올 영향에 대해 떠올려보지 않을 수 없었다.

"그냥 여기가 낫겠어요."

한나가 말했다.

"나가고 싶지 않아?"

미셸이 물었다.

"당연히 나가고 싶지! 하지만 릭이나 로니가 또다시 난처해지는 건 원치 않아. 마이크는 이미 정직 처분을 받았고, 안드레아와 빌도 사이가 틀어졌잖아. 릭과 로니마저 잘못되면 경찰서 안에서 내가 누구에게 어떻게 정보를 얻겠어?"

미셸은 의아한 표정을 지었다.

"어떤 정보가 필요한데?"

"그 남자가 누구였는지, 그리고 우리 마을에서 무엇을 하고 있었는지. 마을에서 오랫동안 사신 나이트 박사님도 그렇고 병원 사람들 그 누구도 남자를 알지 못했거든."

"박사님까지 모른다는 것은 이상하네. 어쩌면 마을을 지나가는 길이 아니었을까?"

"어쩌면. 어쨌든 그 남자에 대해 알아야 해."

"그럼 수사를 하시려고요?"

로니가 물었다.

"아뇨, 그런 건 아니에요. 그냥 궁금할 뿐이에요. 그의 죽음을 알려야 할 친척들이 어딘가에 있을지도 모르잖아요."

"알겠다. 언니 마음의 평화를 위해 알고 싶은 거구나."

미셸이 말했다.

"그런 것도 있고, 너무 미스터리한 인물이니까 궁금한 거야. 나도 모르고, 리사도 모르고. 박사님도, 병원의 그 누구도 모르는 사람이었잖아."

"엄마는?"

"얼굴을 봐달라고 부탁할 수 없었어. 예민한 분인 거 알잖아. 차마 안치실에 내려가서 얼굴을 봐달라는 부탁은 못하겠더라고."

"그러네. 언니가 부탁하면 해주셨겠지만, 그렇게 되면 언니는 남은 평생을 엄마의 엄청난 생색 속에서 살게 될 거야."

"여행객일 수도 있어요."

로니가 제안했다.

"도로변에서 히치하이킹을 하려고 했던 사람일 수 있잖아요."

"그건 아닐 거예요. 거리를 떠도는 사람치고는 옷차림이 꽤 말쑥했거든요."

"그랬어?"

미셸이 놀라 물었다.

"그 얘기는 처음 듣는데."

"전에는 생각할 겨를이 없었거든. 호위에게 알려주려고 노트에 메모를 하고 있었는데, 기억나는 것은 전부 상세하게 알아야 한다기에 그 남자가 어떤 옷을 입고 있었는지도 적어봤어."

"뭘 입고 있었는데요?"

로니가 물었다.

"청바지에 흰색 셔츠요. 청바지가 비싼 브랜드 것이었어요. 주머니에 적힌 로고를 봤거든요."

"혹시 자선단체에서 무료로 나눠주는 그런 옷이 아니었을까요?"

한나는 고개를 가로저었다.

"아니에요. 그러기에는 너무 잘 맞았어요. 셔츠도 비싸 보였고요. 다만 앞쪽에 얼룩이 조금 이상해 보이긴 했어요."

미셸이 몸을 살짝 떨었다.

"핏자국?"

"아니, 붉으스름한 보라색이었는데, 분명 핏자국은 아니었어. 그보다…… 더 옅은, 주스 같은 거였는데. 신발도 비싼 거였어. 광고에서 봤는데, 거의 2백 달러 가까이 했었던 것 같아. 브랜드 이름은 생각나지 않지만, 가격은 기억이 나."

"또 다른 것은요?"

어느새 경찰관 모드로 돌아간 로니가 물었다.

"반지를 끼고 있었어요. 가까이 보지는 않았지만, 고등학교 문장이 박힌 졸업반지 같았어요. 나이트 박사님이 병원 소지품 보관실에 보관하고 계실 거예요. 아니면 빌이 벌써 사람을 보내 수거했거나."

미셸과 로니는 서로 시선을 주고받았다. 그리고 이내 그가 한나를 향해 고개를 돌렸다.

"제가 형에게 물어볼게요. 증거품 보관실에 들어왔으면 형도 알고 있을 거예요. 여기에 없으면 집에 돌아가는 길에 병원에 들러보고요."

"한 가지 더 있어요. 그 남자에게 다이아몬드가 있었어요."

"고등학교 졸업반지에?"

미셸이 물었다.

"아니, 왼쪽 윗니에. 노먼이 너한테도 해줬던 가짜 보석 치아 같은 것 말이야."

"그럼 노먼한테 어떤 의사가 그런 시술을 하는지도 물어봐야겠어."

미셸이 말했다.

"박사님한테도 전화해서 병원 연구실에서 그 남자 셔츠에 묻은 얼룩도 조사할 수 있는지 물어볼게."

미셸은 로니를 돌아보았다.

"경찰에서도 수사에 착수할까?"

로니는 고개를 가로저었다.

"사인이 분명하니 그럴 이유가 없지. 경찰의 입장에서는 수사할 하등의 이유가 없어."

"그렇다면 우리끼리 조사해야겠네."

미셸이 결연한 표정으로 말했다.

"그 남자가 누군지 알아볼게. 그래도 언니가 잘 살펴봤네."

미셸이 한나에게 말했다.

"그래도 누구인지는 모르잖아."

한나는 몹시 피곤했다. 긴 하루였다.

"그래도 많은 정보들을 주셨어요."

로니가 지적했다.

"남자의 소지품은 박사님이 가져가도록 허락해주실 거예요. 남자의 친척들이 나타나면 당연히 돌려줄 거고요. 그러니 한번 해보는 거죠."

"하지만 박사님에게도 그걸 결정할 권한이 없으면 어쩌지?"

미셸이 물었다.

"그럼 핸드폰으로 사진을 찍으면 돼. 그래도 살인사건 증거품이 아니니까 가져가도록 박사님이 허락해주실 거야."

세 사람은 생각에 잠겨 한동안 말이 없었다. 남자의 죽음이 일반적인 살인사건과는 다르지만, 어쨌든 한나는 차량을 이용한 살인 혐의를 받고 있다.

한나는 머릿속에서 애써 혐의나 재판에 대한 생각을 물리친 다음 미셸에게 말했다.

"소지품을 챙겨올 수 없으면, 입고 있던 옷의 브랜드라도 알아 와. 비싼 브랜드 같았다는 내 생각이 틀렸을 수도 있으니까."

"알았어. 브랜드는 안드레아 언니한테 물어볼게. 디자이너 브랜드라면 전부 꿰고 있으니까. 이따 언니 아파트에 돌아가고 나면 안드레아 언니도 집에 들른댔어."

한나는 상황 파악에 들어갔다.

"안드레아가 빌이 있는 집에는 들어가기 싫대?"

"그런 말은 안 했는데, 내 생각에는 그런 것 같아. 방금 전만 해도 엄마와 박사님과 같이 병원에 있다더니 나한테 전화해서 어디냐고 묻더라고. 이따 아파트로 돌아가면 안드레아 언니한테 전화해주기로 했어."

"암튼 고마워."

한나가 말했다.

"둘 다 정말 도움이 많이 됐어. 기분이 훨씬 나아졌어."

놀랍게도 그 말은 사실이었다. 살인 혐의로 감방에 갇힌 신세에는 변함이 없었지만, 정말로 기분이 한결 나아졌다. 남자의 신원을 알아보려는 시도로 감방 밖에서 벌어지는 뭔가에 동참하게 되지 않았나. 그 남자의 정체를 안다고 해도 한나가 그 사람을 죽게 했다는 사실에는 변함이 없겠지만, 그래도 한나는 그 남자를 둘러싼 모호함을 하루빨리 걷어내고 싶었다. 누구였을까? 그는 왜 레이크 에덴에 들어왔을까? 그리고 어째서 그 폭우 속 인가도 없는 길 위에 혼자 서 있었을까?

"그 남자가 누구인지는 우리가 알아볼게."

한나의 머릿속 질문들에 미셸이 대신 대답했다.

"보석으로 풀려나게 되면, 언니도 우리를 도울 수 있을 거야. 사실 벌써 돕고 있는 것이나 마찬가지지. 어디서부터 시작하면 될지를 알려줬잖아. 우리 셋이 뭉치면 문제없어."

"맞아요."

로니가 말하고는 짧은 반바지를 입고 있는 미셸을 돌아보며 씩 미소를 지었다.

"미셸에게는 두 다리가 있고, 저한테는 경찰 배지가 있고, 한나는 두 뇌가 있으니. 그 셋을 합치면 못 알아낼 것이 없을 거예요."

키티가 보내준 추리소설의 첫 번째 장을 반쯤 읽었을 때 릭이 복도를 따라 한나에게 다가왔다.

"또 면회객이 왔어요, 한나. 노먼인데, 만나보겠어요?"

"그럼요!"

한나는 즉각 대답하고서는 자신의 목소리가 너무 들뜨게 들리지 않았기를 바랐다. 릭과 로니의 어머니인 브리짓 머피 역시 레이크 에덴 소문 핫라인의 회원이었기 때문이다.

"만나볼게요, 릭. 고마워요."

한나는 서둘러 키티가 보내준 빗으로 머리를 빗고는 여유로운 미소를 입가에 걸었다. 그리고 마침내 릭과 함께 노먼이 도착했다.

"여기에요."

릭이 노먼을 돌아보며 말했다.

"죄송하지만 노먼, 안에 들여보낸 다음에 문을 잠가야 해요."

"괜찮아요. 한나와 갇히는 것이야 얼마든지요. 다른 사람이면 모르겠지만, 한나와는 무조건 괜찮습니다."

오, 이런! 한나는 생각했다. *이 이야기도 곧 핫라인을 통해 떠돌겠군.* 하지만 그런들 무슨 상관이 있으랴? 한나는 노먼의 호의를 있는 그대로 받아들이고 싶었다.

"좀 어때요, 한나?"

노먼이 간이침대 위 한나 옆에 앉으며 물었다. 그러고는 릭이 문을 잠그느라 아직 자리를 뜨지 않았는데도 불구하고 한나의 어깨에 손을 둘러 살며시 끌어안았다.

"괜찮아요."

한나는 자신의 목소리에서 떨림을 느낄 수 있었다. 부디 왈칵 눈물이 쏟아지는 일이 없기를. 어깨에 걸쳐진 노먼의 팔이 너무도 따뜻하고 편안했다.

"거짓말 하지 말아요, 한나. 나도 수감되어 봐서 잘 알아요. 감방에 갇힌 채 꼼짝도 못하는 일이 괜찮을 리가 없죠."

"그래도 여기가 다른 감방보다는 나아요."

한나는 애써 긍정적으로 이야기했다.

"어쨌든 갇혀 있는 거잖아요. 일단 심호흡을 하고 사흘만 참으면 된다는 걸 계속 기억해요."

"알아요. 그리고 사실 사흘도 아니에요. 정확히 말하면 이틀 낮, 사흘 밤이죠."

"그리고 이제 잠들었다 일어나면 이틀 낮, 이틀 밤이 남는 거예요. 그 기간만 참으면 곧 집으로 돌아갈 수 있어요. 보석으로 풀려나면 우리 집에서 나와 함께 지낼래요? 모이쉐도 우리 집에 데려왔으니까 어차피 들러야 할 거예요."

우리 집. 노먼은 여전히 자신의 집을 우리 집이라고 부르고 있었다. 죄수 신분의 자신을 여전히 아껴주고 있었다. 막연히 한나는 노먼이 자신에게서 등을 돌릴 만한 일이 과연 있을까 생각해보았지만, 아마도 없을 듯했다.

"한나?"

대답을 기다리는 노먼을 향해 한나는 미소를 지었다.

"생각해볼게요."

한나는 여지를 남겨두었다.

"모이쉐를 데려갔어요?"

"네, 내가 커들스를 데리러 갔을 때 옆에 한나가 없으니까 녀석이 불안해 하더라고요. 커들스를 캐리어에 넣으니 무척 울었어요. 그래서 모이쉐도 함께 데려가야겠다 싶어서 캐리어에 같이 넣어 왔죠. 두 녀석이 들어가도 될 만큼 넓거든요. 그리고 걱정하지 말아요. 미셸에게 전화해서 모이쉐를 데려왔다고 얘기해두었으니까요."

"고마워요, 노먼. 미셸도 모이쉐를 잘 돌보겠지만, 그래도 녀석은 커들스와 있는 것을 더 좋아할 거예요."

"둘 다 같이 있는 걸 좋아하죠. 집에서 나올 때 두 녀석 다 서재 계단에서 쫓기 놀이를 하고 있더라고요. TV에 동물 채널도 틀어놓고 나왔어요."

"고마워요, 노먼. 내가 얼마나……"

한나는 말을 멈추고 눈가에 서린 눈물을 다시금 감췄다.

"내가 얼마나 고마워하고 있는지 모를 거예요."

노먼은 한나를 다시 한 번 안아주고는 자리에서 일어나 들고 온 쇼핑백을 가지고 왔다.

"여기요, 한나. 쇼핑몰에서 필요할 만한 것들을 샀어요. 필요할지는 모르겠지만, 여기 있는 동안 갖고 있는 것이 좋을 것 같아서요."

한나는 쇼핑백 안을 들여다보았다. 포장지로 포장이 되어 있어 무슨 물건인지 알 수 없었다.

"뭐예요?"

한나가 물었다.

"내가 가거든 풀어봐요. 이제 몇 가지 물어볼 것이 있어요."

"뭔데요?"

"혹시 호위가 다녀갔어요?"

"네, 내일 아침에도 만나기로 했어요. 키티가 물건들도 챙겨 보내줬고요. 오늘 아침 일에 대해서 기억나는 것이 있으면 전부 알려달라고 해서 메모하고 있던 중이었어요."

"잘됐네요. 기소는 언제예요?"

"월요일 아침이요. 콜팩스 판사가 아침 시간에 더 말짱하다고 해서 아침 일찍 시간을 잡았어요."

"플레밍 판사가 아니고요?"

한나는 고개를 가로저었다.

"휴가 중이라 콜팩스 판사가 대신하고 있대요."

"운 나쁘게 됐네요."

노먼이 말했다. 하지만 한나의 얼굴에 서린 표정을 눈치챘는지 다시 한 번 한나를 끌어안았다.

"괜찮을 거예요, 한나. 호위는 실력 있는 변호사고 한나의 경우에는 보석이 불허될 이유가 전혀 없으니까요."

"노먼의 말대로이길 바라요."

"그럼요. 이제 걱정하지 말아요. 여기 있는 동안 내가 또 해줄 것 있어요?"

"사실…… 한 가지 있어요! 내가 죽인 그 남자의 앞쪽 윗니에 다이아몬드가 박혀 있었는데, 미네소타 치과의사들 중에 그런 시술을 하는 사람, 누구 아는 이가 있어요?"

"아뇨, 하지만 알아볼게요. 전화 몇 통화만 하면 되니까요. 그게 진짜 다이아몬드였어요, 아니면 가짜였어요?"

한나는 어깨를 으쓱했다.

"모르겠어요. 슬쩍 본 것뿐이라서 구분이 안 되더라고요."

"하긴 나도 진짜와 가짜를 잘 구분하지 못해요. 근데 그 시술을 한 치과의사는 왜요?"

"그 남자가 누구인지 알아보려고요. 치과의사에게 기록이 남아있을 것 같아서요. 정말 알아야 해요, 노먼."

"당연히 그래야죠. 시신이 아직 병원 안치실에 있나요?"

"그럴 거예요. 달리 보낼 곳이 없잖아요. 아까 엄마가 오셨을 때 물어볼 걸. 미처 생각하지 못했어요."

"박사님께 전화해서 박사님이 괜찮다고 하시면 내가 직접 가서 살펴볼게요. 미네소타에 아는 치과의사들이 몇 명 있으니까 그 시술에 대해 물어보면 알지도 몰라요."

"고마워요, 노먼. 모래사장에서 바늘 찾기가 되지 말아야 할 텐데. 그 남자가 미네소타 출신인지조차 모르잖아요. 어디 멀리 다른 주에서 왔을 수도 있는데."

"맞아요. 그 범위는 내가 한번 좁혀볼게요. 치과의협회 몇 군데 참석하는 것이 있거든요. 거기 의사들은 전국에서 오니까 알아볼 수 있을 거예요. 사실, 작년에 치아 보석 세공 기술에 관한 세미나가 있었어요. 그때 프로그램을 확인해서 강사가 누구였는지 알아볼게요. 그때 참석했던 의사들 명단을 확보할 수 있는지도 물어보고요."

노먼은 또다시 한나를 안아주고는 자리에서 일어섰다.

"박사님이 잠자리에 드시기 전에 얼른 병원에 가봐야겠어요. 그럼 내일 봐요, 한나."

한나는 그를 문 앞까지 바래다주었다. 지난 과거 집에서 노먼을 배웅하느라 수없이 반복했던 동선에 비하면 이번 것은 훨씬 짧고 간결했다. 그리고 이번에는 릭이 문을 밖에서 잠갔기 때문에 한나가 직접 문을 열어줄 수 없었다.

노먼은 또다시 따뜻하게 한나를 포옹했고, 이번에는 한나도 어쩔 수 없이 눈물이 흘렀다. 이내 릭이 나타나 노먼을 꺼내주었다. 한나는 다시 간이침대로 돌아가 자리에 앉았다. 하지만 놀랍게도 이번에는 전혀 홀로 남겨졌다는 기분이 들지 않았다. 물론 혼자였고, 여전히 갇혀 있었지만, 한나의 친구들과 가족들이 한나가 궁금해 하는 정보를 알아내기 위해 여기저기서 애써주고 있다.

노먼이 두고 간 쇼핑백이 여전히 간이침대 위에 놓여 있었다. 한나는 포장지를 벗기기 시작했다. 포장지를 벗기면서 한나는 포장지와 리본을 따로 보관하지 않은 것을 살짝 후회했다. 그리고 안을 열어보았을 때 거기에는 지금껏 어디서도 본 적이 없는 깜찍하고 보들보들한 담요가 들어 있었다. 귀여운 고양이들의 무늬가 찍힌 담요였다. 한나가 일일이 알아보기도 어려울 정도로 다양한 종의 고양이들이었다. 녀석들은 제각기 다른 자세로 나비를 쫓거나 공을 가지고 놀거나 하며 즐거워 보였다. 그저 보고 있기만 해도 미소가 흘렀다.

한나는 담요에서 어떤 고양이가 제일 귀여운지 찾으며 거의 한 시간가량의 시간을 보냈다. 그러고는 이내 간이침대에 몸을 뻗고 책을 집어들었다. 또다시 추리소설의 세계에 빠져든 한나는 감방 바깥 벽에 걸린 시계의 시침과 분침이 두 손을 모두 들기 전에 노먼이 가져다준 담요를 깔고 이내 잠이 들었다.

감방에서 벗어나니 그렇게 좋을 수가 없었다! 여자 경찰관 한 명이 한나를 여성 재소자들이 사용하는 샤워실로 안내한 뒤 샤워를 마칠 때까지 밖에서 기다렸다. 딸기향 비누의 포장을 벗겨 샤워부스로 가지고 들어가며 한나는 감시 창이 있는지조차 신경쓰지 않았다. 몸을 깨끗하게 씻은 뒤 경찰관이 건넨 다소 뻣뻣한 수건으로 몸을 닦고 새 옷으로 갈아 입었다.

이제 한나는 변호사와 그들의 감금된 고객이 접견하는 조그마한 방 안에 호위 레빈과 마주보고 앉아있었다.

"알려줄 것이 있어요, 한나."

호위가 말했다.

"어젯밤에 좀 살펴봤는데, 상황이 좋지 않아요."

호위는 얼굴을 잔뜩 찌푸렸고, 한나의 심장박동은 급상승하기 시작했다.

"무슨 뜻이에요?"

한나가 물었다.

"완전한 한나 과실이란 뜻이에요."

한나는 너무 놀라 자신도 모르게 입을 떡 벌렸다.

"하지만 그건 사고였어요! 일부러 그 사람을 친 게 아니라고요. 설명하는 내용도 여기 썼잖아요."

"읽어봤어요. 무슨 일이 있었던 것인지도 정확히 이해했고요, 한나. 하지만 사람을 죽였으니 과실이 아닌 것은 아니에요."

"어떻게 그래요? 피할 수 없었다고요. 다른 길이 없었어요! 그럼 차라리 그 나뭇가지를 쳤어야 했다고 말하는 거예요?"

"아뇨, 그런 얘기를 하는 건 아니에요."

"그럼 그 남자를 쳐서 죽게 만든 것이 어떻게 전부 제 책임이 되는 건가요?"

호위는 서류가방을 열어 책자 하나를 꺼냈다. 그러고는 몇 쪽을 넘기더니 한 군데 멈춰서는 말했다.

"여기 미네소타 운전자 매뉴얼이 있어요. 관련 부분을 읽어줄게요."

그는 목청을 가다듬더니 큰 소리로 읽기 시작했다.

"*비나 눈, 진눈깨비나 싸락눈이 내릴 시, 가시거리가 500미터가 되지 않을 때에는 전조등을 반드시 켜도록 법에 정해져있다.* 전조등 켰어요, 한나?"

"아뇨, 아침이었잖아요."

"가시거리가 500미터는 됐나요?"

"그게, 아뇨. 하지만……"

"비나 눈, 진눈깨비나 싸락눈이 내렸어요?"

"네, 비가 왔다고 했잖아요."

"그럼, 다시 얘기해볼게요. 사고 당시 비가 왔었고, 가시거리가 500미터가 되지 않았어요. 맞죠?"

한나는 대답하고 싶지 않았지만, 호위는 자신의 담당 변호사이니 뭐든지 솔직하게 이야기해야만 했다.

"네."

"근데도 전조등을 켜지 않았다고요?"

한나는 심호흡을 한 뒤 고개를 끄덕였다.

"전조등을 켰어도 달라질 것은 없었을 테지만…… 네, 전조등은 켜지 않았어요."

"고마워요. 그럼 이제 다음 문장을 볼게요. 미네소타 운전자 매뉴얼에 따르면, '안전거리를 유지하지 못할 만큼 앞이 보이지 않을 때에는 길가에 차를 세우고, 가시성이 좋아질 때까지 기다린다.' 그렇게 했어요, 한나?"

"그러지 않았다는 것, 알잖아요."

"좋아요, 그럼. 채드 노튼이 왜 한나를 고소했는지 알겠어요?"

"그에게 그럴 만한 권한이 있다는 것은 나도 인정해요. 하지만 내 상황을 좀 알아줘요, 호위! 정상참작이 될 수 있을 만한 상황이었어요."

"어떤 상황이었는데요?"

"위니 헨더슨의 목장을 지날 때는 주변에 연신 번개가 치고 있었고, 제 트럭이 가장 키가 큰 물체라서 모퉁이를 돌아 나무 밑으로 빠지려고 했어요. 그래야 번개가 저희 쪽으로 치더라도 트럭이 아닌 나무에 맞을 테니까요. 그만큼 생명에 위협을 느끼는 상황이었어요, 호위. 저뿐만이 아니라 리사까지 함께였다고요. 리사 역시 무서워했고요."

"그럴 만했겠네요."

호위가 짧게 미소를 지어 보였다.

"정말 그렇게 생각해요?"

갑작스러운 호위의 태도 변화에 한나는 놀라고 말았다. 방금 전만 해도 마치 한나의 반대편에 선 변호사처럼 몰아대더니 말이다.

"그렇게 생각하고말고요. 한나의 목숨뿐만이 아니라 동승자였던 리사 비즈먼의 목숨까지 위협받는 상황이었어요. 도로로 똑바로 달렸다면 번개에 맞아 위험했을지도 모르죠."

"맞아요!"

호위가 마침내 이해한 것 같아 한나는 기뻤다.

"그게 바로 우리 사건이에요. 아주 훌륭하게 진술할 수 있을 거예요,

하나. 따로 준비시킬 필요도 없겠어요."

"그럼 재판이 정말로 열릴 거라는 거예요? 저를 살인 혐의로 법정에 세우는 거예요?"

호위는 하나의 손을 토닥였다.

"미리 걱정하지 말아요, 하나. 그런 일은 없겠지만, 설사 재판이 진행 된다 하더라도 열두 명이나 되는 객관적인 배심원들이 하나에게 유죄 판 결을 내릴 리 없어요."

"배심원들이 객관적인 사람들이라는 점은 분명히 짚고 갈 건가요?"

"가능한. 신청할 수 있는 권리에 한계가 있거든요."

"무이유부기피신청 말이에요?"

"맞아요. 양쪽 모두 권리가 있는데, 이유를 밝히지 않고 배심원을 기 피할 수가 있죠. 배정된 한계 외의 인원에 대한 기피신청은 이유부기피 신청이에요."

"헌법상 어떤 이유가 가능할까요?"

"배심원 후보가 공정하지 못하다거나 편향적이라거나 배심원으로서 재판에 참석할 자격이 안 된다거나 여러 가지 구체적이고도 강압적인 이 유가 있겠죠."

"좋아요, 그러니까 어떤 이유요?"

호위는 어깨를 으쓱했다.

"좀 복잡해요. 보통 받아들여지는 이유에는 변호사나 목격자 중에 누 군가와 안면이 있다든가 하는 경우가 있고, 비슷한 사건을 앞서 경험했 기 때문에 편향적일 수도 있다는 경우가 있지만, 이 모든 건 내가 결정 할 수 없어요, 하나. 배심원 후보를 떨어트리는 건 재판부에서 결정하는 것이니까요. 간단하게 설명해줄까요?"

하나는 머리가 빙글빙글 도는 것 같았다.

"네, 부탁할게요."

"이건 도박이에요, 하나. 기피신청권한을 활용해서 몇 가지는 내가 통

제할 수 있겠지만, 그게 바닥이 나면 전부 심판단에게로 권한이 넘어가요. 그 말은 곧 한나의 재판이 열리는 재판장에 앉게 될 심판단이 한나의 운이 달린 판결을 좌지우지할 것이란 말이에요."

호위와의 만남이 끝난 뒤 한나는 다시 감방으로 돌아와 한숨을 내쉬며 간이침대 가장자리에 앉았다. 운전자 법규에 따르면 한나가 무죄라는 사실을 받아들이기가 힘이 들었다. 물론 정상참작이 될 수 있을 만한 상황이었다. 호위 역시 그에 동의했다. 하지만 과연 콜팩스 판사가 한나에게 보석 허가를 내릴까? 아니면 사건이 재판에 회부되기까지 한나를 이곳 감방에서 지내게 할까?

좀전에 호위가 진술을 잘했다고 했을 때는 기분이 좋았다가 사건이 재판까지 갈지도 모르고, 무죄 판결을 받을 수 없을지도 모른다는 말에 다시 바닥을 쳤다. 격한 감정기복을 겪은 한나는 마치 롤러코스터를 탄 것 같은 기분이었다.

"한나?"

얼굴은 익혔지만 잘 알지 못하는 경찰관 한 명이 감방 문 밖에 서 있었다.

"면회객이 있는데, 여기로 데려올까요?"

"네, 부탁해요."

한나는 공손하게 말했고, 경찰관은 곧 면회객을 데리러 자리를 떴다.

1~2분 뒤, 엄마와 박사님이 감방 앞에 도착했다. 경찰관이 의자 두 개를 가져왔다.

"잘 있었니, 얘야."

엄마가 인사했다.

"호위랑 만난 일은 어떻게 됐느냐?"

"괜찮았어요."

사건이 원활하게 해결되지 못할지도 모른다는 속사정을 털어놓아 엄마를 걱정하게 만들고 싶지 않았다.

"의자를 안에 들여놓아도 된다고 허락 받았습니다."

경찰관이 문을 열고 의자를 안에 들여놓았다.

"문은 잠가야 하겠지만, 여기 감방에 재소자는 혼자이니 면회객이 돌아간 다음에도 의자는 계속 여기에 둘게요."

"고마워요."

한나는 그에게 미소를 지었다. 기분이 다시금 괜찮아지고 있었다. 감방 안에도 의자가 있으니 이제는 불편한 간이침대에 앉지 않아도 된다.

경찰관이 자리를 뜨자 박사님과 엄마는 자리에 앉았고, 박사님은 침대 위에 가지고 온 커다란 서류가방을 올려놓았다. 엄마 역시 들고 온 커다란 비닐백을 내려놓았다.

"로니랑 미셸이 죽은 남자의 소지품을 살펴본 뒤 사진을 찍었단다."

박사님이 한나에게 말했다.

"그리고 소지품은 로니에게 건네줬어. 남자의 친척을 찾아보겠다고 하기에."

"잘됐네요!"

한나의 기분이 한결 나아졌다. 감정의 롤러코스터가 점점 더 높이 올라가고 있었고, 그 기분이 나쁘지 않았다.

"나도 살펴봤어."

엄마가 말했다.

"네 말대로더구나, 얘야. 모두 값비싼 것들이었어. 안드레아도 함께 확인하는데, 그 애도 내 생각에 동의했어. 어디서 훔친 게 아니라면 다 제 돈 주고 산 옷과 신발이겠지."

한나는 차마 물어보기 두려웠지만, 그래도 의문점에 답을 얻어야 했다. 다시 기분이 바닥을 치게 되지 않기를 바라며 한나는 용기를 냈다.

"셔츠에 묻은 얼룩은 어떻게 됐어요?"

"지금 알아보고 있어."

박사님이 말했다.

"얼룩 일부는 빗물에 사라졌지만, 한나가 씌워준 우산 덕분에 몇 군데는 남아 있었어. 말린이 연구실에서 지금 한창 조사하고 있지. 성분 조사가 가능할 정도라고 하던 걸."

한나는 미소를 지었다. 또다시 기분 상승이다. 평소에는 롤러코스터타는 것을 좋아하지 않았지만, 지금 마음속으로 타고 있는 것은 생각만큼 나쁘지 않았다. 박사님의 인턴인 말린 앨드리치는 상당히 기술 좋은 연구원이었다. 말린이라면 그 셔츠에 묻은 얼룩의 정체를 밝힐 수 있을 것이다.

"다이아몬드가 박힌 치아는요? 노먼이 살펴봤어요?"

박사님은 고개를 끄덕였다.

"그랬지. 좋은 장비를 가져와서 사진 몇 장 찍어갔단다."

"오, 잘됐네요!"

한나의 미소가 점점 환해졌다.

"그 다이아몬드를 보석상에 가져가서 감정을 받아보면 좋을 텐데 그러지 못하는 게 아쉬워요."

"아, 그건 가능해."

엄마가 말했다.

"오늘 아침에 박사가 빌에게 전화해서 노먼이 그 남자의 치아를 가져가도 문제없는지 확인했거든."

"범죄 현장 사진이 있으니 괜찮다고 하더라."

박사님이 엄마의 말을 마무리했다.

롤러코스터가 또다시 상승했지만, 한나가 원하는 높이만큼은 아니었다. 상승과 하향의 중간에서 한나의 기분처럼 흔들거리고 있었다. "범죄 현장 사진"이라는 말에 객차가 우뚝 멈춰버린 것이다. 한나는 자신이 범죄 현장 사진에 이런 식으로 연루가 될 줄은 상상도 못했다! 그래도 빌이 치아 채취를 허가해주었다는 것은 다행한 일이었다.

세상에는 좋은 일과 나쁜 일이 같이 있는 법이라는 증조할머니의 말씀이 또다시 떠올랐다. 그리고 난생 처음으로 한나는 놀라운 변화라고는 전혀 없이 늘 똑같고 지루한 삶을 반복하는 사람들이 부러워졌다.

"그 남자의 차도 찾았단다."

엄마의 말이 한나의 롤러코스터를 밀어올렸다.

"근데 불운하게도 VIN라는 것이 없어져버려서 차주를 추적할 수가 없다는구나. 아마 도난 차량인 것 같더라만. 내가 들은 얘기로 판단하건데, 그 차량의 기종이나 색깔 등이 차도둑들 사이에서 무척 인기 있는 종류라고 하더라. 매년 똑같은 차량이 수천 대씩 도난당한다는데. VIN이라는 것이 뭘 말하는 것이 모르겠다."

"자동차등록번호요."

하향하고 있는 롤러코스트는 무시한 채 한나가 말했다. 도난차량. 없어진 자동차등록번호. 도난차량의 기록을 전부 뒤져서 그 차량을 찾아낸다고 해도 그 차를 몰고 레이크 에덴까지 온 남자는 차주가 아니다.

"빌에게 남자의 시신에 대해 물어봤는데,"

박사님이 말했다.

"경찰에서는 더 이상 살펴볼 것이 없으니 일단은 병원 안치실에 그대로 보관해도 좋다고 했어."

그렇다면 필요한 만큼 사진을 찍거나 다른 의심점이 생기면 얼마든지 살펴볼 수가 있다. 하향하고 있던 롤러코스터가 다시 언덕을 오르기 시작했다.

"물론 친척이라도 나타나면 상황은 달라지겠지만."

박사님이 덧붙였다.

그렇더라도 문제될 거 없어. 상승 곡선을 그리는 롤러코스터에서 한나는 생각했다. *그렇게 되면 그 남자가 누구인지 자연히 알게 될 테니까.*

"하지만 레이크 에덴에는 없는 것 같구나."

엄마가 이번에는 롤러코스터를 아래로 밀었다.

"네가 체포되자마자 레이크 에덴 소문 핫라인을 전부 가동하였는데, 마을에 사는 사람들 중에 어제 누군가 손님이 오기로 되어 있었는데, 아직 나타나지 않았다고 말하는 사람은 없더란다. 아무런 단서도 찾지 못했어."

끊임없이 떨어지는 롤러코스터에서 한나는 깊은 한숨을 내쉬었다. 그렇다면 레이크 에덴에는 그 남자를 아는 사람이 아무도 없는 것인가.

"그래도 희망을 버리지 말거라, 얘야."

엄마가 말했다.

"이웃 마을에까지 범위를 넓혀볼 테니 말이다."

잘된 일이다! 롤러코스터가 바닥을 찍으려는 찰나에 다시금 상승하기 시작했다. 상황이 좋아지고 있었다.

"박사랑 같이 차를 타고 왔어."

엄마가 말했다.

"박사가 다시 병원에 들어가 봐야 해서 금방 일어나야 한단다. 내가 베개 두 개랑 꽃무늬 침구를 가져왔어. 여긴 너무 무미건조하지 않니. 그리고 박사도 네가 기분전환 할 수 있을 만한 걸 가져왔단다."

기분전환 좋다. 엄마가 무엇을 가져왔든지 감사하게 생각하자고 결심하면서 한나의 롤러코스터가 다시 한 번 정상을 향해 빠른 속도로 상승했다. 엄마의 발치에 놓여 있는 비닐백에 침구가 들어 있는 모양이다. 하지만 박사님이 간이침대 위에 놓은 서류가방은 여전히 미스터리였다. 영화 여섯 편과 함께 휴대용 DVD 플레이어도 들어갈 수 있을 만한 크기였다. 아마도 이틀 밤은 꼬박 들을 수 있을 만한 넉넉한 분량의 음악들이 담긴 CD플레이어일지도 모르겠다.

"고마워요, 엄마. 또 뭘 갖고 오신 거예요?"

"이걸 가져왔지."

엄마가 서류가방을 열었다.

"붉은색 펜 두 개와 쪽수를 표시할, 접착력이 좋은 포스트잇이란다."

엄마는 종이 뭉치와 여러 개의 고무줄을 꺼내 한나의 침대 위에 늘어놓았다. 한나의 롤러코스터는 엄마의 깜짝 선물에 놀라 정상에 우뚝 멈춰섰다.

"여기 받거라, 얘야!"

엄마가 한나를 바라보며 말했다.

"이게 대체 뭐에요?"

"내 신작 로맨스 소설 원고. '홀리에게 어울리는 남편감'. 네가 이틀을 더 여기서 보내야 하는데, 뭔가 시간도 잘 가면서 효용성 있는 일을 하고 싶어 할 것 같더구나. 읽어보고 수정할 부분이 있으면 붉은색 펜으로 기재한 다음에 포스트잇을 붙이거라. 너를 어떻게든 돕고 싶어서 내가 어제 밤을 꼴딱 새면서 원고를 마쳤단다."

한나의 롤러코스터가 정상에서 흔들거리더니 잠시 멈췄다가 이내 주루룩 미끄러지기 시작했다. 그 속도가 너무도 빨라서 한나는 위장이 발끝으로 떨어지는 기분이었다. 이건 정말 재앙이다. 어젯밤 읽기 시작한 추리소설 내용이 이제야 조금 흥미진진해지기 시작했는데, 그 책은 그만 손에서 놓고 엄마의 원고를 검토하게 되었으니 말이다.

"내가 참 생각을 잘했지 않니, 얘야? 지금 너한테 꼭 필요한 작업이지."

한나는 엄마를 바라보았다. 순수하게 기뻐하는 엄마의 모습을 보니 차마 모진 말이 나오지 않았다.

"정말 그러네요. 꼭 필요한 작업이에요."

한나는 최선을 다해 거짓말을 했다.

3장의 중간쯤에서 한나의 롤러코스터는 또다시 트랙을 오르기 시작했다. 엄마의 신작 로맨스 소설은 좋았다. 아니, 훌륭했다. 정말 잘 쓰인 작품이었다. 엄마가 가져온 원고에 처음에는 노여웠지만…… 한나는 순간 멈추고는 큰 소리로 웃었다. *노여웠다?* 자신도 모르게 레전시 문장들을 사용하는 것을 보니 정말로 엄마의 소설을 즐기고 있었나 보다.

몇 쪽을 더 읽었을 때, 면회객이 찾아왔다는 경찰관의 말에 한나는 하는 수 없이 책을 손에서 놓을 수밖에 없었다. 한나는 빨간색 포스트잇을 붙여 읽은 지점을 표시하고는 누가 왔을까 복도 쪽을 바라보았다.

"잘 있었어요, 한나?"

리사가 감방 앞으로 화급히 다가서며 한나를 불렀다.

"안녕, 리사."

경찰관이 감방 문을 열자 리사가 안으로 들어왔고, 경찰관은 다시 밖에서 문을 잠갔다.

"여기 앉아."

"고마워요. 오전 내내 서 있었거든요. 마지와 아빠가 미셸을 도와서 홀 일을 봐주고 계셔서 점심은 여기서 먹어도 될 것 같아서 왔어요."

"점심을 먹으러 왔다고?"

"네, 한나 것도 가져왔어요. 위니에게 쿠키를 배달한 다음에 홀앤로즈 카페에 들렀거든요. 위니의 주방을 보셨어야 해요, 한나. 금화처럼 만든 초콜릿을 테이블보 위 여기저기에 뿌려놓고 해적 깃발처럼 생긴 접시 깔개를 깔았더라고요. 실물 크기의 잭 스패로우 입간판도 있었어요. 정말 환상적이었어요!"

"정말 그랬겠어!"

한나의 시선이 리사가 가져온 꾸러미에 꽂혔다.

"점심으로 뭘 가져왔어?"

"에그샐러드 샌드위치랑 로즈 특제 프렌치프라이요. 제 몫으로는 머스터드를 포장해줬고, 한나를 위해서는 블루치즈 드레싱을 함께 넣어주었어요."

"아주 좋아."

한나가 말했다. 네 시간 전에 아침을 먹었는데도 배가 고팠다.

"잊어버릴 뻔 했네요."

리사가 간이침대 옆에 가져다놓은 빈 의자에 점심식사를 펼쳐놓다 말고 또다시 꾸러미로 손을 뻗었다.

"위니가 프레쉬 블랙베리 파이 레시피 복사본을 두 장 보냈어요. 이건 한나 것이요. 정말 간단해요, 한나. 블랙베리도 조금 주셨어요. 오늘밤에 집에 가서 만들어보고 내일 한 조각 가져올게요."

"고마워."

한나는 레시피를 재빨리 살펴보았다.

"정말 간단하네. 맛도 있겠어."

"맞아요. 위니 집에 들렀을 때 한 조각 맛을 봤거든요."

리사는 다시 자리에 앉아 샌드위치를 한 입 베어 물었다. 한나 역시 샌드위치를 먹으며 한동안 두 사람은 조용했다.

"아참!"

리사가 또다시 꾸러미로 손을 뻗었다.

"밀크쉐이크도 잊어버릴 뻔 했네요. 초콜릿 밀크쉐이크에요. 한나에게 초콜릿이 필요할 것 같아서요."

두 사람은 또다시 아무 말 없이 식사에 열중했다. 이윽고 리사가 입을 열었다.

"우리가 친 남자에 대해 좋은 생각이 떠올랐어요."

한나는 리사가 '우리'라고 복수로 표현하는 것에 고개를 설레설레 저었다. 리사는 이 사건을 공동의 책임으로 여기고 있는 듯한데, 그것은 옳지 못했다.

"내가 친 남자지, 리사가 아니라. 운전대를 잡은 건 나였잖아."

"하지만 저도 조수석에 타고 있었잖아요. 미리 그 남자를 보고 한나에게 알려줬어야 해요."

"불가능했어. 리사도 앞이 잘 안 보이긴 마찬가지였는 걸. 폭우가 심했잖아."

"그렇긴 했지만, 그래도 제가 그 남자를 봤어야 했다고 생각해요."

"그건 나한테도 해당되는 이야기야."

한나가 말했다.

"하지만 결과적으로 우리 둘 다 보지 못했고, 어차피 불가능했던 일을 후회해봤자 소용없어."

"그러게요."

리사는 밀크쉐이크를 한 모금 마시고는 한숨을 내쉬었다.

"어쨌든 그 남자가 누구인지 찾는 데 저도 돕고 싶어요, 한나. 그게 제가 할 수 있는 최선이잖아요."

"알았어."

리사의 기분이 조금이나마 나아진다면 그것 또한 다행이라고 생각하며 한나는 리사의 제안을 즉시 수락했다.

"좋아요. 그럼 제가 뭘 하면 될까요?"

한나는 재빨리 생각했다. 리사가 뭘 하면 좋을까? 그때 생각 하나가 번뜩였다.

"내가 그 남자를 쳤을 때 상황을 사람들에게 얘기해줘."

"네?!"

"그걸 얘기해. 많은 사람들이 들을수록, 소문도 커질 테니까. 리사도 그 남자를 봤으니까 설명할 수 있잖아. 입은 옷이랑, 노먼이 찍은 그 남자의 다이아몬드 치아 사진도 확인한 다음 그 이야기도 퍼뜨려. 흥미진진하면서도 무섭게. 그렇게 이야기하면 사람들이 많이 모일 거야. 정말 재미있다고 생각되면 이야기가 여기저기로 번져나갈 거고."

"하지만 이야기를 하는 게 괜찮겠어요?…… 한나가 죽인 남자를?"

"이미 문제는 발생했고, 우리는 최대한 그걸 이용하면 되는 거야. 사람들은 분명 여기저기서 수군거릴 테지. 항상 그랬으니까. 그렇게 되면 누군가 그 남자를 아는 사람이 나타날지도 몰라. 그 누군가가 누구인지는 아직 모르는 일이지만, 소문이 퍼지면 분명히 누군가가 나설 거야."

"알았어요…… 한나가 괜찮다면."

"괜찮고말고."

"알았어요, 그럼. 가게로 돌아가서 우선은 제빵 일을 하고요. 오늘밤에 리허설을 해본 다음에 내일부터 이야기를 시작할게요."

"내일은 일요일이잖아, 리사."

"네, 일요일에 가게 문 열어도 되잖아요. 한나 어머님께 부탁해서 핫라인으로 우리 가게에서 특별 쿠키 할인 행사를 한다고 소문내달라고 할게요. 프레쉬 블랙베리 쿠키를 반액 세일하면 손님들이 많이 올 거예요."

"프레쉬 블랙베리 쿠키? 그건 만들어본 적이 없잖아?"

"이제 만들면 되죠. 위니가 준 레시피가 있잖아요. 위니도 남은 블랙베리로 쿠키를 만든대요. 블랙베리는 냉동보관해도 괜찮다고 했거든요. 위니 말대로 쿠키 맛이 훌륭하다면 그 블랙베리로 핫케이크를 만들어도 맛있을 거예요. 한나가 월요일 아침에 여기서 나오게 될 때쯤에는 마을 사람들 거의 전부가 사건에 대해 알게 될 거고, 어쩌면 그 남자의 정체도 그때쯤에 밝혀질런지도 모르죠."

"그랬으면 좋겠는데."

한나는 말했지만, 마음속 롤러코스터는 다시 아래로 향하고 있었다. 그렇게 했는데도 아는 사람이 나타나지 않는다면 어쩌지? 그 남자가 길가에서 무엇을 하고 있었는지, 레이크 에덴에는 왜 왔는지 정말로 알아낼 수 있을까?

위니의 프레쉬 블랙베리 파이

오븐은 175도로 예열합니다.

틀은 오븐의 중앙에 둡니다.

한나의 첫 번째 메모: 위니는 프레쉬 블랙베리 파이를 만들기 전에 파이 윗면을 어떻게 꾸밀 것인지 정해야 한다고 했어요. 파이 윗면 장식에는 세 가지 방법이 있답니다.

격자는 가장 어렵고 시간이 많이 걸리는 무늬예요. 만드는 법도 조금 혼란스럽거든요. 요리 전문 사이트에서 격자무늬 커터를 판매하고는 있는데, 보기에는 그럴 듯해도, 엮는 것은 직접 하셔야 해요. 제 친구 트루디가 사용하는 지름길이 있는데요. 파이크러스트를 줄 모양으로 잘라 파이 위에 십자가 모양으로 덮는 겁니다. 격자무늬를 올리기로 결정하였다면, 파이크러스트 두 장 정도가 필요하겠네요.

프렌치 크럼블은 효과내기도 쉽고 파이크러스트도 오직 한 장만 있으면 됩니다.

파이 위를 완전히 덮어버리는 장식은 냉동 파이크러스트를 구매하여 사용하면 가장 손쉽고 가장 빠른 방법입니다. 이러한 장식에는 파이크러스트가 두 장 필요합니다.

재료

8인치 깊이의 냉동 파이크러스트 2장들이 3개(파이크러스트를 직접 만드셔도 됩니다)

블랙베리 3컵(식료품점에서 판매하는 사각형의 블랙베리 상자 3개)

백설탕 3/4컵 / 다목적 밀가루 1/4컵(측량할 때 컵에 가득 채워주세요)

육두구 가루 1/4티스푼 / 시나몬 가루 1/2티스푼(오래된 시나몬 가루는 사용하지 마세요! 시간이 오래 지나면 그 향이 날아가버리거든요)

소금 1/4티스푼 / 소금기 있는 버터 차가운 것 2온스 (56g)

만드는 법

1. 다음의 안내에 따라 크러스트를 준비합니다:
집에서 직접 만든 파이크러스트를 사용하기로 했다면, 한 장을 둥글게 펼친 뒤 8인치 깊이의 파이팬에 깔아줍니다(9인치의 일반 파이팬도 괜찮습니다).

2. 냉동 파이크러스트를 구매하였다면, 한 장은 팬에 깔고 다른 한 장은 조리대에 따로 던져두어 해동시키세요. 바닥용 크러스트로 사용할 거거든요. 덮는 방식의 장식을 선택하였다면, 두 번째 크러스트는 팬에 조금 헐겁게 팬에 얹은 다음 그대로 해동시킵니다. 프렌치 크럼블을 선택하였다면, 두 번째 파이크러스트는 다시 냉동실에 넣어 다음 번 파이를 만들 때 다시 사용하세요.

3. 블랙베리를 씻은 다음 종이타월로 물기를 닦아내고, 커다란 볼에 담습니다.

4. 설탕, 밀가루, 육두구, 시나몬, 소금을 작은 볼에 넣고 섞습니다.

5. 아까 씻어둔 블랙베리 볼에 가루 재료들을 넣어 옷을 입힙니다(손가락으로 섞을 때 너무 힘을 주지 않도록 조심해주세요. 블랙베리가 터져서 물이 나오면 안 되거든요. 파이를 굽는 과정에서 블랙베리 즙이 충분히 많이 새어나올 겁니다).

6. 가루 옷을 입힌 블랙베리를 파이크러스트를 깔아둔 팬에 한 층 정도 붓습니다. 손가락으로 골고루 펼쳐주세요(남은 블랙베리들을 위해 바닥을 잘 다져주어야 합니다).

7. 남은 블랙베리를 팬에 마저 붓습니다. 윗면이 봉긋하게 솟아올라야 합니다(블랙베리들은 굽는 과정에서 알아서 채워지고 자리를 잡을 겁니다).

8. 볼의 바닥에 가루 재료들이 남아있다면, 그것을 파이팬에 놓인 블랙베리 위에 뿌려줍니다.

9. 차가운 버터를 네 조각으로 잘라 다시 이등분합니다. 블랙베리 군데군데에 버터 조각을 놓습니다.

10. 격자무늬, 크런치 크럼블, 크러스트 덮개 등으로 파이 윗면을 장식합니다.

격자무늬 크러스트:

11. 편한 방법대로 장식하시면 됩니다!

크러스트 덮개:

12. 냉동 파이크러스트를 사용할 때는 크러스트 위로 팬을 뒤집어서 윗면이 바닥으로 가게 합니다. 그런 다음 깨끗하게 씻은 손으로 크러스트를 매만져줍니다.

13. 두 장의 크러스트를 서로 접합합니다(크러스트가 잘 붙지 않을 때는 물을 접착제로 사용하세요).

14. 잘 드는 칼로 크러스트 윗면 가운데를 약 3인치(7.5㎝) 길이로 잘라주는데, 중앙에서 시작하여 옆면에 이르기까지 길게 자릅니다(이 단계는 매우 중요합니다. 파이가 구워지는 동안 수증기를 밖으로 배출줄 뿐만 아니라 이 틈을 통해 옆집에까지 먹음직스러운 향기가 풍기거든요. 또 안에 버터 넣는 것을 잊었을 때 그 틈을 통해서 밀어넣어도 된답니다. 웃지 마세요. 제가 정말로 그런 적이 있다니까요).

프렌치 크럼블:

재료

다목적 밀가루 1컵 / 차가운 버터 1/2컵(112g)

황설탕 1/2컵(측량할 때 컵에 가득 담으세요)

15. 칼날을 장착한 믹서기에 밀가루를 담습니다. 버터를 8조각으로 잘라 넣고, 황설탕 1/2컵을 넣습니다.

16. 재료들이 균일한 조각들로 섞일 때까지 믹서기를 가동시킵니다.

17. 섞인 것을 별도의 그릇에 옮겨 담습니다.

18. 크럼블을 파이 위에 수북이 얹습니다. 수증기가 배출될 수 있도록 잘 드는 칼로 파이 윗면을 몇 군데 찔러줍니다.

위니의 첫 번째 메모: 격자무늬나 덮개 무늬를 사용할 때는 물이나 우유 크림 등을 크러스트 윗면에 바른 뒤 백설탕을 조금 뿌려 좀 더 먹

음직스럽게 만들어주세요. 파이를 한 입 베어 물 때마다 달콤한 설탕 알갱이가 함께 씹혀 맛이 좋을 겁니다.

19. 완성된 파이 반죽은 175도의 온도에서 50~60분간 굽습니다. 파이크러스트나 프렌치 크럼블 윗면이 멋진 황갈색을 띠고 날카로운 칼날로 파이 속을 찔렀을 때 블랙베리가 부드럽게 폭신거리면 완성입니다.

20. 차가운 가스레인지나 식힘망으로 옮겨 파이를 식힙니다. 파이는 따뜻할 때 아이스크림이나 휘핑크림과 함께 먹으면 맛이 좋고요. 냉장고에서 막 꺼낸 차가운 파이로 먹어도 맛이 있답니다.

21. 남은 파이는 꼭 냉장보관하시는 것 잊지 마세요(전 이 블랙베리 파이를 수없이 많이 만들어봤지만, 파이가 남은 적은 한 번도 없었어요!).

위니의 두 번째 메모: 우리 손자는 이걸 '블루버드(파랑수염) 파이'라고 불러요. 해적에 관한 것이라면 뭐든 좋아하는 귀염둥이거든요.

"기립!"

법정 집행관이 외치는 소리에 한나는 걱정스러운 생각들에서 화들짝 깨어났다.

조그마한 법정에 모인 사람들은 콜팩스 판사가 법정에 들어와 자리에 앉을 때까지 서 있었다. 월요일 아침 8시 재판이라 생각만큼 사람이 많지는 않았다.

집행관은 곧 기소사실인부절차의 개회와 함께 영애로운 콜팩스 판사가 이번 사건을 주재함을 알렸고, 곧 사람들은 다시 자리에 앉았다. 한나는 뱃속에서 미니 토네이도가 불어닥치는 것처럼 몹시도 긴장이 되었다. 콜팩스 판사가 보석을 불허하면 어쩌지? 그렇게 된다면 정식 재판이 열릴 때까지 꼼짝없이 감방 신세다. 법정 일정에 따르면 자칫 한나의 정식 재판이 6개월 뒤로 연기될 수도 있다는 것이 호위의 설명이었다. 감방에서의 6개월이라니. 설상가상으로 유죄 판결까지 받는다면 얼마만큼의 형을 선고받을지도 알 수 없는 상황이다!

감방에서의 6개월을 과연 살아낼 수 있을까? 유죄 판결을 받으면 그보다 더 긴 세월을 예상해야 하는 것이 아닌가? 경찰서 감방에서 무기력한 이틀을 보내고 나니 한나는 자신이 과연 해낼 수 있을지 자신이 없어졌다. 거리를 마음대로 걸을 수 없고, 트럭을 타고 원하는 곳 어디든 갈 수 없다는 것만으로 충분히 절망스러웠다. 경찰서 감방도 그럴진대 정식

주 수용소는 더하겠지. 주 수용소에서의 감방 생활로 인해 이성을 잃은 사람들의 이야기를 들은 적이 있다. 그 고통에서 벗어나기 위해 계속해서 콘크리트 벽에 머리를 찧어댄다는 것이다. 그렇게 해서 부상을 입으면 창문이 달린 방이 있는 병원으로 이송해줄 테니 말이다.

법정 뒤편에서 바스락거리는 소리가 들렸고, 한나는 목을 한껏 빼고 엄마와 안드레아가 법정의 이중문으로 들어와 뒷줄 자리에 앉는 것을 확인했다. 무척이나 침통한 두 사람의 모습에 한나는 목구멍에 큰 사과알이 걸린 듯 불편했다. 두 사람도 콜팩스 판사가 보석을 불허할까 봐 걱정하고 있는 것일까?

노먼은 벌써 법정에 도착해 있었다. 호위가 한나를 데리고 법정에 들어섰을 때 이미 앞줄에 앉아있는 것을 보았다. 노먼은 한나를 향해 밝은 미소를 지었고, 한나 역시 애써 미소로 화답했다.

고요한 법정에 콜팩스 판사가 사건 관련 서류들을 읽느라 종이를 넘기는 소리만이 울려퍼졌다. 모두가 잔뜩 숨을 죽이고 앞으로 일어날 일을 기다리고 있는 듯했다. 잠시 후, 참석자들 중 몇 명이 중얼거렸고, 한나가 고개를 돌리니 마이크가 막 법정에 들어서고 있었다. 몇몇 사람들은 그를 쏘아보았다. 마이크 역시 가족이나 사랑하는 사람을 제 손으로 체포한 경찰관들 중 한 명으로 소문이 난 모양이었다.

한나는 다시 앞을 주시했다. 마이크를 쳐다봤는데도 그는 한나의 시선을 피하고 있었다. 왜 그러는 거지? 내가 알지 못하는 뭔가를 알고 있는 건가? 아니면 내가 너무 예민한 건가? 한나는 자신이 너무 예민한 탓이기를 바랐다.

오늘 재판에 참석하겠노라고 얘기했던 사람들은 모두 약속을 지켰다. 나이트 박사님은 오지 못할 것을 미리 알고 있었다. 오늘 아침 7시에 수술 일정이 있었는데 아직 끝나지 않았을 것이다. 미셸과 리사는 어제 한나에게 들러서 가게에서 아침 손님들을 맞으려면 참석하지 못할 것 같다고 얘기해주었다. 이 기소사실인부절차가 끝나는 대로 엄마가 두 사람에게 전화로 소식을 알릴 것이다.

호위가 한나에게 가까이 오라고 손짓했고, 한나가 가까이 다가가자 귓속말로 이야기했다.

"긴장 풀어요. 꼭 전조등에 잡힌 사슴 같아요."

"전조등에 걸린 사슴이 맞잖아요."

한나도 귓속말로 말했다.

"오래 걸리지 않을 거예요. 금방 끝날 겁니다, 한나. 판사가 항변하라고 하거든, '유죄가 아닙니다, 재판장님'이라고 하는 거예요. 그 이상도 그 이하도 말하지 말아요. 그냥 '유죄가 아닙니다, 재판장님'이라고 하면 돼요. 잘 알겠죠?"

"네."

한나가 대답했다. 그리고 이내 덧붙였다.

"오늘 아침에 콜팩스 판사님 커피 챙기셨어요?"

"판사님이 좋아하는 엑스트라 라지 사이즈 모카로 챙겼죠. 걱정 말아요, 한나. 괜찮을 거예요."

한나는 생각했다. *말은 쉽죠.* 상황이 괜찮지 않게 흘러가더라도 결국 감방에 갇히는 것은 변호사인 호위가 아니니 말이다. 그건 한나가 될 터이니 한나에게는 걱정할 만한 충분한 권리가 있었다. 그때 집행관이 한나의 이름을 호명했고, 호위는 그녀에게 일어서라고 손짓했다. 콜팩스 판사를 마주하고 서 있자니 갑자기 다리가 폭풍에 휘날리는 잎사귀마냥 파르르 떨렸다.

집행관은 혐의에 대해 낭독했고, 한나는 듣지 않으려 애썼다. 경범죄에서부터 차량을 이용한 살인까지, 한나의 생각보다 더 많은 내용들이 담겨져있었다. 그때 호위가 한나를 재촉했다. 판사가 항변할 것이 있느냐고 물은 모양이었다. 한나는 대답했다.

"유죄가 아닙니다, 재판장님."

그러고는 입을 꾹 닫았다.

조용한 공기 중에 한나의 말이 울려 퍼지고 나자 법정 안이 한나의 주위로 빙글빙글 돌기 시작했다. 호위가 보석을 신청할 때는 거의 실신할 지경에까지 이르렀다. 귓가에는 뭔가가 계속 웅웅거려 아무 소리도 들을 수가 없었다. 금방이라도 의자 뒤로 쓰러질 것 같았지만 간신히 피고 측 탁자 가장자리를 붙들었다. 이런 모습을 판사에게 보여 좋을 것이 없다. 다리는 후들거리고 머리는 어지럽지만 끝까지 예의바르고 공손한 태도를 유지해야만 한다. 한나 인생에 이렇게 두려운 적은 처음이었다.

시간과 함께 사람들도 순간 멈춰버린 듯 재판은 계속되었다. 귓가에는 계속 무슨 소리인가가 웅웅거리는 가운데 한나는 맨 공기를 꿀꺽꿀꺽 들이 삼켰다. 이렇게라도 해야 법정에서 기절해버리는 바보 같은 일이 일어나지 않을 것 같았다. 마침내 판사가 말했다.

"보석금 5만 달러를 선고합니다. 직원을 만나보세요."

재판봉이 나무 받침을 때리는 소리가 크게 울려퍼졌고, 호위는 한나의 팔을 붙들었다.

"끝났어요, 한나. 내가 괜찮을 거라고 했잖아요. 법정 직원이 담당 부서 사무실로 안내해줄 거고, 한나 어머님이 보석금을 지불하실 때까지 거기서 한나와 같이 대기하고 있을 거예요. 미안하지만, 그때까지 이 수갑은 차고 있어야 해요. 아직 법정 안이라서요."

"괜찮아요."

안도의 물결이 한나를 향해 밀려들었다. 이제 시련의 일부분이 끝이 났다.

"엄마가 보석금을 지불하면 그 사람들이 내 수갑도 풀어주나요? 그럼 집에 가도 되고요?"

"그래요. 집에 가도 돼요."

한나는 법정 직원이 수갑을 채우도록 몸을 돌렸고, 그의 인도로 옆문으로 빠져나갔다. 무언가라도 말을 했다가 자신에게 해가 될까 두려웠다.

한나는 복도를 걷던 중 갑자기 비틀거렸고, 직원이 옆에서 그녀의 팔을 부축했다.

"저런! 괜찮아요?"

"그…… 그런 것 같아요."

"그래야죠. 이제 끝나가는데요. 가족들이 보석금을 지불하러 갔어요. 우리도 지금 거기로 가고 있는 중이고요. 서류작업만 마치면 수갑도 풀어줄 겁니다."

한나는 힘겹게 침을 삼켜내렸다.

"고맙습니다. 정말 무서웠거든요. 법정에 서 본 것은 처음이라서요."

그러자 직원이 살짝 웃음을 지었다.

"그런 것 같았어요. 아까 서 있는데 다리를 엄청 떨고 있더라고요. 혹시라도 기절하면 달려가서 받을 준비도 하고 있었는 걸요."

한나는 여자 직원을 쳐다보았다. 백 파운드(45kg)도 채 나가지 않을 듯한 체격이었다.

"고마워요. 하지만 저를 받으려다간 같이 쓰러져버리고 말 거예요."

"그렇진 않았을 걸요."

직원이 말했다.

"스웬슨 양보다 더 몸집이 큰 사람도 부축해낸 적이 있었거든요. 덕분에 무사했죠."

복도를 몇 걸음 더 걸었을 때 직원이 다시 입을 열었다.

"스웬슨 양이 운이 좋았어요. 콜팩스 판사님이 그렇게 수월하게 보석을 허가하는 것은 처음 봤어요."

"정말이요?"

한나는 놀라 그녀를 쳐다보았다.

"전 5만 달러가 너무 많다고 생각했는데요."

"오, 아니에요. 우선 10퍼센트만 내고, 나머지는 서명만 하는 거예요. 그러니까 우선 지불할 것은 5천 달러가 되겠죠. 다른 사건의 경우에는 제가 듣기로도 10만 달러가 훨씬 넘었어요."

한나는 무어라 대꾸할 말이 없었다. 한나에게는 5천 달러도 큰 금액이었다.

"다 왔어요."

직원이 문을 열고 한나를 안으로 안내했다.

"잠깐 여기서 대기할 거예요. 그래도 담당 사무실 문은 열어놓을 테니 돌아가는 상황은 얘기가 들릴 거예요. 그리고 미안하지만, 저도 같이 여기 있어야 하고요."

"괜찮아요."

한나는 재빨리 말했다.

"오히려 여기 계셔서 좋은 걸요. 감방에 쭉 혼자 있었더니 말동무가 그리워요."

그러자 직원이 놀란 표정으로 한나를 쳐다보았다.

"그렇게 말한 사람은 처음이에요! 하지만 그렇게 얘기해도 제가 해줄 수 있는 건 없어요. 설사 가족들이 보석금을 내지 못한다고 해도 제가 개입할 수가 없거든요."

"아, 아니에요. 그런 생각을 한 건 전혀 아니에요. 그냥 얘기 나눌 사람이 있다는 게 좋아서요."

비로소 직원의 입가에 미소가 떠올랐다. 한나는 이내 물었다.

"내키지 않으면 답하지 않아도 돼요. 혹시 지금 하는 일이 마음에 들어요? 그냥 호기심에 물어보는 거예요."

"좋아요. 공무원이라 보수도 괜찮고요. 복지도 좋아요. 지금 우리 남편이 실직 상태라 그 점이 중요하거든요."

"아, 죄송해요."

한나는 동정심을 느꼈다.

"어떤 일을 하시는데요?"

"자동차 정비요."

한나는 순간 시릴의 정비공 중 한 명이 최근 그만둬서 대체할 만한 인력을 찾고 있다는 이야기를 리사에게서 들은 기억이 났다.

"혹시 어디 사시는지 모르겠지만, 레이크 에덴까지 운전 거리로 좀 먼가요?"

"아뇨."

직원이 살짝 웃음을 지었다.

"마을 바로 외곽에 사는 걸요. 레이크 에덴까지는 1.5킬로미터밖에 안돼요. 주 밖에서도 직장을 구하고 있는 중이에요. 심지어 씨티즈에서도 알아봤고요. 거기 누나가 사는데, 주중에는 누나 집에서 머물다가 주말에만 집에 들를 생각이었어요."

"펜 갖고 계세요?"

한나가 물었다.

"남편분에게 도움을 줄 수 있을 것 같아요."

직원은 유니폼 주머니에서 펜을 꺼낸 뒤 또다른 주머니에서 조그마한 수첩을 꺼냈다.

"너무 감사한 일이죠. 어떤 일인데요?"

"레이크 에덴에 머피 모토라는 정비소인데요. 최근에 정비공 한 명이 그만둬서 새 직원을 찾고 있대요. 시릴 머피에게 전화해서 한나 스웬슨이 추천해줬다고 말하면 될 거예요."

"그렇게 할게요."

집과 가까운 곳에 일자리가 있다는 소식에 직원은 흥분한 듯 보였다.

"정말 고마워요, 스웬슨 양. 진심이에요."

한나는 자리에 앉아 담당 부서의 열린 문을 향해 고개를 돌렸다. 엄마가 접수대 앞에 수표책을 들고 서 있었다.

"무슨 소리에요? 수표는 안 된다니?"

엄마의 성난 목소리가 들렸다.

"내 계좌에 그보다 10배 가까이 되는 돈이 있다고요. 은행에 전화해서 확인하면 되잖아요."

"죄송하지만, 부인, 수표는 받을 수 없습니다. 규정상 그래요. 현금이나 송금수표, 자기지시수표만 가능합니다."

담당 직원이 지급 가능한 수단이 적혀 있는 팻말을 가리켰다.

대기실에서도 팻말이 훤히 보였다. *개인 수표 불가. 현금, 자기지시수표, 송금수표만 가능. 예외 없음.*

"우습군요. 난 위넷카 카운티 경찰서장의 장모라고요. 그런 내가 설마 불량 수표를 주겠어요?"

"죄송합니다, 부인."

직원은 단호한 자세로 일어섰다.

"개인 수표는 받을 수 없습니다."

그때 안드레아가 나섰다.

"저희 엄마가 기분이 조금 상하신 것 같은데요. 이해해주셨으면 좋겠어요. 가족 중에 누군가가 법정에 서는 것이 처음이니 보석금을 어떻게 내는지도 모를 수밖에 없잖아요."

"이해는 합니다."

직원이 말했다.

"저도 도와드리고 싶지만, 그래도 개인 수표는 불가해요. 규정상 안 됩니다."

"전 안드레아 토드예요. 위넷카 카운티 경찰서장인 빌 토드의 아내라고요. 저희 엄마의 수표는 제가 보증할게요."

직원은 접수대 뒤에서 난처한 표정을 지었지만 이내 고개를 가로저었다.

"저도 문제없는 수표일 거라고 생각합니다. 하지만 규정이 그러니 받을 수가 없어요. 수표를 현금으로 바꿔올 때까지 언니분은 여기 있어야 하겠어요. 규정이라 저도 어떻게 할 수가 없습니다."

엄마가 입술을 오므렸다. 한나는 엄마의 그 표정을 잘 알고 있었다.

곧 직원과 한판 뜨려는 심산일 것이다. 그 옆에서 안드레아는 무기력하기만 했다. 한나는 부디 엄마가 진정하기를 간절히 기도했다. 엄마가 법원 직원과 대판 싸우기라도 한다면, 콜팩스 판사 앞에 서는 다음 타자는 엄마가 될 수도 있다!

바로 그때 흑기사가 등장했다.

"제가 할게요."

노먼이 눈빛으로 엄마를 안심시킨 다음 엄마의 팔을 살짝 잡았다.

"이건 제가 해결하겠습니다."

직원을 향해 미소를 보내는 노먼을 보며 한나는 놀라움을 금치 못했다.

"난처하게 해드려서 죄송합니다. 여기 숙녀분들이 보석금에 대해 잘 몰라서요. 제가 대신 스웬슨 양의 보석금을 지불할게요."

"감사합니다."

직원은 안도한 듯했다.

"스웬슨 양에게 청구된 보석금의 10퍼센트이니 5천 달러예요. 나머지 금액은 담보를 세우시면 돼요."

"네, 준비됐어요."

노먼은 지갑을 열어 몇 장의 자기지시수표를 꺼냈다.

"여기 5천 달러 있고요."

그는 직원에게 수표를 건넸다.

"서류 주시면 저희 집을 담보로 걸게요."

직원은 수표를 확인한 뒤 재빨리 영수증을 발급했다. 그러고는 노먼에게 서류 몇 장을 건넸고, 노먼은 거기에 서명을 했다.

"다 되셨습니다. 스웬슨 양은 이제 법정에서 나가셔도 좋아요."

나의 영웅! 한나는 며칠 전에 본 무성영화의 자막이 떠올랐다. 야만인들이 아름다운 여성을 기찻길에 묶어놓자 잘생긴 영웅이 나타나 그녀를 구해주는 내용이었다. 그가 밧줄을 풀고 그녀를 품에 안자 그녀는 그를

그렇게 불렀다. 한나는 아름다운 여성이 아니고, 노먼 역시 잘생긴 청년은 아니었지만, 그래도 영웅은 영웅이었다.

직원이 서류에 날인을 한 뒤 다른 방에 있는 직원을 향해 고개를 끄덕였다.

"스웬슨 양의 보석금이 지불되었어요. 몇 가지 방침을 일러준 뒤 개인 소지품을 챙겨서 그만 집으로 돌아갈 수 있도록 해주세요."

"그럼 밖에서 기다릴게요."

노먼이 다가와 한나의 어깨를 두드렸다.

"아니면 혹시 소지품 챙기는 것 도와줄까요?"

내가 할 수 있어요. 판사가 마음 바꾸기 전에 총알 같은 속도로 챙겨 나올 거예요. 한나는 속으로 생각했다. 그러고는 이렇게 대답했다.

"내가 할 수 있어요. 고마워요, 노먼."

"멋진 남자친구를 두셨어요."

한나가 소지품을 챙기는 것을 도우며 직원이 말했다. 사실 소지품이라고 해봤자 많지 않았다. 첫날 가지고 들어온 지갑과 노먼이 가져다준 담요뿐. 다른 것들은 전부 경찰서에 있었는데, 그것들은 로니가 미셸과 리사가 있는 쿠키단지에 가져다주겠다고 약속한 터였다.

보석 석방에 대한 지침을 들은 뒤 한나는 법정 정문을 빠져나왔다. 마침내 자유다. 문 앞에는 호위가 한나를 기다리고 있었다.

"리사가 이걸 보냈어요."

그가 가게에서 쿠키를 포장할 때 사용하는 독특한 꾸러미를 내밀었다.

"프레쉬 블랙베리 쿠키래요."

"고마워요."

한나가 말했다.

"여권 반납했어요?"

호위가 물었다.

"여권 없는데요. 만들어야 하나요?"

"지금은 못 만들어요. 하지만 걱정하지 말아요. 어차피 아무 데도 가지 않을 거잖아요, 그렇죠?"

"그럼요."

"그렇다면 상관없어요. 곧 재판 일자를 알려오겠지만, 금방 열리진 않을 거예요. 이제 자유에요, 한나."

"자유."

한나의 미소가 점점 환해졌다. 자유라는 것은 잃어보지 않으면 결코 깨닫지 못하는 가치다. 이제 중요한 것이 한 가지 남았다. 근거리에 노먼의 차가 눈에 띠었다. 법정 계단을 후다닥 내려가서 조수석에 훌쩍 올라타고 싶었지만, 다리가 아직 불안했다. 그래서 최대한 빠른 걸음으로 계단을 내려가 곧장 노먼의 차가 서 있는 연석으로 향했다. 두려움의 잔재들이 아직 남아있는 탓에 한나의 심장은 두근거렸다. 하지만 노먼의 옆자리에 올라타고 나면 완전히 안도할 수 있을 것이다.

"아, 노먼!"

한나는 탄성을 지르며 그의 목에 팔을 감고 키스를 퍼부었다.

"노먼이야말로 내 영웅이에요! 어서 당신 집으로 가요."

노먼 역시 한나를 가까이 끌어당겨 부드럽게 키스했다. 그리고 이내 큭큭거렸다.

"왜 웃어요?"

한나가 물었다.

"5천 달러에 몇 장 서류에 사인 정도만 하면 될 것을 진작 알았다면 좋았을 텐데요!"

프레시 블랙베리 쿠키

오븐은 190도로 예열합니다.

틀은 오븐의 중앙에 둡니다.

한나의 메모: 위니가 리사에게 말하기로는, 시애틀에 살고 있는 딸인 지나에게서 받은 레시피라고 했대요. 결혼하기 전 위니와 함께 목장에서 살고 있을 때 개발한 레시피라고 하네요.

재료

신선한 블랙베리 1컵(냉동 블랙베리를 사용하셔도 됩니다)

백설탕 1컵 / 소금기 있는 부드러운 버터 1/2컵(112g)

베이킹파우더 1티스푼 / 소금 1/2티스푼

레몬제스트 간 것 1과 1/2티스푼(제스트는 레몬의 노란 부분을 사용하세요)

큰 계란 1개 / 다목적 밀가루 2컵 / 우유 1/4컵

만드는 법

1. 블랙베리를 깨끗이 씻은 다음 물기를 닦아주세요. 반죽을 만드는 동안 체에 받쳐서 물기를 빼주셔도 됩니다(냉동 블랙베리를 사용할 때에는 씻지 않아도 됩니다. 그냥 체에 받쳐서 해동시켜 주세요).

2. 베이킹 틀에 양피지를 깐 다음 들러붙음 방지 스프레이를 뿌려주세요.

3. 백설탕과 버터를 전자 믹서기 그릇에 담은 뒤 골고루 섞어주세요.

4. 베이킹파우더, 소금, 레몬제스트 간 것을 넣고 골고루 섞어주세요.

5. 계란을 넣고 잘 섞어주세요.

6. 밀가루 1컵을 넣고 잘 섞어주세요.

7. 우유를 넣고 잘 섞어주세요.

8. 남은 밀가루를 전부 넣고 골고루 반죽해주세요.

9. 믹서기를 끈 다음 그릇을 빼내 조리대에 올려둡니다.

10. 체에서 블랙베리를 건진 다음 종이타월로 물기를 완전히 닦아냅니다.

11. 블랙베리를 반죽에 넣은 다음 고무 주걱으로 부드럽게 섞어주세요. 이 과정에서 블랙베리가 으깨지지 않도록 조심합니다. 하지만 섞다 보면 불가피하게 터지는 것들도 있을 거예요. 몇 개 정도 으깨지는 것은 오히려 쿠키에 보랏빛을 더해주어 좋으니 너무 상심하지 마세요.

12. 티스푼으로 반죽을 떼어내 틀에 올립니다(리사와 전 가게에서 만들 때 2티스푼 쿠키 국자를 사용했어요).

13. 190도의 온도에서 12~15분간 굽습니다. 먹음직스러운 황갈색을 띠면 완성입니다.

오후 1시, 한나는 쿠키단지 작업실에서 쿠키 반죽에 열중하고 있었다. 밖에서는 한나가 어떻게 길가에 서 있던 그 낯선 남자를 치게 되었는지에 대한 리사의 이야기가 한창이었다. 한나는 이야기를 듣지 않으려 더 반죽에 집중했다.

"비싼 흰색 셔츠에 디자이너 브랜드 청바지에 거의 2백 달러나 하는 신발을 신고 있었어요."

한나는 볼에 오트밀을 넣고 섞었다.

"돈이 많은 남자네!"

버티 스트롭의 목소리에 한나는 미소를 지었다. 아마 손님들의 머리에 파마기를 세팅해놓고는 막간을 이용해 리사의 이야기를 들으러 온 모양이다. 이야기가 끝나는 대로 곧장 미용실로 돌아가 손님들에게 전할 터였다.

"짙은 갈색 머리에, 헤이즐빛 눈동자에 제법 날씬한 몸매였어요. 한눈에 봐도 매일 운동하는 사람 같았다니까요."

리사의 설명은 계속되었다.

"장신구는?"

저 길 아래쪽에 위치한 레이크 에덴 네이버 약국의 약사 존 워커가 물었다. 점심시간을 이용해 리사의 이야기를 들으러 온 것이 분명하다.

"고등학교 졸업반지를 끼고 있었는데, 어느 학교인지는 지금 알아보고 있어요."

리사가 말했다.

"여기 반지 사진도 갖고 있는데, 한 번 돌려보시겠어요? 문장을 알아보시는 분이 계실지도 모르겠어요."

"좋은 생각이야."

한나는 나지막이 말했다. 레이크 에덴에는 다른 마을이나 도시에서 온 사람들도 있으니 어쩌면 반지의 문장을 알아보는 사람이 나타날지도 모르겠다.

오렌지의 껍질로 제스트를 만들어 볼에 담으면서 한나는 사람들의 반응에 귀를 기울였다. 1~2분간 조용하더니 이내 리사가 다시 입을 열었다.

"앞니 왼쪽 치아에는 다이아몬드도 박혀 있었어요."

"으읙!"

어떤 여자의 목소리였지만, 짧은 탄성만으로는 누구인지 알 수 없었다.

"조직폭력배일 수도 있지 않아요?"

이번에는 누구의 목소리인지 알 것 같았다. 옆집에 자리한 부몽드 패션의 여주인인 클레어 로저스 크누드슨이었다.

"얘기를 듣고 보니 포주 같은데. 특히 그 치아의 다이아몬드가 진짜라면! 조직폭력배들은 마약 거래를 하는 게 아닌 이상 그렇게 돈이 많지는 않을 거야."

목소리의 주인공을 눈치 챈 한나는 큰 소리로 웃기 시작했다. 너무 웃어서 소리가 홀에까지 새어나가지 않도록 손으로 입을 막아야 했을 정도였다. 목소리의 주인공은 바로 클레어의 남편이자 레이크 에덴의 신성한 구세주 루터교회의 목사인 밥 크누드슨의 할머니, 크누드슨 부인이었다. 교회의 대모격인 크누드슨 부인이 어떻게 포주며 조직폭력배며, 치아 보석까지 알고 있는 것인지는 모르겠지만, 어쨌든 크누드슨 부인은 그 분야에 해박한 듯 보였다. 크누드슨 부인은 종종 그렇게 사람을 놀라게 할 때가 있다.

"그 다이아몬드 꺼내서 감정 받아 봤어요?"

또다시 버티 스트롭의 목소리였다.

"노먼 로드가 토요일에 채취해서 쇼핑몰에 있는 보석상에 감정을 맡겼어요.”

“진짜 같아?”

크누드슨 부인의 목소리였다.

“안드레아는 진짜 같다고 했어요. 노먼이 보여줬거든요.”

“그렇다면 진짜일 거예요.”

버티 스트롭이 말했다.

“안드레아는 보석에 대해서 아주 잘 아니까. 큰 거였어요?”

“안드레아 말로는 1캐럿 이상 되는 것 같다고 했어요.”

그때 누군가 휘파람을 불었지만 한나는 그 주인도 알아내지 못했다. 휘파람만으로 사람을 파악하기란 어려운 일이니 말이다.

그때 크누드슨 부인이 또다시 입을 열었다.

“포주야. 내 그럴 줄 알았어. 분명 훔친 다이아몬드 중 하나를 치아에 넣은 걸 거야.”

한나는 이번에도 웃음을 참지 못했다. 크누드슨 부인은 도대체 어디서 저런 정보들을 얻는 걸까? 밥 목사가 여기 이 자리에 없는 것이 다행한 일이었다. 하지만 밥 목사도 유머 감각이 넘치는 남자이니 할머니의 이야기에 함께 웃어 제꼈을지도 모른다. 그러면 크누드슨 부인은 더욱 신나서 이야기했을 테고 말이다.

“쉿, 프리실라! 보비한테까지 이야기가 들어가면 어쩌려고? 무척 곤혹스러워할 거야.”

크누드슨 부인에게 핀잔을 주는 이의 목소리를 단번에 알아들은 한나는 또다시 손으로 입을 가렸다. 그녀는 롱 프레리에서 크누드슨 부인을 방문한 놀라 코에닝이었다. 두 사람은 한나가 태어나기 훨씬 전부터 친구 사이였다.

“네 말이 맞아, 놀라.”

크누드슨 부인이 말했다.

“가끔 내 입이 방정이라니까. 다들 우리 밥한테 이르지 않을 거죠?”

사람들이 ‘비밀로 할게요’ 라고 이야기하자 한나는 또다시 큭큭거렸다.

사람들 모두 크누드슨 부인을 좋아했고, 부인이 종종 던지는 도발적인 말들도 실은 재미있어 하고 있었다.

"혹시 그 남자 사진 갖고 있어요?"

놀라가 리사에게 물었다.

"네, 갖고 있어요."

리사가 대답했다.

"복사본 몇 장 얻을 수 있을까요. 보비가 내일 날 롱 프레리까지 다시 데려다줄 텐데, 우리 손자들에게 시켜서 마을에 붙이면 좋겠네요. 여기 주변 다른 마을에도 똑같이 해봐요. 그를 아는 사람에게는 소정의 포상금을 준다고 하면 더 효과적일 거예요. 포상금이라면 다들 좋아하니까."

사람들이 또다시 웅성거리는 가운데 몇 명이 놀라의 말에 동의했다. 정말 좋은 생각이었다. 경품이나 돈이 걸린 대회라면 다들 좋아한다.

"그러면 되겠어요."

리사 역시 한껏 들뜬 목소리였다.

"그를 알아보는 최초의 사람에게는 1년 동안 무료 쿠키와 커피 제공, 어때요?"

"학교에 초고속 복사기가 있어요."

조단 고등학교의 비서인 샬롯 로스코의 목소리였다.

"좋은 일에 쓴다고 하면 켄이 복사기를 사용하게 해줄 거예요. 내가 사진을 복사할게요."

"사진이 너무 끔찍한 건 아니지?"

크누드슨 부인이 리사에게 물었다.

"끔찍한 사진이라면 게시할 수 없잖아. 누군가 당장 떼어달라고 컴플레인을 해올 텐데."

"전혀 그렇지 않아요. 그냥 잠든 것 같아요. 노먼이 각도를 잘 잡아서 찍었기 때문에 보기에 꺼려지는 것들은 나오지 않아요. 노먼이 어떤 기술을 사용했는지 모르겠지만, 한나와 제가 사고 때 봤던 모습보다 훨씬 나아요."

한나는 몸을 살짝 떨었다. 리사의 비유가 별로 내키지 않았다. 한나의 머릿속에는 아직도 그 피와 멍자국들이 생생했기 때문이다.

"좋은 생각이 있어요."

샬롯이 말했다.

"반지 사진이나 다이아몬드가 박힌 치아 사진도 혹시 있어요?"

"둘 다 있어요."

리사가 말했다.

"치아 사진은 노먼이 찍었고, 반지는 로니가 사진을 찍었어요."

"잘됐네."

샬롯이 말했다.

"남자의 얼굴 사진을 먼저 붙이고 그 아래에 반지와 치아 사진을 나란히 붙이면 되겠어요. 누군가는 그중 하나라도 알아볼 거예요."

그때 뒷문에 노크소리가 들렸고 한나는 서둘러 달려가 문을 열어주었다. 문 앞에는 엄마가 서 있었다.

"쉿! 리사가 지금 홀에서 사고 이야기를 하고 있어요."

"알았다."

엄마는 손을 뻗어 한나를 꼭 끌어안았다.

"아까 수표 일은 미안하구나, 얘야. 개인 수표를 받지 않을 줄은 꿈에도 몰랐다. 노먼이 마침 있었기에 천만 다행이었어."

"그러게요."

"법원에서 나와서 어디로 갔었니? 널 찾았는데."

"노먼의 집으로 갔어요."

"참, 모이쉐가 거기 있는 걸 깜빡했구나. 녀석을 데리러 노먼의 집으로 갔으리라고는 생각을 못했어. 그래서 모이쉐를 데려왔느냐?"

"아뇨, 커들스랑 너무 잘 놀고 있더라고요."

한나는 대답하고는 더 이상 아무 말도 하지 않았다. 그저 작업대 쪽으로 손짓한 다음 커피를 따르러 포트 앞에 다가섰다.

"어쨌든 끝나서 다행이구나!"

한나가 가져온 오렌지 크리스피 접시에서 쿠키 하나를 집으며 엄마가 말했다. 그런 뒤 엄마는 믹싱볼을 쳐다보았다.

"뭘 만들고 있었니?"

"초콜릿 오렌지 크리스피요. 같은 레시피인데, 이번에는 미니 초콜릿 칩을 넣어보려고요."

"이것도 맛있지만, 초콜릿을 넣는다니 그게 더 훌륭할 것 같구나."

엄마가 쿠키 하나를 다 먹고는 또 하나를 집었다.

"화이트 초콜릿 칩을 넣으면 또 다른 버전이 되지 않겠니."

"그렇죠. 근데 플로렌스의 빨간부엉이 식료품점에 미니 화이트 초콜릿 칩이 없다는 것이 문제에요. 플로렌스 말로는 더 이상 생산이 안 된대요."

"더 이상 물건을 받아오지 않을 때면 늘 그렇게 얘기하더구나. 그냥 일반 화이트 초콜릿을 사서 믹서기에 갈아 조각을 만들면 어떻겠니?"

"좋은 생각이에요. 다음 반죽 때 그렇게 해볼게요. 엄마는 어떤 게 제일 맛있을 것 같아요?"

"난 미니 초콜릿 칩을 넣은 게 가장 끌리는구나, 얘야."

"당연히 그렇겠죠."

한나는 엄마를 향해 미소를 지었다. 한나의 보석금을 대신 내주겠다는 엄마의 시도는 무산되고 말았지만, 그래도 엄마라면 노먼과 마찬가지로 집을 담보 잡혀서라도 한나를 감방에서 빼내주었을 것이다.

"엄마의 초콜릿 사랑은 변함이 없네요."

한나가 미소를 지으며 말했다.

"그것보다 더한 홀릭도 있지."

엄마가 말했다.

"홀릭은 단어가 아니에요, 엄마."

"단어로 만들어야 하지 않겠니! 요즘에는 모든 게 홀릭이니 말이다. 알코올홀릭뿐만 아니라, 워커홀릭, 섹스홀릭, 푸드홀릭, 쇼퍼홀릭까지 있잖느냐. 언젠가 광고를 봤는데, 경적을 너무 많이 울리는 사람은 홍크홀릭이라더구나. 다음엔 또 뭐가 나오겠느냐?"

"텍스트홀릭, 폰홀릭, 사이버홀릭도 생기겠죠. 그래도 쿠키홀릭이란 말이 나오기 전까지는 걱정하지 않을래요."

"레이크 에덴에서는 생기지 않을 말이다, 얘야. 네 쿠키는 훌륭하니까."

엄마는 또다시 볼을 쳐다보았다.

"이제 반죽은 그만 치대도 되지 않니? 지금 구울 거면 내가 맛을 한 번 보고 싶구나."

한나는 웃음을 터뜨렸다.

"알았어요. 팬에 옮겨 담은 다음에 금방 오븐에 넣을게요."

"얼마나 구워야 하니?"

"10분에서 12분요. 완성된 뒤에는 5분 정도 식혀야 돼요. 안 그러면 혀가 데일 수 있거든요."

"5분까지는 아니고 2분 30초면 되겠다, 얘야. 오븐에서 꺼내자마자 실내 냉장실에 넣으면 식히는 데 절반만 시간을 들이면 되지 않겠니."

한나는 또다시 웃음을 터뜨렸다.

"쿠키 종류에 따라 그렇게 했을 때 식감에 문제가 생기는 경우도 있지만, 이건 괜찮겠네요. 좋은 생각이에요, 엄마. 그런 방법은 생각하지 못했는데."

"내가 배가 고프거든. 점심시간을 이용해 곧장 이리로 온 거란다."

"필요는 발명의 어머니군요."

한나가 증조할머니의 말을 인용했다.

"그리고 발명의 어머니는……."

하던 말을 멈춘 엄마의 두 볼이 살며시 붉어졌다.

"기억이 안 나는구나. 네 외할아버지한테 이 이야기를 아주 지겹도록 들었는데 말이다."

한나는 혼란스러웠다. 외할아버지가 발명에 대한 말씀을 하셨던 적이 있던가?

"저도 기억이 안 나는데요."

"당연히 안날 밖에. 네가 말을 알아들을 나이가 되었을 때 내가 아버지한테 그 말씀은 이제 그만 하시라고 했으니까. 그리고 아버지가 정말로 그 말은 그만두셨단다. 좋은 분이셨어, 한나."

엄마는 문득 사색에 잠긴 듯한 얼굴이었다.

"우리 아버지가 사위가 죽고 내가 재혼하게 된 것을 아셨다면 어떻게 생각하셨을까 궁금하구나."

이런! 죄책감이 추한 얼굴을 드러내고 있어. 한나는 생각했다. *엄마는 지금 재혼에 대해 죄책감을 느끼시는 거야.* 그때 한나의 머릿속에 생각 하나가 번뜩였다.

"외할아버지가 그런 때에 이런 말씀을 하셨어요. 쉡이 죽었을 때 말씀 하셨던 게 기억이 나요."

"쉡은 부모님이 몇 년 동안 기르던 독일산 세퍼드였지. 녀석이 죽었을 때는 나도 기억이 난다만, 아버지가 뭐라고 하셨는지는 기억이 안 나. 뭐였느냐, 얘야?"

"'인생은 살아가라고 있는 거다. 그러니 얼른 나가서 다른 개를 구하자' 라고요."

"그것……."

엄마는 말을 멈추고 침을 삼켰다.

"그것 참 기억하기 좋은 감성이로구나. 네가 기억하고 있어서 다행이다."

"저도 다행으로 생각해요."

한나는 마지막 쿠키 반죽을 떠서 틀로 옮겼다.

"자, 엄마. 각오 단단히 하세요. 저를 위해 맛 비평을 해주셔야 하니까요."

엄마는 살짝 웃음을 지었다.

"참 어려운 자리로구나. 그래도 누군가는 해야겠지. 어서 서둘러 굽거라, 얘야. 내 임무를 게을리해서 네 쿠키비평가 자리에서 잘리고 싶지 않거든."

오렌지 크리스피

오븐은 190도로 예열합니다.
틀은 오븐의 중앙에 둡니다.

재료

녹인 버터 1컵(224g) / 백설탕 2컵 / 바닐라 농축액 2티스푼

소금 1/2티스푼 / 베이킹소다 2티스푼

거품 낸 계란 2개(포크로 저어주세요)

다목적 밀가루 2와 1/2컵(측량할 때 컵에 가득 담아주세요)

다진 견과류 1컵(다진 다음에 측량하세요-어떤 종류의 견과류도 좋습니다. 전 호두를 사용했어요)

오렌지 1개 분량의 제스트(금방 껍질에서 갈아낸 것을 사용하세요)

건조시킨 오트밀 갈은 것 2컵(갈기 전에 측량하세요)

만드는 법

1. 커다란 그릇에 버터를 담고 전자레인지 '강'에서 1분간 돌립니다. 몇 초 동안 놓아둔 다음 잘 녹았는지 한번 저어봅니다. 버터가 덜 녹았으면 20초 더 돌려주세요.
2. 버터를 실온에서 식힙니다.
3. 버터에 백설탕을 넣고 잘 섞어줍니다.
4. 바닐라 농축액, 소금, 베이킹소다를 넣고 잘 섞어줍니다.
5. 거품 낸 계란을 넣고 저어줍니다.

6. 밀가루를 1/2컵씩 넣어 반죽합니다.

7. 다진 견과류를 넣고 쿠키 한 개당 균일한 분량의 견과류가 섞이도록 골고루 저어줍니다.

8. 오렌지 제스트를 넣고 잘 섞습니다.

9. 오트밀을 측량한 다음에 칼날을 장착한 믹서기나 그라인더로 갈아줍니다. 다소 울퉁불퉁한 모래알처럼 될 때까지 갈아주세요.

10. 오트밀 간 것을 반죽 볼에 넣고 섞어줍니다(믹서기를 사용하지 않는다면 팔이 좀 아플 거예요).

11. 호두 크기의 반죽으로 굴려 들러붙음 방지 스프레이를 뿌린 쿠키 틀 위에 올립니다. 틀 위에 양피지를 깔아도 좋습니다.

12. 반죽을 굴리는 과정에서 반죽이 너무 끈적거리면 냉장고에 30분 정도 보관했다가 다시 시도해보세요.

13. 쿠키 틀 위에 반죽을 포크의 갈래로 십자 모양이 생기도록 눌러줍니다(피넛버터 쿠키를 구울 때와 똑같이 하면 됩니다).

14. 190도의 온도에서 10분간 굽습니다. 완성된 쿠키는 틀 위에서 2분간 식힌 다음 식힘망으로 옮겨 완전히 식힙니다.

초콜릿 오렌지 크리스피

오븐은 190도로 예열합니다.
틀은 오븐의 중앙에 둡니다.

만드는 법

1. 오렌지 크리스피를 만드는 방법대로 따릅니다. 단, 다진 견과류는 1/2컵으로 줄여주세요.

2. 다진 견과류를 넣은 다음 미니 초콜릿 칩 1컵(168g)을 추가로 더합니다. 나머지 과정은 오렌지 크리스피와 똑같습니다.

"오랜만에 집에 와서 반갑겠어."

미셸이 아파트의 지하 주차장으로 향하는 경사로로 진입한 뒤 한나의 지정 자리에 차를 세우며 말했다.

"반가운 것 이상이지. 훨씬 마음이 놓이기도 하고. 긴 하루였거든."

한나는 차에서 내리며 살짝 한숨을 내쉬었다. 차는 여전히 로니가 아버지의 차고에서 꺼내 빌려준 로너카(수리 기간 동안 빌려주는 자동차)였다. 한동안은 이 로너카를 몰고 다녀야 할 것 같다. 경찰에서는 한나의 쿠키 트럭을 내보내 주었지만, 앞쪽에 수리할 부분이 생겼기 때문이다. 마이크가 토요일에 몰래 한나의 트럭을 가지고 나타나 한나를 깜짝 놀래킨 뒤 수리를 위해 시릴의 정비소에 맡긴 터였다.

미셸은 바깥쪽으로 난 계단을 오르기 시작했고, 한나도 그 뒤를 따랐다. 마침내 지상층에 도착했을 때 미셸이 우뚝 멈춰 서서는 몸을 돌려 한나를 정면으로 쳐다봤다.

"언니, 흥분되지?"

"집에 온 게 말이야?"

"아니, 그 1등 경품 말이야. 퍼비스 씨 부부와 학생 몇 명이 오늘 오후에 가져왔어. 내가 집 열쇠를 빌려줬거든. 퍼비스 부인이 오후에 가게에 들러서 되돌려주고 갔고. 감사 인사로 쿠키도 조금 포장해 드렸어. 언니한테 얘기도 못했는데, 괜찮지?"

"괜찮아."

한나는 살짝 미소를 지었다.

"1등 경품이라."

한나는 미셸의 말을 되뇌며, 조금 더 환한 미소를 지었다.

"지난 사흘 동안 너무 많은 일들이 일어나서 경품 같은 것은 완전히 잊고 있었는데, 뭔지 궁금하네."

"곧 알게 될 텐데, 뭐. 언니가 받을래, 내가 받을까?"

"안에 아무도 없어. 모이쉐는 노먼이 오늘 저녁 7시쯤에 데려다주기로 했거든. 저녁 먹고 가라고 했어."

"그럼, 저녁 준비는 내가 도울게."

미셸이 열쇠로 문을 열고 안으로 들어섰다.

"어서, 언니. 상품부터 확인해 봐."

한나가 제일 처음 들어간 곳은 부엌이었다. 하지만 거기에는 아무것도 없었다. 한나의 낡은 냉장고는 여전히 제자리를 지키고 있었고, 가스레인지나 식기세척기도 마찬가지였다. 1등 경품이 최신형의 잘빠진 부엌 가전제품은 아닌 모양이다.

"여기에는 없는데."

미셸이 거실을 둘러보며 말했다.

"그러게."

예전 텔레비전과 오디오도 그대로였다.

"우리가 못 찾은 것일 수도 있어."

미셸이 말했다.

"작은 물건일 수도 있잖아."

한나는 고개를 가로저었다.

"작은 건 아니야. 그걸 들고 와서 설치까지 하려면 조단 고등학교 미식축구팀 선수가 적어도 세 명은 필요하다고 했거든. 뭘 꼽아서 연결해야 한다고 했는데."

"흠…… 그럼 어디에 있는 거지?"

"손님방에 가 보자. 헤드보드에 무드등이 부착되어 있는 새 침실 가구 세트일 수도 있어."

한나는 미셸이 집에 올 때면 사용하는 손님방의 문을 활짝 열었다.

"이것도 아니네."

한나는 방 안으로 들어가 침대와 옷장을 가리켰다.

"정말. 옛날 낡은 가구 그대로야."

미셸은 자신도 모르게 무심코 말하고는 이내 덧붙였다.

"그렇다고 여기 가구들이 마음에 안 든다는 건 아니야. 거울도 큼지막 해서 좋고, 침대도 진짜 편안해."

한나는 큭큭거렸다. 막내 동생의 세심함은 알아줘야 한다.

"이건 엄마가 쓰던 침실 세트야."

"나도 알아. 어쨌든 내가 했던 말은 진심이야. 진짜로 침대도 편안하 고, 거울도 큼지막해서 좋아. 그나저나 여기 손님방에 들어갈 만한 게 뭐가 있을까?"

"그래봤자 조그마한 침실인데. 미식축구 선수 셋이서 들고 올 만한 물 건이면 여기에 들어가지도 않을 거야. 선수 셋이 방 안에 들어서는 것도 무리일 걸."

"그렇다면 혹시 새 변기?"

미셸이 추측했다.

"변기는 엄청 무겁잖아. 새 변기라면 설치도 해야 하고, 배관도 연결 해야 하고. 꼽아서 연결해야 한다는 게 그걸 얘기한 건지도 몰라."

한나는 이번에도 고개를 가로저었다.

"아니야. 세대주 위원회의 허가 없이 새 변기를 장착했을 리가 없지. 나도 위원회에 속해 있는데 지난 두 달 동안 그런 신청 사항은 없었 어."

"새 변기를 설치하는 데 허가를 받아야 해?"

"그래, 새것이면. 원래 있던 낡은 것을 수리하는 것은 상관없어. 우리 아파트 수리공이 무료로 수리해주니까. 문제는 아파트 전체의 배관이며 전기 시설 비용을 아파트관리위원회에서 책임진다는 거야. 뭔가 고장이 생기면 아파트 수리공이 고치지만, 수리공의 능력을 벗어나는 일일 때에는 위원회에서 별도로 돈을 주고 배관공이나 전기 기술자를 불러야 해."

"멋진데. 하지만 그게 새 변기 장착하는 데 허가를 받아야 하는 것과 무슨 상관이야?"

"간단해. 사람들은 온갖 종류의 장식들을 변기에 달고 싶어 하지. 비데 같은 것들 말이야. 그렇게 되면 배관도 달라질 수가 있잖아. 그때에는 우리 수리공이 먼저 가서 바뀐 배관이 쉽게 수리할 수 있는 구조인지를 확인해야 돼. 배관 이동은 아파트 책임이라서 단지 변기 하나 예쁜 걸로 바꾸자고 욕실 전체 배관을 다시 손보고 싶지 않거든. 그게 다 돈이잖아."

"그래도 변기를 교체하겠다고 하면?"

"그럼 본인이 직접 배관공 비용을 대야 하고, 위원회에서는 영구 변화를 살핀 다음에, 교체가 완료되었을 때도 직접 살펴봐야 해. 몇 세대가 그렇게 한 적이 있었는데, 일단 시작하기 전에 회의에 참석해서 교체 계획을 설명해야 해."

미셸은 잠시 생각에 잠겼다.

"아파트가 정말 살기 편한 거 맞나 모르겠네."

미셸이 말했다.

"나도 아파트가 꼭 좋아서 살게 된 건 아니야. 당시 내 재정 상황으로 허락되는 데가 여기까지였거든. 근데 위원회의 일원이 되고 나니까 모든 게 훨씬 쉬워졌어."

한나는 하던 말을 멈추고 한숨을 푹 쉬었다.

"사실…… 쉬워진 건지 어쩐 건지 모르겠어. 바꾸고자 하는 건 다 바

꿀 수 있지만 사실 뭘 바꾸고 싶은 마음은 없거든. 위원회 회의가 최소 두 시간씩 한 달에 두 번이나 있는데, 사실 그렇게까지 시간을 투자할 만한 가치가 있는 건지는 잘 모르겠어."

"그렇다면 언니는 주택이 더 낫겠어?"

"아마도. 하지만 그렇게 되면 두통을 달고 살게 되겠지. 그 비용하며. 아파트는 그래도 공동의 책임이잖아. 사실 어느 쪽이 더 나은지 모르겠어. 일단은 현재 내가 갖고 있는 것에 행복해 할래."

한나는 그만 말을 멈추고 미셸에게 손짓했다.

"이리 와. 상품이 어디 있는지 계속 찾아봐야지."

두 사람은 손님방 욕실을 살폈지만, 거기에도 상품은 없었다. 사실 한나의 말대로였다. 손님방이 너무 협소해서 미식축구 선수 셋이 낑낑거리고 들고 올 만한 물건이라면 들어가지 않을 터였다.

"이제 언니 침실만 남았어."

미셸이 한나의 침실 문을 열었다.

"다른 가능성들은 모두 제로인 것이 확인됐으니까 분명 여기 어딘가에 있을 거야."

두 사람은 한나의 침실로 들어섰고, 문간을 벗어나는 순간 둘 다 그 자리에 우뚝 멈춰서고 말았다.

"우와!"

한나가 뒤로 한 걸음 물러섰다.

"정말 우와네."

미셸이 숨을 몰아쉬었다. 그런 뒤 두 사람은 한나의 침대 발치의 공간에 거대한 유령처럼 서 있는 물건을 물끄러미 쳐다보았다.

"이거 내가 생각하는 그거, 맞아?"

한나가 동생을 쳐다보며 물었다.

"그런 것 같아. 올인원 운동기구 종류인 것 같은데. 자전거랑 로잉머신랑 크로스컨트리 스키 시뮬레이터에 러닝머신까지 전부 갖춘 것 말이야."

"나 무서워."

한나는 말하며 얼굴을 찌푸렸다. 그런 뒤 기계의 앞쪽을 가리켰다.

"손잡이 사이에 이건 내가 생각하는 그건가?"

"텔레비전을 생각했다면, 맞아. 그리고 내 생각에 이건……."

미셸이 하던 말을 멈추고 기계 앞쪽으로 걸어갔다. 그리고 잠시 후, 다시 입을 열었다.

"역시 DVD 플레이어가 장착되어 있는 텔레비전이야. 다이어트 비디오를 틀어놓거나 러닝머신을 하면서 일반 TV를 시청할 수도 있어. 이건 비싼 장비야, 언니. 헬스장 회원이라면 누구나 침을 흘릴 만한 올인원 운동 장비라고."

한나는 끙소리를 낸 뒤 침대 가장자리에 걸터앉았다.

"나한테 꼭 필요한 거네. 나원참."

"언니 지금 빈정대는 거지?"

"당연하지! 난 운동기구 같은 건 필요 없어. 쇼핑몰에 있는 천국의 몸매 헬스클럽에서 사용했을 때가 마지막인 걸. 그때 거기서 무슨 일이 있었는지 너도 잘 알잖아!"

"시체를 발견했지."

미셸이 큭큭거렸다.

"그런 걱정은 하지 않아도 돼. 여긴 그래도 자쿠지는 없잖아. 그런 이유로 이걸 피한다는 건 말도 안 돼. 누군가 집에 침입해 들어와서 이걸로 죽을 만큼 운동을 하지 않는 이상 언니 침실에서 시체를 발견할 일은 없잖아."

"어떻게 장담해? 이 기구를 사용하기 시작하면 그 피해자가 내가 될 수도 있는데."

"정말로 사용할 생각은 있고?"

미셸이 놀란 목소리로 물었다.

"생각 중이야. 청바지에 엉덩이 부분이 조금 타이트해지긴 했거든. 게다가 DVD 플레이어가 있잖아. 꼭 다이어트 비디오를 보란 법은 없지. 내가 좋아하는 영화 틀어놓고 러닝머신 위를 슬슬 걷는 것도 좋을 거야."

미셸은 기계를 내려다보았다.

"미안하지만, 언니, 여기 슬슬 걷는 모드는 없어. 가장 기본이 빠른 걸음이야."

"빠른 걸음도 나쁘지 않아. 불의 전차나 로저 배니스터의 일대기를 다룬 다큐멘터리를 틀어 놓으면 딱이겠는 걸."

"이 기계 덕분에 언니도 책임감 있게 운동할 수 있겠어. 그래서 말인데, 저기…… 내가 여기 있는 동안 이 운동기구 사용해도 괜찮을까? 언니만 괜찮다면."

"괜찮아. 마음껏 해. 난 가서 저녁식사 후에 먹을 디저트나 만들어야겠어. 노먼이 버타넬리에서 피자를 사온다고 했거든."

"고양이들만 차에 두고 식당에 갔다 온다고?"

미셸이 염려스러운 목소리로 물었다.

"그럴 리가. 이제 버타넬리도 드라이브인 주문이 가능해졌어. 엘리에게서 들었는데, 버트가 얼마 전에 만들었다고 하더라고. 드라이브인 창구에서 주문 받을 사람도 한 명 구해서 매출이 벌써 15% 늘었대."

"그럴 만도 하지. 위넷카 카운티에서 거기 피자가 최고잖아. 무슨 피자 사오기로 했는데?"

"세 가지. 소시지랑 페퍼로니 피자, 다섯 가지 치즈가 올라간 피자, 토핑이 전부 올라간 가비지 피자."

"세 판이나? 누구 올 사람이 더 있어?"

"내가 알기로는 없는데. 노먼이 오늘 먹다가 남는 것은 우리더러 며칠이고 두고 먹으래."

"자상하기도 하지. 디저트는 뭘 만들 건데?"

"아직 모르겠어. 곧 아이디어가 떠오르겠지."

"좋아."

미셸이 운동기구에 딸린 매뉴얼을 뒤적였다.

"웬만한 헬스클럽의 운동기구들은 다 갖추고 있대."

"흠, 그래."

달리 대꾸할 말이 떠오르지 않아 한나가 대충 대답했다.

"나 이 기구만 좀 살펴보고 금방 도우러 갈게."

"천천히 봐."

한나가 돌아서며 말했다.

"그럼, 수고."

복도를 따라 부엌으로 향하며 한나는 살짝 얼굴을 찌푸렸다. 발뒷꿈치가 절로 들릴 만큼 기분 좋은 경품은 아니었지만, 그런대로 인상적인 물건이긴 했다. 다만, 임자를 잘못 만났다는 것이 문제일 뿐. 한나는 마을 사람들 중 이 운동기구를 매일같이 활용할 만한 사람들을 머릿속에 떠올려보았다. 그런 사람들이 있는데도 이걸 나한테 주는 것은 공중에 돈을 흩뿌리는 것이나 마찬가지다. 조만간 사용해보긴 할 테지만, 솔직히 말하자면, 별로 자신은 없다. 사실 그다지 놀랄 만한 일은 아니다. 미셸이 그나마 기구에 관심을 보이고 있으니 다행이었다. 운동기구를 좋아할 만한 사람이 누가 또 있을까. 이따 노먼이 오면 그에게 보여준 뒤 의견을 물어보아도 좋겠다. 아니면 다음번에 마이크가 집에 들르면 그에게도 보여줘야겠다. 운동기구에 관해서라면 마이크가 전문가니 말이다. 경찰서 체육관에 있는 운동기구들은 전부 마이크가 직접 주문한 것이었다. 빌은 우리 경찰서의 체육관이 미네소타주 전체 경찰서를 통틀어 최고로 시설이 좋다고 했다.

한나는 부엌으로 들어서면서 다시 불을 켠 뒤 서랍에서 앞치마를 꺼내 허리에 둘렀다. 그런 뒤 냉장고를 열어 안에 어떤 재료들이 있는지 살폈다. 한나가 감방에 있는 동안 미셸이 마트에 들렀다면, 디저트를 만들기에는 충분한, 특별 재료들이 조금 있을 것이다.

"없는 건가."

빈 선반들을 들여다보며 한나는 큰 소리로 말했다. 한나가 없는 동안 미셸은 로니와 줄곧 외식을 하거나 포장 요리를 사와서 먹은 모양이었다. 이번에는 저장실을 살필 차례다. 이번에는 부디 무엇이라도 눈에 띄길.

물론 쿠키를 만들 수 있는 기본 재료들은 있었다. 화재나 홍수, 지진, 폭풍 등의 자연재해에 대비해 제빵 재료들은 꼭 끊이지 않고 사다 쟁여 두는 편이었다. 쿠키가 있으면 뭐든 견딜만해 진다. 한나를 비롯해 쿠키 단지의 모든 손님들이 그러한 사실을 증명하고 있다!

일반 쿠키에 무엇을 넣으면 조금 색다르고 재미있게 만들 수 있을까? 화이트 초콜릿과 일반 초콜릿, 밀크 초콜릿, 버터스카치, 피넛버터 등의 재료들은 몇 가지 갖고 있었지만, 초콜릿 칩 크런치 쿠키에서 조금 변형된 형태의 쿠키보다 더욱 특별한 것을 만들어보고 싶었다. 그나마 가장 그럴듯한 재료는 재작년 크리스마스 때 구매했던 건조 크랜베리뿐이었다. 한나는 포장에 적힌 유통기한을 확인했다. 올해 9월까지는 거뜬했다. 당연히 안에 든 크랜베리의 상태도 좋았다. 크랜베리는 개봉하지만 않으면 문제가 없는데, 이것은 아직 개봉 전의 포장일 뿐만 아니라, 20개월 전 빨간부엉이 식료품점에서 구매한 뒤 저장실에 넣어두고는 한 번 만지지도 않은 것이라 더욱 괜찮았다.

크랜베리로 뭘하면 좋을까? 한나는 잠시 골몰했다. 보글스 반죽을 만들어도 괜찮을 것 같다. 오트밀을 포함한 기타 재료들은 다 갖추고 있었다. 하지만 오늘 하루에만 보글스 반죽을 세 번이나 한 터라, 또다시 반죽을 만들고 싶은 생각이 들지 않았다. 그렇다면 크랜베리가 들어가는 다른 디저트는 또 뭐가 있을까? 임페리얼 시리얼에 크랜베리를 넣는 것도 좋은 생각이었지만, 시리얼이 충분하지 않았다. 게다가 임페리얼 시리얼은 디저트라기보다는 간식에 가까웠다. 한나는 크랜베리 스콘도 생각해보았지만, 그것 역시 디저트라고 할 수 없다.

"그래!"

문득 건조 크랜베리와 화이트 초콜릿 칩이 어우러진 아름다운 레이스 쿠키를 눈앞에 떠올리며 한나가 숨을 몰아쉬었다. 이거다! 크리스마스 레이스 쿠키의 레시피를 토대로 새로운 쿠키를 만들어보는 거다. 새로운 쿠키를 만들어내는 일은 늘 재미있다. 한나는 거실 컴퓨터에서 레시피를 출력하면서 미소를 지었다.

크리스마스 레이스 쿠키의 레시피를 출력한 뒤 한나는 그것을 들고 다시 부엌으로 갔다. 쿠키가 생각만큼 잘 나와준다면 쿠키단지 메뉴에 올려도 좋겠다. 그러려면 쿠키 이름을 우선 구체적이면서도 사람들의 관심을 확 끄는 것으로 지어야 한다. 이름에 '레이스'는 넣고 싶지 않았다. 그건 크리스마스 레이스 쿠키에만 특별히 붙일 수 있는 단어였다.

"에어리 베리 쿠키?"

한나는 부엌 조리대 위에 재료들을 모으며 큰 소리로 혼잣말을 했다. 그래, 그 이름이 좋겠어. 이제 반죽을 하고 오븐에 굽기만 하면 이름만큼이나 맛있는 쿠키가 탄생이 되는지 알 수 있을 것이다. 막 반죽 재료들을 섞으려고 하는 찰나에 부엌 벽에 걸린 전화기가 울렸다.

한나는 곧장 전화기로 가서 수화기를 들었다.

"여보세요?"

한나가 말했다.

"아, 마침 집에 있구나, 애야. 혹시 식사하러 외출하지는 않았나 했다."

"아니에요, 엄마."

한나는 무자비하게 끌어오르는 신음소리를 간신히 내리눌렀다. 엄마와 통화하고 싶지 않아서가 아니다. 평소 엄마와의 대화를 그런대로 즐기는 편이었다. 다만 엄마의 전화통화는 기약 없이 길어질 때가 많으니 노먼이 도착하기 전에 쿠키를 완성해야 하는 한나로서는 마음이 바쁠 수

밖에 없었다.

"잘됐구나! 박사가 전화하라고 해서 말이다. 너에게 얘기할 게 있다고 하는데, 아주 중요한 일이라더라. 1~2분이면 된다던 걸."

"알았어요. 박사님 바꿔주세요."

"아니, 직접 만나서 얘기하겠다는데. 지금 바로 병원에서 출발해서 너희 집으로 가마. 우리가 도착하기 전에 외출하면 어쩌나 해서 미리 전화하는 거란다."

"무슨 얘기이신데요?"

한나는 조금 불안해하며 물었다. 박사님이 따로 만나야 한다고 했던 지난 밤에 빌은 한나를 체포했더랬다.

"모르겠다, 얘야. 물어봤는데 말해주지 않는구나. 내가 아는 거라곤 나쁜 소식은 아니라는 거야. 네가 걱정할까 봐 그것만 간신히 답을 얻었지."

"감사해요, 엄마."

"그래, 우리가 집에 가도 괜찮지?"

한나에게는 달리 선택의 여지가 없었다.

"알았어요."

자신이 듣기에도 조금 퉁명스러운 대답이었던 것 같아 한나는 다시 덧붙였다.

"그럼 오시는 김에 식사 같이 하실래요? 노먼이 버타넬리에서 피자를 사 오기로 했어요."

"아주 좋지, 얘야. 고맙구나. 그럼 우리도 갈 때 뭘 좀 사갈까?"

"괜찮아요, 다만……."

한나는 씩 미소를 지었다.

"혹시 실크 스타킹 신으셨나 해서요."

그러자 엄마는 웃음을 터뜨렸다.

"그래, 하지만 모이쉐에게 줄 물고기 모양 연어맛 간식도 박사 차에 신고 다닌단다. 모이쉐 뇌물로 가져가마."

한나는 작별인사를 한 뒤 전화를 끊을 때까지도 여전히 미소를 짓고 있었다. 역시 엄마는 방법을 알고 있었다. 엄마가 모이쉐의 간식 없이 한나의 집을 방문했다가는 실크 스타킹이 또다시 그 수명을 다하고 말 것이다. 모이쉐의 발톱에 찢긴 스타킹만 이미 두 상자를 넘는다.

그때 다시 전화벨이 울렸고, 한나는 수화기를 들었다. 엄마가 미처 얘기하지 못한 것이 있었던 모양이다.

"또 전화하셨네요, 엄마."

하지만 이번에는 엄마가 아니라 노먼이었다. 한나는 그의 웃음소리를 단번에 알아챘다.

"방금 어머님이랑 통화했나 봐요?"

노먼이 물었다.

"네, 마침 전화줘서 다행이에요, 노먼. 아직 버타넬리에 들르기 전이면 가든 샐러드도 하나 포장해줄래요? 엄마랑 박사님도 집에서 함께 식사하실 거예요."

"그러면 샐러드 여덟 개에 한나 어머님 드시도록 캐내디언 베이컨과 파인애플 피자도 주문할게요."

"훌륭하죠. 엄마가 그거 무척 좋아…… 잠깐만요."

한나는 어리둥절한 표정을 지었다.

"우리는 총 다섯 명이잖아요. 엄마랑 박사님, 미셸, 노먼, 그리고 나요."

"아직까지는 그렇죠."

노먼이 말했다.

"무슨 얘기에요?"

"한나 집에서의 저녁식사는 막상 도착해 보면 인원이 예상보다 더 늘어나더라고요. 그러니 처음부터 여덟 사람 몫의 샐러드를 준비하는 게 나아요. 미트볼도 두어 개 포장해야겠어요."

"혹시 내가 모르는 거 알고 있는 게 있어요?"

"아주 많이 있죠. 신경치료도 할 줄 알고, 통증 없이 치아 뽑기도 잘하거든요. 한나는 그런 거 어떻게 하는지 모르잖아요."

한나는 웃음을 터뜨렸다.

"치과 말이군요. 그 분야라면 노먼이 훨씬 낫다는 점 인정할게요. 내 말은, 저녁식사에 오기로 한 사람이 또 있냐고요."

"확실하지는 않지만, 로니와 마이크가 한나 집에 들를 확률이 반반이에요."

한나는 잠시 생각에 잠겼다.

"그럴 수도 있겠네요. 로니는 미셸을 만나고 싶어할 테니까요."

"마이크도 오늘 아침에 법정에서 만났었어요. 한나가 어떻게 하고 있는지 궁금해서 집에 한번 들르지 않겠어요?"

"그럼 로니와 마이크를 합쳐도 일곱 명인데, 여덟 번째 사람은 누구예요?"

"안드레아요. 빌에게 아직도 화가 났으면요. 지금은 어떤지 모르겠지만요. 한나는 혹시 알고 있는 게 있어요?"

"아직도 화가 단단히 났어요. 아까 전화통화 했거든요."

"그렇다면 안드레아도 집에 오겠네요. 빌과 마주하기 싫을 테니 말이에요."

한나는 골몰했다.

"흠, 가능성 있어요."

한나가 말했다.

"그럼 음식을 좀 더 넉넉하게 부탁해요. 돈은 이따가 오면 줄게요."

"무슨 소리예요. 다들 내 친구들이기도 한데요. 어차피 박사님과도 할 얘기가 있었어요."

"혹시 치아에 대해서?"

"치아를 비롯해서 몇 가지요. 묻기 전에 말하는 건데, 치아에 대해서는 다이아몬드가 진짜라는 것 외에는 이렇다 할 만한 것은 별로 알아내지 못했어요."

"진짜로 진짜 다이아몬드였다고요?"

한나가 재치있게 물었다.

"재미있네요. 맞아요, 진짜로 진짜 다이아몬드요. 사실 그렇게 값어치 있는 것은 아닌 것 같았지만, 암튼 이따가 가서 얘기해줄게요. 지금은 빨리 버타넬리에 전화해서 피자 몇 판이랑 그린 샐러드도 몇 접시 더 추가해야겠어요. 그리고 커들스와 모이쉐를 빨리 캐리어에 넣어서 얼른 출발해야죠. 그럼 이따가 봐요, 한나. 사랑해요."

"사랑해요."

한나는 전화를 끊고 다시 부엌 조리대 앞에 가 섰다. 한나는 노먼을 사랑하고 있었다. 결혼하고 싶을 만큼은 아닐지 모르겠지만…… 아닌가? 이 문제는 시간이 있을 때 좀 더 생각해봐야 하겠다. 당장은 노먼과 그 외 다른 손님들이 현관문에 들어서기 전에 얼른 쿠키를 구워야 한다.

베리 베리 쿠키

오븐은 175도로 예열합니다.
틀은 오븐의 중앙에 둡니다.

재료

롤드 오트 (귀리를 쪄서 롤러로 압착한 것) 1과 1/2컵 (요리하지 않은 건조 오트밀을 사용하세요)

소금기 있는 버터 1/2컵(112g) / 백설탕 3/4컵 / 베이킹파우더 1티스푼

밀가루 1티스푼 (오타가 아니에요-정말 1티스푼만 필요합니다!)

소금 1/2티스푼 / 바닐라 농축액 1/2티스푼

거품 낸 계란 1개 (포크로 저어주세요)

건크랜베리 1/2컵 / 화이트 초콜릿 칩 1/2컵

만드는 법

1. 오트밀을 측량한 뒤 중간 크기 볼에 담습니다.
2. 버터를 녹인 다음 오트밀 위에 붓고 잘 섞어줍니다.
3. 작은 볼에 백설탕, 베이킹파우더, 밀가루, 소금을 넣고 잘 섞어줍니다.
4. 작은 볼에 섞은 재료들을 아까의 오트밀 혼합물에 붓고 골고루 섞어줍니다.
5. 바닐라 농축액을 넣고 섞어줍니다.
6. 거품 낸 계란을 넣고 잘 섞어줍니다.

7. 건크랜베리를 1/2컵 넣고 화이트 초콜릿 칩을 넣은 뒤 잘 섞어줍니다.

8. 쿠키 틀을 반짝이는 부분이 위로 향하게끔 포일로 감싼 다음 들러붙음 방지 스프레이를 뿌립니다.

9. 둥근 티스푼을 이용해 반죽을 떠서 포일 위에 얹습니다. 반죽이 조금 퍼지기 때문에 그 점을 감안해서 공간을 확보해주세요. 서로 너무 가까이 놓지 않도록 합니다. 쿠키 틀 한 개에 6~8개 정도의 반죽이면 적당합니다.

10. 75도의 온도에서 12분간 굽습니다. 다 구워졌으면 오븐에서 꺼내 틀 위에서 5분간 식힙니다.

11. 5분 후 포일 채로 들어서 식힘망으로 옮긴 뒤 완전히 식힙니다.

12. 쿠키가 완전히 식은 다음에 포일을 빼냅니다.

13. 그런 뒤 서늘하고 건조한 곳에 보관합니다(냉장고는 건조한 곳이 아니에요).

특별한 손님을 위해 쿠키에 좀 더 장식을 하고 싶다면, 주스나 우유, 혹은 딸기 리큐르나 커피 리큐르를 초콜릿 칩과 함께 녹인 다음에 쿠키 위에 뿌려주세요. 구체적인 레시피는 아래와 같습니다.

초콜릿 드리즐

재료

중간 달기의 초콜릿 칩 1/2컵(밀크 초콜릿 칩이나 화이트 초콜릿 칩 모두 좋습니다)
주스, 우유 혹은 리큐르 6테이블스푼

만드는 법

1. 시작하기 전에 완전히 식은 쿠키를 기름종이 위에 촘촘히 붙여 나열합니다.
2. 초콜릿 칩과 선택한 재료를 그릇에 담은 뒤 전자레인지에 '강'으로 30초간 돌립니다.
3. 전자레인지에서 꺼낸 그릇은 15초간 그대로 두었다 숟가락이나 내열 주걱으로 부드럽게 저어줍니다. 드리즐이 부드럽게 저어지지 않고 여전히 초콜릿 덩어리가 남아있다면, 재료들이 완전히 녹아 부드러워질 때까지 20초 간격으로 전자레인지에 돌려주세요.
4. 완성된 드리즐이 너무 되면 리큐르를 더 넣고, 너무 묽으면 초콜릿 칩을 더 넣어 전자레인지에 다시 돌립니다.

5. 드리즐을 쿠키가 놓인 기름종이 옆에 두고 큰 숟가락을 사용해 쿠키 위에 뿌립니다. 평행선을 그려도 좋고, 각각에 십자 모양을 그려도 좋습니다. 모양은 원하시는 대로 만들면 됩니다.

6. 드리즐이 굳을 때까지 기다렸다가 사이사이에 기름종이를 넣어 서늘하고 건조한 곳에 보관합니다.

"어머! 예뻐라!"

한나가 마지막 쿠키 팬을 막 오븐에 꺼내는 찰나에 미셸이 부엌으로 들어서며 말했다.

"이게 뭐야?"

"에어리 베리 쿠키. 아이스크림을 곁들여서 디저트로 먹을 거야."

"혹시 추가로 한 사람분 더 될까?"

"흠, 로니가 오기로 했어?"

"응, 방금 문자 받았어."

"그래서 오라고 했고?"

"아니, 알아보고 연락 준다고 했어."

"그럼 오라고 답문 보내. 노먼이 피자랑 샐러드를 여덟 명 분량으로 넉넉하게 준비해오겠다고 했거든."

"여덟 명? 또 누가 오는데?"

"엄마랑 박사님. 아까 전화로 들러도 되냐고 물어보셨거든. 노먼은 마이크도 들를 것 같대. 안드레아도 퇴근해서 집에 돌아오는 빌과 마주치기 싫어서 이리로 올지 모르겠고."

한나는 틀 위에 쿠키를 식힘망으로 옮기며 동생을 쳐다보았다.

"로니에게 얼른 문자부터 보내고 로니가 오기 전에 샤워나 하는 게 좋겠어. 온통 땀투성이잖아."

"운동 좀 했지. 기구에서 가능한 운동은 다 해봤어."

"정말로 전부 돼?"

"물론. 정말 놀라운 올인원 기구야, 언니. 이따 로니 반응을 한 번 봐. 분명히 엄청 부러워할 걸."

"로니도 운동기구에 대해 잘 알아?"

"마이크만큼은 아니지만 이 정도 기구 알아볼 정도는 되지. 노먼은 어떨지 모르겠네."

"이따 보면 알게 되겠지."

"박사님께도 보여드리자. 심장박동 같은 온갖 종류의 의료용 모니터도 달려있거든."

"엄마한테도 물어봐야 할까?"

"뭐하러?"

미셸이 실소를 터뜨렸다.

"엄마는 운동 기구에 대해 전혀 모르잖아. 한 번도 사용하신 적도 없고, 솔직히 사용할 필요도 없고. 타고난 몸매라니까."

"그러게. 우리 엄마가 아니었으면 엄청 질투했을 거야."

"나도. 어쨌든 기구에 대해서는 엄마한테 물어보지 말자. 실수가 될지도 몰라."

"왜?"

"어떤 방향으로든 의견을 내실 테니까."

미셸이 씩 웃으며 말했다.

"기구의 손잡이 색상이 언니의 침대 헤드의 색상과 완전 상극이라고 하실 거야."

한나는 웃음을 터뜨렸다.

"아마도. 그래도 보여드리긴 할 거야. 꼭 엄마만 따돌리는 것 같잖아. 서운해하실지도 몰라."

한나는 부엌에 걸린 벽시계를 쳐다보고는 미셸을 살짝 거실 쪽으로 밀었다.

"로니에게 문자 보내고 샤워도 하려면 서두르는 게 좋을 거야. 노먼이 금방 도착하겠어."

미셸이 자리를 뜨자 한나는 부엌을 청소하기 시작했다. 부엌은 크게 지저분하지 않았다. 다만 평소에도 사용했던 식기나 도구들은 바로바로 물에 담가 놓는 편이라 그것을 식기세척기에 옮겨 넣고 조리대 위를 닦 느라 분주했을 뿐이었다. 뭔가 좀 마실까 싶은 생각이 드는 순간 미셸이 복도를 따라 걸어오는 소리가 들렸다.

"내가 뭘 도와주면 돼?"

미셸이 부엌에 들어서며 물었다.

한나는 동생을 흘끗 쳐다보고는 그만 깜짝 놀라 눈을 껌뻑거렸다. 미셸이 꽉 끼는 화이트진에 한나가 한 번도 본 적이 없는, 타이트한 분홍색 레이스 탱크탑을 입고 있었기 때문이다.

"일단 탱크탑은 벗어 던져버리고 스웨터로 갈아입어."

"하지만 이 옷은 스웨터랑은 어울리지 않는단 말이야."

"그냥 내 말대로 해. 엄마가 오시잖아."

"내 옷이 어때서? 이 탑은 로니가 좋아하는 건데, 아마 색깔 때문일 거야."

한나는 동생을 한참동안 바라보다 이내 깊은 한숨을 내쉬었다.

"그 탱크탑을 색깔 때문에 좋아한다고?"

"응, 나한테 분홍색이 잘 어울린대."

"그렇군."

한나는 또다시 한숨을 내쉬었다.

"어서 가서 다른 거 입어, 미셸. 정말로 그 타이트한 분홍색 탱크탑에 서 로니가 좋다고 한 게 오로지 색깔뿐이라고 믿는다면, 그건 그 꽉 끼 는 옷이 네 뇌까지 흐르는 혈류를 막아서 드는 생각일 거야."

늘 그렇듯, 피자는 훌륭했다. 버타넬리의 피자는 언제 먹어도 완벽했다. 다들 피자를 두세 조각 베어 물었을 때쯤 전화벨이 울렸다.

"마이크일 거예요."

노먼이 한나를 돌아보았다.

"내가 받을까요?"

한나는 고개를 끄덕였다. 방금 피자를 베어 문 터라 입 안에는 소시지와 페퍼로니가 가득했기 때문에 달리 말을 할 수가 없었다.

"여보세요, 마이크."

노먼이 수화기를 들자마자 말했다. 잠시 침묵이 흐르더니 이내 그가 웃었다.

"딱 맞췄지. 다같이 피자 먹고 있는데, 네 것도 충분해. 지금 어디야?"

또다시 침묵이 흘렀다. 마이크가 노먼의 질문에 한참 답을 하고 있는 중인 듯했다. 이내 노먼이 다시 입을 열었다.

"물론이지. 어서 오라고."

마이크가 무리에 합류한 뒤에도 사람들은 얼마간 먹는 데에만 집중했다. 그리고 마침내 엄마가 한나에게 말했다.

"박사가 할 말이 있다는구나, 얘야."

"지금은 말고, 로리."

박사님이 말했다.

"다들 먹고 있잖아."

엄마는 아리송한 표정을 지었다.

"먹을 때는 할 수 없는 이야기야?"

"응."

"그렇담 한나가 친 남자 얘기로군?"

박사님은 미안한 표정으로 탁자를 둘러보았다.

"미안하네."

그가 말했다. 그러고는 엄마의 손을 잡았다.

"이건 스무고개 놀이가 아니야, 로리. 저녁식사 테이블에서는 어울리지 않는 얘기니, 이따 디저트 먹고 난 뒤에 하자고."

한나는 그를 향해 미소를 지었다.

"오늘 디저트가 있을 거라는 건 어떻게 아셨어요?"

"한나 사전에 디저트가 없다는 건 말이 안 되지. 항상 빠지지 않고 디저트를 준비했잖아. 이번에도 우리가 맛을 봐줬으면 하는 메뉴겠지, 아마도?"

"맞아요."

한나가 말했다.

"바닐라 아이스크림을 곁들인 새로운 쿠키에요."

그때 귀에 익은 소리가 들려 한나는 하던 말을 멈추었다. 사뿐히 착지하는 소리에 이은 쿵하고 뭔가 떨어진 듯한 소리였다. 두 고양이들이 한나의 침대에서 바닥으로 내려오면서 낸 소리였다.

"이런!"

한나는 마늘빵이 든 광주리를 들고 가장 가까이에 있는 피자 상자의 뚜껑을 닫으며 말했다.

"다들 발 들어요! 녀석들이 빠른 속도로 오고 있어요!"

모두들 한나의 '발 들어요'란 말의 의미를 알고 있었다. 노먼 역시 피자의 상자를 닫았고, 미셸은 샐러드 볼이 넘어지지 않도록 붙잡았으며, 로니는 모짜렐라 치즈가 뿌려진 미트볼이 든 상자를 덮었다. 박사님은 테이블에 놓인 아이스티 피처를 집었고, 모두가 각자 먹고 있던 유리잔이나 커피잔을 들었다. 사람들이 발을 들자마자 고양이들이 거실로 쏜살같이 달려나와 모이쉐를 필두로 쫓기놀이를 하기 시작했다.

카페트에 착지를 하면서 미끄러진 모이쉐가 테이블 다리에 쿵 부딪히며 또다시 큰 소리가 났다. 녀석이 일부러 그런 것인지 아니면 단순 사고였는지는 한나에게 별로 중요하지 않았다. 미리 사람들에게 위험을 알려 아까운 저녁식사를 테이블 밑에 흘리거나 떨어뜨리지 않은 것이 천만다행일 따름이었다.

"오늘은 스테이크가 없어, 모이쉐."

지난번 노먼의 집에서 스테이크를 먹던 중 녀석이 테이블에 부딪혀 스테이크가 바닥에 떨어지는 바람에 스테이크가 녀석들의 차지가 되었던 때를 기억한 로니가 말했다.

두 고양이들은 잠시 가만히 서서 테이블 위를 쳐다보더니 이내 다시 달리기 시작했다. 녀석들이 세탁실로 달려가는 소리가 들리더니 이내 다시 밖으로 나와 침실로 향하는 복도를 따라 달렸다. 한나는 일부러 몸을 돌리면서까지 녀석들의 행로를 파악했다.

"이제 끝이냐?"

녀석들이 다시 한나의 침대 위로 올라간 듯 둔탁한 쿵 소리가 연달아 들리자 엄마가 물었다.

"한 번 더 남았어요."

노먼이 손에 여전히 피자 상자를 든 채 대답했다.

"아까 커들스를 봤는데, 눈빛이 완전 초롱초롱하던데요. 쫓기놀이를 금방 끝낼 것 같진 않아요."

"모이쉐의 꼬리도 봤는데, 꼿꼿하게 솟아있던데요. 그건 즉 우리 테이블 주위를 한 번 더 돌겠다는 뜻이에요."

한나가 덧붙였다.

"두 사람 얘기가 맞구나."

엄마가 다시 다리를 들며 말했다.

"방금 한나 침대에서 또 내려오는 소리가 났거든."

두 녀석들이 다시 거실로 나왔을 때 이번에는 커들스가 앞서고 모이쉐는 그 뒤를 따르고 있었다. 모이쉐는 한나의 스탠딩형 샐러드 볼 다리를 아슬아슬하게 비켜 다시 거실 밖으로 달려 나갔다.

"이제는 끝난 게냐?"

엄마가 물었다.

"모이쉐를 보니 끝났네요."

한나가 대답했다.

"꼬리를 더 이상 흔들지 않더라고요."

"커들스도 조금 지쳐 보였어요."

노먼이 덧붙였다.

"이제 평화롭게 남은 음식들을 즐겨도 좋을 것 같네요."

엄마가 박사님을 쳐다보며 큭큭거렸고, 그런 두 사람의 모습이 한나는 놀랍기도 하면서 사랑스럽기도 했다. 딱 사랑에 빠진 여자의 웃음소리였다. 한나는 마침내 엄마를 행복하게 해줄 사람이 나타났다는 사실이 기뻤다.

"우스운 얘기 같지만, 레이크 에덴 호텔에 저녁식사를 하러 갈 때면, 이 두 고양이 녀석들의 쫓기놀기가 문득문득 생각이 나더라."

한나는 웃음을 터뜨렸다.

"미안해요, 엄마. 녀석들 쫓기놀기는 노먼의 집이나 저희 집에서만 볼 수 있어요."

"지난번에 호텔에서 저녁식사를 하면서는 진짜로 네 엄마가 다리를 들었다니까."

박사님이 말했다.

"반사적인 행동이야."

엄마가 설명했다.

"요리사 중 한 명이 부엌에서 뭘 떨어트렸는지, 그 소리를 들었거든."

"어서 피자 드세요."

노먼이 피자 상자를 다시 열어 테이블 가운데에 놓으며 말했다.

"난 충분히 먹은 것 같구나."

엄마가 박사님을 돌아보며 말했다.

"자기도 이제 디저트 먹을 준비가 되었지?"

"아직. 하와이언 피자는 아직 한 조각도 못 먹었는 걸. 피자 한 판을 다 먹을 생각은 아니지만, 한 번 바꿔 먹어보고 싶어."

"오, 난 또 다들 충분히 먹었나 생각했지. 그럼 디저트 나오기 전에 다들 식사를 마무리하면서 얘기나 할까."

"우리 아직 덜 먹었어요, 엄마."

한나가 말했다. 엄마의 마음이 훤히 들여다보였다. 증조할머니는 항상 호기심이 고양이를 죽인다고 했는데, 지금의 경우에는 그 호기심이 고양이가 아니라 엄마를 죽일 판이다!

엄마는 어떻게든 빨리 식사를 마치고 한나에게 전할 박사님의 이야기가 듣고 싶은 듯했다. 엄마는 심지어 뭔가 말을 시작하려는 듯 입을 벙긋 열었지만, 화제를 채 꺼내기도 전에 박사님이 자신의 샐러드에서 방울토마토를 집어 엄마의 입에 넣어버렸다.

"나중에 얘기하자구, 로리."

다들 웃음을 터뜨렸고, 엄마도 역시 웃음을 지었다. 물론 입 안의 토마토는 다 먹은 뒤였다.

"고마워."

엄마가 박사님에게 말했다.

"입에 양말을 물렸어도 같은 효과가 났을 텐데 대신 이렇게 맛있는 토마토를 넣어주다니."

15분 후, 모두가 피자를 배불리 먹고, 디저트까지 다 먹고 난 뒤, 한나의 새로운 쿠키에 대해 먹은 것 중 최고에 속한다고 칭찬 한마디씩 던지고는 미셸이 테이블을 정리했다. 한나는 새로 커피를 끓여서 테이블로 가져왔다.

"디저트 다 먹었다."

미셸이 커피잔에 커피를 따르자마자 엄마가 말했다.

"이제 말해 봐, 박사."

박사님이 한나를 쳐다보았다.

"먼저 얘기할 건 다소 흥미로워, 한나. 말린이 남자의 셔츠에 묻어 있던 얼룩을 조사했는데, 블랙베리였다네."

"정말이요!"

한나가 탄성을 질렀다.

"그 생각은 못했네요. 그 얼룩은 어디서 묻은 걸까요?"

다들 추측하기 시작했고, 한나는 한쪽 귀로는 사람들의 이야기를 들으면서도 마음속으로는 그럴 듯한 가능성들을 떠올려 보았다. 로즈의 카페에 들러서 금요일에 혹시 블랙베리 파이를 만들었는지 물어봐야겠다. 또한 빨간부엉이 식료품점의 플로렌스에게도 베이커리 파이 제품 중에서 블랙베리가 있었는지, 그리고 과일 코너에 블랙베리를 들여놓은 적이 있는지도 물어봐야 할 것 같다.

"말린이 정말 블랙베리가 확실하대요? 다른 종류의 베리는 아니고요?"

"90퍼센트 확실하다던 걸. 산성도와 색상, 단맛의 정도로 결과가 나오는데, pH값과 색농도, 브릭스를 검사하지."

"브릭스요?"

마이크가 아리송한 표정으로 물었다.

"당도를 측정하는 단위라네. 말린이 굴절계로 검사를 했지. 보통 여러 번 검사를 하니까 90퍼센트 확실하다는 것은 99퍼센트 확실하다고 봐도 돼."

"그 정도면 충분해요."

한나가 말했다.

"그렇다면 블랙베리일 거예요."

"헌데 그보다 더 심각한 문제가 있어."

박사님이 커피를 또 한 모금 마셨다.

"사실 로리 말이 옳아, 한나. 내가 얘기하려는 건 한나가 친 남자에

190

대한 건데, 혹시 둘이서만 얘기하는 게 좋겠으면 그렇게 하자고."

한나는 잠시 생각에 잠겼다. 그리고는 이내 고개를 가로저었다. 모두 가족 아니면 친구들인데 내외할 필요가 없었다.

"괜찮아요. 뭔지는 모르겠지만 모두가 있는 자리에서 얘기하셔도 돼요."

한나가 말했다.

"부검 결과서에 뭔가 석연치 않은 점이 있어서 주말까지 좀 신경이 쓰였더랬어."

그가 이야기를 시작했다.

"그래서 한나 트럭의 손상 정도를 찍은 사진을 꺼내서 내가 기술했던 부상의 정도와 비교해 보았지."

한나는 몸을 살짝 앞으로 기울였다. 심장박동이 점차 빨라지는 것을 느낄 수 있었다. 흥분이 돌풍처럼 한나의 심장을 휘감았다. 박사님은 남자를 죽인 것이 내가 아니었다고 말하려는 것일까? 한나는 묻고 싶었지만, 그때 박사님이 또다시 입을 열었다.

"한나 트럭의 앞부분 손상과 일치하지 않는 외상을 세 군데 발견했네."

"정확히 무슨 뜻입니까?"

한나만큼이나 희망적인 얼굴로 마이크가 물었다.

"우리의 아무개 씨는 두개골에 심한 충격을 받았어. 그래서 전두골에 여러 개의 열구가 생겼지."

박사님이 엄마의 명한 표정을 눈치채고는 더욱 명확히 설명했다.

"전두골이란 두개골의 앞면을 말해, 로리. 열구란 금을 말하는 거고. 처음에는 한나의 트럭 범퍼와 부딪혔을 때 생긴 외상이라고 생각했는데, 유독 몇 개의 외상이 차 사고로 생긴 다른 외상과 일치하지 않더라고."

몇몇 사람들의 아리송한 표정을 발견한 박사님이 말을 멈추었다.

"미안. 좀 더 알기 쉽게 설명해보도록 하지. 한나가 당시 달렸던 속도에서 받은 충격에 의한 외상이라고 하기에는 정도가 너무 심각했어. 그리고 금이 간 위치도 문제였다네. 위치 역시 다른 외상들과 동일하지 않았거든."

"그렇다면 한나가 치기 전에 누군가 그를 쳤다는 겁니까?"

한나의 마음을 읽은 듯 마이크가 물었다.

박사님은 고개를 끄덕였다.

"무언가가 아니면 누군가가. 오후 내내 그 남자를 다시 살펴본 결과 하나의 결론에 도달했지."

"제가 죽이지 않았다는 것?"

한나는 마침내 입을 열었다.

"아직 이야기가 끝나지 않았어, 한나."

한나는 다시 입을 꾹 다물었다. 이야기의 결론은 박사님이 당연히 정리해줄 것이다. 기다리기 힘들었지만, 박사님이 자신의 방식대로 할 이야기를 끝마치도록 지금은 뒤로 물러서 있어야 한다.

"한나 트럭의 손상 형태와 일치하지 않는 외상이 두 군데 있었는데, 둘 다 그의 왼쪽 얼굴 부위야. 하나는 턱이고, 하나는 볼 부분이지. 대략 둘이 비슷한 크기고 외상 흔적이 꼭 남자의 주먹이 가격한 것 같은 모양이었어."

"그럼 싸웠던 건가?"

엄마가 추측했다.

"그게 바로 내가 끌어낸 결론이야."

"하지만 그 싸움 때문에 남자가 죽은 건 아니죠, 그렇죠?"

한나는 제발 그 남자가 죽은 것이 자신 때문이 아니라, 다른 누군가가 치명적인 가격을 했기 때문이라는 대답이 나오기를 기도하며 물었다.

"그렇지, 한나."

"주먹 흔적의 형태나 위치는 어떠하던가요?"

"얼굴에 남은 가격 흔적으로 상대편 남자의 신원을 밝힐 수는 없습니

192

까?"

"그건 어려워. 남은 흔적에는 이렇다 할 만한 증거들이 없었거든. 아무개 씨와 몸싸움을 벌인 사람이 오른손잡이라는 것밖에는 알 수가 없어. 그 주먹이 이상할 정도로 작거나 크다면 그 크기와 모양으로 용의자를 가려볼 수는 있겠지만, 그것으로 확증할 수는 없을 거야. 다만 한 가지가 남아있긴 해."

"그게 뭔데요?"

로니가 물었다. 그는 어느새 수첩과 펜을 꺼내서 박사님이 하는 이야기를 적고 있었다.

"우리 피해자를 가격한 사람이 어느 한때는 분명 반지를 끼고 있었다는 거라네."

한나는 순간 호기심이 솟았다.

"어느 한때요?"

한나가 물었다.

"한 번은 반지를 낀 채 주먹을 날렸어. 반지 자국이 선명하게 남아있었거든. 그런데 다른 한 번은 반지를 안 낀 맨손으로 주먹을 날렸지."

"그렇다면 원투 펀치?"

로니가 말하고는 이내 미셸에게 설명했다.

"한 번은 오른손으로 주먹을 날리고, 다른 한 번은 왼손으로 날리는 걸 말해."

"아니."

박사님이 단호한 목소리로 말했다.

"두 번 모두 같은 쪽, 즉 오른손 주먹이었어. 내 추측으로는 첫 번째 가격 때 반지가 미끄러져 빠졌지만, 한창 싸우는 중이라 그걸 주울 사이가 없지 않았을까 해. 그리고 두 번째 주먹은 첫 번째 것보다 더 세게 날렸지. 아주 심각한 외상을 입혔으니까."

"얼마나?"

이번에는 엄마의 호기심이 발동한 듯했다.

"아까 한나에게는 싸움 때문에 남자가 죽은 건 아니라고 했잖아."

"그래, 맞아. 하지만 그게 뇌출혈의 정도를 더욱 심화시켰어."

한나는 자세를 꼿꼿이 고쳐 앉았다. 이건 새로운 정보다!

"무슨 뇌출혈이요?"

한나가 물었다.

"전에는 그런 말씀 안 하셨잖아요."

"미안해. 내가 너무 앞서갔어. 오늘 아주 긴 하루를 보냈거든."

박사님이 커피를 또 한 모금 마시고는 한나를 향해 미소를 지었다.

"전두골에 가해진 심한 충격으로 이미 뇌출혈이 발생한 상태였어. 그리고 그 두 번의 주먹이 그 뇌출혈을 더욱 가속화시켰지."

한나는 박사님의 말이 무슨 뜻인지 분명하게 알 것 같았지만, 그래도 좀 더 정확히 하기 위해 확인이 필요했다.

"그렇다면 그 모든 게 제가 그 남자를 트럭으로 치기 전에 일어난 거네요?"

"그렇지. 사고 이전이었어."

"사고가 나기 얼마나 전이었습니까?"

마이크가 물었다.

"말하기 어렵지만, 내 추측으로는 한나 사고가 있기 바로 직전이었던 것 같아."

"그 시간 간격이 최대 어떻게 되는지 알려주실 수 있으세요?"

로니가 펜을 더욱 단단히 붙잡으며 물었다.

"주먹 가격이 있은 지 30분은 넘지 않았을 거야. 한나가 트럭으로 그를 치지 않았다고 해도 어차피 부상으로 인해 1시간, 혹은 그보다 더 짧은 시간 이내에 사망했을 거네."

"내가 다시 말해볼게."

엄마가 말했다.

"그러면 한나가 그 남자를 치지 않았어도 어차피 죽었을 거란 얘기잖아."

"그렇지, 로리. 죽음은 불가피했어. 의사인 내가 그 현장에 있었다고 해도 살릴 방법은 없었을 거야."

"들었지, 얘야?"

엄마가 한나를 돌아보았다.

"어차피 죽었을 거라는구나."

"들었어요."

"들으니 기분이 좀 나아지지 않니?"

한나는 잠시 생각에 잠겼다.

"아뇨. 그래도 그 남자는 제가 죽인 거예요. 언제 죽었는지는 중요하지 않아요. 생각해봐요, 엄마. 내가 누구를 쳤더라도 사람은 언젠가 어차피 죽는 것이니 마찬가지잖아요. 지금이든 나중이든."

"그런 말 말거라, 한나."

엄마는 몸을 살짝 떨었다.

"소름 돋는 얘기로구나."

"하지만 사실이에요."

한나는 강하게 이야기했다.

"이 상황에서 제가 빠져나갈 방법은 없어요, 엄마. 제가 그 남자를 쳤고, 그래서 죽었어요. 단지 사고였고, 저도 제 실수였다는 것을 인정하고 싶지 않지만, 어쨌든 그런 일이 일어났어요. 그 남자와 싸웠던 상대방은 남자의 죽음에 책임이 없어요. 저에게 있는 것이지."

"아, 너무 우울했어."

미셸이 파자마를 입은 다리를 커피 탁자 위에 올리고 한나가 따라준 망고 아이스티를 홀짝이며 모이쉐의 귓가를 다정히 긁어주었다.

"우울할 것도 없어. 감방에 있는 동안 생각해봤는데, 어떻게든 내 책임을 피할 수는 없어. 그러니 인정할 것은 인정해야지. 지금 시점에서 내가 남자에게 해줄 수 있는 것은 그 남자가 누구인지, 그리고 그날 왜 거기에 있었는지를 알아내는 것뿐이야."

"그 과정에서 언니의 혐의를 벗을 수 있을지도 몰라."

"글쎄, 그렇게 되면 좋겠지만. 그래도 내가 직접 운전한 트럭으로 사람을 죽였다는 사실을 안고 살아야 할 거야."

"그럴 수 있겠어?"

"그래야지. 일단은 남자가 누구인지, 왜 우리 마을에 왔는지 알아내야 해."

"그래. 그리고 그 남자와 싸운 사람은 누구인지도 알아내야지. 반지에 대한 건 흥미로웠어. 이제 수사해야 할 반지가 두 개 있는 거네."

"아닐지도 몰라."

한나는 화이트 와인이 든 유리잔을 기울여 한 모금 마셨다.

"무슨 뜻이야?"

"두 개가 같은 반지일 수도 있어. 아까 박사님이 두 번째는 맨 주먹으로 가격했다고 했잖아. 상대편 남자가 반지를 떨어뜨렸을 수 있다고 말이야."

"반지가 헐거웠으면 그랬을 수도 있지."

"내 트럭이 오는 소리를 듣자마자 남자를 때린 상대방은 도망가고, 피해자는 그 반지를 줍다가 반지가 미끄러져서 차에 치이기 전 남자의 손가락에 들어갔을 수도 있어."

"그럴 듯하네."

미셸은 잠시 생각에 잠겼다.

"그렇다면 언니가 본 피해자의 반지는 사실 그 상대방이 첫 번째 주먹을 날릴 때 끼고 있었던 것이란 말이잖아."

"맞아. 정확한 것은 아니지만 그랬을 가능성이 있다는 이야기지."

"내일 아침에 날 밝는 대로 인터넷에 들어가서 그 학교 문장을 확인할 수 있는지 알아볼게. 근데 그거 정말 고등학교 졸업반지일까? 혹시 대학 반지는 아닐까?"

"어떻게 생겼는데?"

한나는 자신이 다녔던 고등학교의 문장을 떠올려보며 물었다. 한나는 대학 반지를 사지 않았다. 고등학교 졸업반지를 사라고 부모님이 주셨던 돈도 모두 대학 학비에 보태고 말았다.

"소나무랑 좁고 높은 건물이랑 물결이 있었어. 고등학교나 대학교 이름은 없었고. 로니랑 내가 돋보기를 놓고 봤는데도 말이야."

"반지 안쪽에 새겨진 글씨 같은 것은 없었어?"

미셸은 고개를 가로저었다.

"거기도 봤었는데, 아무것도 없었어."

"그렇다면 고등학교, 대학교 반지가 아닐지도 몰라."

"그럼 뭔데? 뭔가 문장이 있었잖아."

"어떤 조직이나 정부기관의 지사 문장일 수도 있어. 이건 마이크에게 물어봐야겠다. 마이크라면 일반인들이 갖고 있지 않은 자료들까지도 볼 수 있을 테니까."

"이제 아니지. 정직 당했잖아. 기억 안 나?"

한나는 한숨을 내쉬었다.

"깜빡했네."

"그건 로니에게 물어볼게. 마이크가 방법을 일러주면 경찰서에서 컴퓨터로 검색해보면 될 거야."

"안 돼, 미셸. 로니에게는 부탁하지 말자."

"어째서?"

"경찰서 공용 컴퓨터를 사적 목적으로 접근했다가 곤란해질 수도 있잖아. 마이크가 정직당한 것만으로도 충분해."

"그것도 그러네."

"빌의 허락을 받는다면 상황이 달라지겠지만, 빌이 과연 로니가 그런 일을 하도록 내버려둘지는 의문이야."

그때 전화벨이 울렸고, 한나는 수화기를 들었다.

"안녕, 칼리."

전화를 건 사람의 목소리를 알아 챈 한나가 인사했다. 그러고는 잠시 듣고 있다가 이내 말했다.

"그럼. 여기 있지."

미셸은 한나가 건네는 수화기를 받아 귀에 가져갔다.

"무슨 일이야, 칼리?"

미셸이 물었다.

한나는 미셸이 친구와 조용히 이야기를 나눌 수 있도록 자리에서 일어났다. 주방의 불을 막 켜는데 미셸이 한나를 불렀다.

"언니? 칼리더러 잠시 여기 들르라고 해도 될까? 문제가 좀 있어서 지금 몇 시간째 여기저기 운전해 다니고 있는데, 누군가 얘기 나눌 사람이 필요하대."

"괜찮고말고. 난 곧 잠자리에 들 생각이니까 둘이 앉아서 얼마든지 얘기해도 좋아."

"진짜 긴 하루를 보낸 언니한테 이런 부탁하기 정말 미안한데, 칼리가 언니와도 얘기하고 싶대. 자기 언니 때문에 고민이 있는데, 언니 의견도 듣고 싶다는데."

"알았어."

한나는 재빨리 대답하고는 다시 소파로 돌아와 앉았다. 내 방 내 침대에서 편안하고 안락하게 잠잘 수 있게 되기를 얼마나 꿈꿨던가. 오늘 같은 날 늦은 시간까지 미셸 친구의 고민상담을 해주고 싶진 않았지만, 평소 좋아하던 동생인 칼리가 한나의 도움이 필요하다는데 정말로 한나가 도움을 줄 수가 있다면야 침실에 대한 유혹쯤이야 잠시 물리칠 수 있었다.

"초콜릿 쿠키를 구워야겠어."

미셸이 소파에서 일어섰다.

"몇 시간을 계속 운전했다고 하는 걸 보니 기분이 완전 바닥인 모양인데 초콜릿을 먹으면 좀 나아질 거야."

"좋은 생각이야. 아까 남은 피자 먼저 먹으라고 하고 쿠키는 디저트로 주면 되겠다."

"피자는 다 먹었는데."

"남은 피자가 없어?"

"부스러기 하나 안 남았어. 마이크가 마지막 남은 두 조각까지 남김없이 먹었거든. 그 말은 곧 내일 아침에 우리가 먹을 피자도 없단 얘기지."

"그렇다면 아침은 나가서 먹어야겠네."

한나가 잠시 생각에 잠겼다.

"그럼 코너 태번에 갈까?"

"거기 말고, 홀앤로즈 카페에 가자. 로즈에게 목요일이나 금요일 아침 일찍 블랙베리 파이 주문받은 적 없는지 물어봐야 해."

"좋은 생각이야."

수사의 방향을 재빨리 간파한 미셸이 말했다.

"하지만 로즈는 레이크 에덴 소문 핫라인의 회원인데, 엄마가 모두에게 물어봤을 때 그날 손님이 오기로 했었던 사람은 아무도 없었다고 했잖아."

"로즈는 내가 친 남자 셔츠에 블랙베리 얼룩이 묻어 있는지 모르고 있었어. 오늘밤 박사님이 얘기해주시기 전까지는 아무도 몰랐으니까. 그래서 낯선 남자가 카페에 왔다는 이야기를 하지 않은 것일 수도 있어. 원래 카페에는 항상 낯선 사람들이 드나드니까. 그냥 마을을 지나가는 사람일 때도 있고, 운수업을 하는 트럭 운전수일 때도 있고."

"그건 그래. 그리고 아직 낚시 시즌이라 에덴 호수 방갈로를 빌려 낚시를 즐기는 관광객들도 카페를 많이 찾을 거야. 로즈는 당연히 그 사람들 얼굴은 모를 테고."

"어머!"

한나가 외치고는 큰 한숨을 내쉬었다.

"왜 그래?"

"네가 지금 얘기하기 전까지 방갈로에 대해서는 전혀 생각하지 못하고 있었어. 내가 친 남자가 호숫가 방갈로를 빌려 지내고 있던 사람일 수도 있잖아."

"낚시꾼 같아 보이지는 않았는데."

미셸이 지적했다.

"하지만 여름철에 낚시꾼들만 방갈로를 빌리는 건 아니잖아. 가족 단위로도 많이 빌린다고."

"가족이 있는 남자처럼 보이지도 않았어."

"그러면 가족에 대한 것도 잊자. 크누드슨 부인 말이 맞는지도 몰라. 그냥 한 주간 방갈로를 빌려서 매춘부와 적당히 즐기려고 온 사람일 수도 있지."

미셸은 웃음을 터뜨렸다.

"언니도 그 얘기 들었구나. 크누드슨 부인이 그런 말을 하니까 얼마나 웃기던지. 커피잔을 쟁반에 받쳐 들고 가다 하마터면 떨어뜨릴 뻔 했어."

"나도 안에서 엄청 웃었어. 홀까지 소리가 새어 나갈까봐 손으로 입을 막으면서 웃었다니까. 어쨌든 방갈로 쪽은 확인해보자. 가능성은 하나씩 제거해나가면 되니까."

"좋아. 그건 마이크에게 부탁해도 될 거야. 정직 중이니 별 달리 할 것도 없을 텐데, 수사거리가 있다고 하면 더 좋아하지 않을까? 언니를 돕는 일이라면 뭐든 하겠다고 했잖아. 아예 지금 전화해서 물어보면 어때? 아직 10시 30분이니까 잠자리에 들지는 않았을 거야."

"좋은 생각이야."

한나는 동의하고는 전화기로 손을 뻗었다. 하지만 마이크의 집 전화번호를 누르다 말고 멈췄다. 만약 마이크가 지금 집에 있다면, 일반 전화기로 전화를 받을 텐데. 이 시간에 마이크가 정말 집에 있는지 한나가 알아서 득될 것이 있을까? 그가 집에 있는지 아니면 밖에 있는지 차라리 모르는 편이 좋지 않을까?

한나는 통화의 끊김 버튼을 누른 다음 마이크의 핸드폰 번호를 눌렀다. 벌써 잠자리에 들었다면, 핸드폰을 받지 못할 것이고, 다른 일로 바쁘다면, 역시나 전화를 받지 않을 것이다. 첫 번째 상황은 좋다. 굳이 잠자리에 든 마이크를 깨우고 싶지는 않으니까. 하지만 두 번째 상황은 다소 문제가 있다. 마이크가 다른 일로 바쁜 것이라면, 그가 지금 시간에 어디서 누구와 무엇을 하고 있는 것인지 한나는 알고 싶지 않았다. 그러니 핸드폰으로 전화하면 마이크가 한나를 홀로 집에 내버려두고 무엇을 하고 있는지 알 수 없으니 좋고, 마이크가 왜 핸드폰을 받지 않는지 모르는 상황에서 한나는 마음의 평화를 유지할 수 있을 것이다.

"내가 바보 같이 구는 걸지도 모르겠지만, 정말 이 느낌을 떨쳐낼 수가 없어."

미셸이 건네는 아이스티 유리잔을 받으며 칼리가 말했다.

"이야기를 시작하기 전에 초콜릿 헤이즐넛 크리스피 쿠키부터 먹을래?"

미셸이 물었다.

"그렇게. 하지만 굳이 나 때문에 만들지 않아도 됐는데."

"너를 위해서만 만든 게 아니야."

미셸이 씩 웃었다.

"나도 먹을 거거든. 언니도 먹을 거고. 맞지, 언니?"

"그래, 이거 네가 만든 새 쿠키잖아, 그렇지?"

"응, 누텔라로 만들었어. 누텔라 성분을 살펴보니 안에 헤이즐넛과 코코아가 들어갔더라고."

"나 누텔라 좋아하는데!"

칼리가 말했다.

"플로렌스가 식료품점에 갖다 놓기 시작했을 때부터 줄곧 버터 대신 토스트에 누텔라를 발라 먹었어. 아침 시간에 급하게 나갈 때 말이야. 누텔라로 만든 쿠키면 진짜 맛있겠는데."

"먹어보면 알지."

미셸이 말하고는 자리에서 일어나 따뜻한 쿠키를 가지러 부엌으로 향했다. 그러고는 전광석화와 같은 속도로 돌아와 쿠키 접시를 커피 탁자에 내려놓았다.

"1~2분 정도 기다려야 할 거야. 네가 계단 올라올 때 막 오븐에서 나온 아이들이거든."

"타이밍이 아주 좋아."

한나가 동생을 칭찬했다.

"이거 네가 만든 레시피야?"

"응, 심리학 수업 같이 듣는 친구 중에 땅콩 알레르기 있는 여자애가 있는데, 걔를 위해서 만든 거야."

"헤이즐넛은 괜찮아?"

한나가 물었다.

"땅콩으로 만든 것에만 알레르기가 있대. 땅콩 오일 같은 것 말이야."

세 사람이 들고 있던 쿠키 세 조각이 눈 깜짝할 사이에 사라졌다. 세 사람이 동시에 두 번째 쿠키로 손을 뻗자 칼리가 미소를 지었다.

"정말 맛있어!"

칼리가 미셸에게 말했다.

"나한테도 레시피 줄래?"

"물론이지. 피넛버터 쿠키만큼이나 만들기도 쉬워."

"초콜릿을 넣으니까 맛이 훨씬 나은 것 같아."

한나가 덧붙였다.

접시 위에 쿠키를 다 먹고 난 뒤 미셸은 쿠키를 좀 더 가지러 부엌으로 들어갔다. 한나는 두 사람의 유리잔에 아이스티를 더 따른 뒤 자신의 몫으로도 한 잔 따라서 자리에 앉았다.

"둘 다 고마워요."

칼리가 말했다.

"너무 속상해서 끼니 생각도 안났거든."

"그런 것 같아."

미셸이 말했다.

"지난번 봤을 때보다 살이 빠진 것 같은 걸."

한나의 눈에도 그러했다. 고등학교 시절에도 칼리는 금발의 귀여운 아이였는데, 지금은 얼굴이 많이 수척해 보였다.

"바로 며칠 전에 칼리를 만나지 않았어?"

한나가 동생에게 물었다.

"나흘 전이었지."

미셸이 대답하고는 친구를 돌아보았다.

"정말 심각한 일이 있나 보네, 칼리. 도대체 무슨 일이야?"

"제니퍼 언니 문제야. 아니, 그게 아닐 수도 있고. 사실 그게 문제야."

"무슨 뜻이야?"

한나가 물었다.

"그게, 내가 이상하게 보일 수도 있을 텐데…… 내가 얘기를 꺼내도 미쳤다고 생각하지는 말아줘…… 알았지?"

"넌 미치지 않았어."

한나가 칼리를 안심시켰다.

"이제 얘기해봐. 미셸이랑 내가 도울 수 있는 건 어떻게든 도울 테니까."

"고마워요."

칼리는 심호흡을 한 뒤 불쑥 내뱉었다.

"제니퍼가 우리 언니 같지 않아요."

"그러니까 처음부터 제니퍼가 네 언니가 아니었던 것 같단 얘기야? 아니면 지금 제니퍼라고 나타난 여자가 진짜 제니퍼가 아닌 것 같단 얘기야?"

미셸이 물었다.

칼리는 잠시 혼란스러워 하더니 이내 대답했다.

"아, 무슨 말인지 알았어. 첫 번째 질문에는 '아니오' 야. 언니가 네 살이었을 때부터 함께였는데 별안간 우리 언니가 아니라고 생각할 까닭이 없지."

"그럼 지금 나타난 언니가 예전에 알던 모습과는 많이 달라서 그런 생각을 하는 건가?"

한나가 상황을 좀 더 정확히 파악하기 위해 물었다.

"바로 그거예요."

칼리는 깊은 한숨을 내쉬고는 아이스티를 한 모금 마셨다.

"진짜 언니 같지 않아요. 그냥 제니퍼 언니인 척하는 것 같아요."

"왜 그런 생각을 했어?"

한나가 중요한 질문을 던졌다.

"소소한 것들이에요. 그냥 소소한 것들요. 이를테면 가출하기 전 생일 파티 때 내가 어떤 선물을 줬는지 기억을 못한다거나."

"그게 몇 년 전이었는데?"

한나가 물었다. 물론 대답은 이미 알고 있었다. 미셸과 칼리는 같은 고등학교 같은 반 친구였고, 둘의 생일은 10개월 차이가 났기 때문이다.

"16년 전이요."

"그럼 그 해에 제니퍼가 너한테 생일선물로 뭘 줬는지 넌 기억해?"

미셸이 물었다.

"그럼. 파란 눈에 금발머리를 한 인형이었어. 나를 닮았다며 줬거든."

칼리는 하던 말을 멈추고 침을 꿀꺽 삼켜내렸다.

"내가 그 인형을 얼마나 좋아했는데. 아직도 갖고 있다고. 그리고 내 생일 파티는 항상 언니가 준비했었어. 심지어 크게 숫자 4가 적힌 케이크도 직접 만들어줬다고."

"제니퍼에게 줬던 생일선물이 뭐였는데?"

한나가 물었다.

"목욕소금이요. 둥글고 투명한 플라스틱 케이스에 담겨 있는 아주 예쁜 소금이었어요. 색깔도 다양해서 마치 보석 같았거든요."

"제니퍼에게 기억나느냐고 물었을 때 제니퍼는 뭐라고 했어?"

미셸이 대답을 기다리며 몸을 앞으로 바짝 숙였다.

"뭐라고 했냐면, '미안해, 칼리. 기억이 안 나. 사실 집에 있었던 때의 일이 잘 기억나지 않아. 네가 상처받는 걸 원치 않는데, 그렇다고 기억나지 않는 것을 기억난다고 거짓말할 수는 없잖아' 라고."

미셸은 고개를 끄덕였다.

"잘 얘기했네, 칼리. 제니퍼가 정말로 기억이 안 나는 걸 수도 있어."

"진짜 제니퍼가 아니라서 모르는 것일 수도 있지."

칼리가 얼굴을 찡그리며 말했다.

"그 사실 하나로 단정할 수 없겠지만, 그것 말고도 여러 가지가 더 있었어."

"그럼 다른 일들도 한 번 얘기해줘 봐."

한나가 말했다.

"그게…… 목욕 말인데요. 언니는 목욕하는 것을 엄청 좋아했어요. 그건 제가 똑똑히 기억하는데, 생일선물로 목욕소금을 줬던 것도 그 때문이었어요. 욕조에 넣고 물을 틀면 좋은 향기가 났거든요."

칼리는 한나를 돌아보았다.

"지금도 그런 걸 파는지 모르겠지만, 어떤 걸 얘기하고 있는지 알겠죠?"

"알아."

한나가 말했다.

"그저께 밤에 언니가 잠을 잘 못자기에 어젯밤에 잠자리에 들기 전에 목욕이라도 하고 자면 어떻겠느냐고 물어봤어요. 언니는 잠자기 전에 긴 시간 목욕하는 걸 좋아했거든요. 나를 먼저 씻겨주고는 엄마가 침대 머리맡에서 이야기책을 읽어주는 동안 언니는 욕조에 물을 받아 목욕을 했어요."

"착한 언니였네."

미셸이 말했다.

"내가 좋아하는 기억 중 하나야. 근데 내가 목욕을 하면 어떻겠느냐고 하니까 고맙지만 목욕보다는 샤워가 더 좋다고 하지 뭐야."

"사람은 취향이 바뀌기도 하잖아."

한나가 지적했다.

"나도 그래."

미셸이 말했다.

"나도 예전에는 목욕하는 걸 좋아했는데, 요즘에는 샤워가 훨씬 편해."

칼리는 한숨을 내쉬었다.

"나도 알아. 나도 지금은 샤워하는 걸 더 좋아하니까. 그냥 이건……
그러니까…… 뭔가 언니에 대한 느낌이 이상해. 예전에 냅킨에다 뭔가
를 숨겨서 나한테 몰래 건네주곤 했는데 그게 뭐였냐고 물어보니까 내가
무슨 얘기를 하는 건지 전혀 모르더라고."

"그게 뭐였는데?"

한나가 물었다.

"고구마요. 언니가 얌과 고구마를 진짜 싫어했거든. 엄마한테 잘 보이
려고 조금 덜었다가 아무도 보지 않을 때 냅킨에 몇 조각을 숨겨서 나한
테 건네곤 했어. 그러면 내가 우유나 마실 것을 가지러 가겠다며 일어서
서 몰래 냅킨째로 쓰레기통에 버렸더랬지. 우리 둘만의 비밀이었어."

"벌써 몇 년 전 일이잖아, 칼리."

미셸이 말했다.

"그냥 정말로 기억이 안 나는 걸 수도 있어."

"그럴 수도 있는데, 휴가일 때 고구마 요리를 해서 언니에게 줘봐야겠
어. 고구마를 먹는지 안 먹는지."

"그럼 가출하기 전 집에서 있었던 일에 대해서 기억하고 있는 건 없
어?"

한나가 아까부터 물어보고 싶었던 질문을 끄집어냈다.

"네, 사실 그 부분이 문제에요. 많은 걸 기억하고 있어요. 어떤 날에
는 진짜 언니가 맞다는 확신이 들었다가도 다른 날에는 아닌 것 같다는

느낌이 든단 말이에요."

"오직 제니퍼만 알고 있을 법한 일에 대해 기억하고 있는 건 없고?"

한나가 다음 질문을 던졌다.

"학창시절 선생님들 이름도 전부 기억했어요. 심지어 퇴직하신 선생님들 이름까지도요. 에덴 호수에서 우리가 빌렸던 방갈로도 기억했어요. 우리가 어렸을 때 엄마가 늘 사용했던 생일파티 전용 식탁보도 기억하고 있었고요."

칼리는 한나와 미셸을 번갈아 쳐다보더니 이내 말을 이었다.

"내가 언니를 의심하는 게 이상해 보여요?"

"아니."

미셸이 대답하기 전에 한나가 먼저 나섰다.

"근데 정말로 그 제니퍼가 진짜 제니퍼가 아니라면, 왜 그 사람은 제니퍼인 척하는 걸까?"

"그걸 모르겠어요. 우리 집에 돈이 많은 것도 아니잖아요. 훔쳐갈 만한 물건도 없어요. 내 생각에는 제니퍼인 척해서 얻을 만한 것이 없는 것 같은데 말이에요."

"네 생각을 엄마한테 얘기한 적 있어?"

미셸이 한나보다 먼저 물었다.

"아니, 엄마한테 그런 얘기를 할 수는 없지. 내 생각이 틀렸으면 어떡해?"

"그럼 어머님은 제니퍼가 진짜라고 믿고 계시고?"

한나가 물었다.

"네, 엄마는 그저 언니가 돌아왔다는 것에 기뻐하실 뿐이에요. 전보다 평온한 모습으로 늘 웃고 다니시는 걸요. 요즘처럼 행복한 모습은 처음 보는 것 같아요."

한나는 칼리에게 연민을 느꼈다. 이런 고민을 털어놓을 만한 상대가 마땅치 않았을 것이 당연하다!

"의심은 가지만, 엄마와는 얘기할 수 없다는 거지?"

"네, 특히 어느 것 하나 확실하지 않은 상황에서는요. 그냥 제 느낌인 거잖아요. 문득문득 느껴지는."

"그래도 아직 언니를 좋아하지?"

미셸이 물었다.

"응, 그게 이상해. 정말 내 언니가 맞는지 의심하면서도 언니가 무척 좋으니까."

"혹시 그런 의심이 드는 게 엄마가 너보다 언니 때문에 더 행복해 하는 모습이 질투가 나서는 아닐까?"

미셸이 물었다.

"한번 잘 생각해봐, 칼리. 사실 질투가 나는 건 당연한 거야."

한나는 잠시 호흡을 가다듬었다. 미셸은 칼리에게 답하기 어려운 질문을 던진 셈이었다.

"사실 그것도 생각해봤어."

칼리가 대답했다.

"하지만 질투가 나서는 아닌 것 같아. 내가 정말 걱정되는 건 언니가 진짜 제니퍼가 아니었을 때 엄마가 받을 상처니까."

칼리가 한나를 향해 고개를 돌렸다.

"그래서 언니와 의논하고 싶었어요. 언니는 지난 몇 년간 살인사건도 척척 해결해냈잖아요. 정말 실력 있는 탐정이니, 혹시…… 가능하다 면…… 제니퍼가 진짜 내 언니인지 알아봐줄 수 있을까요?"

초콜릿 헤이즐넛 크래클

(누텔라 쿠키)

오븐은 190도로 예열합니다.
틀은 오븐의 중앙에 둡니다.

재료

녹인 버터 1컵(224g) / 황설탕 2컵(측량할 때 컵에 가득 채우세요)

바닐라 2티스푼 / 베이킹소다 1과 1/2티스푼 / 베이킹파우더 1티스푼

소금 1/2티스푼 / 누텔라 1컵(땅콩버터와 비슷하지만 초콜릿과 헤이즐넛이 들어갑니다)

거품 낸 계란 2개(포크로 저어주세요) / 다목적 밀가루 3컵(체질하지 않아도 됩니다)

만드는 법

1. 버터를 믹싱볼에 담아 전자레인지에 돌려 녹입니다. 거기에 황설탕과 바닐라를 넣고 섞습니다. 잘 섞은 다음 베이킹소다와 베이킹파우더, 소금을 넣고 잘 섞습니다.

2. 누텔라를 측량합니다(측량컵에 누텔라가 들러붙지 않도록 들러붙음 방지 스프레이를 뿌립니다). 아까 볼에 누텔라를 넣고 섞습니다.

3. 거품 낸 계란을 넣고 섞습니다.

4. 밀가루를 넣고 잘 섞습니다.

5. 완성된 반죽은 호두 크기 정도로 떼어내 둥글게 굴린 뒤 기름칠한 틀에 올립니다(반죽을 굴릴 때 너무 끈적거리면 30분 정도 두었다가 다시 시도합니다).

6. 틀에 올린 반죽을 살짝 눌러서 오븐에 넣을 때 굴러 떨어지지 않도록 합니다(네, 정말로 그런 적이 있었어요. 오븐에 반죽들이 떨어져서 완전 엉망이 됐었죠. 셀프세척 기능이 있는 오븐이었는데도요!).

7. 190도의 온도에서 8~10분간 굽습니다. 굽는 과정에서 반죽이 납작해질 겁니다.

8. 완성된 쿠키를 틀 위에서 2분간 식힌 다음 식힘망으로 옮겨 완전히 식힙니다.

지난 나흘 중 가장 꿀맛 같은 잠을 잤다. 한나는 새벽 4시 30분에 눈을 떠 침대에 일어나 앉았다. 모이쉐는 옆에 놓인 녀석의 베개 위에 한껏 몸을 웅크리고 가르랑거리고 있었다. 녀석은 멀쩡한 한쪽 눈을 뜨더니 놀란 얼굴로 한나를 응시했다.

"노먼일 줄 알았어?"

한나가 미소를 지으며 물었다.

"어제 집에 왔잖아. 나도 집에 돌아왔고. 정말 기분 환상이지 않아?"

모이쉐는 아무런 대꾸도 하지 않았다. 한나 역시 녀석의 대답을 기대한 건 아니었다. 모이쉐는 머리를 뒤쪽으로 돌려 등을 문지른 다음 꼬리 아래쪽을 벅벅 긁을 뿐이었다. 한나는 나지막이 큭큭거렸다. 모이쉐가 마치 한나의 말을 알아듣고 대답이라도 할 것처럼 말을 걸다니. 녀석이 정말로 입을 봉긋 벌려 고양이 같은 목소리로 대답을 하면 어떻게 될까. 아마 너무 놀라 심장마비를 일으킬지도 모른다. 거기서 한나의 바보같은 질문은 중단되었다.

"해가 중천이야."

한나는 모이쉐에게 항상 하던 대로 아침 인사를 건넸다.

"어서 부엌에 가서 고양이 요정들이 우리 모이쉐 먹을 만한 것을 뭘 남겨두었나 한번 볼까."

한나의 말에 대답하기라도 하듯 모이쉐는 자리에서 일어나 몸을 살짝 털어내고는 앞발을 쭉 펴고 배가 베개에 닿을 정도로 한바탕 기지개를 폈다. 녀석이 몸을 쭉 펴니 거의 침대의 절반은 덮을 만한 길이가 되었다.

"너 정말 몸길이가 길구나."

한나가 말했다.

"네가 항상 내 침대의 절반을 차지하는 것도 무리는 아니야. 이건 킹사이즈 침대인데 말이야. 킹사이즈보다 더 큰 크기의 침대는 없다고."

"르아아야옹."

모이쉐가 대답하듯 울어댔다.

"알았어. 어서 가자."

한나는 침대 가장자리에 앉아 슬리퍼를 찾아 신었다. 그러고는 가운을 꺼내 입고 모이쉐가 가운의 허리끈 끄트머리를 쫓아 따르는 가운데 복도를 지났다.

부엌에는 불이 켜져있고, 커피도 포트에서 보글보글 끓고 있었다. 한나는 커피를 한 잔 따른 다음 모이쉐에게 사료를 주고, 부엌 탁자에 앉아 커피를 마셨다. 그리고 그때 미셸이 침실에서 나와 부엌으로 들어왔다.

"좋은 아침, 언니."

미셸이 인사했다.

"좋은 아침이야, 미셸."

"언니 지금 바로 샤워할 거 아니면 내가 운동기구 딱 5분만 사용해도 될까?"

"그렇게 해. 난 아직 눈도 다 못 떴으니까. 지난번에 잠이 덜 깬 상태에서 샤워했다가 입을 벌린 채로 미끄러지는 바람에 익사할 뻔 했고."

"정말로?"

미셸이 충격 어린 얼굴로 물었다.

"아니, 농담이야. 어쨌든 샤워할 정신이 되려면 못해도 20분은 더 있어야 해. 가서 신나게 운동해…… 운동을 하는 게 정말 신날 수 있다면."

"가능하지."

미셸이 미소를 지으며 대답했다.

"아침에 일어나자마자 운동하는 거 너무 좋아하거든. 완전 활기차잖아."

미셸은 이내 발길을 돌려 왔던 길을 되돌아갔다.

"아침에 일어나자마자 운동하는 게 좋대."

한나가 모이쉐에게 되읊었다.

"이럴 때는 나도 칼리 기분을 알 것 같아. 어젯밤에 제니퍼에 대해 한 얘기 너도 들었잖아. 아침에 일어나자마자 운동하는 게 신난다고 하는 애가 내 동생일 리가 없어."

로즈 맥더못이 홀앤로즈 카페에 도착했을 때 밖에는 벌써 손님들이 줄을 서 있었다. 로즈는 문에 팻말을 '영업 중'으로 뒤집고, 열쇠를 열어 손님들을 안으로 맞이했다. 한나와 미셸도 무리에 합류해 안으로 들어가 로즈가 가까이 다녀갈 수 있도록 가장 첫 번째 부스에 앉았다.

"뭘 드릴까요?"

로즈가 묻지도 않고 컵 두 개와 커피포트를 들고 나타났다.

"커피 주세요."

한나가 대답했다.

"아침에 네 컵을 다 못 채웠거든요. 커피부터 마신 다음에 추천 아침 식사 메뉴가 뭔지 들을게요."

"다 맛있어요."

로즈가 틀에 박힌 대답을 했다.

"맛있지 않으면 아예 메뉴에 올려놓지 않으니까요."

214

"혹시 토스트 컵 있어요?"

"토스트 컵은 항상 있지, 자기. 하나 만들어줄까?"

"네, 로즈가 만든 토스트 컵 정말 맛있어요. 집에서도 만들어봤는데, 로즈가 만든 것 같은 맛은 안 나더라고요."

그러자 로즈는 아리송한 표정을 지었다.

"지난번 방학 때 집에 왔을 때 내가 만드는 것 봤잖아. 별로 기술이랄 것도 없는데."

"제가 뭔가 잘못했나 봐요."

"혹시 베이컨 미리 구웠어?"

"네, 종이타월에 기름기도 뺐고요."

"빵 자를 때 3.5인치(9cm) 커터를 사용했고?"

미셸은 고개를 끄덕였다.

"네, 로즈가 하는 것처럼요."

"그럼, 머핀 컵에 버터 발랐어?"

"네."

"빵을 동그랗게 말아서 채운 다음 체다 치즈 간 것도 넣었고?"

"로즈가 하는 그대로 했다니까요."

로즈는 이상하다는 듯 고개를 갸우뚱했다.

"그러면 이유를 모르겠네. 내가 하는 거랑 똑같이 했는데."

"혹시 제가 전기 오븐을 사용해서 그런 것 아닐까요. 로즈의 오븐은 가스잖아요, 그렇죠?"

"그래, 하지만 그렇다고 해도 크게 다를 것 없을 텐데. 오븐은 205도로 예열했어?"

"205도요?"

미셸이 깜짝 놀라 되물었다.

"로즈는 190도에 맞췄잖아요!"

"그건 내 오븐이 이미 열에 달아있었기 때문이었지. 오븐을 잘 알아야 해, 자기. 오븐이 충분히 뜨겁지 않으면 205도로 예열해야 하거든. 그렇지 않으면 토스트가 바삭하게 구워지지 않아."

"알겠어요."

미셸이 기쁜 얼굴로 대답했다.

"문제를 해결해줘서 고마워요, 로즈. 학교로 돌아가면 다시 만들어볼 래요."

"좋지."

로즈도 미소로 답했다.

"그럼 오늘 메뉴는 토스트 컵?"

"네, 아침식사로 그게 딱이에요."

로즈는 한나를 돌아보았다.

"한나는요?"

"저도 그걸로 주세요. 식사 후에 디저트도 주문할게요."

로즈는 사뭇 놀라며 물었다.

"아침식사에 디저트를?"

"뭐 어때요? 아침식사 후에는 디저트 먹지 말라는 법은 없잖아요. 그러고보니 생각났는데…… 로즈에게 물어볼 것이 있어요."

"뭔데요?"

"혹시 지난 목요일이나 금요일에 블랙베리 파이 주문받은 적 있어요?"

"아니요."

대답이 너무 즉각 나와서 한나는 로즈가 충분히 기억을 되짚어본 것일까 의아했다.

"여기서는 파이 종류를 다양하게 팔고 있잖아요. 정말 중요한 일이에요. 진짜로 블랙베리 파이 팔지 않았어요?"

"확실해요. 서빙한 기억이 없거든요. 파이를 먹으러 카페를 찾는 사람들 중에는 게으름뱅이가 많거든요. 블랙베리 파이를 먹다가 탁자에 떨어뜨렸는데 제가 즉각 발견하지 못했으면 나중에라도 흰색 탁자보에 얼룩이 남았을 텐데. 비트(자주색의 서양 무)처럼 말이에요. 사실 여기서 비트가 나오는 일도 없지만."

"알았어요. 고마워요, 로즈."

한나는 머릿속 할 일 목록에서 로즈의 항목을 지워버렸다.

"그럼, 디저트로 뭘 먹을래요?"

로즈가 물었다.

"혹시 파이?"

"전 초콜릿 도너츠 주세요."

미셸이 즉각 결정을 내렸다.

"한나도 그걸 먹어보면 어때요? 물론 초콜릿이 싫지 않다면."

"싫을 리가 있나요!"

한나가 웃으며 말했다.

"늘 초콜릿에 굶주린 걸요."

로즈는 고개를 끄덕였다.

"여기 오는 손님들 대부분이 초콜릿에 굶주려오죠. 초콜릿이 하루를 지탱할 힘을 준다랄까. 사실 다른 메뉴보다 초콜릿 도너츠 주문이 네 배는 더 많거든요."

아침 11시 한나는 쿠키단지 작업실에 서서 또다른 쿠키 반죽을 섞고 있었다. 레이크 에덴 마을 사람 거의 전부가 리사의 이야기를 들으러 몰려온 듯했다. 두 사람이 매몰찬 폭풍우 속에서 어떻게 운전을 했는지, 그리고 마을 사람들은 물론 주변 마을 사람들조차 모르는 그 낯선 남자를 어떻게 치어서 숨지게 했는지에 대한 이야기 말이다.

오늘은 리사의 이야기에 새로운 스토리가 가미되어 모두가 다시 모인 터였다. 리사는 나이트 박사님이 설명한 외상에 대해 이야기하며, 그 남자가 누군가와 싸움을 했으며, 그 과정에서 그 상대편의 반지가 빠졌고,

남자의 손에 끼워졌던 고등학교 혹은 대학교 반지가 바로 그 반지일 수도 있다는 이야기를 사람들에게 들려주었다. 한나는 리사의 이야기를 안에서 가만히 듣고 있었다.

한나가 쿠키 팬을 오븐에 막 집어넣었을 때 리사는 남자의 흰색 셔츠에 묻어 있던 블랙베리 얼룩에 대한 부분을 이야기하고 있었다. 한나는 알람을 맞추고, 커피를 한 잔 더 따른 다음 리사의 이야기에 다시 귀를 기울였다. 애써 이야기를 듣지 않으려 하는 건 시린 치아를 흔들어보지 않는 것만큼이나 어려웠다. 남자의 값비싼 흰색 셔츠에 묻은 블랙베리 얼룩에 대해 이야기하는 리사의 목소리에 한나는 자신도 모르게 집중하고 있었다.

"블랙베리라고?"

누군가의 놀란 목소리였다.

"정말 블랙베리 얼룩이 맞아요?"

"네, 맞아요."

리사가 대답했다.

"나이트 박사님이 병원 연구실에서 검사를 하셨거든요."

"이 근방에서 블랙베리를 재배하는 사람은 위니 헨더슨뿐인데."

누군가 말했다.

"그 남자가 블랙베리 밭에 몰래 들어갔거나 위니 헨더슨의 블랙베리 파이 한 조각을 훔쳐 먹었을 수도 있어. 최근에 손자 생일 파티에 쓴다며 만든 일이 있거든. 우리 애도 그 파티에 데려가느라 나도 맛을 봤다고."

한나는 한손으로 머리 한쪽을 찰싹 쳤다. 맞아! 금요일 아침에 위니가 블랙베리 파이를 누군가 훔쳐가서 하나를 더 구워야 했다고 얘기했었지.

그때 오븐의 알람이 울렸고, 한나는 곧바로 오븐에서 쿠키를 꺼냈다. 쿠키를 식힘망으로 옮기고 나자 뒷문에 노크소리가 들렸다.

한나는 서둘러 뒷문을 열었다. 아마 치과 진료 중 휴식 시간을 이용해 노먼이 찾아온 걸지도 모른다. 하지만 문을 열었을 때 앞에는 엄마가 서 있었다.

"안녕, 엄마."

한나는 너무 실망스러운 티를 내지 않으려 노력했다.

"안녕, 애야. 커피 한 잔 하려고 들렀다."

"운이 좋으시네요. 5분 전에 막 새 커피를 끓였거든요. 방금 오븐에서 꺼낸 쿠키도 있고요."

"타이밍이 좋구나."

엄마가 스테인레스 작업대 앞에 앉으며 말했다.

"결혼식 피로연 디저트로 버터스카치 타르트 어떨까 하는데 말이다."

"버터스카치 타르트요?"

한나는 의아한 목소리고 되물었다.

"축제 디저트로 그게 괜찮겠어요?"

"모르겠다. 그래서 여기 온 거 아니겠니. 그래서 장식을 좀 더하면 어떨까 한다만."

"한번 생각해볼게요. 전 엄마가 초콜릿이 들어간 디저트를 원하실 줄 알았는데."

"그랬지. 사실 지금도 그 생각은 있지만, 그 음식들이 전부 내가 먹을 건 아니잖느냐. 박사가 또 스코틀랜드 사람이니 그의 문화를 반영하는 것도 나쁘지 않을 것 같아."

"주요리도 있잖아요, 엄마. 스코틀랜드 문화를 고려한다면 주요리를 해기스로 하면 어때요."

"그건 뭐냐, 애야. 한 번도 먹어보지 않은 것 같은데."

"양의 내장 다진 것에 오트밀을 섞어서 양의 창자에 채워 넣은 요리에요."

"오오!"

엄마가 부르르 떨었다.

"그것 참 끔찍한 요리로구나!"

"저도 아직 안 먹어봤어요."

"박사의 스코틀랜드 문화는 잠시 잊자구나. 살구 글레이즈를 바른 코니쉬헨이 훨씬 낫겠다."

"미니 비프 웰링턴으로 결정했던 거 아니었어요?"

"그것도 좋지만, 내가 다시 생각해봤다. 그리고 들러리 드레스 색깔도 다시 결정했는데, 라벤더 레이스면 좋겠구나."

이번에는 한나가 부르르 떨 차례였다. 라벤더라면 짙은 보라색이 아닌가. 짙은 보라색 옷은 한 번도 입어본 일이 없다. 물론, 라벤더 색깔에 사적인 감정이 있는 건 아니었지만, 엄마는 결혼식이 시작되기 전 수십 번도 더 결정을 뒤집고 있으니 그게 문제였다.

"쿠키 드실래요?"

한나는 화제를 돌렸다. 엄마와 결혼식 준비 이야기를 하고 있자면 자꾸만 기운이 빠졌다. 오늘은 더 이상 지쳐서는 안 될 것 같았다.

"쿠키 좋지, 얘야. 하지만 같이 점심 먹는 것은 안 될 것 같구나. 오후에 병원에 가봐야 하거든. 박사가 파일 정리 작업을 도와달라고 해서 말이야."

한나는 식힘망으로 가서 쿠키를 꺼냈다. 엄마가 파일 정리 작업 같은 것을 좋아할 리가 없다. 사무일이라면 뭐든 질색을 하는 분이니 말이다. 엄마는 옛날 아빠의 철물점에서조차 사무일을 도운 적이 없었다. 하지만 요즘 엄마는 박사님의 사무실 일을 돌볼 뿐만 아니라, 병원의 자원봉사 모임인 레인보우 레이디스의 일까지 도맡아 하고 있다. 사랑의 힘이 아니면 달리 설명할 수 없을 터였다.

한나는 엄마가 당밀 크래클을 오물거리는 동안 잠시 생각에 잠겼다. 엄마와 마찬가지로 한나 역시 사무일을 좋아하지 않았다. 물론 파일을 어떻게 정리하는지, 공문은 어떻게 작성하는지 방법은 알고 있다. 다만 한나 역시 사랑하는 남자를 위해서 기꺼이 싫어하는 사무일도 할 수 있을지가 의문이었다. 노먼은 조단고등학교 상업반의 학생을 파트타임 아르바이트로 쓰고 있었기 때문에 병원 행정에 한나의 도움이 필요 없을 것이다. 마이크 역시 위넷카 카운티 경찰서에 비서 인력이 많기 때문에 굳이 한나가 돕지 않아도 될 터였다.

"뭘 그렇게 생각하니, 얘야?"

엄마가 커피를 마저 마시고는 물었다.

"오, 모르겠어요. 3박 4일을 감방에서 보냈더니 자꾸 저도 모르게 멍해지게 되는 것 같아요."

"어째서 그런 게야?"

"거기 있는 동안에는 생각밖에 할 게 없었거든요. 10시면 불이 꺼지는데, 그러면 책도 못 읽잖아요. 10시 이후에는 면회도 안 되니 즐길 거라곤 공상밖에 없었어요."

엄마가 수심 어린 얼굴로 말했다.

"그것 참 지루했겠구나, 얘야."

"전혀요. 사람들이랑 상상 속 대화도 나누고, '만약'에 대해서도 여러 가지 생각을 해봤거든요. 10년 후에는 내 인생이 어떤 모습일까도 떠올려보고요."

"10년 후?"

한나가 고개를 끄덕이자 엄마는 미소를 지었다.

"그때쯤에는 너도 결혼을 해서 아이가 둘은 있지 않겠니. 남편과 알콩달콩하면서 말이다."

"그렇게 말씀하실 줄 알았어요, 엄마."

한나는 또다시 화제를 돌리기 위해 머리를 굴렸다. 감방에서 한나가 떠올렸던 10년 후 모습은 요리채널 경연대회에서 우승을 차지해서 유명한 디저트 전문 쉐프가 되는 것이었다. 다소 허황된 이런 꿈에 대해 미셸에게는 잠깐 이야기한 적이 있었지만, 엄마와는 절대 의논할 수 없다!

"엄마는요?"

한나의 갑작스러운 질문에 엄마는 다소 당황한 듯 보였다.

"나?"

엄마는 잠시 멈칫했다.

"네, 엄마요. 10년 후에는 어디에 계실 것 같아요?"

"여전히 여기 레이크 에덴에서 박사와 행복하게 결혼생활을 영위하며 지금처럼 살았으면 하지."

엄마의 갈색 눈동자가 실린 눈매가 살짝 얇아졌다.

"그리고 손주들에게 둘러싸여서 박사와 함께 즐거운 시간을 보냈으면 한다."

"그렇다면 박사님과의 결혼은 분명하신 거네요."

"당연하지! 박사가 아니면 내가 누구와 결혼을 하겠느냐!"

"하지만 결혼하지 않으실 수도 있잖아요."

"그게 무슨 뜻이냐?"

한나는 심호흡을 한 뒤 증조할머니가 즐겨 했던 말을 떠올렸다. *한번 시작한 일은 끝을 봐야 한다.* 결혼식 계획에 대한 엄마의 변덕이 이미 그 도를 넘었다는 이야기를 오늘은 꼭 해야 하겠다. 별로 좋은 얘기도 아니거니와 엄마 역시 기분이 상할 수도 있겠지만, 한나는 어떻게든 끝을 내야 한다고 생각했다.

"결혼에 관해서라면 하루에도 수십 번씩 결정을 뒤집으시잖아요. 우리가 아는 한, 엄마는 조만간 박사님과의 결혼도 다시 생각해보실 듯해요."

"그럴 리가 있니!"

"좋아요. 그건 분명하다고 쳐요. 하지만 생각해봐요, 엄마. 웨딩드레스며, 들러리 드레스며, 꽃이며, 피로연 음식 메뉴들까지 어서 정하지 않으면 아예 결혼식을 하지 못할지도 몰라요. 심지어 아직 청첩장도 고르지 못했잖아요…… 안 그래요?"

"그게…… 그래. 그래, 아직 못 골랐지. 그래도 후보를 네 개로 추렸

222

단다. 그리고 손글씨로 주소를 적지 않는 이상 아직 시간이 있어."

"그래요. 그럼 그건 그렇다고 쳐요."

한나는 좀 더 강하게 밀어붙였다.

"그래도 제때 우편 배송이 되어야 하잖아요. 있잖아요, 엄마…… 솔직히 전 엄마가 정말 이 결혼을 하고 싶어 하는 건지 의문이 들기 시작했어요. 결혼식에 관한 결정이라면 뭐든 질질 끌고 계시잖아요."

"하지만…… 하지만……."

엄마는 말을 더듬더니 이내 떨리는 한숨을 내쉬었다.

"그저 몇 번 마음을 바꿨다고 해서 박사와 결혼하려는 마음이 없는 건 아니다. 다만 모든 걸 완벽하게 준비하고 싶을 뿐이야. 나한테는 아주 중요한 행사잖니."

"저희한테도 마찬가지로 중요해요. 세 딸에게 엄마의 결혼식 책임을 맡기셨잖아요."

한나가 기억을 상기시켰다.

"그리고 엄마도 아시다시피, 완벽은 우리 자매들 특기가 아니에요. 우리도 최선을 다하고 있지만, 우리가 내놓는 아이디어는 전부 물리치시잖아요. 뭔가에 동의를 했다가도 한주 내에 또다시 마음을 바꾸시니. 어떻게든 상관없다고, 우리가 결정하는 대로 따르겠다고 하시지만 그건 그냥 말뿐이에요."

"아니, 뭐든지 너희들 계획에 전적으로 따르겠다는 뜻은 아니었다!"

"좋아요, 그럼 좀 더 간단명료하게 말씀드릴게요. 정말 우리가 하자는 대로 하시겠어요? 아니면 하나하나 일일이 저희랑 싸우실래요?"

엄마는 한숨을 내쉬고는 두 손에 머리를 묻었다. 그 상태로 한참을 있더니 엄마는 마침내 고개를 들었다.

"알았다, 한나."

엄마가 말했다.

"그래, 네 말이 맞다. 내가 그동안 지나치게 변덕스러웠구나. 너희들에게 너무했어. 뭐든지 세 개의 선택군을 주면 그 안에서 꼭 결정하마."

"약속하시는 거예요?"

"그래, 얘야. 약속하마. 내일 아침에 또 모여서 결혼식에 관해 의논하기로 했잖니. 너희들 제안을 가만히 듣고 결정을 내리마."

"그럼 꽃이랑 드레스랑 음악, 장식, 그리고 메뉴까지요?"

"그래, 전부 내일 결정 내리겠다."

"고마워요, 엄마."

한나는 말했다. 그러고는 조금 심하게 엄마를 몰아붙였다 싶은 생각에 자리에서 일어나 엄마에게로 다가가서 살포시 엄마를 안았다.

"우리 자매들 모두 엄마를 사랑해요."

"나도 알아. 내가 까다롭게 굴었던 것 인정한다. 사실 나를 위해서 그런 것만은 아니었어, 한나. 박사는 생전 처음 하는 결혼식이 아니냐. 박사 기억에 두고두고 남을 만한 특별한 결혼식을 만들어주고 싶었단다."

"그렇게 될 거예요, 엄마."

한나가 말하고는 엄마를 뒷문까지 배웅했다.

"꼭 박사님이 평생 잊지 못할 결혼식으로 만들어 드릴게요. 약속해요."

엄마가 돌아간 뒤 한나는 문을 닫고 다시 작업대에 돌아와 앉았다. 해야 할 말을 했고, 엄마도 동의하긴 했다. 겉으로는 모든 것이 잘 해결된 듯했지만, 다시 내일 아침 해가 밝아오고 결혼식 준비 모임이 열리고 나면 방금 한나가 했던 모든 말들이 수포로 돌아갈 것 같은 불길한 예감이 드는 것은 어쩔 수 없었다.

베이컨, 계란, 체다치즈 토스트 컵

오븐은 205도로 예열합니다.
틀은 오븐의 중앙에 둡니다.

재료

베이컨 6조각(얇게 썬 베이컨을 사용하세요)

소금기 있는 부드러운 버터 4테이블스푼(56g) / 부드러운 하얀 식빵 6조각

체다치즈 간 것 1/2컵 / 큰 계란 6개 / 소금과 후추 약간

만드는 법

1. 베이컨 여섯 조각을 프라이팬에 중불로 6분 동안 혹은 베이컨이 조금 단단해지면서 가장자리에 약간의 갈색이 돌 때까지 굽습니다(그렇다고 너무 단단해지면 안 됩니다). 완전히 익지 않았어도 괜찮습니다. 어차피 오븐에 또 한 번 구울 테니까요. 살짝 익힌 베이컨을 종이타월이 깔린 접시에 담아 기름기를 빼냅니다.

2. 머핀 컵 여섯 개의 안쪽에 버터를 바릅니다.

3. 남은 버터로 빵의 한쪽 면을 바릅니다. 단, 빵 껍질 부분 가까이에는 버터를 바르지 말고 남겨둡니다. 버터를 바른 빵을 기름종이나 빵 전용 도마 위에 버터가 발린 쪽이 위로 향하도록 놓습니다.

한나의 첫 번째 메모: 버터가 조금 낭비될 수도 있는데, 빵 가장자리를 먼저 잘라낸 다음에 버터를 바르는 것보다는 이렇게 하는 편이 더 쉽습니다.

4. 지름 3.5인치의 둥근 쿠키 커터를 이용해서 각 빵 조각에서 둥글게 면을 잘라냅니다.

한나의 두 번째 메모: 3.5인치 크기의 쿠키 커터가 없다면, 일반 유리잔의 윗면을 사용하셔도 됩니다.

5. 버터가 발린 쪽의 둥근 면을 위로 향하게 한 뒤 머핀 팬에 깔아줍니다. 바닥에 깔 때 빵이 찢어지지 않도록 조심해주세요. 빵이 찢어지면 남은 빵에 버터를 바른 다음 그 찢어진 부분만큼만 잘라내어 그 부분을 덮어주면 됩니다.

6. 베이컨을 빵 바깥쪽에 말아줍니다. 빵과 머핀 틴 사이에 베이컨이 자리하게 되는 겁니다. 이렇게 해야 베이컨이 동그란 모양을 유지할 수 있어요.

7. 각 머핀 컵 위에 체다치즈 간 것을 뿌립니다. 여섯 개의 머핀 컵에 골고루 뿌립니다.

8. 작은 측량컵(전 1/2들이 측량컵을 사용했어요)에 계란을 깨어 넣습니다. 노른자가 터지지 않도록 조심합니다.

한나의 세 번째 메모: 노른자가 터졌다고 해서, 계란 전부를 버리지 마세요. 작은 통에 넣어 냉장고에 보관했다가 다음날 아침에 에그스크램블을 만들면 되니까요. 아니면 쿠키나 케이크 반죽에 넣어도 되고요.

9. 계란을 조심스럽게 머핀 컵에 따릅니다.

10. 한 번에 계란 한 개씩을 측량컵에 깨 넣으며 같은 과정을 반복합니다.

11. 머핀 컵에 빵, 베이컨, 치즈와 계란이 모두 들어갔다면 약간의 소금과 후추로 간을 합니다.

12. 완성된 토스트 컵은 6~10분 정도 굽습니다. 계란 노른자를 얼마만큼 익히려 하느냐에 따라서 시간은 조금씩 달라집니다(길게 구울수록 노른자가 더 잘 익겠죠).

13. 다 구워졌으면 칼날을 이용해 각 머핀 컵의 가장자리를 긁습니다. 그런 다음 베이컨과 에그, 체다치즈 토스트 컵을 꺼내 곧바로 손님상에 냅니다.

한나의 네 번째 메모: 처음에 만들 때는 다소 긴장될 수도 있지만, 단지 처음이라 그런 것이니 걱정하지 않으셔도 됩니다. 한 번 성공하고 난 뒤에는 만드는 것이 정말 쉬워질 테니까요. 브런치로 먹기에 안성맞춤인 메뉴랍니다.

다음으로 어떤 쿠키 레시피를 만들어볼까 고민하던 중에 문득 오늘 아침 미셸과 아침식사를 먹으며 로즈와 나눴던 이야기들이 떠올랐다. 누구에게나 초콜릿이 필요하다고 말이다. 하지만 식힘망을 쳐다보니 초콜릿 쿠키는 하나도 없었다. 새로운 쿠키를 만들어야겠다. 초콜릿으로 말이다. 미셸에게서 새 초콜릿 쿠키 레시피를 받아 놓은 것이 있다. 무용을 전공하고 여러 군데 극단에서 일하고 있는 친구인 줄리아 마이스터에게서 받은 레시피라고 했다. 미셸은 이 쿠키가 맛본 초콜릿 쿠키 중 마치 퍼지처럼 제일 맛이 진하고 깊어서 줄리아가 트리플 초콜릿 쿠키로 이름 붙였다는 이야기도 전해주었다. 미셸의 말대로 정말 맛이 좋다면, 가게에서 판매해도 손님들에게 인기를 끌 것이다.

한나가 오븐에서 쿠키 팬을 막 꺼내는데 뒷문에 노크소리가 들렸다. *설마 엄마가 결혼식 계획에 관해 또 마음이 변했다며 찾아오신 것은 아니겠지!* 한나는 작업실을 가로지른 뒤 뒷문을 열며 생각했다.

"마이크!"

한나가 활짝 웃으며 말했다.

"얼굴 보니 반가워요."

"고마워요, 한나."

한나의 말에 마이크는 기뻐 보였다.

"오늘 받은 인사 중 가장 따뜻한 환영이에요. 코너 태번에서 빌 서장님을 만났는데, 눈도 마주치지 않더군요. 혼자 앉아서는 굉장히 우울한 얼굴이었어요."

한나는 입을 꾹 다문 채 마이크에게 줄 커피를 따르러 포트로 향했다. 사실 엄마일지도 모른다는 생각으로 문을 열었다가 엄마가 아닌 사람이 있어서 무척 안도했을 뿐이라는 이야기를 하려 했지만, 차마 그럴 수 없었다. 마이크가 상처받을 수도 있으니 말이다.

"고마워요."

마이크는 한나가 건네는 커피잔을 받아 든 뒤 작업대에 놓인 접시 위 쿠키로 손을 가져갔다.

"서장님이 안드레아와 화해했는지 안 했는지 혹시 알아요?"

"내가 아는 한 아직 못 했을 거예요. 어제까지만 해도 여전히 화가 잔뜩 나 있었거든요. 안드레아가 날 체포한 빌을 용서하려면 얼마간은 더 있어야 할 거예요. 경험으로 아는데, 안드레아는 속에 오래 품고 있는 타입이거든요."

"한나의 경우에는 어떤 경험이었는데요?"

"어렸을 때 있었던 일들이요. 크리스마스 선물로 난 빨간색 자전거를 받고, 안드레아는 황금색 자전거를 받았는데, 내 빨간색 자전거를 탐냈더랬죠."

"바꿔주지 그랬어요."

"나도 안드레아 만큼이나 고집이 셌거든요. 그때는 빨간색을 제일 좋아했으니, 빨간색 자전거를 쉽게 포기할 수 없었죠. 게다가…… 달리 또 고려해야 할 것이 있었죠."

"뭐였는데요?"

"안드레아는 나보다 어리고, 키도 나보다 작았거든요. 안드레아가 내 자전거를 타면 그래도 페달에 간신히 발은 닿았겠지만, 내가 그 애 자전거를 탔다면 자전거가 너무 작아서 손잡이에 무릎이 부딪쳤을 거예요."

"그런 이유라면 각자 원래 받았던 자전거를 타는 것이 타당하게 들리는데요."

마이크가 말했다. 그러고는 들고 온 꾸러미를 한나에게 내밀었다.

"여기요."

그가 말했다.

"현장에서 이걸 발견했어요…… 그러니까 사고 현장 말입니다."

한나는 꾸러미를 열어 안을 들여다봤다. 거기에는 철제 팬이 들어 있었다.

"이게 뭐예요?"

"한나가 파이를 구울 때 사용했던 팬처럼 보이던데요. 한나라면 알 것 같아서 가져왔습니다."

"꺼내봐도 돼요?"

"그럼요, 하지만 냅킨이나 뭘 덧대고 집는 게 좋겠습니다."

"지문 보존을 위해서요?"

마이크는 고개를 가로저었다.

"어차피 빗물에 다 씻겼어요. 지문이 있었어도 다 지워졌을 겁니다. 깨끗하지 못한 팬이라 한나 손이 더러워질까 봐서요."

한나는 냅킨을 들고 꾸러미에서 팬을 끄집어냈다.

"정말이네요."

한나가 말했다.

"이건 파이 틴이에요. 바닥에는 크러스트도 조금 남아있는데……."

한나는 하던 말을 멈추고 햇빛에 비춰보기 위해 틴을 창문 쪽으로 내밀었다.

"크러스트에 베리도 약간 붙어 있는 게 보여요. 이건 위니의 창틀에서 누군가 훔쳐간 블랙베리 파이 틴이 분명해요."

"한나 말이 옳다면 위니의 파이는 그 죽은 남자가 훔친 것이로군요.

경찰 수사에서도 많지는 않아도 몇 가지 겹치는 부분이 있기는 했어요. 게다가 남자 셔츠에 묻은 것이 블랙베리 얼룩이라고 박사님이 말하지 않았습니까. 위니가 만약 이 틴을 알아본다면 그 파이가 그녀가 만든 것이라고 단정 지어도 좋을까요?"

"글쎄요. 아마도요. 적어도 자신의 파이 틴과 같은 크기라면 금세 알아볼 거예요."

"파이 크기는 전부 같은 것 아닙니까?"

한나는 웃음을 터뜨렸다.

"아니요. 파이 틴도 크기가 다양해요. 깊이가 좀 더 깊은 틴도 있고, 재질도 조금씩 다르고요. 어떤 것은 철제고 어떤 것은 유리고, 어떤 것은 알루미늄 포일로 만든 1회용이기도 하죠. 이건 그렇게 값나가 보이지 않는데, 위니는 워낙 파이를 많이 만드니까 목장 찬장에 분명 이런 종류의 틴도 갖고 있을 거예요."

"지금 쿠키, 더 만들어야 합니까?"

마이크가 물었다.

"아뇨, 왜요?"

"지금 바로 부인의 집에 가서 이 파이 팬이 본인 것이 맞는지 확인해 보려고요."

"좋아요. 그럼 같이 가요."

마이크 혼자서도 충분히 할 수 있을 일을 한나에게도 같이 가자고 제안한 것이 한나는 내심 기뻤다.

"누군가에 말하고 외출해야 하나요?"

한나는 잠시 귀를 기울였다. 리사는 여전히 청중들에게 이야기를 풀어놓고 있었다. 한나는 이야기에 열중하고 있는 리사를 방해하고 싶지 않았다.

"괜찮아요. 미셸과 리사에게 쪽지를 남기면 될 거예요."

한나는 쪽지를 적은 다음 리사와 미셸이 한눈에 알아볼 수 있을 법한 곳에 끼워 넣었다. 그런 다음 파이 틴이 든 가방을 집어 들고 막 나가려는 찰나 불현듯 무슨 생각 하나가 떠올랐다.

"잠깐만요."

한나가 마이크에게 말했다.

"챙겨야 할 게 있어요."

전단지에 실렸던 남자의 사진이 작업대 위에 놓인 파일에 꽂혀 있었다. 한나는 파일을 집어 들었다. 위니 혹은 코노, 그 밖에 목장 일꾼들에게 위니의 파이를 도둑맞은 날 아침에 이 남자가 근처에서 어슬렁거리진 않았는지 물어봐도 좋을 듯했다.

마이크의 허머 조수석에 올라탄 한나는 등받이에 몸을 기대고 드라이브를 즐겼다. 위니의 목장은 마을을 둘러싸고 자리한 외곽에 위치해 있어 도착하는 데 20분은 족히 걸렸다. 위니의 목장 옆에는 칼리의 어머니인 로레타의 농장이 있었기 때문에 한나는 혹시 칼리의 언니인 제니퍼를 볼 수 있을까 하는 마음에 차창을 열고 밖을 내다보았다. 마당에 누군가 있는 모습이 눈에 띄었는데, 딱 칼리와 비슷한 얼굴생김에 몇 살 더 들어 보이는 외모를 보니 제니퍼가 맞는 듯했다.

"뭘 그렇게 열심히 봐요?"

한나가 차창 밖을 내다보고 있는 것을 본 마이크가 물었다.

잠시 한나는 칼리가 어젯밤에 털어놓은 고민에 대해 마이크에게 이야기할까 망설였다. 제니퍼가 칼리의 진짜 언니인지 알아봐주겠다고 약속한 한나를 마이크가 도와줄 수 있을지도 모른다. 하지만 한나는 이내 충동을 물리쳤다. 칼리가 비밀로 털어놓은 이야기를 그녀의 허락도 없이 마이크에게 이야기할 수는 없었다.

"한나?"

마이크가 재차 물었다. 뭐든 대꾸해야 했다. 최선의 대답은 사실 그대로 이야기하는 것이겠지만, 한나는 일부의 사실만 언급하기로 했다.

"방금 마당에서 칼리의 언니를 본 것 같아서요. 분명 제니퍼가 맞을 거예요. 칼리와 아주 꼭 닮았거든요."

"칼리는 언니랑 잘 지낸대요?"

마이크가 물었다.

"잘 모르겠어요."

한나는 거짓말은 하고 싶지 않아 조금 에둘러 말했다.

"미셸에게 듣기로는 칼리는 언니가 좋다고 했다던데요."

"그렇다면 다행이네요."

마이크는 급좌회전을 한 뒤 위니의 집으로 향하는 사유지 도로로 접어들었다. 얼마간 자갈길을 달리다가 마침내 마이크는 집 앞에 차를 세웠다.

"다 왔군요."

그가 말했다.

"부인이 집에 있어야 할 텐데요."

한나는 시계를 확인했다.

"집에 있을 거예요. 지금이 거의 정오니까 코노와 일꾼들 식사 준비에 한창이실 걸요."

위니는 직접 현관으로 달려 나왔다. 앞치마를 두른 그녀는 마이크와 악수하기 전에 젖은 손을 타월에 닦고는 한나와는 포옹을 했다.

"어서 와. 여기까지 어쩐 일이야?"

"이것 때문에요."

한나는 가방에서 파이 틴을 꺼내며 단도직입적으로 물었다.

"이거 혹시 위니 거예요?"

"그런 것 같은데."

위니는 파이 틴을 건네받았다.

"내 것이 맞다면, 누군지 모르겠지만 틴을 씻어놓지도 않다니 너무한 걸!"

"여기 근방에 있는 숲속에서 발견했습니다."

마이크가 설명했다.

"금요일 아침에 부인께서 블랙베리 파이를 도둑맞았다고 한나가 일러

주더군요. 그래서 혹시 이것이 부인 것이 아닌가 생각했습니다."

"본인 것이라고 확신할 만한 증거가 있을까요?"

한나가 확증의 대답을 기대하며 물었다.

"있고말고. 날 따라서 부엌으로 가자구. 탄을 씻은 뒤에 보여줄 테니."

위니는 부엌을 향해 앞장선 뒤 파이 탄을 이미 거품 세제가 가득 담긴 개수대 물에 푹 담갔다.

"여기 식탁에 앉아있어."

"뭔가 정말 좋은 냄새가 나는데요."

마이크가 크고 둥근 떡갈나무 식탁 앞에 앉으며 말했다.

"프라이드 치킨이랑 비스킷인가? 완두콩이나 당근 볶음? 아마 그래햄 크래커 케이크 냄새일 수도 있겠네. 두 사람, 배고파? 두 사람 더 먹을 분량은 충분한데. 아마 5분 안에 코노랑 일꾼들이 식사하러 들어올 거야."

마이크는 고개를 가로저었다.

"감사하지만, 불과 세 시간 전에 거한 아침을 먹었기 때문에 괜찮습니다."

"난 아침을 먹었냐고 물어본 게 아니라 배고프냐고 물어봤는데."

마이크는 씩 미소를 지었다.

"그러셨죠. 배는 고프지 않은데, 프라이드 치킨 냄새가 정말 좋네요. 닭다리 한두 개 정도는 거뜬히 먹을 수 있을 것 같습니다만."

"그럴 줄 알았어. 우리 집 부엌에 들어설 때부터 자네 입에 침이 고이는 것 같았거든. 기다리는 동안 커피 마실래?"

"아뇨, 괜찮습니다."

마이크가 재빨리 대답했다. 위니의 커피가 진하기로 유명하다는 사실을 마이크가 기억하고 있는 듯했다. 지난번 함께 위니의 집에 들렀을 때 마이크가 마셨던 커피 한 잔이 꽤 고통스러웠던 것 같다.

"한나는 어떡할래? 배고프지 않아?"

"제가 배고프지 않을 리가 있나요, 위니. 그래도 많이는 먹지 못할 것 같아요. 그냥 치킨 한 조각이랑 비스킷 한 개, 그래햄 크래커 케이크 한 조각이면 되겠어요. 크래햄 크래커 케이크는 한 번도 못 먹어봤거든요."

"마음에 들 거야. 레시피도 적어줄게. 통나무에서 떨어지는 것만큼이나 만들기 쉬워."

위니는 개수대로 다가가 파이 틴을 꺼냈다.

"훨씬 낫군. 이제 깨끗이 씻기만 하면 이게 내 것이 맞는지 알 수 있을 거야."

마이크와 한나가 지켜보는 가운데 위니는 틴을 씻은 다음 타월로 물기를 닦아냈다. 그런 다음 창문 가까이 틴을 가져간 뒤 안을 들여다보았다.

"역시."

위니가 말했다.

"내 거야."

"어떻게 아세요?"

한나가 물었다.

"안에 S자 스크래치가 있거든. 우리 어머니인 새디의 약자야. 나처럼 파이를 많이 만드셔서 사람들에게 나눠주셨는데, 사람들이 다른 파이 틴을 가져오면 이 약자로 금세 확인을 하셨지."

한나가 막 질문을 던지려는 찰나 부엌문이 열리더니 네 명의 일꾼들이 들어왔다. 그중 한 명은 코노였지만, 다른 셋은 한나가 모르는 얼굴들이었다.

"한나 알아보죠, 코노?"

위니는 말 조련사이자 목장 관리자인 코노를 향해 고개를 돌렸다.

"당연하지. 오랜만이야, 한나."

코노는 모자를 벗어 뒷문 옷걸이에 걸고는 한나를 향해 친근한 미소를 지어 보였다.

"이 친구, 마이크도 알아본다고. 잘 있었나, 마이크."

"안녕하셨어요, 코노."

마이크도 미소로 인사했다.

"손은 왜 그렇게 되셨어요?"

그러자 코노는 살짝 부끄러워하며 말했다.

"말이 나를 이겨먹었지 뭐야. 길들이는 게 쉽지 않았어."

"새로 데려온 녀석인데 내가 디아블로라는 이름을 지어줬지."

위니가 말했다.

"고삐를 쥐고 있지 않았으면 그 종말이 코노의 손을 부러뜨리고 말았을 거야."

"그래도 다행히 그런 일은 없었어. 오늘은 붓기도 많이 가라앉았으니 주말쯤에는 붕대를 풀어도 될 거야."

"다행이네요."

위니가 말하며 세 명의 일꾼들을 향해 손짓했다.

"여기 스웬슨 양과 킹스턴 형사에게 각자 소개들 좀 해봐. 얼른 인사 나누고 점심 들자고."

한나는 세 명의 일꾼들을 향해 고개를 돌렸다. 한 명은 다른 두 명에 비해 나이가 좀 있어 보였지만, 셋의 나이를 모두 합친들 60은 넘지 않을 듯했다.

"여름 한철만 일하는 거야?"

한나가 물었다.

"네."

일꾼 중 한 명이 대답했다.

"전 브래드고, 여긴 제 동생 데이브예요. 여기는 제 친구 짐이요."

"코노가 녀석들 아버지랑 아는 사이야."

위니가 설명했다.

"얘네들 아버지가 맨카토에서 말을 기르고 있어서 이 녀석들도 거의 말과 함께 자란 셈이지. 다들 일을 얼마나 잘하는지 여름 동안 우리가 데리고 있게 돼서 얼마나 행운인지 몰라. 일자리 찾아서 마을을 어슬렁

거리는 녀석들과는 차원이 다르다니까."

한나는 사건 이야기를 꺼내기 좋은 시점이라고 생각하고는 얼른 죽은 남자의 사진이 실린 전단지를 꺼냈다.

"혹시 너희들 지난 금요일 아침에 위니의 블랙베리 파이 하나를 누군가 훔쳐갔다는 사실 알고 있니?"

"얘기 들었어요."

무리의 대변인인 듯 브래드가 나섰다.

"혹시 여기 근처에서 이 남자 본 적 있어?"

한나는 브래드에게 전단지를 건넸다.

"위니의 파이를 훔쳐간 남자일지도 모르는데."

브래드는 사진을 들여다보더니 이내 고개를 저었다.

"모르겠어요. 그때 전 방목장에서 일하고 있었고, 여기 둘은 마굿간 청소를 하고 있었거든요. 전에 헨더슨 부인이 벌써 저희한테 물어보셨어요. 본 사람 없는지요."

그는 위니를 향해 미소를 지어 보였다.

"부인은 우리가 훔쳤다고 생각하시는 것 같았어요. 부인의 블랙베리 파이가 정말 맛있긴 하죠. 최고거든요!"

"그런 생각은 전혀 아니었어."

위니가 실소를 터뜨렸다.

"너희들이 그걸 훔칠 까닭이 있나. 먹고 싶다고 나한테 얘기만 하면 내가 금방 만들어주는데 말이야."

일꾼들이 씻기 위해 자리를 뜨자 한나는 코노에게도 전단지를 건넸다.

"코노는 어떠세요? 혹시 이 남자 전에 본 적 없으세요?"

"잘 모르겠는걸."

사진을 물끄러미 들여다보던 코노가 대답했다.

"전혀 낯이 익지 않아. 물론 말 경매장에서 수없이 많은 사람들을 만나는데, 그들 전부를 기억하진 못하지. 그래도 이 남자라면 기억했을 것 같아. 치아에 보석이라니 너무 특이하잖아."

한나는 이번에 위니에게 전단지를 건넸다.

"위니는 어때요? 낯이 익나요?"

위니 역시 사진을 한참 들여다보았다.

"그래, 전에 본 것 같은데, 어디서 봤는지 모르겠네. 사진에는 나이가 들어 보이는 걸로 봐선 한참 전에 봤던 것 같아. 그때는 이런 치아가 없었는데. 금방 생각이 날 것 같아, 한나. 어디서 만났는지 생각이 날 것 같아."

위니는 말을 멈추고 큭큭거렸다.

"아마 새벽 3시쯤에 생각이 날 거야. 항상 그 시간이 되면 뭔가가 잘 생각이 나거든."

"생각이 나시거든 전화 주세요. 새벽이라도 괜찮아요. 중요한 일이라서요, 위니."

"이 남자가 한나 트럭에 치인 그 사람인 모양이군."

위니가 말했다.

"사진을 보니 죽은 모습이야. 죽은 사람처럼 보여. 근데 이 사람이 누구인지 알아서 뭐하게?"

"너무 수수께끼라서요."

한나가 대답했다.

"그래, 기억을 떠올려볼게, 한나. 날 믿어. 당장 오늘밤이나 내일밤이 아닐 수도 있지만, 그래도 조만간 생각이 날 거야."

그때 부엌 문이 열리고 일꾼들이 다시 돌아와 식탁에 자리했다. 한나가 돕는 가운데 위니는 식사 준비를 했다. 위니가 꽤 오랫동안 기억해내지 못하는 것에 한나는 내심 놀랐지만, 어떻게든 너무 시간이 길어지지 않기를 마음속으로 기원했다. 어서 이 수수께끼를 풀어야지만 칼리의 언니가 진짜 제니퍼인지 아닌지를 알아내는 데 전력을 다할 수 있을 것이다.

그레이엄 크래커 케이크

오븐은 175도로 예열합니다.
틀은 오븐의 중앙에 둡니다.

재료

소금기 있는 부드러운 버터 1/2컵(112g) / 백설탕 3/4컵

바닐라 농축액 1티스푼 / 큰 계란 2개 / 베이킹파우더 2티스푼

소금 1/4티스푼 / 그레이엄 크래커 부스러기 2와 1/4컵

전유 1컵 / 다진 견과류 1컵(다진 다음에 측량하세요-전 호두를 사용했어요)

주스와 함께 으깬 파인애플 통조림 8과 3/4온스(248g) / 백설탕 1/4컵

한나의 메모: 크래햄 크래커는 비닐봉지에 넣어 그 위로 밀대를 굴려가
며 부술 수도 있고, 칼날이 부착된 믹서기에 넣어 부술 수도 있습니
다. 아니면 이미 조각난 그래햄 크래커 부스러기를 구입하셔도 됩니다.

만드는 법

1. 9인치 크기의 사각 베이킹 팬에 들러붙음 방지 스프레이를
뿌리거나 밀가루를 뿌려줍니다. 어느 것이든 효과는 좋습니다.
2. 전자 믹서기에 버터와 설탕을 넣는데, 중간 속도에서 계
속해서 조금씩 설탕을 넣어주며 믹서기를 가동합니다.
3. 바닐라 농축액을 넣고 섞습니다.
4. 계란을 한 번에 한 개씩 깨어 넣으며 잘 섞어줍니다.

5. 베이킹파우더와 소금을 넣고 잘 섞어줍니다.

6. 그래햄 크래커 부스러기 1/2컵과 우유 1/2컵을 넣고 섞어줍니다.

7. 나머지 크래커 부스러기 1/2컵과 나머지 우유 1/2컵을 넣고 섞어줍니다.

8. 믹서기에서 볼을 빼내 다진 견과류를 넣은 뒤 손으로 섞어줍니다.

9. 완성된 반죽을 미리 준비한 팬에 붓고 고무 주걱으로 윗면을 평평하게 다져줍니다.

10. 175도의 온도에서 30분간 굽습니다.

11. 다 구워졌으면 오븐에서 꺼내 토핑을 올릴 때까지 식힘망에서 식힙니다.

12. 가스레인지에 소스팬을 올려 으깬 파인애플 조각과 주스를 넣고 거기에 백설탕을 더해줍니다.

13. 파인애플을 중불에서 끓이면서 완전히 끓을 때까지 계속해서 저어줍니다.

14. 가스레인지의 불을 제일 낮게 낮춘 다음 계속 저어가며 10분간을 더 끓입니다.

15. 아직 뜨거운 케이크 위에 뜨거운 파인애플 소스를 붓습니다. 그런 뒤 팬에 담긴 채로 식힙니다.

16. 완성된 그래햄 크래커 케이크는 위에 휘핑크림이나 바닐라 아이스크림을 올려 먹으면 더욱 맛있습니다.

다시 쿠키단지 작업실로 돌아왔을 때 한나는 기분이 한결 좋았다. 위니의 프라이드 치킨은 환상이었고, 비스킷은 깃털처럼 포슬포슬했으며, 매쉬 포테이토와 치킨 팬 그레이비 또한 더 이상 먹지 않겠다는 한나의 굳은 결심에도 불구하고 정말 맛있었다. 그리고 무엇보다 놀라웠던 것은 바로 그래햄 크래커 케이크였다. 말로 다 표현할 수 없을 정도로 황홀한 맛이었다. 하지만 한나의 기분이 좋아진 것이 단지 맛있는 점심 식사 때문만은 아니었다. 죽은 남자의 신원을 밝히는 일에 있어 마이크가 한나와 의논하였을 뿐만 아니라 기발한 전략까지 세웠기 때문이다.

마이크는 로니에게 부탁해 경찰서의 장비들로 남자의 지문을 검색해보았지만, 아무런 기록도 나오지 않았다. 만약 크누드슨 부인의 말대로라면, 남자는 매춘업자이거나 마약 판매상인데 아직 경찰에 체포된 적은 없는 인물일 것이다. 한나는 죽은 남자에게 전과가 없다는 것이 못내 실망스러웠다. 기록이 검색되었다면 남자의 이름은 물론이거니와 주소까지 쉽게 알 수 있었을 텐데 말이다. 하지만 마이크는 이내 좀 더 효과적인 방법을 강구해냈다. 바로 미니애폴리스로 가서 미니애폴리스 경찰서의 수석 형사인 스텔라 팍스와 이야기를 나눠보는 것이다. 마이크는 그녀에게 전단지를 보여주고 남자를 아는지 물어본 뒤, 경찰서의 다른 직원들도 확인할 수 있도록 몇 장의 전단지를 남기고 오기로 했다. 스텔라는 마이크의 친구일뿐더러 한나 역시 한 번 만나본 적이 있기 때문에 마이크는 그녀에게 한나가 외지인을 차로 치어 그 사람이 죽게 된 사연을 들려줄 것이다. 스텔라는 한나를 마음에 들어 했으니 마이크가 다시 마을로 돌아올 때쯤이면 남자의 신원에 대해서도 알아낼 수 있을 것이다.

리사는 또다시 이야기를 풀어놓고 있었다. 홀과 통하는 회전문 사이로 사람들의 소리가 들렸다. 한나는 식힘망을 흘끗 쳐다보고는 깜짝 놀라 눈을 몇 번 깜빡였다. 리사는 오늘 제대로 손님을 끌고 있었다. 한나가 마이크와 함께 자리를 비울 때만 해도 식힘망 칸칸이 쿠키로 가득 차 있었는데, 지금은 벌써 반이나 비어 있었다. 오늘밤 집에 들르는 누구에게라도 맛보이기 위해 미리 만들어둔 트리플 초콜릿 쿠키를 저장실에 넣어 놓길 잘했다. 그렇지 않았다면 그것도 벌써 없어졌을 것이다!

마지막 바 쿠키 팬을 오븐에서 꺼낸 뒤 커피 한 잔을 막 따랐을 때 뒷문에 노크소리가 들렸다. 한나는 문을 연 뒤 노먼이 서 있는 것을 확인하고는 미소로 인사했다.

"안녕, 노먼! 어서 들어와요."

"점심을 좀 사왔어요."

노먼이 늘 앉는 작업대 의자로 향하며 말했다.

"고마워요."

한나는 위니의 목장에서 마이크와 함께 이미 점심을 먹었다는 이야기를 해 노먼을 실망시키고 싶지 않았다. 사실 그래햄 크래커 케이크와 꿀과 버터를 바른 비스킷을 제외하고는 아주 조금 먹긴 했다. 한나는 노먼의 몫까지 커피를 따른 뒤 다시 작업대로 돌아와 그와 마주보고 앉았다.

"전할 소식이 있어요, 한나."

노먼이 대화를 시작했다.

먼저 물어 김새게 하고 싶지 않았지만, 한나는 저도 모르게 말이 나와버리고 말았다.

"남자의 치아에 대해서요?"

"맞아요. 사진 사본과 함께 내가 검시했던 결과들을 자세하게 적어 치아 보석 및 장식학회 심포지엄을 주최한 치의대 교수에게 이메일로 보냈어요."

"그래서 답장이 왔어요?"

노먼이 뭔가 단서가 될 만한 정보를 가져왔기를 바라며 한나가 물었다.

"1시간 안에 답장을 받았죠. 누가 작업한 것인지는 몰라도 심포지엄 때 참석했던 사람들 명단은 갖고 있다고 하더라고요. 근데 그중에서 환자들에게 그런 서비스를 해주는 것에 유독 관심을 보였던 사람을 한 명 기억하고 있었어요. 리랜드 존스라는 이름의 남자인데, 미니애폴리스 먼싱턴 거리에 수련의로 일하고 있대요."

"엄청난 단서네요, 노먼!"

한나가 초롱초롱한 눈빛으로 그를 바라보았다.

"사실, 마이크도 지금 스텔라 팍스에게 남자 사진을 보이기 위해 미니 애폴리스에 갔거든요."

"그 여자 기억나요. 좋은 사람이었죠."

"실력 있는 형사이기도 하고요."

한나가 덧붙였다.

"죽은 남자에게는 전과 기록이 없었어요. 마이크가 로니를 시켜 지문 조사를 해봤거든요. 근데 만약 그 남자가 미니애폴리스에서 왔다면 경찰서에 있는 누군가가 그를 알아볼지도 몰라요. 방금 나한테 한 얘기, 마이크에게도 전화로 알려주면 어때요? 시간이 괜찮으면 리랜드 존스라는 남자가 있는 병원에 마이크가 직접 들러볼 수도 있잖아요."

"그거 괜찮네요."

노먼이 핸드폰을 꺼냈다.

"제시간에 돌아오면 같이 저녁식사 하자고 할까요?"

"좋죠. 한시라도 빨리 마이크가 미니애폴리스 다녀온 얘기를 듣고 싶거든요. 내가 요리할 테니까 둘 다 우리 집으로 와요."

"내가 살 테니 밖에서 먹어요. 생각할 게 많아서 요리하기 힘들 텐데요."

"날 먹이는 게 노먼 일생일대의 임무이기라도 해요?"

그러자 노먼은 웃음을 터뜨렸다.

"어젯밤에는 포장 음식, 오늘 점심에도 그렇고 오늘밤에 또다시 나가서 먹자 했다고 그러는 거예요?"

"네. 점심 메뉴는 뭔데요?"

"중국음식이에요. 돼지고기 볶음면이랑 쿵파오 치킨, 훈둔 수프, 현미밥이에요."

"얘기만 들어도 완전 축제인데요."

한나는 과연 몇 숟가락이나 더 뜰 수 있을까 걱정하며 말했다. 사람들이 하는 말이, 중국음식은 대부분이 야채라 먹고 난 뒤에도 금세 배가 고파진다고 했으니 그나마 다행이었다. 위니도 중국음식을 대접했으면 좋았을 텐데. 그랬다면 지금쯤 다시 배가 고파지지 않았겠는가.

"왜 그래요? 배 안 고파요?"

노먼에게 사실대로 말하는 수밖에 없었다. 한나는 깊은 한숨을 내쉬고는 단도직입적으로 말했다.

"사실 아까 12시쯤에 위니의 농장에서 점심을 먹었어요."

마이크에 대한 이야기를 빼놓았잖아. 한나의 양심이 외쳤다. *그래, 그랬지.* 한나의 이성이 대답했다. *노먼에게 그 이야기를 해서 뭘 어쩌려고? 나한테 점심을 가져다주었는데, 내가 다른 사람이랑 먼저 먹었다는 걸 알게 되면 상처받을 거야.* 이성의 변명에 양심은 분노했다. *마이크는 노먼의 숙적이야. 다른 사람과는 다르다고.*

"한나?"

노먼의 부름에 한나는 그가 자신을 의아한 표정으로 쳐다보고 있다는 사실을 깨달았다.

"미안해요. 잠시 다른 생각이 들어서요. 돼지고기 볶음면 맛있겠는데요, 노먼. 내가 좋아하는 거에요. 마이크에게 전화부터 해요. 그동안 나는 접시랑 식기들을 챙겨 올게요."

15분 후, 한나는 믿을 수 없을 정도고 배가 빵빵해지고 말았다.

"미안해요, 노먼. 더 이상은 못 먹겠어요."

한나가 반쯤 남은 접시를 내려다보며 말했다.

"정말 맛있어서 더 먹고 싶은데, 그랬다가는 위장이 폭발해버릴 것 같아요."

"저런, 그런 일이 있어서는 안 되죠."

노먼이 큭큭거리며 말했다.

"그럼 그냥 앉아서 내 말동무나 해줘요, 한나. 그만 먹어도 괜찮으니까. 위니를 잘 알아서 하는 말인데, 분명 맛있는 음식들로 한나를 반쯤은 K.O.시켰을 테니까요."

"그레햄 크래커 케이크의 마무리가 환상이었죠."

"그거, 나도 먹어봤어요!"

"그래요?"

"해거맨 박사와 내가 티나의 이 치료 때문에 위니 집에 방문했을 때 점심을 대접해주셨거든요."

"티나요?"

한나는 혼란스러웠다. 위니에게는 티나라는 이름의 손주는 없었다. 설사 그런 이름의 손주가 있다손 치더라도 왜 노먼이 직접 목장으로 찾아가야 했던 걸까?

"티나는 위니의 젖소예요. 우수 젖소로 1등상을 차지한. 밥 박사님이 녀석을 진정시키는 동안 내가 이빨을 뺐죠. 젖소의 이빨 치료는 처음이라, 정말 신선한 경험이었어요."

한나는 웃음을 터뜨렸다.

"레이크 에덴 마을답네요. 지금까지 키디 코너 유치원에서 키우는 기니피그인 휘스커스 씨의 이빨도 치료해봤고, 위니의 젖소도 치료했으니 다음은 뭘까요? 상어의 틀니?"

"그럴 수도 있겠네요."

노먼이 말했고, 한나는 또다시 웃음을 지었다. 노먼 역시 한바탕 웃음을 터뜨리고 있는데 홀의 회전문을 통해서 누군가 들어오는 소리가 들렸다.

"뭐가 그렇게 재미있으세요?"

리사가 미소를 지으며 물었다.

"상어 틀니 때문에."

한나가 대답했다. 리사의 아리송한 얼굴 표정에 두 사람은 또다시 한바탕 웃음을 터뜨리고 말았다.

"근데 그건 일종의 의료기구예요."

노먼이 바로잡았다.

"치의과 용어들을 좀 배워둬야겠어요."

"의료기구요?"

리사가 혼란스러운 표정으로 물었다.

"기구라면, 냉장고나 식기세척기처럼 말인가요?"

"아뇨, 그러니까 의치라고 하죠."

노먼은 너무 심하게 웃어 말도 제대로 하지 못할 지경이었다.

"의사들은 그렇게 불러요. 의료기구라고 하니 좀 어색하게 느껴지겠지만, 어쨌든 우리는 그렇게 하고 있으니까요."

"알았어요."

한나가 말했다.

"이를테면 전문용어라는 거군요. 그러면 이 치료를 할 때 환자 입에 끼우는 조그마한 고무 틀은 뭐라고 불러요?"

"그건 댐이라고 해요."

"뉘앙스가 독특하네요."

리사가 말했다.

"전 그 고무 댐 너무 싫거든요."

세 사람은 또다시 웃음을 터뜨렸다.

트리플 초콜릿 쿠키

오븐은 165도로 예열합니다.

틀은 오븐의 중앙에 둡니다.

한나의 첫 번째 메모: 이 쿠키 레시피는 미셸의 친구인 줄리아 마이스터에게서 받은 거예요. 요리대회에서 대상을 받은 레시피인데, 만들어 보시면 대상 받을 만하다고 생각하시게 될 거예요!

재료

다목적 밀가루 1컵

더치식 코코아 파우더(코코아파우더를 알칼리 처리한 것) 1/4컵(구할 수 없다며 다음의

재료인 일반 다크 코코아 파우더로 대체 가능합니다)

다크 코코아 파우더 1/4컵 / 베이킹소다 1/2티스푼 / 소금 1/4티스푼

소금기 있는 버터 1/2컵(112g) / 달콤쌉싸름한 초콜릿 4온스(112g)

바닐라 농축액 1티스푼 / 거품 낸 계란 2개(포크로 저어주세요)

백설탕 1과 1/4컵 / 달콤쌉싸름한 초콜릿 칩 1과 1/2컵

한나의 두 번째 메모: 플로렌스의 상점에는 더치식 코코아 파우더나 다크 초콜릿 코코아 파우더가 없었어요. 뿐만 아니라 달콤쌉싸름한 초콜릿도 초콜릿 칩도 없었답니다. 그래서 저는 그 두 가지 코코아 파우더 대신 일반 코코아 파우더를 사용했고, 중간 달기의 초콜릿에 버터를 녹여 섞은 것과 일반 초콜릿 칩을 사용했습니다. 이렇게 재료들을 대체했음에도 불구하고 결과물은 정말 훌륭했어요. 물론 나중에 다

크 코코아 파우더와 달콤쌉싸름한 초콜릿 및 초콜릿 칩을 구해 만들었을 때는 더 깊고 진한 맛이 났지만, 대체 재료들을 사용해도 충분히 맛있는 쿠키가 만들어지니 걱정하지 않으셔도 됩니다.

한나의 세 번째 메모: 달콤쌉싸름한 초콜릿은 카카오가 60% 함유된 초콜릿이면 어느 것이든 사용 가능합니다.

만드는 법

1. 쿠키 틀에 양피지나 베이킹용 종이를 깔아줍니다(전 양피지 위에 들러붙음 방지 스프레이도 뿌렸어요. 대체 재료들 때문에 혹시 쿠키가 들러붙을까 봐 염려가 됐거든요).

2. 밀가루, 코코아 파우더, 베이킹소다, 소금을 작은 그릇에 넣고 재료들이 잘 섞일 때까지 휘젓습니다.

3. 소금기 있는 버터를 그릇에 담고 달콤쌉싸름한 초콜릿을 더한 뒤 전자레인지에 넣어 1분간 돌립니다.

4. 전자레인지에서 그릇을 꺼내 잠시 그대로 두었다가 녹은 버터와 초콜릿을 서로 섞어줍니다. 충분히 녹지 않았다면 다시 전자레인지에 넣어 20초 정도 더 돌립니다(가스레인지에서 녹여도 좋습니다. 단, 들러붙지 않도록 계속 저어주셔야 합니다).

5. 버터와 초콜릿 녹인 것에 바닐라를 넣고 섞은 뒤 잠시 식힙니다.

6. 전자믹서기를 사용해 중간 속도에서 거품 낸 계란과 설탕을 섞습니다. 밝은 노란색을 띠면 완성입니다(3~4분 정도 걸립니다). 손으로 해도 되지만, 힘이 좀 들 거예요.

7. 믹서기를 낮은 속도로 변속한 다음 아까 만들어둔 초콜릿과 버터 혼합물을 믹서기 그릇에 천천히 붓습니다. 서로 잘 섞일 때까지 가동시킵니다.

8. 여전히 낮은 속도로 돌고 있는 믹서기에 밀가루 혼합물을 조금씩 붓습니다. 골고루 반죽하되 지나치게 많이 반죽하면 안 됩니다(브라우니 반죽과 비슷해서 너무 많이 반죽하면 보송보송한 식감을 잃을 수도 있거든요).

9. 믹서기에서 그릇을 꺼내 초콜릿 칩을 손으로 넣어 섞습니다.

10. 반죽을 둥근 테이블스푼으로 꺼내 쿠키 틀 위에 얹습니다(리사와 저는 가게에서 만들 때 2테이블스푼을 사용했어요). 쿠키 사이에 간격은 적어도 2인치(5cm) 이상 떨어뜨려놓아 주셔야 합니다. 하나의 틀에 12개 정도의 반죽이 올라갈 겁니다.

11. 165도의 온도에서 12~13분간 굽습니다. 쿠키 겉면이 단단해지고 속은 약간 덜 익은 듯 부드러우면 완성입니다.

12. 오븐에서 틀을 꺼내 식힘망으로 옮깁니다. 틀 위에서 4분간 식힌 다음 틀만 빼내어 완전히 식힙니다.

13. 밀폐용 용기에 담아 실온에 놓아두세요. 줄리아의 말에 따르면 한 주 정도는 거뜬히 두고 먹을 수 있다고 하는데, 과연 그때까지 쿠키가 남아날지 의문이네요!

오후 5시 30분, 한나와 미셸은 한나의 집 주차장에 들어섰다. 2층
에 위치한 집까지 한나가 계단을 오르는 가운데 그 뒤를 미셸이 트리플
초콜릿 쿠키 세 상자를 든 채 따르고 있었다. 오늘밤 저녁식사 후에 디
저트로 먹을 쿠키였다.

두 사람은 함께 저녁식사를 준비했다. 미셸이 모든 것을 계획했다. 미
셸이 닭찜을 만드는 동안 한나는 평소 좋아하는 사이드 요리인 우들누들
을 준비할 것이다. 닭고기를 팬에 담은 다음 가스레인지에 올려 낮은 불
로 조절한 뒤 미셸은 한나가 그린 샐러드를 버무리고 커피를 끓이는 동
안 새 운동기구에 가 운동을 할 생각이었다. 그런 뒤 미셸은 샤워를 하
고 한나는 할 일을 다 마친 다음 유리잔에 뭔가 시원한 것을 담아 소파
에서 휴식을 취하면 될 테다.

"이번에는 내가 받을게."

한나가 식료품 꾸러미를 바닥에 내려놓고 열쇠구멍에 열쇠를 꽂아넣
었다.

"넌 상자를 들고 있어서……."

"왜 그래?"

한나가 갑작스레 하던 말을 멈추고 열쇠를 돌리거나 문을 열지도 않
은 채 뒤로 물러서자 미셸이 물었다.

"모르겠어."

한나가 나지막한 목소리로 말했다.

"안에서 무슨 소리가 들린 것 같아."

"모이쉐 아니야?"

"아니야. 그보다…… 허밍소리 같아."

"음악 허밍 말이야?"

"아니, 기계음 같은 허밍이야. 마치 뭔가 가동되고 있는 듯한…… 믹서기나 블렌더 같은 것들에서 나는 소리처럼 말이야."

"모이쉐 보라고 TV 켜놓고 나온 거 아니야?"

"그랬지. 항상 그렇게 하니까."

"그럼 요리 프로그램에서 나는 소리였나보네. 거기서도 블렌더나 믹서기를 사용하잖아. 어서 들어가서 확인해보자."

한나는 잠시 망설였다. 누군가 침입한 흔적 같은 것은 없었다. 문은 여전히 잠긴 채였고, 거실 창문도 아침에 살짝 열어두었던 그 위치 그대로였다. 날은 여전히 환했다. 아마 저녁 8시까지는 이렇게 환할 터였다. 게다가 한나의 아파트는 정문에 경비원이 지키고 있어 어느 곳보다 안전했다. 도둑이 한나의 집에 침입해 블렌더에 마실 것을 갈아 먹거나 믹서기로 케이크 반죽을 만들고 있을 리 만무하다.

"좋아."

한나는 열쇠를 돌린 뒤 문을 열었다.

문을 열자마자 달려드는 모이쉐를 받아내느라 한나는 하마터면 넘어질 뻔했지만, 간신히 녀석을 받아 안으로 들어섰다. 아까 들었던 소리는 더 이상 들리지 않았다. 어쩌면 한나의 집에서 나는 소리가 아니었는지도 모르겠다. 여름이라 이웃들도 낮 동안에는 모두 창문을 열어놓고 있으니 한나의 아래층에 사는 수 플랫닉이 믹서기나 블렌더를 사용하는 소리가 2층까지 들렸던 것일지도 모른다.

"아무 소리도 안 들리는데."

미셸이 한나를 따라 집 안으로 들어서며 말했다.

"지금은 그러네. 아마 다른 데서 나는 소리였나 봐. 여기 아파트 건물에 소리가 이상하게 들리는 때가 가끔 있거든. 세대들이 너무 가깝게 붙어 있어서 벽을 타고 소리가 이동하는 것 같아."

"그래도 혹시 모르니까 다른 방들도 확인해보자."

미셸이 말하고는 한나가 문 옆 귀퉁이에 항상 놓아두는 야구 방망이를 집어 들었다.

두 사람은 방을 하나씩 확인하기 시작했다. 침대 밑과 옷장 안까지 꼼꼼히 살폈지만, 모든 것은 아침에 해놓고 나간 그대로였다.

"아무것도 없어."

한나가 부엌으로 난 복도로 향하며 말했다.

"일단 저녁식사 준비부터 하는 게 좋겠어. 7시에 오라고 얘기해뒀거든."

손을 씻고 앞치마를 두른 뒤 두 자매는 각자 맡은 바 준비를 하기 시작했다. 한나는 식료품 꾸러미에서 누들 캐서롤을 만들기 위한 재료들을 꺼냈다.

"여기, 닭고기."

한나는 하얀색의 정육점 포장지로 둘둘 말린 꾸러미를 건넸다.

"닭가슴살을 왜 이렇게 많이 샀어?"

미셸이 꾸러미를 열어보고는 물었다.

"항상 예상치 못한 손님들이 더 나타나곤 하니까. 저녁식사 준비할 때면 꼭 그랬어."

"그랬다가 오늘 밤에는 정말 우리 다섯뿐이면 어쩌려고?"

"그럼 내일 저녁으로 먹으면 되지."

"설마 남은 우들누들도?"

"국수가 정말로 남게 되면 그렇게 하고, 안 되면 닭고기는 소스를 부어서 비스킷이나 밥이랑 먹으면 돼."

"좋아."

미셸은 동의하고는 아래 칸 서랍을 열어 한나가 갖고 있는 것 중 가장 큰 프라이팬을 꺼냈다. 그런 뒤 버터와 올리브 오일을 얹고 닭고기를 구울 준비를 했다.

닭고기가 먹음직스럽게 구워지자 한나는 누들 캐서롤을 조합한 뒤 제일 위쪽 오븐에 넣었다.

"난 다 됐어."

한나가 미셸에게 말했다.

"나도."

미셸은 남은 허브를 닭고기 위에 뿌리고 밀가루 혼합물을 얹은 다음 프라이팬의 뚜껑을 닫았다. 그러고는 불을 가장 낮게 줄인 뒤 다시 손을 씻으러 개수대로 다가갔다.

"테이블 세팅도 내가 할까? 혹시 언니가 해줄 거면 난 운동하러 가려고."

"가서 운동해. 내가 할 테니까."

한나가 말했다.

"어서, 미셸."

"알았어."

미셸은 한나가 방금 채워준 먹이그릇에 머리를 박고 있는 모이쉐를 돌아보았다.

"너도 같이 가서 나 운동하는 것 구경하지 않을래, 모이쉐?"

모이쉐는 고개를 들어 미셸을 쳐다보더니 이내 그녀를 따라 부엌 밖으로 나갔다. 한나는 깜짝 놀라고 말았다. 늘 먹는 것이 우선 관심사이던 녀석이 운동하는 미셸을 구경하기 위해 사료를 포기하고 순순히 나서다니.

한나는 테이블을 세팅한 뒤 닭고기 요리가 잘 되어가고 있는지 확인했다. 그러고는 아이스티를 긴 유리컵에 가득 따라 소파에 털썩 주저앉았다. 저녁 뉴스를 시청하기 위해 막 TV를 켜려는데 침실에서 미셸이 부르는 소리가 들렸다.

"나 여기 있어."

한나도 외쳐 대답했다.

"무슨 일이야?"

"어서 와봐, 언니. 직접 보지 않고서는 믿지 못할 거야."

한나는 자리에서 일어나 복도를 따라 걸었다. 미셸이 운동기구에서 또 다른 새로운 기능을 발견한 모양이다. 침실에 발을 들여놓은 한나는 두 눈을 믿을 수가 없어 멍하니 그 자리에 서고 말았다.

미셸이 러닝머신 위를 걷고 있었는데, 걷는 이는 미셸뿐만이 아니었다. 모이쉐 역시 미셸 앞에 자리해 머신의 속도에 맞춰 걷고 있는 것이 아닌가.

"봤지?"

미셸이 씩 웃으며 말했다.

"오늘 아침에 내가 하는 것을 한 번 봤을 뿐인데, 내가 러닝머신을 켜고 걷기 시작하자마자 내 앞으로 훌쩍 뛰어 올라와서는 지금까지 이렇게 걷고 있지 뭐야."

"이건 정말…… 놀라워!"

모이쉐를 표현하기에는 너무도 진부한 단어였지만, 한나는 순간 달리 표현할 방법이 생각이 나지 않았다. 러닝머신을 하는 고양이라니. 이런 광경은 난생 처음이다.

"다른 고양이들도 이렇게 하나?"

한나가 미셸에게 물었다.

"그건 모르겠지만, 녀석은 정말 즐기는 것 같아. 속도를 조금 더 올리면 어떻게 될까 문득 궁금하네."

미셸은 계기판으로 손을 뻗어 스위치를 올렸다.

러닝머신이 빨라지기 시작하자 미셸은 좀 더 속력을 내어 달렸다. 모이쉐 역시 속력을 내어 달리면서 녀석 특유의 고양이 미소를 지었다.

"빠른 걸 더 좋아하는 것 같아."

한나가 말했다.

"모이쉐는 그런지 몰라도 난 아직 빨리 달릴 준비가 안 된 것 같아. 속력을 조금씩 늦췄다가 멈춰야겠어."

미셸은 다시 낮은 속도에서 몇 초간을 달렸다. 속도가 그보다 더 느려지자 모이쉐는 고개를 돌려 미셸을 쳐다보다가 서늘하게 한 번 울고서는 러닝머신에서 뛰어내려 한나 옆을 지나 복도로 나가버리고 말았다.

"속도를 낮춘 게 마음에 들지 않나 봐."

미셸이 너무도 당연하게 드러난 사실을 이야기했다.

"그러게. 해거맨 박사님과 수에게 한 번 물어봐야겠어. 러닝머신을 하는 고양이는 얘기도 들어본 적이 없거든."

"따로 다이어트 시킬 필요가 없겠는걸."

미셸이 기계에서 내려와 수건으로 얼굴을 닦으며 말했다.

"내가 운동할 때마다 녀석도 같이 한다면 몸무게가 좀 빠지겠어."

다시 거실로 돌아와 아이스티를 마시며 한나는 생각에 잠겼다. 미셸의 말이 맞을지도 모른다. 모이쉐가 계속 그렇게만 달려준다면 따로 다이어트가 필요 없겠다. 해볼 만한 일이다. 다이어트만큼 가혹한 일도 없는데 다들 운동이 다이어트에 효과적이라고 하니 미셸에게 부탁해 러닝머신을 하는 방법을 알아낸 다음 직접 시도해보면 좋겠다.

5분 뒤 한나는 모이쉐를 앞세운 채 함께 러닝머신 위를 걷고 있었다. 꼬리가 앞뒤로 흔들리는 것으로 보아 녀석은 꽤 즐거운 모양이었다. 반면 한나는 고작 1~2분 걸었을 뿐인데도 지치기 시작했다. 이건 분명히 운동 부족 탓이다. 한나는 경품으로 받은 이 운동기구를 매일 활용해야겠다고 생각했다.

"그만하자, 모이쉐."

한나가 속도를 낮추고는 이내 기계를 세웠다.

"냐아아아아옹!"

한나는 녀석을 쳐다보았다. 모이쉐는 한나의 행동에 항의하고 있는 듯했다.

"내일 또 하자."

한나가 말했다.

"약속할게. 미셸도 내일 운동할 거야. 미셸은 하루 두 번 운동하잖아. 그러니까 미셸이 우리집에 있는 동안 넌 하루에 세 번 운동할 기회가 생기는 거야. 게다가 오늘 저녁에는 노먼이 커들스도 데려오기로 했단 말이야. 러닝머신으로 운동이 충분하지 않았으면 커들스에게 같이 쫓기놀이하자고 해봐."

커들스가 온다는 정보에 모이쉐는 일시적이나마 마음이 조금 누그러진 듯했고, 한나는 샤워를 하러 욕실로 향했다. 10분 후 한나는 새 청바지와 반팔 상의로 갈아입고는 소파에서 가장 좋아하는 자리에 앉아 미셸이 따라준 와인을 마셨다.

"새 운동기구는 마음에 들어?"

미셸이 물었다.

"응, 마음에 들어. 특히 러닝머신이. 사실 그것밖에 안 해봤거든. 모이쉐도 엄청 좋아하는 것 같고."

어느새 키티 콘도 제일 위에 자리한 모이쉐는 진지한 표정으로 한나를 쳐다보았다. 키티 콘도 제일 위층에서는 창밖으로 아파트 계단의 풍경이 훤히 보이는데, 녀석은 아무래도 노먼이 데리고 올 커들스를 기다리고 있는 모양이었다.

"내가 키우는 고양이가 운동광이 될 줄 누가 알았겠어."

한나가 미셸에게 말했다.

"나한테서 배운 건 절대 아닐 텐데 말이야!"

미셸은 웃음을 터뜨렸다.

"오히려 언니가 모이쉐에게 배우게 생겼는걸. 운동하면 기분도 좋아져, 언니. 무리하게 하지만 않으면 재미있을 거야. 뭔가 현실적인 목표를 세워봐. 조금만 노력하면 도달할 수 있을 만한 목표 말이야."

"일주일에 네 번."

한나가 말했다.

"그렇게 정해두고 러닝머신을 할 거야. 가게 문 닫고 집에 오면 그대로 쓰러지고 싶은 날도 있으니 매일 운동하기는 힘들 것 같고."

"맞아."

미셸이 미소를 지으며 맞장구를 쳤다. 그리고 그때 모이쉐가 흥분에 가득 찬 울음소리를 냈다.

"노먼이 왔나 봐."

미셸이 자리에서 일어나 창밖을 살폈다.

"아직 안 보이는데."

"노먼의 차가 주차장에 들어가는 걸 봤을 거야. 녀석은 늘 일찌감치 알람을 울려대거든."

한나가 소파에서 일어섰다.

"미리 아이스티를 준비해야겠는걸."

"기다려보는 게 낫지 않아? 다른 사람 차일 수도 있잖아."

"아니, 모이쉐는 틀리는 법이 없어. 워낙 노먼을 좋아하는데다가 이제는 커들스까지 있잖아. 노먼이 집에 오는 걸 완전 좋아한다니까."

키티 콘도 위에서 모이쉐는 또다시 울어대더니 이내 가르랑거리기 시작했다. 가르랑 소리가 커지는가 싶더니 녀석은 콘도에서 훌쩍 뛰어내려 현관문 옆에 섰다.

"밖에 나가지 못하게 내가 붙들까?"

미셸이 물었다.

"괜찮아. 노먼이 들어오면 캐리어만 졸졸 쫓아다닐 테니까. 커들스가 집에 왔는데 밖에 나갈 이유가 없지."

마침내 노먼이 도착하고 커들스가 캐리어에서 나오자 두 고양이는 뭔가 말썽거리를 찾아 저들끼리 어디론가 달아나버렸다. 한나는 노먼에게 아이스티 한 잔을 따라주고, 저녁식사 요리가 어떻게 되어가고 있는지 확인한 뒤 소파의 노먼 옆자리에 앉았다.

"마이크가 뭔가 정보를 가지고 올까요?"

노먼이 물었다.

"모르겠어요. 저녁 먹으러 오라고 전화한 이후로는 얘기해보지 못했으니까요. 전화했을 때 마이크는 막 미니애폴리스 경찰서 본부 주차장에 주차를 하고 있던 중이었거든요."

"중요한 이야기를 들었다면 먼저 전화하지 않았을까?"

미셸이 물었다.

한나는 어깨를 으쓱해 보였다.

"글쎄. 도움될 만한 정보를 얻지 못했을 수도 있고, 직접 얘기해주려고 기다리는 걸 수도 있고."

그때 현관문에 노크소리가 들렸고, 미셸이 자리에서 일어났다.

"마이크일 거야."

"아니면 로니거나."

한나가 말했다.

"사실 소리가 엄마인 것 같지만."

"엄마도 오시라고 했어?"

"아니, 원래 불쑥불쑥 오시잖아. 박사님이 다른 일로 바쁘신 중이라면 그냥 들르셨을 수 있지."

"아니면 안드레아 언니일 수도 있겠어. 형부에게 아직도 화가 났다면 말이야."

미셸이 새로운 가능성을 점찍었다.

"어서 문이나 열어줘요."

두 사람의 대화에 노먼이 킥킥거리며 말했다.

"아주 궁금해 죽겠는 걸요."

미셸은 웃음을 터뜨리며 문을 열었다.

"엄마!"

미셸이 외쳤다.

"불쑥 나타나서 미안하다, 애야. 박사가 오늘 야간 근무인데다가 핫라인에서 뭔가 들은 이야기가 있는데 너한테 유용한 건지 어쩐지 모르겠지만 일단은 얘기해줘야 할 것 같아서 말이다. 들어가도 되겠니?"

"그럼요."

한나가 외쳤다.

"저희랑 저녁식사 같이 하세요, 엄마. 음식은 넉넉해요."

"그럼 나말고도 한 명 더 괜찮겠느냐?"

한나는 현관문 쪽을 흘끗 쳐다보았다. 엄마 뒤에는 아무도 없었다.

"누구랑 같이 오셨어요?"

"아니, 내가 계단을 올라오면서 보니까 안드레아가 막 손님용 자리에 차를 세우고 있더라. 사실 안드레아도 여기 올 줄 알았지."

"저도 예상은 했어요."

한나가 말하고는 엄마에게 아이스티를 가져다주기 위해 부엌으로 들어간 미셸을 향해 외쳤다.

"한 잔 더 준비해줄래, 미셸? 안드레아도 곧 올 거래."

미셸은 고양이 간식과 함께 아이스티를 내왔다.

"여기요, 엄마."

"오늘은 바지를 입었는데."

"소재가 린넨이잖아요, 그렇죠?"

엄마가 고개를 끄덕이자 미셸이 다시 말했다.

"린넨도 마찬가지에요. 모이쉐가 그 바지 올이라도 긁으면, 완전 망가지고 말 걸요."

엄마가 자신의 바지를 내려다보았다.

"오, 애야. 그걸 진작 알았다면 준비를 했을 텐데 말이야."

엄마는 한나를 돌아보았다.

"무릎에 얹게 목욕 타월 하나 갖다주겠니?"

"그럴게요."

한나는 자리에서 일어나 엄마가 쇼핑몰에서 사다준 예쁜 목욕타월을 가져왔다. 아직 한 번도 사용하지 않아 가격표가 여전히 달려있던 터라, 한나는 거실로 나오는 길에 서둘러 가격표를 떼낸 뒤 그 증거물을 잘 사용하지 않는 바지 주머니에 넣어버렸다.

"여기 있어요, 엄마."

한나는 거실로 나오며 말했다.

"고맙다, 얘야."

엄마는 타월을 받아 다리 부분을 덮도록 타월을 펼쳤다.

"어머나, 정말 예쁜 타월이구나! 어디서 난 게냐?"

"엄마한테서요."

한나가 참지 못하고 말했다.

"나한테서?"

"네, 지난번 쇼핑몰 가셨을 때 사다주셨잖아요. 제가 보기에도 진짜 예뻐요."

"정말 그러네요."

노먼이 말했다.

"어머님께 제 타월 구입도 부탁드려야겠어요. 집에 있는 것들이 점점 낡고 있는데, 어떤 색상으로 사야할지 고민이었거든요."

"그런 거라면 기꺼이 골라주마, 얘야."

엄마의 대답에 한나와 미셸은 서로 눈빛을 주고받았다. 엄마는 세 자매들에게만 '얘야'라는 호칭을 썼는데, 이제 노먼도 그런 호칭으로 부르고 있었다.

그때 초인종이 울렸고, 엄마의 호칭의 범주에 대해 묻고 싶은 마음을 내리누르며 한나는 자리에서 일어섰다. 어서 문을 열어 안드레아를 안으로 들여야 하지 않겠는가.

"이렇게 갑자기 찾아와서 언니한테는 미안한데."

안드레아가 한나 옆으로 비켜 들어오며 말했다.

"아직 빌과 이야기할 기분이 아니라서. 게다가 그이도 나한테 화가 났거든…… 암튼…… 그래서…… 지금 집 분위기가 정말 안 좋아."

"언제든 환영이야, 안드레아."

한나가 안드레아를 안심시켰다.

"어서 와서 음료수 한 잔 해. 그런 다음에 너도 우리랑 같이 저녁 먹자. 음식은 충분하니까."

"또 누가 와?"

안드레아가 거실로 들어선 뒤 모여 앉은 무리들을 향해 살짝 손을 흔들며 말했다.

"로니랑 마이크만 도착하면 바로 식사하려고. 어서 앉아. 화이트 와인 한 잔 가져다줄게."

"그거 좋지."

안드레아는 벌써 긴장이 풀린 듯한 목소리로 대답했다.

부엌으로 들어가 안드레아에게 줄 와인을 따르며 한나는 안드레아에게 같이 저녁 먹자고 하지 않았다면 그 애가 어떻게 했을까 생각해보았다. 다시 집으로 돌아가 빌과 극적인 화해를 하는 시나리오는 말도 안 된다. 아직은 그럴 때가 아니다. 아마 다른 곳으로 가지 않았을까? 고등학교 동창인 루시 던라이트의 집에 갔거나 주차장에 차를 세워놓고는 빌이 잠자리에 들 때까지 차 안에서 기다렸을지도 모르겠다. 사랑하는 사람과 싸우는 것은 괴로운 일이니 말이다. 안드레아는 워낙에 고집이 세고, 쉽게 물러서는 성격이 아니라 다른 사람보다 두 배는 더 크게 괴로울 터였다. 게다가 불행하게도 한나가 알고 있는 한, 빌은 안드레아를 무척 사랑하는 것은 맞지만, 그 애만큼이나 고집 세고, 강단 있는 성격이라 역시나 먼저 무릎 꿇는 법이 없는 사람이었다. 두 사람 모두 계속 이렇게 일직선을 고집한다면 냉전이 몇 주는 족히 지속될 터였다. 두 사람 사이의 장벽이 더욱 견고해지기 전에 어서 둘을 화해시켜야 할 것 같았다.

"여기 있어."

한나는 마트에서 가장 저렴하게 판매하고 있는 와인을 건넸다. 안드레아는 자칭 와인 애호가라 한나는 마트에서 사서 항상 냉장고에 쟁여 두고 있는 초록색의 갤런 병이 안드레아의 눈에 띄지 않도록 늘 조심하곤 했다.

"오, 고마워, 언니!"

안드레아는 한 모금 마신 뒤 말했다.

"이 와인 마음에 드는데. 맛이 깊고 풍부해."

"마음에 든다니 다행이야."

한나는 다른 말은 더 하지 않았다. 한나가 개인적으로 샤또 스크류톱이라고 부르는 이 와인이 실은 갤런들이 한 병에 10달러도 되지 않는 '저렴이'라는 사실을 안드레아가 알게 되면, 다시는 입도 대지 않을 테니 말이다.

한나가 막 노먼 옆에 앉고 나니 또다시 초인종이 울렸다.

"내가 나갈게."

미셸이 서둘러 현관문으로 달려갔다. 돌아올 때는 두 명의 손님과 함께였는데, 미셸의 눈빛이 초롱초롱해진 것이 바로 손님 중 한 명인 로니 때문인 듯했다.

"안녕, 로니."

한나가 인사를 한 뒤 마이크를 쳐다보았다.

"앉아요, 마이크. 긴 하루였을 텐데."

"평소만큼 나쁘진 않았어요."

마이크가 한나의 다른 옆자리에 앉으며 말했다.

"경찰서에서 일할 때는 오늘보다 더 피곤한 날도 수두룩했는데요."

"로니는 어땠어요?"

한나가 로니에게 물었다.

"오늘 연차라 마이크 형사님과 같이 시티즈에 다녀왔어요."

미셸이 건넨 아이스티를 받으며 로니가 말했다.

"우선 식사부터 한 다음에 다녀온 일이 어떻게 되었는지 얘기해줘요."

한나가 소파에서 일어서며 말했다.

"다들 식탁에 둘러앉으세요. 제가 샐러드부터 가져올게요."

안드레아와 미셸이 돕는 가운데 식탁에는 즉시 음식들이 차려졌고, 가족 같이 온화한 분위기에서 저마다 음식을 덜었다. 우들누들 캐서롤과 닭찜에 대한 칭찬들이 여기저기서 터져나왔다.

"닭가슴살을 넉넉히 준비한 건 정말 신의 한수였어, 언니."

마이크와 로니가 닭찜을 벌써 세 접시째 먹는 동안 미셸이 한나에게 나지막이 속삭였다.

"고마워."

한나 역시 조용히 대답했다.

식사를 하는 동안 사람들 사이에 대화는 거의 없었다. 그나마 주고받은 말이라고는 음식에 대한 칭찬이나 빈 접시를 건네 달라는 등의 내용들뿐이었다. 다들 저마다 포크를 내려놓고 만족스러운 표정을 지을 때쯤 세 자매는 식탁을 정돈한 뒤 갓 끓인 커피를 내왔다.

"이건 뭐에요?"

한나가 쿠키 접시를 내려놓자 노먼이 물었다.

"트리플 초콜릿 쿠키에요. 새 레시피이니까 다들 먹어보고 맛이 어떤지 얘기해줘요."

"그러려면 충분히 맛을 봐야겠구나. 그래야 공정하게 맛 평가를 할 수 있을 테니."

엄마가 말했다. 아직 맛보기도 전인데 욕심을 내시는 것을 보니, 아무래도 초콜릿이 든 쿠키라 구미가 당기신 모양이었다.

쿠키의 맛은 굳이 평가를 들어볼 필요도 없이 성공적이었다. 저마다 쿠키 세 조각을 다 먹어치우기 전까지는 그 누구도 의견을 내지 않았기 때문이었다. 뒤늦게 나온 평가들도 모두 훌륭해서 한나는 쿠키단지 메뉴에 이 쿠키도 포함시켜야겠다고 생각했다.

"정말 믿을 수가 없구나."

한나가 쿠키를 더 내오고, 미셸이 커피잔에 커피를 다시 채우고 나자 엄마가 말했다.

"뭐가요?"

미셸이 물었다.

"오늘 저녁에는 모이쉐와 커들스의 쫓기놀이 때문에 다리 들 일이 없었잖느냐."

"모이쉐가 피곤해서 그래요, 엄마."

한나가 설명했다.

"오늘 오후에 몇 마일은 족히 걸었거든요."

"밖에 나갔었던 게냐?"

엄마가 깜짝 놀라 물었다.

"아뇨. 운동했어요."

한나가 미셸을 돌아보았다.

"네가 설명해."

"다들 도착하기 전에 제가 언니의 새 운동기구로 운동을 했었거든요. 러닝머신을 걷고 있었는데, 모이쉐가 갑자기 내 앞으로 훌쩍 올라타더니 같이 걷지 뭐에요."

마이크의 두 눈이 휘둥그레졌다.

 264

"설마 농담이겠죠…… 그렇죠?"

"아뇨, 정말로 러닝머신을 했어요. 언니도 내가 불러서 그 광경을 봤다니까요. 모이쉐가 러닝머신을 좋아하더라고요. 내가 전원을 끄니까 당황스러워할 정도였어요."

마이크가 한나를 쳐다보았다.

"사실입니까?"

"사실이에요. 내일 아침에도 러닝머신을 뛰는지 다시 한 번 확인해보려고 해요."

"네가 운동을 한단 말이냐?"

엄마는 마치 당신의 맏딸이 정말 달에 가는지를 물을 때와 똑같은 톤의 목소리로 물었다.

"며칠만 시험 삼아 해보려고요."

한나가 아무렇지도 않은 듯 대답했다.

"내일도 모이쉐가 러닝머신을 하면, 내일 아침 회의 때 알려드릴게요."

엄마가 고개를 끄덕이자 한나는 다시 마이크를 돌아보았다.

"좋아요, 마이크. 이제 오늘 미니애폴리스에 다녀온 일에 대해 얘기해봐요."

"그렇게 만족할 만한 결과는 없었습니다."

마이크가 씁쓸한 표정으로 말했다.

"로니와 같이 정오쯤에 본부에 도착했더니 마침 점심시간이더군요. 그래서 스텔라와 예전에 자주 가던 작은 커피숍에 가서 내가 전단지를 보여줬어요."

"사진을 알아보던가요?"

한나는 어렸을 때 했던 것처럼 행운을 기원하며 손가락을 꼬았다.

"아뇨, 이름도 없고……. 그래도 주변에 전단지를 돌려보겠다고 하더군요. 그래도 전에 한 번 본 적이 있는 사람인 것 같다고 했습니다. 그때 그 사람은……."

마이크는 하던 말을 멈추고 엄마의 눈치를 살짝 살폈다.

"스텔라 말로는 먼싱턴 거리의 악명 높은 우범 지역을 떠돌아다니는 여자와 함께 있는 것을 본 것 같다고 하더군요."

그러자 엄마는 웃음을 터뜨렸다.

"나 때문에 그렇게 돌려 말할 필요 없네. 거리를 떠돌아다니는 여자들이 뭐하는 사람들인지는 나도 잘 알고 있으니까. 실존하는 직업 중 가장 오래된 전문직이라고 할 수 있지. 지난번에 집필했던 내 레전시 로맨스 소설에도 그런 매춘부가 등장하는 걸. 그때 당시에는 그런 여자를 '오페라 걸'이라든가 '라운드 힐'이라고 불렀지."

"재미있네요, 엄마."

미셸이 말했다.

"특히 그 '라운드 힐'이라는 이름이요."

"네가 그 상황에 처했다면 전혀 재밌지 않았을 게다. 레전시 시대 영국에서는 매춘부들이 제대로 된 의약품이나 백신의 혜택을 누리지 못했거든. 질병이 흔하게 창궐하는 환경에서 대부분의 매춘부들은 오래 살지 못했단다."

"그럼 그 남자가 길에서 매춘부를 구하고 있었대요?"

한나가 마이크에게 물었다.

"그건 분명히 아니었다고 해요. 조금 알려진 매춘부들 몇 명과 함께 있는 것을 전에 본 적이 있다고 하니까요. 그 남자는 고객이라기보다……."

마이크가 또다시 엄마의 눈치를 살폈다.

"포주?"

한나가 나섰다.

"네. 스텔라의 생각은 그렇더군요."

"그럼 크누드슨 부인의 말이 사실이었잖아!"

리사가 가게에서 이야기를 풀어놓을 때 크누드슨 부인이 했던 말을 떠올리며 미셸이 웃음을 터뜨렸다.

"크누드슨 부인?"

엄마가 한나에게 되물었다.

"네, 리사가 가게에서 사건 이야기를 할 때 크누드슨 부인이 남자의 사진을 보고는 꼭 포주 같이 생겼다고 하셨거든요."

엄마도 한바탕 웃음을 터뜨렸다.

"역시 크누드슨 부인답구나. 그 재치 있는 분 덕분에 기분전환이 된다니까. 물론 밥 목사는 때때로 그게 감당이 안 되는 것 같더만."

한나는 다시 마이크를 돌아보았다.

"하지만 그 남자가 정말로 포주인지 스텔라도 확실하게는 모르는 거죠?"

"맞아요. 그냥 추측만 할 뿐이지 확실한 건 아닙니다. 풍기 사범 단속반이 경찰서로 돌아오면 전단지를 쭉 돌려보겠다고 했어요."

"어쨌든 오늘 아침보다는 더 많은 사실을 알게 됐네요."

마이크가 여전히 실망스러운 얼굴인 것을 눈치챈 한나가 말했다.

"그렇긴 하지만, 확실하지 않기는 마찬가지예요. 오늘쯤에는 어느 정도 진전이 있을 줄 알았는데 말입니다."

한나는 마이크에게 너무 앞서나가지 말라고 훈계하고 싶은 기분이었지만, 아마도 그러한 점들이 형사들 특유의 성향인지도 모르겠다는 생각이 들었다. 한시라도 바삐 사건을 해결하고 싶어하는 마음 덕분에 마이크가 형사로서 그토록 열심히 지치지 않고 일하는지도 모르겠다.

"존스 박사님은 만나봤어? 얘기는 좀 나눴나?"

노먼이 마이크에게 물었다.

"아니, 병원 문이 닫혀 있었어. 전화를 했더니 자동응답기가 받아서는 미리 예약된 손님이 아니면 받지 않는다고 하더군."

"그래서 약속을 잡았는가?"

엄마가 물었다.

"제 이름과 핸드폰 번호는 남겨놨습니다. 전화가 오면 그때 약속을 잡으려고요."

"그럼 그 사람에 대해서는 별로 알아내지 못했겠네요?"

한나가 물었다.

"그렇죠. 우선 전화를 기다려봐야 할 것 같아요."

"그래도 그 자동응답기 메시지를 토대로 몇 가지 알 수 있는 것이 있어."

노먼이 말했다.

"존스 박사가 예약 손님만 받는다는 것은 그가 원래부터 엄청난 부자이거나 어디 다른 곳에 수입원이 있다는 걸 뜻하는 거야. 치과의사들은 예약 손님만 받아서는 절대 병원을 꾸려나갈 수 없거든. 병원이 가게 앞자리에 자리하고 있다면, 오가는 손님들도 받아야 할 테니."

"작년 치의과 학회에서 존스 박사 만난 적 없나?"

엄마가 노먼에게 물었다.

"기억하기로는 없어요. 그 사람, 치아 장식에 대한 세미나를 개최한 사람이라는 것밖에 다른 건 모르거든요."

마이크는 노먼을 쳐다보았다.

"너도 그 세미나 참가했어?"

"아니, 시애틀에 있는 병원에서 근무할 때는 나도 가끔 치아에 보석 장식을 넣는 시술을 하긴 했지만, 여기 레이크 에덴에서는 그런 것이 거의 필요가 없으니까."

"고작해야 치과에 와서 자기 언니를 두고 농담 따먹기 하자는 대학생 애들뿐이죠."

미셸이 말했다. 예전에 노먼에게 시술받았던 인조 다이아몬드 캡이 생각난 모양이었다.

"그렇지."

노먼은 한나를 향해 미소를 짓고는 이내 마이크에게로 고개를 돌렸다.

"다른 학회에서 우연히 지나쳤는지도 모르겠지만, 보통 학회에는 8백 명이 넘는 의사들이 참가하곤 하니까. 만났다고 해도 잘 기억나지 않을 거야."

"병원 앞을 지났는데, 병원이 구멍가게처럼 작았어요."

로니가 말했다.

"맞습니다."

마이크 역시 이야기를 보탰다.

"앞 창문에는 두터운 커튼이 쳐져있어서 안을 들여다볼 수는 없었어요. 그 위치도 스텔라가 전단지 속 남자를 봤다던 그 우범 지역과 아주 가까운 곳이었습니다. 존스 박사가 그 남자의 치아에 다이아몬드를 넣어준 의사라면 모든 게 다 맞아떨어져요."

마이크가 다시 노먼을 쳐다보았다.

"그 다이아몬드를 꺼내서 감정 받았다고 했던가?"

"쇼핑몰에 있는 보석상에 의하면 2만 달러가 훨씬 넘는 거라고 했어. 혹시 몰라 세 군데에서 감정을 받았는데, 가장 낮게 제시한 가격이 2만 달러였으니까."

"포주가 그럴만한 형편이 되겠는가?"

엄마가 마이크에게 물었다.

"얼마나 많은 경주마들을 데리고 있느냐에 따라서 가능할 법도 합니다. 하지만 그 다이아몬드를 보석상에서 구입한 것이 아니라면 2만 달러까지는 주지 않았을 수 있겠죠. 장물을 몰래 거래한 거라면 말입니다."

"장물인지 아닌지 알 수 있는 방법이 있어요?"

미셸이 물었다.

그러자 노먼이 고개를 가로저었다.

"쇼핑몰 보석상의 이야기로는 구분할 수 없대. 보석 세팅을 확인해서 장물 여부를 파악하기도 한다지만 이건 치아잖아. 그러니 세팅 같은 것으로 구분할 수는 없겠지. 구분할 수 있는 방법이라고는 이 다이아몬드 특유의 색상이나 커팅이 있는지의 여부야. 근데 보석상 세 군데 전부 특이할 만한 사항이라고는 전혀 보이지 않는다고 했어."

"아마 훔친 것일 것 같구나."

엄마가 말했다.

"그게 아니면 그 데리고 있는 아이들…… 뭐라고 부른다고 했지, 마이크?"

"경주마들이요."

"그래, 경주마들. 그것 참 폄하적인 표현이로구나, 그렇지 않니?"

한나는 고개를 끄덕였다.

"네, 맞아요, 엄마. 포주들이 그 아이들을 요조숙녀 대하듯 하진 않을 거예요."

"포주들 입장에서는 요조숙녀가 아니기를 더 원하겠지."

미셸이 말했다.

"요조숙녀였다면 좀 더 나은 일을 찾아 떠나버렸을 테니까."

미셸이 이야기하는 동안 한나는 마이크의 표정을 살폈다. 그의 입가에 웃음이 지어지기는 했지만, 그는 계속 잠자코 있었다.

"어차피 마음대로 떠날 수 없단다, 얘야."

엄마가 미셸에게 말했다.

"자신의 목숨이 포주에게 달려있거든."

미셸은 얼굴을 찌푸렸다.

"그럼 그 포주가 죽으면 어떻게 되는 거예요? 우리 생각대로 그 남자가 포주인 것이 확실하다면, 그 사람이 데리고 있던 아가씨들은 이제 어떻게 되는 거죠?"

"다른 포주 손에 넘어갈 겁니다."

마이크가 대답했다.

"항상 손을 뻗치고 있는 포주가 있기 마련이거든요."

"하지만 그전에 도망가면 되지 않나요?"

"갈 곳이 있고, 거기까지 갈 여비가 있다면 얼마든지 도망쳤을 겁니다. 하지만 대부분은 그런 열망조차 없어요. 그냥 지금껏 있던 곳에 계속 머무르면서 했던 일을 되풀이하는 겁니다. 대부분은 그런 열악한 환경에 너무도 익숙해져서 무기력해져버려요. 그래서 도망갈 생각조차 하지 못하는 거죠."

"정말 슬프네요!"

미셸이 말했다.

그러자 마이크가 고개를 끄덕였다.

"맞아요. 슬픈 일입니다. 길 위 생활이 결코 쉽진 않으니까요."

다들 한동안 말이 없었다. 이내 엄마가 먼저 질문을 던졌다.

"혹시 죽은 남자가 데리고 있던 아가씨들 중 한 명이 손님에게서 다이아몬드를 훔친 것은 아닐까?"

"그런 일이야 흔하죠."

마이크가 말했다.

"포주들은 아가씨들이 돈이나 보석처럼 돈 되는 걸 가져오면 무척 좋아할 테니까요. 한 아가씨가 다이아몬드를 훔쳐 아무개 씨에게 가져왔다 한들 불행하게도 그 사람은 경찰에 신고하지 못했을 거예요. 그러니 우리 경찰들이 그런 사실에 대해 알 리가 없죠."

"그렇다면 그 다이아몬드는 어떻게든 훔친 물건일 가능성이 있다는 거로군."

엄마가 다시 한 번 말했다.

"맞습니다."

마이크도 동의했다.

"그렇다면 좋아."

엄마가 어깨를 쭉 폈다.

"그 남자가 데리고 있던 아가씨들 중 한 명과 얘기를 해봐야겠어."

"우선 해야 할 일이 있습니다."

마이크가 말했다.

"첫 번째로는 스텔라의 생각대로 그 남자가 정말 그……."

마이크가 말을 하다 말고 주머니에서 핸드폰을 꺼내 액정화면을 확인했다.

"스텔라에요. 얼른 받아봐야겠어요."

마이크가 말했다.

마이크는 조용한 곳에서 통화하기 위해 자리에서 일어나 부엌으로 향했다. 모두 부엌에서 들려오는 마이크의 말소리에 귀를 기울였지만, 일방적인 마이크의 답변만으로는 아무것도 추측할 수 없었다.

"그 남자가 포주가 맞다고 하면 네 기분이 좀 나아지겠느냐, 애야?"

엄마가 물었다.

한나는 어깨를 으쓱했다.

"모르겠어요. 그런 걸로 기분이 나아져선 안 되겠지만, 조금은 영향이 있을지도 모르겠네요."

한나는 모두의 이해할 수 없다는 표정을 눈치채고는 화급히 설명했다.

"그러니까 그 남자가 포주라고 해서 내가 그 사람을 죽인 사실이 달라지는 건 아니니까요. 기분이 나아진다고 하면 도덕적으로 옳지 못한 거죠."

"근데도 영향이 있을지 모르겠다?"

엄마가 한나의 대답을 되뇌었다.

"어쩌면요. 근데 정말로 그렇다면 제 인격에 문제가 있는 게 아닐까요."

때마침 마이크가 다시 거실로 돌아왔고, 덕분에 한나는 모두의 시선에서 벗어날 수 있었다. 죽은 남자에 대한 그 어떤 질문에도 더 이상은 답하고 싶지 않았다.

"포주가 맞다네요."

마이크가 확신에 찬 목소리로 말했다.

"단속반에 사진을 보여줬더니 그중 몇 사람이 남자를 알아봤다고 합니다. 며칠 전부터 보이지 않아서 그렇지 않아도 무슨 일이 생겼나 궁금해 하고 있던 참이라더군요."

"이름도 안대요?"

한나가 물었다.

"케이스 브랜슨이랍니다. 신호위반으로 한 번 붙잡은 적이 있었는데, 그때 운전면허증상의 이름이 그랬다더군요."

"운전면허증 발급받으려면 주민등록증이 있어야 하잖아?"

엄마가 물었다.

마이크는 엄마를 향해 미소를 지어 보였다. 그는 분명 '이렇게 세상 물정을 모르시다니!' 하고 생각하는 눈치였다.

"그런 사람들은 가짜 주민등록증을 만들기도 하거든요. 위조 서류 제작에 아주 능하답니다."

마이크가 말했다.

"맞아요."

미셸이 맞장구를 쳤다.

"나도 가짜 주민등록증 있어요. 그걸로 가짜 운전면허증을 발급받았죠."

"못 들은 걸로 하겠습니다."

마이크가 말한 뒤 로니를 향해 고개를 돌렸다.

"자넨 들었나?"

"뭘 말씀입니까?"

로니가 물었다.

"아무 얘기도 못 들었는데요."

그때 엄마가 막내딸을 향해 어찌나 빨리 시선을 돌리는지 그 모습을 본 한나는 하마터면 웃음이 터질 뻔하였다.

"네가 왜 가짜 주민등록증이랑 운전면허증을 갖고 있는 게냐?"

미셸은 엄마의 시선을 피했다.

"아, 그냥 정말로 그게 가능한지 시험 삼아 만들어본 거예요. 작년에 들었던 심리학 수업에서 과제로 하던 게 있었거든요."

"교수님이 너더러 가짜 주민등록증과 운전면허증을 만들어보라고 했단 말이냐?"

엄마가 충격 어린 얼굴로 물었다.

"그게 아니라, 과제 조사 때문에 클럽에 들어가야 하는데, 입구에서 신분증 조사를 하잖아요. 21살 이상만 출입이 가능한 곳이었거든요."

엄마는 천장을 향해 눈을 굴렸다. '내가 쟤를 어디서부터 어떻게 잘못

키운 거지? 라고 생각하는 듯한 표정이었다.

"덕분에 과제 리포트를 훌륭하게 마쳐서 A학점을 받았어요."

엄마의 표정을 보아하니 엄마는 미셸에 대한 걱정과 자랑스러움 사이에서 방황하는 듯했다.

"글쎄…… 네가 그걸로 불법적인 일을 하지 않았다면야 다행이다만. 설마 술을 마시진 않았겠지?"

"아이스티만 마셨어요, 엄마. 롱아일랜드 아이스티(칵테일) 말고요."

미셸의 소박한 농담에 엄마를 포함해 모두가 웃음을 터뜨렸다. 이제 엄마가 미셸에게 위조 신분증에 대해 더 많은 걸 묻기 전에 어서 화제를 바꿔야만 했다.

"그래서 그 케이스 브랜슨이란 사람은 전과가 있었나요?"

한나가 마이크에게 물었다.

"아뇨. 고작 교통위반 딱지 몇 개 정도뿐이었답니다. 그것도 바로 벌금을 지불했고요. 경범죄 한 건이랑요."

"경범죄는 뭐냐?"

엄마가 마이크에게 물었다. 엄마는 최악의 범죄를 상상하고 있는 듯했다.

"심각한 건 아닙니다. 아노카의 숲속 지역의 자갈길 옆에서 소변을 보고 있는 것을 고속도로 순찰대가 적발했다고 해요."

엄마는 아무 대꾸도 하지 않았다. 괜한 것을 물어봤다고 후회하고 계신 것이 아닌가 한나는 궁금해졌다.

"스텔라가 뭔가 의심쩍은 건을 하나 찾아내긴 했습니다."

마이크가 말을 이었다.

"단속반이 스텔라 팀의 형사들과 같이 브랜슨을 가중 폭행죄 혹은 살인미수로 붙잡은 적이 있다는데, 증거가 불충분해서 연방검찰로 건이 넘어갔다고 하더군요."

로니는 전혀 놀란 표정이 아니었다.

"혹시 그 상대방이 스텔라가 얘기해줬던 그 매춘부입니까? 철거 건물에서 죽은?"

"맞아. 경찰에서 잡은 단서라고는 그 여자의 친구에게서 걸려온 전화 한 통이었지. 브랜슨이 자기 친구를 죽였다고 말이야. 하지만 그 친구는 진술하러 나타나지 않았어."

한나는 방금 들은 사실에 기분이 좋아야 할지 나빠야 할지 확신이 서지 않았다. 지금까지의 이야기에 따르면 한나가 죽인 그 남자는 여자들을 함부로 굴리는 포주에다가 어쩌면 살인자일 수도 있다는 것 아닌가. 그때 엄마가 한나 쪽으로 몸을 기울였고, 한나는 엄마가 또다시 한나에게 기분이 어떠냐고 물어오기 전에 서둘러 사건에 대한 또다른 질문을 던졌다.

"그럼 케이스 브랜슨에게 친인척은 없나요? 누군가 있다면 그의 죽음을 알려야 하잖아요."

"기록상으로는 아무도 없는 것으로 나온다고 해요. 하지만 사실 브랜슨이 그 남자의 진짜 이름인지도 모르는 상황이잖습니까."

"그럼 그 남자에 대해 더 알아볼 생각이에요?"

이번엔 안드레아가 물었다.

"먼싱턴 거리에 케이스 브랜슨을 아는 아가씨들이 있는지 내일 직접 나가보려고 했습니다."

"나가보려 했었다고요?"

마이크의 말에 숨은 의미를 눈치 챈 한나가 되물었다. 마이크는 '나가보려 합니다'라고 하지 않고, '나가보려 했었다'고 과거형으로 말하고 있었다. 그것은 곧 이제 계획이 바뀌었다는 뜻이기도 하다.

"그럼 생각이 바뀐 거예요?"

한나가 물었다.

"스텔라가 만류했어요. 내가 단속반으로 한창 일하던 때를 기억하고 있는 사람들이 많을 거라고 말입니다. 그리고 제안 하나를 했는데, 내가 즉각 거절했죠."

"뭐였는데?"

엄마가 물었다.

"한나에게 부탁해서 케이스가 데리고 있던 아가씨들이랑 얘기해보게 하면 어떻겠냐고 하더군요. 한나는 그들에게 낯선 인물이니 위스콘신이나 근방 다른 지역에서 잠시 방문한 거라고 이야기하면 위협이 되지 않을 거라고 말입니다. 나보다는 한나가 더 많은 정보를 얻어낼 수 있을 거라고 생각하는 것 같았어요."

"스텔라 생각이 옳을 수도 있다."

엄마가 말했다.

"하지만 정보 얻는 데는 너희들 중 누구보다도 내가 더 가능성이 높지 않을까 싶구나."

한나는 엄마를 멍하니 바라보았다.

"엄마도 같이 가시려고요?"

"그래. 난 사람들이랑 이야기하는 데 능하잖니."

"엄마!"

안드레아는 완전히 놀란 얼굴이었다.

"그 매춘부 무리들과 이야기를 해보시겠다고요?"

"무리가 아니다, 얘야. 그냥 한 명하고만 해도 돼. 재미있을 것 같구나."

안드레아는 여전히 굳은 얼굴이었다.

"하지만, 엄마! 박사님은 어찌하시려고요?"

"오, 박사는 같이 못 가지, 얘야. 병원 일로 워낙 바쁘잖니. 일이 바쁘지 않아서 갈 수 있다고 해도 아가씨들은 우리 박사를 그…… 손님인 줄 알 테니. 그런 상황이 벌어지게 내가 둘 순 없지!"

안드레아는 좌절의 한숨을 내쉬었다.

"그런 얘기가 아닌 거 아시잖아요! 엄마가 언니랑 같이 거길 가겠다고 하시면 제가 막을 순 없겠죠. 대신 저도 갈래요. 두 사람이 위험해지지 않도록 단속할 사람이 필요하잖아요."

"우리 안드레아가 다 컸네요."

한나가 엄마를 향해 윙크를 보내며 우스갯소리를 했다.

"넌 어때, 미셸? 너도 가족 모임에 동참하겠어?"

"고맙지만, 사양할게. 예전에 차로 그 거리를 지난 적 있었는데, 다시 보고 싶은 광경은 아니었거든. 난 그냥 여기 남아서 리사를 도와 가게 일이나 하는 게 낫겠어."

"그러려무나, 얘야."

엄마가 미셸을 향해 미소를 지으며 말했다.

미셸은 말할까 말까 망설이는 듯 크게 한숨을 내쉬더니 이내 말했다.

"혹시 몰라서 알려드리는데, 거기 지날 때는 창문을 올리고, 문도 잠 그는 게 좋을 거예요."

"그렇게 위험한 게냐?"

엄마가 물었다.

"낮 시간에는 괜찮은데, 해가 지면 다 허물어져가는, 여기저기 온 사방에 그래피티가 그려져있는 건물들만 덩그러니 남는단 말이죠. 밤에는 절대 혼 자 걷고 싶지 않은 그런 곳이에요. 어두워지면 밤의 괴물들이 슬금슬금 등 장한단 말이에요. 늑대인간이나 뱀파이어 얘기가 아니라는 건 아시겠죠?"

"우리가 밤에 가야 하는 건가?"

엄마가 마이크에게 물었다. 조금 걱정이 되시는 모양이었다.

"아뇨, 한낮에 가시면 될 겁니다. 3시에 스텔라가 사무실에 들르라고 하더군요. 위치를 알려드릴게요. 위장 단속반원들을 딸려 보낼 테지만, 그 사람들은 차에 몸을 숨기고 있을 거예요. 하지만 필요할 때 나타날 겁니다. 4시에 그 거리에 나가면 두 블록 위에 위치한 살충제 공장에서 퇴근하는 노동자들을 만날 수 있을 겁니다."

"잘됐군."

엄마가 말했다.

"혹시 그 근처에 식당 같은 건 없나? 내가 괜한 걸 물어본 건가?"

"스텔라를 만나면 한 번 물어보세요. 그 거리는 하루가 멀다 하고 변하니까요. 예전에 수프 전문 식당이 있었는데, 지금은 모르겠습니다. 그리고 두 달에 한 번 정도 근처 교회 단체에서 조그마한 커피숍을 열곤 했었는데, 기금 부족 탓에 몇 주를 못 갔어요. 물론 바는 있습니다. 공장 주변에는 늘 바가 있기 마련이죠. 리틀 딩고는 꽤 오래 거기 있었죠. 뭐, 그 동네에서 오래라는 건 고작 2년을 뜻하지만요."

안드레아는 입을 떡 벌린 채 마이크를 쳐다보고 있었다. 모든 일에 자신감이 넘치고 패션 잡지에서 막 튀어나온 듯한 완벽한 외모까지 지닌 둘째 동생의 이런 모습은 한나 평생 처음이었다.

"안드레아?"

한나가 안드레아의 팔을 가만히 건드렸다.

"어?"

한 단어의 대답을 하는데도 안드레아의 목소리는 팍 쉬어 있었다.

"아무래도 넌 빠져야겠어, 안드레아."

단호하면서도 다정한 마음이 느껴지는 목소리로 들리길 바라며 한나가 말했다.

"아니…… 왜? 난 기꺼이 언니랑 갈 준비가 되어 있는데."

한나는 재빨리 머리를 굴렸다.

"네가 경찰서장 부인이라서 그래. 빌이랑 같이 찍힌 사진이 신문에 꽤 많이 실렸잖아. 아가씨들 중에 누군가 그 신문을 봤거나 그 거리를 지나던 누군가가 널 알아보기라도 하면 금세 말이 나올 거야. 네가 위넷카 카운티 경찰서장 부인이라는 사실을 그 사람들도 알게 될 거라고."

"아, 그것까지는 생각을 못했네."

안드레아가 말했다.

한나는 뒤로 물러나 누군가 한나의 바통을 이어 받아주기를 기다렸다. 밑작업을 해놓은 것으로 한나의 역할은 끝이었다.

"네 언니 말이 맞다, 애야."

불현듯 나선 엄마의 모습에 한나는 놀라고 말았다.

"네가 우리랑 같이 나서면 우리 정체가 탄로날 수도 있어. 그러면 정보를 얻기는커녕 되려 우리가 위험해질 수도 있다."

"어머, 이런!"

안드레아는 겁에 질린 듯했다.

"그 생각을 못했어요. 하지만 빌이랑 같이 찍은 사진이 실린 적이 있었나……"

"있었어."

한나가 나섰다.

"선거의 밤 사진은 어떻고?"

안드레아는 한숨을 내쉬었다.

"맞아. 그 사진 내가 스크랩까지 해놓았어. 〈세인트 폴 파이오니어〉에 그 사진이 실렸는데 고등학교 동창이 나한테 보내줬었지."

안드레아는 엄마에게로 고개를 돌렸다.

"죄송해요, 엄마. 그런 우려가 있는 줄은 전혀 생각하지 못했어요. 그저 돕고 싶었던 것뿐인데."

"네 마음은 나도 안다, 얘야."

"그럼 그것 말고 제가 도울 게 있을까요?"

"분명 있을 거야."

한나는 재빨리 대답한 뒤 안드레아가 뭔가 자신도 돕고 있다는 기분을 낼 수 있을 만한 일이 뭐가 있을까 곰곰이 생각했다.

"맞아, 그거."

한나는 엄마를 향해 자신이 하는 대로 그냥 두라는 메시지를 담은 눈빛을 보낸 뒤 말을 이었다.

"혹시 시간 되면, 우리 먹을 샌드위치를 만들어줘."

"샌드위치를 만들어달라고?"

안드레아가 한결 밝은 표정으로 되물었다.

"그래, 얘야."

한나의 사인을 제대로 이해한 엄마가 나섰다.

"네 언니랑 나랑 내일 사람들 만나러 가면서 제대로 점심 먹을 시간이나 있을지 모르겠구나."

"그러게요."

한나도 맞장구쳤다.

"네가 샌드위치를 만들어주면 간단하게 식사할 수 있을 거야."

"그럴게! 피넛버터와 젤리 샌드위치 어때? 우리 그이는 내가 만든 피넛버터와 젤리 샌드위치가 세상에서 제일 맛있다고 하던데."

"그거 좋지."

안드레아의 피넛버터와 젤리 샌드위치의 끔찍한 맛을 머릿속에서 물리치려 애쓰며 한나가 억지로 환한 표정을 지어 보였다. 안드레아의 샌드위치는 영양학적으로는 아무 문제 없을지 모르겠으나 시나몬 건포도 빵에 바른 피넛버터와 민트젤리의 조화는 다시는 맛보고 싶지 않을 만큼 기괴했다.

"샌드위치 만들고 난 다음에도 시간 여유가 있을까?"

미셸이 안드레아에게 물었다.

"응, 시간 많아. 트레시는 여름성경학교에 갔고, 베시는 낮잠에서 깨면 할머니가 데리고 쇼핑 갈 거거든."

"잘됐다. 그럼 가게 일 도와줄 수 있어?"

"물론이지. 서빙하면 되는 거야?"

"응, 가게 문 닫을 때까지. 그리고 그 이후에는 제빵하는 것 좀 도와줘."

"나더러 제빵을 도와달라고?"

"응, 휘퍼스냅퍼 쿠키를 많이 만들어야 하거든. 어제 가게 문 닫고 리사랑 의논해봤는데, 사람들이 그걸 많이 주문하더라고."

"그래?"

미셸이 고개를 끄덕이자 안드레아의 얼굴이 더욱 환해졌다.

"오, 그렇다면 당연히 도와야지. 오늘 밤에 집에 가면 새로운 휘퍼스냅퍼 쿠키 레시피가 떠오를지도 모르겠어."

"네 말이 맞구나, 애야."

엄마가 두 사람의 점심식사가 든 꾸러미를 단단히 여며 뒷좌석에 던져두며 말했다.

"민트젤리야."

"확실해요?"

"그래, 확실하다. 저런 형광초록빛의 젤리가 민트젤리 말고 또 있겠느냐."

"그렇군요. 그렇다면 민트가 맞겠네요. 혹시 시나몬 건포도 빵이에요?"

"그래, 그냥 창문 밖으로 던져버릴까?"

"안 돼요!"

"그럼…… 저 샌드위치를 정말로 먹겠다는 게냐?"

"아뇨, 무단투기했다가 잡혀갈까 봐서요. 노숙자라도 만나면 주는 게 어때요?"

"하지만, 애야…… 그 사람들은 이미 노숙자 신세인데, 굳이 안드레아의 샌드위치를 먹여 더 불행하게 만들 필요가 있겠니?"

한나는 웃음을 터뜨렸지만, 손은 운전대를 단단히 붙들고 시선은 정면에서 절대 벗어나지 않았다. 사고로 케이스 브랜슨을 죽게 한 이후로 처음 잡아보는 운전대였기에 한나는 최대한 신중을 기했다.

"엄마 말이 옳아요. 처음 나타나는 쓰레기통에 버리는 게 낫겠네요."

"겉면에 경고 문구라도 적어야 할까?"

"아뇨, 엄마. 사실 독약 같은 건 아니잖아요. 건강에 유해한 것도 아니고. 그냥 좀…… 찝찝한 맛일 뿐이죠."

"그거 참 딱 맞는 표현이로구나. 근데 안드레아가 얼마나 정성스럽게 포장을 했는지, 포일도 소나무 무늬가 잔뜩 그려져있는 포일을 사용했다구나. 아마 크리스마스 때 산 포일인 모양이다. 크리스마스 때가 아니면 그런 무늬 포일을 팔지 않거든. 근데 저 베이커리 상자에는 뭐가 든 게냐?"

"버터스카치 브릭클 바 쿠키요. 상자 하나는 오늘 만날 경찰관들 줄 거고요. 다른 하나는 거리에서 이야기 나눌 여자분에게 줄 거예요."

엄마는 의아하다는 표정을 지었다.

"경찰관들에게 쿠키를 가져다주는 건 이해하겠다만, 거리 여자들에게는 왜 바 쿠키를 주는 게냐?"

"쿠키를 싫어하는 사람은 없으니, 쿠키를 주면 좀 더 신뢰를 얻을 수 있지 않을까 해서요."

"오, 그거 말 되는구나. 아마 지금껏 만난 남자들 중 자신에게 뭔가 가져다주는 사람은 없었을 게다. 멋진 제스쳐야."

두 사람은 몇 분간을 아무런 말없이 달렸다. 한나는 오늘 아침에 얼마나 기분이 좋았었는지를 떠올렸다. 새벽 4시 45분, 복도를 따라 부엌으로 들어가니 이미 커피가 준비되어 있었고, 미셸은 오븐에서 막 뜨거운 베이컨과 계란, 체다 토스트 컵을 꺼내고 있었다.

맛있는 아침식사 후, 한나는 운동기구의 전원을 켜고 적당한 속도로 러닝머신을 뛰었다. 한나가 채 다섯 걸음도 떼지 않았을 때 모이쉐가 훌쩍 올라와 앞에 섰고, 녀석의 즐거운 모습에 한나는 계획했던 것보다 더 오래 운동을 했다. 그런 다음 미셸이 운동을 하는 동안 재빨리 샤워를 하고 외출복으로 갈아입은 다음 미셸 역시 샤워를 마치고 옷을 갈아입고 나오자마자 함께 곧바로 쿠키단지로 향했다.

8시 30분, 가게 문을 열기 정확히 30분 전에 안드레아와 엄마가 가게

282

로 찾아왔다. 엄마의 결혼식을 위한 오늘 아침 모임이 사뭇 두려웠던 한나였지만, 엄마는 다행히 별다른 딴죽을 걸지 않았다. 엄마는 노란 장미로 꽃을 골랐고, 들러리 드레스도 아이스 블루빛으로 선택했다. 엄마가 입을 파스텔톤 사틴 예복보다 좀 더 옅은 색이었다. 결혼식의 주 색상은 노랑과 파랑이 되었는데, 두 가지 모두 박사님이 좋아하는 색상이었다. 엄마는 심지어 식기와 청첩장, 자리 팻말과 장식, 피로연 메뉴까지 모두 결정했다. 이 모든 결정이 10분도 채 걸리지 않았다. 한나가 엄마와 나눴던 그 대담 이후 엄마는 모든 결정을 내린 듯했다. 덕분에 모든 계획이 안착되었다. 또한 엄마는 다시는 번복하지 않겠다고 맹세했다. 스웬슨가와 나이트가의 혼인식에 있어 스웬슨가 세 자매와 리사를 짓누르던 스트레스는 사라져버렸다.

시내 거리를 달리며 한나는 미소를 지었다. 모든 것이 아주 순조롭게 진행되고 있다. 오늘 오후에 만날 케이스 브랜슨의 아가씨들 중 한 명과의 만남도 부디 순조롭게 성사되기를.

"여기인 것 같다, 얘야."

엄마의 이야기에 한나는 행복한 상상에서 퍼뜩 깨어났다.

"그래! 여기가 맞구나!"

"어디요?"

한나는 속도를 줄이며 물었다.

"저기 왼쪽, 세차장 바로 오른쪽 말이다. 저 초록색 쉐비 밴이 스텔라가 말한 그 차 아닐까?"

"그럴지도 모르겠네요. 가서 직접 확인해 봐요. 만약 차를 멈췄다가 우리를 따라온다면, 스텔라가 말한 그 사람들일 거예요. 와서 말을 걸겠죠."

한나는 주차할 자리를 찾는 것처럼 천천히 다가갔다. 몇 야드도 채 가지 않았을 때 초록색 밴이 서 있던 자리에서 출발해 한나의 차를 따라오기 시작했다.

"그 사람들이네요."

한나가 엄마에게 말했다. 그런 뒤 밴이 앞서갈 수 있도록 차의 속도를 더욱 늦췄다.

"어떻게 아니?"

"너무 조용해서요. 일반 운전자였다면 우리 차가 너무 천천히 간다고 진즉 경적을 울렸을 거예요."

한나는 밴을 따라 어느 정도를 더 운전하다가 마침내 차를 세웠다. 스텔라는 한 블록 정도를 더 간 뒤 차를 세우라고 일러줬다. 그러면 두 명의 경찰이 케이스 브랜슨의 아가씨들이 일하는 지역을 지나 그들을 주시하기 위해 다시 자리로 돌아오는 동안 밴은 그곳에서 기다릴 거라고 말이다.

"내가 너무 점잖고 고지식해 보이진 않지, 애야?"

엄마가 조수석 위에 달린 거울을 내려 들여다보며 물었다.

"점잖고 고지식해 보여요?"

한나는 디자이너 청바지와 실크 블라우스 차림의 엄마를 돌아보았다.

"아뇨, 엄마. 전혀 점잖거나 고지식해 보이지 않아요. 다만 조금 지나치게……."

한나는 적당한 표현을 찾으려 망설였다.

"지나치게 뭐냐, 애야?"

"지나치게…… 패셔너블해요."

"하지만 이것도 신경 써서 소박하게 입은 건데!"

한나는 웃음을 터뜨렸다.

"엄마에게 소박한 옷차림이란 보통 사람들에게는 상당히 차려입은 정도죠."

"아."

엄마는 한동안 말이 없었다.

"신발을 갈아 신으면 조금 낫겠느냐?"

한나는 엄마의 신발을 내려다보았다. 완벽하리만큼 평범한 신발이었지만, 사실 상당히 비싼 가격의 검정색 단화였다.

"아뇨, 그보다 시계랑 팔찌를 풀고 가는 게 낫겠어요."

"그럼 어디다 두라고?"

"엄마 가방에 넣으세요. 어차피 지갑 쓸 일 없을 테니까, 밴에 경찰들에게 맡기고 가면 될 거예요."

"신용카드가 필요할지도 모르잖니."

"가져가도 못 써요, 엄마. 가짜 이름을 사용하기로 했잖아요. 기억 안 나세요?"

"그렇구나. 네 말이 맞다, 얘야. 그럼 돈은 어쩌지?"

"주머니에 현금 얼마 챙겨놨어요."

엄마는 잠시 골몰했다.

"여기 분위기를 고려해봤을 때에는 그게 가장 현명하겠구나. 그다지…… 고상한 동네는 아닌 것 같으니 말이다."

엄마 딴에는 우스갯소리라고 던진 말인 듯해 한나는 시원스레 웃으려다가 문득 엄마가 살짝 떨고 있는 것을 눈치채고 말았다. 차의 에어컨은 고장 탓에 제대로 작동하지 않아 차 안 공기가 제법 따뜻한 편이었는데도 말이다. 엄마는 춥지도 않은데 왜 떨고 있는 것일까?

순간 사실을 깨달은 한나는 하마터면 입을 떡 벌릴 뻔했다. 이런 곳에 오는 것 자체가 엄마에게는 몹시도 낯선 일이란 사실을 이제야 눈치챈 것이다. 평생을 레이크 에덴 마을에서 보낸 엄마는 항상 가족과 친구들에 둘러싸여 지냈다. 물론 엄마도 노숙자나 마약상이나 조직폭력배들에 대해서는 알고 있을 터였다. 요즘 세상에 사회의 어두운 그늘 아래 놓인 이들에 대한 이야기를 듣지 않고 살기란 어려운 일이 되었으니 말이다. 하지만 단순히 이야기를 듣는 것과 직접 경험하는 것과는 완전히 다른 차원의 일이다.

"엄마는 여기 경찰들과 함께 있는 게 어때요?"

한나는 아무렇지도 않은 척 물었다.

"아가씨 만나는 건 나 혼자서도 괜찮을 것 같은데."

그러자 엄마는 어깨를 꼿꼿이 폈다.

"아니다, 얘야. 나도 같이 갈란다. 어젯밤에도 그렇게 얘기했잖니. 내가 돕고 싶구나."

"하지만 그렇게 겁먹고 계시면 어차피 도움이 안 될 거예요."

한나는 말했다. 이후 침묵이 길어지자 한나는 좀 더 요령 있게 표현했어야 했나 조금 후회가 되었다.

"그러니까 제 말은……."

한나가 막 다시 입을 여는데, 엄마가 가로막았다.

"네 말이 무슨 뜻인지 안다."

엄마는 한나의 팔을 토닥였다.

"내가 오히려 짐이 될 거라 생각하는 것 같은데, 그런 일은 없을 게다, 한나. 곧 보겠지만, 내게도 계획이 있기 때문에 같이 가기로 결정한 거다. 더 이상 말싸움하고 싶지 않다. 어서 하러 온 일이나 시작하자꾸나."

엄마의 단호한 단어 선택 하나하나에 한나는 엄마가 단단히 결심을 했고, 그 무엇으로도 엄마의 결심을 돌려놓을 수 없다는 사실을 깨달았다.

"알았어요, 엄마."

한나는 최대한 고분고분하게 대답했다.

그런 후 두 사람 사이의 분위기가 막 어색해지려는 찰나 초록색 밴이 옆으로 다가와 서더니 조수석 창문이 아래로 내려갔다.

"안녕하세요."

한나는 뒷좌석으로 손을 뻗어 상자를 집은 뒤 열린 창문으로 하나를 건넸다.

"이거 드세요. 저희 때문에 수고해주시니 감사해요."

"뭡니까?"

운전자가 몸을 기울이더니 물었다.

"버터스카치 브리클 바 쿠키예요. 초콜릿과 버터스카치가 들었어요."

"이런, 고맙습니다!"

조수석에 앉은 경찰이 말했다.

"마침 아가씨 한 명이 나와 있어요. 빛바랜 금발머리에 빨간 드레스, 검정색 부츠를 신었어요. 이름은 스탈렛이고요."

"스칼렛이요?"

한나가 물었다.

"아뇨, 스탈렛이요. '영화계 스타' 할 때 스타요."

"아, 알았어요. 스탈렛."

"아주 어린 아가씨예요. 아마 16살쯤 됐을까. 몇 달 전에 찍어둔 아가씨인데, 그 포주가 아주 극성맞았죠. 정말 굉장했어요!"

"굉장했다니, 스탈렛이 말인가요?"

엄마가 물었다.

"아뇨, 포주 말입니다. 어쨌건 지금은 죽고 없죠. 아가씨가 풀려났으니 잘된 일이에요."

한나는 뭐라고 말해야 좋을지 몰라 잠자코 있었다. 이 경찰관은 아무래도 그 포주를 죽인 사람이 한나라는 사실을 모르고 있는 듯했다.

"혹시 다른 사람이 그 아가씨를 데려간 건 아닌가요?"

엄마가 물었다.

"당연히 그랬죠. 이번 포주는 여자입니다. 듣기로는 그 여자, 아주 포악하고……."

얌전한 숙녀에게 어떻게 표현하면 좋을지 몰라 다소 망설이는 눈치였다.

"포악스럽기 이를 데 없다고 하더군요."

그가 대충 말을 마무리지었다.

"이름은 레이디 다이예요."

"다이아나 왕세자비(다이아나 왕세자비를 '프린세스 다이'라고 부르기도 했다)의 '다이'인가요?"

엄마가 물었다.

"아뇨, '죽다' 할 때 '다이' 요. 두 분 중 누가 만나보실 겁니까?"

"우리 둘이 같이 갈거예요."

한나가 미처 입을 열기도 전에 엄마가 얼른 대답했다.

"그 스탈렛이란 아가씨는 지금 어디 있어요?"

"모퉁이 돌아서 한 블록만 더 가면 됩니다. 저희가 여기서 창문 내리고 지켜보고 있을게요. 마이크 형사가 호루라기 줬죠?"

"여기 있어요."

한나가 주머니를 톡톡 두드렸다.

"혹시 저희 가방 좀 맡아줄 수 있으세요?"

"물론이죠."

그는 한나가 내민 가방 두 개를 건네받았다.

"뒷좌석의 꾸러미는 안 맡기셔도 됩니까? 귀중품이 든 것 아니에요?"

"샌드위치 두 개뿐이에요."

"그것도 저희가 맡을까요? 거기 그대로 두면 누군가 가져갈 수도 있어요. 이 동네 사람들은 30초만에 아무렇지도 않게 남의 차를 부수고 점심을 훔쳐 먹기도 하거든요."

"그래주면 감사한 일이 아니냐."

엄마가 나지막히 말했다. 한나는 엄마를 향해 씩 웃어 보이고는 다시 경찰관 쪽으로 고개를 돌렸다.

"괜찮아요. 이 샌드위치는 우리보다 그 사람들에게 더 필요할지도 모르니까요. 훔쳐가면 우린 집에 가는 길에 식당에 들러서 대충 때우죠, 뭐."

"안녕하세요."

엄마는 빨간색 드레스를 입은 채 섹시한 자세로 서서는 미소를 짓고 있는 아가씨를 향해 다가가 인사를 건넸다.

"내가 생각하는 그 일 하는 아가씨가 맞나 싶네."

한나는 속으로 신음소리를 냈다. 엄마 지금 도대체 뭘하고 있는 거야?!

"내가 뭘하는 것 같은데요, 교회 아줌마?"

스탈렛이 미소를 잃지 않은 채 물었다.

"이 모퉁이에서 호객행위 하던 중 아니었나요. 그리고 난 교회 아줌마가 아니에요. 로맨스 소설 작가지."

스탈렛의 미소가 살짝 옅어졌다.

"로맨스…… 뭐라고요?"

"로맨스 소설 작가라고. 레전시 로맨스 소설들을 쓰죠. 그래서 오페라 걸들을 인터뷰하러 온 거에요."

그러자 스탈렛은 조롱 섞인 웃음을 지었다.

"운 나쁘게 됐네요! 이 주변엔 온통 포주나 그저 그런 아저씨, 나 같은 애들뿐이거든요!"

"오페라가 아니라!"

엄마가 다정하게 말했다.

"오페라걸요, 아가씨 같은 사람들 말이에요."

스탈렛의 얼굴에서 미소가 사라지고 나자 그녀는 한결 어리고 순진하게 보였다.

"오페라걸요?"

"나같은 여자들이 하는 일을 말하나본데, 어디 그게 뭔지 들어볼까요?"

"영국 레전시 시대에 밤일을 하던 숙녀들을 부르는 이름이지."

한나는 스탈렛의 얼굴을 살폈다. 그녀의 얼굴에 살짝 호기심이 어렸다. 엄마의 접근법이 완전 실패는 아닌 듯했다.

"영국 레전시가 어디에요?"

한나는 숨을 멈췄다. 잘못하다간 엄마의 시도가 실패로 끝날 수도 있다. 엄마가 스탈렛의 질문을 곧이곧대로 바로잡았다가는 그녀의 호기심이 순간 사라져 두 사람에게 어서 사라져버리라고 당장에라도 소리칠지 모를 일이다.

"영국이요. 비틀즈가 나왔던 그 영국 말이에요."

"비틀즈는 아주 오래전 밴드잖아요."

"그렇죠. 영국 레전시는 비틀즈보다 더 오래됐고요."

"고대 역사처럼 말이에요?"

스탈렛이 한결 밝은 얼굴로 물었다.

"바로 그렇지."

엄마가 그녀를 향해 미소를 지었다.

"전깃불도 생기기 전 때의 로맨스에 대해 쓰고 있는 거예요. 거리의 여자와 사랑에 빠져 결혼까지 불사하려는 왕자님의 이야기죠."

"정말요?"

스탈렛이 미소를 짓기 시작했다.

"그거 좋은데요."

하지만 그녀의 눈매가 이내 가늘어졌다.

"근데 잠깐만요. 혹시 그 책 해피엔딩인가요?"

"오, 이런, 당연하지! 결국 왕자님은 거리의 여자와 결혼해 그 여자는 왕비가 된답니다."

"아주 좋아요! 그 책 한번 읽어보고 싶네요. 책 읽을 시간 같은 건 별로 없지만, 재미있을 것 같아요."

"재미있는 이야기가 되어야 할 텐데, 어쨌든 그래서 아가씨의 도움이 필요해요. 거리에서의 생활이 어떤지 알아야 하거든. 그래야 소설 속 여자 주인공이 왕자님을 만나 결혼하기 전까지의 생각이나 생활상을 잘 그릴 수 있죠."

"하지만 그때의 거리 생활이 어땠는지는 나도 모르는데요. 내가 아는 건 지금뿐이에요."

"그걸로도 충분해요. 옛날과 비교해 크게 달라졌을 것 같지 않거든. 안 그래?"

"그렇죠! 남자들은 늘 똑같으니까요."

그때 남자 혼자 운전하는 차가 거리를 지나갔고 스탈렛은 머리카락을

290

한껏 부풀리며 그를 향해 유혹적인 미소를 지어 보였다.

"그럼 물어봐요, 교회 아줌마. 하지만 지금 일하는 중이니 빨리 끝내요. 곧 엄청 바빠질 거거든요."

"일하는 시간을 빼앗는 것이니 그에 대한 대가는 지불하고 싶은데."

"돈을 준다고요?"

스탈렛이 불현듯 관심을 보였다.

"얼마나요?"

"시간당 50달러. 1시간을 채우지 못해도 50달러를 줄게요. 내 이야기에 꼭 아가씨의 조언이 필요하거든."

"오! 좋아요! 어서 뭐든지 물어봐요."

"여기서 말고. 여긴 너무 시끄러워요. 좀 더 조용한 곳으로 갔으면 하는데."

엄마가 말했다.

한나는 자신도 모르게 숨을 참았다. 조용한 곳으로 가자는 엄마의 생각은 실수다. 스탈렛은 이제 우리를 의심하게 될 것이다. 어쨌든 우리는 둘이고, 스탈렛은 혼자이니 말이다.

스탈렛의 눈매가 또다시 가늘어졌다.

"조용한 곳이라면…… 호텔 방 같은 데 말인가요?"

"아니. 뭔가 먹을 수 있는 커피숍 같은 곳 말이에요. 아니면…… 바도 좋겠지. 지금 시간에는 조용할 테니. 그런 곳 어디 아는 데 있어요?"

고개를 끄덕이며 스탈렛은 미소를 지었다. 진심이 우러나는 미소였다.

"그럼요. 알죠. 그렇게 해요."

스탈렛은 한나를 향해 미심쩍은 눈길을 보냈다.

"여긴 누구예요? 이 여자도 같이 가는 거예요? 그 상자는 뭐죠?"

"버터스카치 브리클 바 쿠키에요."

한나가 상자의 뚜껑을 열어 스탈렛에게 보여주며 대답했다.

"하나 먹어봐요. 정말 맛있어요."

스칼렛은 또다시 의심스러운 눈빛으로 한나를 쏘아보았다.

"당신부터 먹어봐요."

이번에는 엄마를 쳐다보았다.

"아줌마도요."

"경계하는 마음 이해해요."

한나가 상자에서 쿠키를 하나 집어 입으로 가져갔다.

"내가 진짜 좋아하는 쿠키예요. 오늘 아침에 갓 구웠고요."

한나는 엄마에게 상자를 내밀었다.

"엄마도?"

"엄마라고?"

엄마가 쿠키를 한 입 베어물자 스칼렛도 바 쿠키로 손을 내밀며 물었다.

"오, 미안해요."

엄마가 말했다.

"소개하는 걸 잊었네. 내 이름은 캐서린이고 여긴 내 딸, 앤이에요. 아가씨는 우리가 뭐라고 부르면 좋을까? 우리 인터뷰는 완전 기밀이니 원하지 않으면 이름은 얘기해주지 않아도 돼요."

"내 이름은 스칼렛이에요. 진짜 이름은 아니지만 다들 그렇게 불러요."

"그거면 됐어요."

스칼렛은 한나를 돌아보았다.

"이거 당신이 만들었어요, 앤? 캔디바처럼 맛있어요."

"고마워요."

한나는 말하며 미소를 지었다.

"그럼 어디로 갈까요, 스칼렛?"

엄마가 다시 본론으로 돌아갔다.

"리틀 딩고의 가게가 한 블록 아래 있어요. 가면 아무도 방해 못하게 그가 구석자리를 줄 거예요. 캔디바는 여기 둬요. 그렇게 해도 다른 애들이 감히 손대지 못할 거예요. 리틀 딩고가 음식을 못 가져오게 할 테

292

니까요. 이건 나중에 돌려줄게요."

한나는 고개를 가로저었다.

"이건 아가씨 거예요. 주려고 일부러 가져왔는걸요."

"와우! 고마워요, 앤."

스탈렛은 자리를 떠나 빈 건물처럼 보이는 곳으로 들어갔다. 그녀는 문을 열고 안으로 들어선 뒤 곧바로 다시 나왔다. 그녀의 얼굴에 활짝 핀 미소를 보아 그녀는 자신의 행운을 좀처럼 믿을 수 없는 듯했다. 그 모습을 보니 한나는 지금껏 누군가 그녀에게 대가 없이 선의를 베푼 적이 한 번도 없었던 것이 아닐까 하는 생각이 들었다.

"리틀 딩고 괜찮아요, 앤?"

스탈렛이 물었다.

"괜찮아요. 난 그냥 메모나 하고 엄마가 준비한 질문을 빠짐없이 물었는지 확인 정도만 할 뿐이니까요. 사실상 엄마의 비서나 마찬가지인데 당신처럼 돈을 받진 않죠."

스탈렛은 웃음을 터뜨렸다.

"세상 일이란 게 그렇죠."

그녀는 말한 뒤 두 사람을 안내했다.

5분도 지나지 않아 세 사람은 한나가 지금껏 가본 중 제일 지저분한 바의 원형 부스에 자리를 잡고 앉았다. 바닥은 온갖 술 찌꺼기들과 어디서 생겼는지 알 수 없는 자욱들이 들러붙어 얼룩덜룩했고, 탁자 위는 역시나 정체를 알고 싶지 않은 물질들로 끈적거렸다. 벽은 우중충하고, 담배 연기와 오줌 냄새가 뒤섞인 악취가 진동했으며, 불빛은 희미하기 짝이 없었다.

"아주 어둡네."

엄마가 말했다. 가급적 탁자를 만지지 않으려 애쓰는 모습이 역력했다. 한나 역시 탁자를 건드리지 않았다. 밖에서 대기하고 있는 경찰관들을 호출할 때 사용하라며 마이크가 준 호루라기가 과연 여기서도 제대로 작용할지 의아스러웠다.

"넵, 어둡죠."

스탈렛이 말했다.

"딩고가 이런 걸 좋아해요. 여기 오는 남자들 중에 어두운 걸 좋아하는 이들이 있어서요. 무슨 말인지 알겠죠?"

"무슨 얘기인지 잘 알겠어요."

엄마가 말했다.

"여기서 음식도 팔아요, 스탈렛?"

"넵, 하지만 여기서 절대 먹지 않아요. 여기서 요리하는 남자를 좀 아는데, 부엌 온 사방에 쥐덫을 놓았다고 하는 얘길 들었거든요. 사실 새로 온 요리사가 냉장고를 열었다가 바퀴벌레들이 사사삭 도망가는 걸 보고는 너무 놀라 팬에 머리를 찧었대요. 뭔가 먹고 싶다면, 칩이나 프레츨처럼 포장된 음식을 먹는 게 좋을 거예요. 그리고 유리잔에 나오는 음료도 먹지 말아요. 병에 든 맥주와 와인도 파는데 병째로 먹는 건 괜찮아요."

"알려줘서 고마워요."

한나가 말했다.

"그럼 뭘 마실래요, 스탈렛?"

"아, 일하는 중에는 마시지 않아요. 조심해서 나쁠 거 없으니까요. 두 사람은 시킬 것 있음 시켜요."

스탈렛이 말했다.

"딩고가 이 특별석을 내주면서 뭔가 단단히 매상을 올릴 수 있지 않을까 기대하고 있을 거예요. 물론 여길 대여해주는 그런 건 아니지만."

대여해주는 개념으로 생각하는 것 같은데. 한나가 생각했다. *정말로 돈 받고 대여해주는지도 모르고. 그래서 여길 '특별석'이라고 부르는 게 아닐까.*

"당연히 뭔가 주문을 해야지."

바에 손님이라곤 한나, 엄마, 스탈렛 세 사람뿐이고, 특별석에 주문줄이 길게 늘어서 있는 것도 아닌데 엄마는 그렇게 이야기했다.

"병 생수는 있나?"

그러자 스탈렛이 고개를 저었다.

"그렇게 깜찍한 건 없어요. 그냥 병 맥주와 와인뿐이에요. 위스키에는 물 타니까 생각도 말고요. 게다가 그런 걸 마시려면 여기 유리잔을 써야 하는데, 그건 별로 좋은 생각이 아니에요."

"콜라는 어때요?"

한나가 물었다.

"콜라요?"

스탈렛의 눈이 또다시 가늘어졌다.

"콜라요. 다이어트 콜라든 뭐든 패트병이나 깡통에 든 거요."

한나의 대답에 스탈렛은 안도한 듯 미소를 지었다.

"그럼요, 그런 건 있죠. 깡통에 든 콜라요. 하지만 다이어트 콜라는 없어요. 어차피 이 동네 사람들은 별로 못 먹고 사니까 다이어트도 사치 아닐까요? 그냥 하는 말이니 기분 나쁘게 듣진 마요. 알았죠, 앤?"

한나는 신경이 바짝 곤두섰지만, 아무렇지도 않은 척했다.

"기분 나쁘게 듣지 않았어요."

한나가 말하고는 스탈렛에게 20달러짜리 지폐 두 장을 건넸다.

"직접 가서 우리 셋이 마시기 안전한 음료 아무거나 시키면 어때요? 전부 다 써도 좋아요. 그래야 딩고가 좋아할 테니."

"오, 그럴게요. 그럼 마실 거 갖고 올 테니, 먼저 시작하지 말아요, 알았죠?"

스탈렛이 어느 정도 멀어지자 한나는 엄마 쪽으로 몸을 바짝 기울였다.

"손님들에게 다 저런 식으로 얘기할 것 같네요."

한나는 빈정거렸지만, 이내 후회하고 말았다. 엄마는 분명 한나의 이런 편향적인 태도를 좋아하지 않을 것이다.

하지만 한나의 말에 엄마는 웃음을 터뜨렸다.

"네 말이 맞는 것 같구나. 방금 네가 한 말을 박사에게도 해줘야겠다.

아마 박장대소를 할 거다."

한나는 안도했다. 엄마는 여전히 긴장하는 듯했지만, 그래도 유머감각
은 여전했다. 스탈렛과의 일도 지금까지는 그런대로 잘 진행되고 있었
다. 엄마가 지어낸 소설 이야기를 스탈렛이 그대로 믿어주었으니 이제
원하는 정보는 웬만큼 얻어낼 수 있을 듯했다.

"자, 여기 있어요."

스탈렛이 생각보다 빨리 자리로 돌아왔다.

"봐요."

한나는 그녀가 가져온 것들을 바라보았다. 콜라 세 캔과 한나가 들어
본 적이 없는 제조사에서 나온 바비큐맛 포테이토 칩 세 개였다. 40달러
어치의 음식들이라고 보기에는 무리가 있었지만, 어쨌든 스탈렛이 그렇
게 가치 매기기로 했다면, 그만한 결과를 얻어낼 수 있을 것이다.

"좋네요."

한나가 캔을 하나 집어 뚜껑을 따며 말했다.

"고마워요."

엄마 역시 말하고는 캔의 뚜껑을 땄다.

"난 별로 배가 고프지 않으니 내 칩도 먹어요."

"내 것도요."

한나도 덧붙였다. 탁자 위에 서식하고 있는, 마이크로 입자만큼이나 미
세한 벌레들이 봉인된 칩 봉지 안에도 들어가지 못하리란 법은 없으리라.

"정말요?"

스탈렛이 물었다.

"네, 그럼요."

한나가 말했다.

"어서 먹어요. 먹는 동안 엄마의 첫 번째 질문을 읽어줄게요."

버터스카치 브리클 바 쿠키

오븐은 175도로 예열합니다.
틀은 오븐의 중앙에 둡니다.

재료

다목적 밀가루 2컵 / 소금기 있는 차가운 버터 1컵(227g) / 황설탕 1/2컵

소금기 있는 버터 8온스(224g) / 황설탕 1컵

토핑용 버터스카치 아이스크림 1/3컵 / 버터스카치 칩 1컵

밀크초콜릿 칩 1컵 / 소금기 있는 견과류 다진 것 1/2컵(선택사항~전 피칸을
사용했는데, 어떤 종류의 견과류든 좋습니다)

만드는 법

1. 9×13크기의 케이크 팬에 두터운 포일을 깝니다. 포일을
여유있게 준비해서 끝부분에 귀모양의 귀퉁이를 만듭니다.
완성된 바 쿠키가 식은 후에는 그 귀 부분을 잡고 팬에서
포일을 드러내면 될 테니까요.

2. 포일에 들러붙음 방지 스프레이를 뿌립니다(바 쿠키가 식은 뒤
에는 포일도 떼어내야 하거든요).

3. 믹서기에 밀가루 1컵을 넣습니다.

4. 소금기 있는 버터 1/4파운드(113.5g)를 8조각으로 잘라 밀
가루에 골고루 얹습니다.

5. 버터 덩어리 위에 다목적 밀가루를 1컵 더 붓습니다.

6. 또다시 버터 1/4파운드(113.5g)를 8조각으로 잘라 밀가루 위에 얹습니다.

7. 황설탕 1/2컵을 버터 덩어리 위에 뿌립니다.

8. 칼날을 장착한 믹서기를 껐다 켰다를 반복하여 가동하면서 재료들이 거친 옥수수가루처럼 될 때까지 섞어줍니다.

9. 준비한 케이크 팬에 섞은 것을 붓고 깨끗한 손이나 철제 주걱으로 윗면을 고르게 다집니다.

10. 175도에서 15분간 굽습니다. 그런 뒤 오븐에서 팬을 꺼내 식힘망으로 옮겨 식힙니다. 오븐은 아직 끄지 마세요!

11. 1/3컵들이 측량컵 안쪽에 들러붙음 방지 스프레이를 뿌립니다(이렇게 하면 토핑용 버터스카치 아이스크림을 뜰 때 아이스크림이 잘 떨어집니다).

12. 토핑용 버터스카치 아이스크림을 측량컵에 담아 가스레인지 옆에 준비해둡니다.

13. 소스팬에 버터와 황설탕을 넣고 섞습니다. 중불에서 끓이면서 계속 저어줍니다(끓으면 팬에서 거품이 올라올 겁니다). 끓으면 정확히 5분 동안 두면서 계속 저어줍니다. 거품이 많이 생기면 불을 조금 낮춰도 좋습니다. 끓는 게 덜해지는 듯하면 불을 더 올리면 되고요. 다만 젓는 것을 멈추면 안 됩니다.

14. 5분이 지나면 소스팬을 불에서 내려 차가운 버너 위로 옮깁니다. 거기에 버터스카치 아이스크림을 더해 재빨리 저어줍니다.

15. 완성된 소스를 구워진 크러스트에 최대한 골고루 붓습니다.

16. 팬을 오븐에 넣고 175도에서 10분간 더 굽습니다.

17. 버터스카치 브리클 쿠키가 구워지는 동안 버터스카치 칩과 초콜릿 칩을 볼에 담고 깨끗한 손으로 섞어줍니다.

18. 시간이 다 되었으면 오븐에서 팬을 꺼내 버터스카치와 초콜릿 칩 섞은 것을 위에 뿌립니다. 칩이 녹기까지 1~2분간 기다린 다음 고무 주걱이나 나무 주걱, 혹은 프로스팅용 나이프를 사용해서 골고루 펴바릅니다.

19. 다진 견과류를 사용하기로 했다면, 칩이 아직 부드러울 때 위에 뿌려줍니다.

20. 팬은 냉장고에 넣어 완전히 식힙니다.

21. 팬이 완전히 식었으면 쿠키에서 포일을 분리한 뒤 쿠키를 적당한 크기로 잘라줍니다.

22. 미셸은 이 쿠키를 만들 때마다 크리스마스 생각이 난다네요.

"잘하셨어요, 엄마."

엄마의 집 앞에 차를 세운 뒤 손목시계를 확인하며 한나가 말했다. 저녁 6시 30분이니 평소 가게에서 집에 도착하는 시간보다 1시간 늦은 시간이었다.

"고맙구나, 애야. 정말이지 오늘 아주 즐거운 하루였어. 빨리 박사에게 얘기해주고 싶어서 못 견디겠구나!"

한나가 지켜보는 가운데 엄마의 집 현관이 열리고 박사님이 그 앞에 서서 엄마를 맞이했다.

"박사님이 여기 계시네요?"

엄마가 박사님에게 집 열쇠를 준 모양이었다.

"그래, 애야. 수요일 밤에는 늘 우리 집에서 같이 지내거든. 오늘 수요일이잖니. 월요일, 수요일, 금요일에는 우리 집에서 지내고, 화요일, 목요일, 그리고 주말에는 박사 집에서 지내지."

"과사정이에요, 엄마."

"과사정이라니 그게 대체 뭐…… 혹시 약어로 말한 거냐?"

"과사정. 과대 사적 정보라고요. 엄마가 주중에 어디서 지내시는지 제가 알 필요 없잖아요. 더군다나 박사님과 밤을 같이 보내시는지 아닌지 전 몰라도 될 일 같은데요!"

그러자 엄마는 절망스러운 한숨을 내쉬었다.

"박사 말이 옳구나. 내가 널 너무 새침떼기로 키웠어."

"네?!"

"한나, 너도 연애에 좀 더 신경을 쏟는다면 지금보다 훨씬 행복해질 거다. 박사와 내 생각은 그렇구나."

한나는 입이 떡 벌어질 지경이었지만 이내 정신을 차렸다. 그리고 심호흡을 한 뒤 침을 꿀꺽 삼켜내렸다.

"엄마!"

"엄마 부르지 말 거라. 사실이다."

"사실일지언정 저한테 그렇게 얘기하시면 안 되죠. 저한테 용기를 주시는 거예요, 아니면 이 남자, 저 남자 가리지 말고 되는대로 만나보라고 얘기하시는 거예요?"

"그럴 리가 있겠니. 난 그저 네가 사랑하는 한 남자에게 정착했으면 하는 바람에서 얘기한 거다. 너도 나처럼 행복해졌으면 좋겠구나."

한나는 잠시 생각에 잠겼다. 사실 한나 스스로도 그런 걸 바라고 있었다. 다만 한나에게 남자 선택 능력이 떨어질 뿐. 하지만 그렇다고 해도 저녁 6시 30분, 엄마와 피곤한 하루를 보낸 바로 지금 그런 자신의 문제점에 대해 질타 받고 싶지 않았다. 이럴 때에는 그냥 들어 넘기거나 우스갯소리로 지나가는 것이 최선이다.

"그러니까 엄마가 절 너무 사랑하시고, 제 행복을 바라기 때문이라는 거죠?"

"그렇지."

"그렇다면 박사님도 절 사랑하시고 제가 행복해지길 원하시는 거네요?"

"그렇고말고."

"그럼 엄마 말이 맞아요."

한나가 말했다.

"그러니?"

한나가 순순히 인정하자 엄마는 새삼 놀란 눈치였다. 처음에는 기뻐하는 듯했지만, 잠깐 골몰하더니 한나에게 뭔가 있다는 듯 의심스러운 기색을 띠었다.

"네, 그래요."

한나가 대답했다. 이제 폭탄을 던질 차례다.

"저도 절 사랑하고 제 행복을 바라는 남자와 함께하고 싶은데, 그런 남자가 바로 박사님이라니, 불행하게 됐지 뭐에요…… 박사님은 이미 임자가 있잖아요."

저녁 7시에 한나는 주차장으로 들어섰다. 엄마와 박사님과 함께 즐거운 웃음을 나누고 나니 하루가 거의 저물고 있었다. 로니의 차가 한나의 손님용 주차 자리에 서 있는 것을 보니 한나의 집에 미셸과 함께 있는 모양이었다. 로니가 쿠키단지에서 미셸을 태우고 한나의 집으로 돌아와 함께 한나를 기다리고 있을 터였다. 어쩌면 뭔가 음식을 준비하고 있을지도 모르겠다. 그렇다면 다행인데. 엄마가 중간에 어딘가에 들러 식사하지 말고 곧장 레이크 에덴으로 가자고 하는 바람에 한나는 아침식사 이후로 아무것도 먹지 못해 마치 겨울잠에서 깨어난 곰처럼 굶주려있었다.

빌린 차의 문을 잠그고 지상으로 향하는 계단을 막 오르면서 한나는 손님용 주차장을 흘끗 쳐다보았다. 손님용 주차장에는 차들이 가득 세워져있었는데, 평일 저녁 7시인 것을 감안하면 이상한 일이었다. 개별 차들에 별로 신경을 쓰지 않던 한나에게 연못을 둘러싼 둥근 갓길에 세워진 허머 한 대가 바로 눈에 띠었다. 한나의 손님용 주차 자리에 이미 다른 차가 세워져있을 때 저 자리에 세울 만한 사람이 있다면 그 사람은 딱 한 명이다. 아파트 입구의 경비원도 그의 차를 알기에 불러 세우지 않는 것이다. 마이크가 왔다.

한나는 고개를 돌려 손님용 주차장의 차들을 일일이 살피기 시작했다.

그래, 노먼도 왔다. 안드레아도 마찬가지. 또다시 사람들에 둘러싸여 밤을 보내게 생겼다. 가르랑거리는 모이쉐를 무릎에 앉히고 와인 한 잔 홀짝이면서 소파에 앉아 편안하게 TV나 볼 계획이었는데 말이다.

그나저나 다리의 무게는 얼마나 나갈까? 한나는 계단을 오르며 생각했다. 보통 전체 몸무게의 1/4 정도의 무게를 차지하지 않던가? 하지만 그건 좀 말이 안 된다. 한나의 다리라면 아마도…… 아니다, 한나는 자신의 몸 부위의 무게가 각각 얼마나 나가는지 별로 생각하고 싶지 않다. 계속 그 생각을 하다 보면 결국에는 마지막으로 체중계 위에 올라섰던 날을 회상해야 할 테고, 가히 육중했던 그날의 몸무게 수치는 아예 기억에서 지워버리는 편이 나았다. 어쨌든 한나의 다리 무게는 상당할 터였다. 한 발자국 한 발자국 계단을 올라설 때마다 무게는 더욱 가중되는 듯했다. 집에서 자신을 기다리고 있는 친구들을 위해 애써 밝은 척, 힘들지 않은 척해야 한다는 생각 때문인 듯도 했다. 물론 그들 모두 한나가 사랑하는 가족이자 아끼는 친구들이지만, 오늘처럼 피곤하고 지친 날에는 얼굴에 미소를 떠올리고 있는 것조차 힘이 들었다.

피할 수 없다면 즐기자. 한나는 증조할머니 엘사가 즐겼던 말을 머릿속에 떠올리고는 입가에 애써 미소를 걸쳤다. 그런 뒤 항상 긍정적으로 생각해야 한다고, 역시나 증조할머니가 즐겼던 말을 또다시 떠올렸다. 다들 이미 식사를 마쳤더라도 한나의 몫은 남겨두었을 것이다. 안드레아 역시 설마 와인 한 병을 혼자 다 마시진 못했을 것이다…… 아니, 다 마셨을까?

집에 가까워질수록 안에서 말소리와 웃음소리가 점점 더 크게 새어나오고 있었다. 한나는 현관문 앞에 서서 노크를 하기 위해 손을 들었다. 하지만 이내 팔을 떨구고는 방금 하려던 행동에 몹시 창피해졌다. 이건 내 집이다. 내가 살고 있는 집이란 말이다. 자신의 집에 노크를 하려 하다니!

그때 문이 열리고 하얀색 반바지에 로얄블루색 상의로 깜찍함을 강조

한 옷차림의 미셸이 나왔다.

"안녕, 언니. 계단 올라오는 소리가 들리는 것 같아서 나와 봤어. 얼른 신발 벗고 소파에 가서 편히 쉬어. 내가 와인 가져다줄게. 먹을 것도 있어. 내가 아까 정오에 집에 와서 크록포트에 저녁 준비를 했거든. 안드레아 언니도 휘퍼스냅퍼 쿠키를 가져왔는데, 진짜진짜 맛있어."

한나는 안으로 들어가 모두에게 미소로 인사했다. 그런 뒤 곧장 소파의 자기 자리로 가 풀썩 주저앉았다. 잠시 전의 고민은 정말 바보 같은 짓이었다.

평소대로 한나는 마이크와 노먼 사이에서 샌드위치가 되어 가운데 쿠션에 자리했지만, 오늘밤은 전혀 신경이 쓰이지 않았다. 노먼은 한나의 목덜미에 꼬인 머리카락들을 쓱쓱 문지르고, 마이크는 한나를 위해 크래커 위에 '바쁜 날의 파테'를 발라주고 있기 때문인지도 모르겠다. 미셸은 시원한 와인잔에 담긴 와인과 함께 음식이 가득 담긴 접시를 한나에게 건넸고, 한나는 덕분에 발끝에 힘없이 떨어져있던 영혼이 다시금 천장을 향해 상승하는 듯한 기운을 느낄 수 있었다. 죽을 만큼 피곤하다고 생각했는데, 어느새 다시 행복감이 찾아들기 시작했고, 에너지도 재충전되고 있었다. 이런 환대가 또 있을까! 사랑하는 사람들이 기다리고 있는 집으로 돌아온다는 건 정말 행복한 일이다. 사람들의 대화가 이어지는 가운데 한나는 미셸이 요리한 저녁식사를 먹으며 다시금 기운을 차렸다.

"내 새 쿠키 어서 먹어봐, 언니."

안드레아가 한나를 재촉했다.

"황금 건포도 휘퍼스냅퍼라는 건데, 맛있어."

놀란 한나의 눈썹이 위로 올라갔다.

"넌 건포도 안 좋아하잖아."

"그래도 이 쿠키는 맛있어. 아마 황금 건포도라서 그런가 봐. 그냥 보통 건포도는 싫거든."

한나는 쿠키를 집어 한 입 베어 문 뒤 몇 번 씹고는 재빨리 넘겨버렸다.

"정말 맛있다, 안드레아! 식감도 가볍고 달기도 딱 적당해. 이 맛은 계피인가?"

"응, 코팅할 때 사용한 슈가파우더에 계피가루도 조금 넣었어. 건포도랑 잘 어울릴 것 같아서."

"정말 그래."

미셸이 불현듯 대화에 끼어들었다.

"가게에 있던 손님들도 건포도와 계피가 잘 어울린다고 했어. 안드레아 언니가 우리 맛보라고 싸왔기에 가게에 조금 돌렸거든. 아주 히트 쳤지."

"그럼 가게 메뉴에 넣어야겠다."

안드레아가 기뻐할 거란 생각에 한나가 망설이지 않고 약속했다.

"서장님 것을 남길 게 아니라면 더 먹어도 될까요?"

마이크가 안드레아가 물었다.

"마음껏 먹어요."

안드레아가 대답했다.

"그이한테 남길 필요 없으니까."

한나는 속으로 끙소리를 냈다. 두 사람 사이의 냉전이 여전한 모양이었다. 갈등이 오래갈수록 나중에 해결하기도 더 어려워질 텐데 말이다.

"아직도 화가 난 겁니까?"

마이크가 물었다.

"네, 그래도 오늘 아침에 나오면서 부엌 조리대에 두 상자 남겨뒀어요. 맥캔 유모와 애들 몫으로도 두 상자 남겼고요."

한나는 안도의 한숨을 내쉬었다. 안드레아는 모르고 있을지 모르겠지만, 어쨌건 갈등 국면은 점차 안정을 찾아가는 듯했다. 안드레아가 빌을 위해 쿠키를 남겨두었다는 것은 결국 이 싸움이 더 오래가지는 못할 것이란 이야기였다.

"이제 시티즈에 간 일에 대해 얘기해줄 수 있을 만큼 쉬었어?"

안드레아가 물었다.

"재촉하고 싶지는 않은데, 너무 궁금해 죽겠어서."

"우선 와인부터 더 가져다줄게요."

마이크가 한나에게 말했다.

"안드레아는 어떻습니까? 한 잔 더 드릴까요?"

"네, 이 와인 정말 마음에 들어요. 그래도 반 잔 정도만 채워줘요. 트레시에게 8시까지 집에 가겠다고 약속했거든요. 가서 트레시가 잠들기 전에 새로 산 책을 함께 읽기로 했어요."

"내가 갈게요."

마이크가 소파에서 채 일어나기도 전에 미셸이 얼른 일어났다. 그 모습에 한나는 절로 미소가 지어졌다. 마이크가 부엌에 다녀온다면 와인을 병째로 들고 왔을 테고, 그렇게 되면 와인의 브랜드며 가격이 안드레아에게 모두 탄로가 났을 텐데, 사전에 그걸 눈치채고 먼저 나서다니 역시 미셸다웠다.

모두의 커피와 와인이 채워진 뒤 한나는 이야기를 시작했다. 엄마와 함께 시티즈에 다녀왔던 일을 재미있게 풀어놓으면서도 스탈렛에서 들은 사실들을 전부 들려주었다.

"그러니까 결론은 케이스 브랜슨이 데리고 있던 아가씨들 중 한 명이 맞아 죽었다는 소문이 사실이라는 걸 스탈렛이 확인해줬다는 거지? 그 아가씨 이름이 슈가이지만 거리에서 쓰는 이름이라 진짜 이름은 모른다고 말이야. 케이스가 죽었다는 얘기를 듣고 스탈렛도 처음에는 기뻐했지만, 케이스의 여자친구인 레이디 다이가 이내 그의 자리를 꿰찼고 케이스보다 더 혹독하게 아가씨들을 다룬다고."

안드레아는 이 정보에 충격을 받은 듯한 얼굴이었다.

"여자 포주도 있는 줄 몰랐어."

"있고말고요."

마이크가 말했다.

"심지어 여자 포주들이 남자 포주보다 더 잔혹할 때도 있습니다."

"스탈렛 말로는 케이스가 슈가를 때릴 때 그 호텔 방에 레이디 다이도 함께 있었다고 해요. 사실 슈가를 제일 심하게 때린 게 레이디 다이였고, 그래서 죽은 거라는 이야기도 들었다던데요."

노먼은 한숨을 내쉬며 고개를 설레설레 저었다.

"그 아가씨들에게는 정말 끔찍한 삶이네요. 다들 세상물정 모를 순진한 나이에 그 길에 들어서잖아요. 돌아가는 사정을 알았을 때는 이미 너무 늦어버리는 거죠."

한나는 그의 손을 꼭 잡았다. 노먼의 슬픈 표정을 보니 시애틀 치과 병원에서 일했을 당시 거리를 떠도는 부랑자들을 위해 자원봉사 진료를 하던 때가 떠오른 모양이었다.

"스탈렛이 이야기해준 것이 한 가지 더 있는데, 아주 중요한 얘기였어요."

한나가 말을 이었다.

"케이스가 지난주에 어디 작은 마을로 떠났는데, 그 이유가 자기 무리에서 도망친 아가씨를 붙잡아 오기 위해서였다네요."

"그게 누구입니까?"

마이크가 물었다.

"허니라는 아가씨라는데, 그 이름으로는 도움이 되지 않을 것 같아요. 그 허니라는 아가씨가 우리 마을을 거쳐 다른 곳으로 갔을지도 모르잖아요. 케이스가 그 길에 우리 마을에 잠시 들렀을 수 있죠."

"치아에 다이아몬드는요?"

노먼이 물었다.

"스탈렛이 거기에 대해 뭔가 아는 게 있던가요?"

"아뇨, 거리 생활한 지 그리 오래되지 않았대요. 1년이 조금 안 되었다고 하는데, 케이스를 만났을 때는 이미 치아에 다이아몬드가 박혀 있었다던데요."

"어디서 만났답니까?"

마이크가 물었다.

"위스콘신에 있는 스탈렛의 고향에서요. 마을 이름은 얘기해주지 않았어요. 우리도 알려달라고 강요하고 싶지 않았고요."

"그렇군요. 그럼 반지는 어떻습니까?"

마이크가 물었다.

"그거에 대해서도 전혀 모르고 있었어요. 케이스가 반지를 낀 적이 없었다고 기억하던데, 아무래도 박사님의 가설이 맞는 것 같아요. 같이 싸운 남자가 잃어버린 반지를 케이스가 주운 듯해요."

"레이디 다이에 대해서는 더 이야기가 없었나요?"

로니가 물었다.

"특별한 건 없었어요. 아주 나쁘고 못된 여자라는 얘기밖에."

"스텔라에게 전화해서 레이디 다이의 이름을 알려줘야겠군요."

마이크가 말했다.

"아니면 단속팀의 몇몇 친구를 아는데, 그 친구들과 이야기를 해보던가."

"스텔라와 통화할 거면 감사했다고 전해줘요."

한나가 말했다.

"그리고…… 어떤 명목으로든 스탈렛을 체포할 수 있는지도 물어봐줘요. 그래야 경찰서에서 스탈렛을 보호할 수 있잖아요. 레이디 다이라는 여자, 굉장히 위험해 보이는데, 스탈렛이 우리랑 이야기한 사실을 알게 되면 스탈렛이 곤란해질 거예요."

그러자 마이크는 고개를 가로저었다.

"그건 어려울 겁니다, 한나. 스텔라가 요령 좋은 경찰관이긴 하지만 스탈렛을 언제까지고 붙잡아둘 수는 없으니까요."

"하지만 스탈렛이 스텔라에게 고향이 어디인지 이야기한다면 미니애폴리스에서 도망쳐 집으로 돌아갈 수도 있잖아요."

"얘기는 해보겠지만, 너무 기대하지는 말아요."

마이크가 슬프고 나약한 어조로 말했다.

"구조되길 원하지 않는 사람을 구조할 수는 없습니다. 이야기 듣기로는 스탈렛이 집으로 돌아가고 싶어하는 것 같지 않은데 말입니다."

한나는 잠시 생각에 잠겼다. 마이크의 말이 맞을지도 모른다. 스탈렛은 집으로 돌아가고 싶다는 이야기를 한 번도 꺼내지 않았다. 계속 거리 생활을 하고 싶어하는 눈치였다.

"어쨌든 잘했어요, 한나."

노먼이 말했다.

"어머님도 고생하셨고요."

"그래요."

마이크도 동의했다. 어떻게든 한나의 기분을 좋게 해주려 노력하는 듯했다.

"그들 전부를 구할 수는 없어요, 한나."

"나도 알아요. 그냥 씁쓸한 기분이 들어서 그래요."

그러자 마이크가 장난스러운 웃음을 지었다.

"내가 왜 단속팀에서 나와 강력반 형사가 되었는데요? 포주나 매춘부들보다 살인자들 다루는 게 훨씬 재미있거든요."

모두 마이크를 멍하니 바라보다 이내 한나가 먼저 웃음을 터뜨렸고, 그렇게 어색한 기운이 깨지자 모두들 한바탕 웃음을 터뜨렸다.

"그만 가야겠습니다."

모두의 웃음이 잦아들었을 때 마이크가 말했다.

"한나도 피곤할 테고, 저도 내일 일찍부터 일정이 있어서요."

"다시 복귀한 건가요?"

안드레아가 희망적인 어조로 물었다.

"아뇨. 서장님 고집이 보통이 아니시잖아요. 하지만 결국에는 풀어지

시리라 생각합니다. 내일은 매듭지어야 할 일들이 조금 있어서요."

"나도 어서 가서 트레시에게 책 읽어줘야겠어."

안드레아도 일어서서 마이크를 돌아보았다.

"차까지 데려다줄래요?"

"얼마든지요."

"저도 같이 바래다드릴게요."

노먼도 자리에서 일어섰다.

"내일 일찍부터 일이 있거든요."

로니는 손목시계를 들여다보았다.

"저도요. 자정에 근무 교대가 있어서요."

모두 작별인사를 나눈 뒤 자리를 뜨고 거실은 이내 허전해졌다. 그리고 또 얼마 지나지 않아 집에는 미셸과 한나만이 남았다.

"난 이제 자야겠어."

미셸이 크게 하품을 하며 말했다.

"언니는?"

하품에 전염성이 있다는 말이 사실인 듯 한나도 하품을 했다.

"나도 지금 잘 거야."

한나는 무릎에 동그랗게 몸을 말고 누워 있는 모이쉐를 내려다보았다.

"모이쉐는 벌써 잠든 것 같네."

한나가 자리에서 일어서자 모이쉐도 졸린 듯 하품을 하고는 복도로 향하는 한나를 졸졸 따라왔다.

"어서 와."

한나는 녀석에게 말했다.

"오늘밤에는 너무 피곤해서 아마 네가 내 베개를 뺏어가도 모를 거야."

황금 건포도 휘퍼스냅퍼 쿠키

오븐은 175도로 예열합니다.
틀은 오븐의 중앙에 둡니다.

재료

쿠키 재료:

끓인 물 1/2컵 / 브랜디 농축액 1티스푼

황금 건포도 1/2컵(일반 건포도를 사용하셔도 됩니다)

큰 계란 1개 / 휘핑크림 2컵 / 스파이스 케이크 믹스 1개

코팅 재료:

슈가파우더 1/2컵 / 계피가루 1/2티스푼

만드는 법

1. 물 반 컵을 가스레인지에서 끓이거나 전자레인지에 '강'으로 60초간 돌려 끓입니다. 전자레인지에서는 충분히 끓지 않을지도 모르겠지만, 그 정도 온도면 적당합니다.
2. 뜨거운 물에 브랜디 농축액을 붓습니다.
3. 그것을 건포도 위에 뿌린 다음 쿠키 틀을 준비하는 동안 옆으로 밀어둡니다.
4. 나중에 반죽이 들러붙는 것을 막기 위해 티스푼 2개를 꺼내 냉동실에 얼립니다.

5. 틀에는 들러붙음 방지 스프레이를 뿌리거나 양피지를 깐 다음 스프레이를 뿌려도 좋습니다.

6. 커다란 믹싱볼에 계란을 깨 넣습니다.

7. 휘핑크림 2컵을 넣고 함께 젓습니다.

8. 건포도가 충분히 불었는지 확인한 뒤 충분히 불었다면 물을 빼내고 종이 타월에 올려 물기를 빼냅니다. 아직 불지 않았다면, 좀 더 놓아두었다가 불었을 때 물기를 뺍니다.

9. 물기를 뺀 불린 건포도를 믹싱볼에 넣고 손으로 섞어줍니다. 손으로 조심스럽게 섞되 지나치게 많이 섞지는 마세요. 휘핑크림 안의 공기가 다 날아가버릴 수 있거든요.

10. 믹싱볼 위에 케이크 믹스를 뿌립니다. 여러 번 뒤집으며 반죽해주세요. 쿠키 반죽에 최대한 공기가 많이 들어가야 하거든요.

11. 슈가파우더 1/2컵을 또다른 작은 볼에 담습니다(큰 덩어리가 보이지 않는다면 체질하지 않아도 됩니다).

12. 계피가루를 볼에 더한 다음 포크로 잘 섞어줍니다.

13. 냉동실에 얼려두었던 티스푼을 꺼내 쿠키 반죽을 떠서 둥글에 만 뒤 슈가파우더와 계피가루가 든 볼에 넣어 골고루 코팅이 되도록 굴립니다.

하나의 첫 번째 메모: 한 번에 하나의 반죽만 굴려야 해요. 한 번에 너무 많은 반죽을 굴렸다가는 반죽이 서로 들러붙어서 엉망이 되거든요.
이 반죽은 무척 끈적거리기 때문에 손도 슈가-계피가루로 코팅을 해두어야 합니다.

한나의 두 번째 메모: 끈적거리는 반죽 때문에 작업이 너무 어렵다면 믹싱볼을 냉장고에 1시간가량 넣어둔 뒤 다시 꺼내서 해보세요. 그렇게 하실 때 오븐은 꺼두는 것 잊지 마시고요. 반죽을 냉장고에서 꺼내기 몇 분 전부터 오븐을 예열하셔도 되니까요.

14. 코팅을 입힌 반죽을 틀 위에 올립니다.

15. 175도의 온도에서 12~15분간 굽습니다. 손가락 끝으로 윗면을 톡톡 두드렸을 때 단단하게 느껴지면 완성입니다.

16. 쿠키가 다 구워졌으면 오븐에서 꺼내 틀 위에서 2분간 식힌 다음 식힘망으로 옮겨 완전히 식힙니다.

한나의 세 번째 메모: 양피지를 사용하였다면 2분간 기다렸다가 양피지 채로 식힘망으로 옮깁니다. 식을 때까지 그렇게 두었다고 다 식고 난 뒤에 양피지를 떼어내면 됩니다.

건포도를 좋아하지 않는 안드레아도 무척 열광하는 쿠키에요. 아마 브랜디 농축액이 들어서가 아닐까 생각해요.

눈에 불빛이 비치더니 멀리서 트럭 소리가 들렸다. 내 트럭은 경찰이 그날 고속도로에서 바로 견인해가지 않았던가? 한나는 침대에서 벌떡일어나 앉아 침실 창문으로 쏟아져 들어오는 강한 햇빛에 눈을 깜박였다. 이건 환한 낮의 빛인데, 오늘은 일요일이 아니다. 일요일 리가 없다. 일요일이 아니라면, 한나는 늦잠을 잔 것이다. 가게에 이미 늦어버렸다.

트럭은 여전히 밖에서 털털거리고 있었다. 아파트 단지 어딘가에서 공사라도 하는 모양인데, 참으로 이상한 일이다. 한나 역시 아파트 관리위원회의 일원이었는데, 어딘가 수리를 하거나 새 공사를 한다는 이야기는 듣지 못했기 때문이다.

정체 모를 육중한 기계음 때문에 모이쉐도 잠에서 깼는지 한나 주위에 보이지 않았다. 한나의 베개 위에도, 침대 발치에도 없었다. 담요 아래에도 없고, 옷장 위에서 노란 두 눈으로 한나를 쳐다보고 있지도 않았다. 물론 모이쉐는 한쪽 눈이 보이지 않는다. 수의사인 해거맨이 알려준 사실이었다. 그러니 두 눈으로 한나를 본다는 것은 말이 되지 않는다. 그렇다고 굳이 녀석이 한쪽 눈으로만 한나를 쳐다보고 있다고 말하는 것도 조금 우습다. 사실 해거맨이 이야기해주지 않았다면 녀석의 한쪽 눈이 실명된 것도 몰랐을 것이다. 그럼 뭐라고 해야 하지? 녀석이 지금 옷장 위에서 한나를 쳐다보고 있는 것이 아니니 뭐라 말할 필요 자체가 없는 것일까?

정확히 지금이 몇 시인지 몰라도 이 아침 시간에 맞닥뜨리기에는 너무 어려운 문제였다. 한나는 애써 몸을 돌려 디지털 알람시계를 확인했다.

"10시 15분?!"

한나는 저도 모르게 소리를 질렀고, 소리가 너무 컸던 나머지 벽에 부딪혀 방 안에 울렸다. 자신의 비명에 놀라 휘둥그레진 눈에 침대 옆 탁자에 놓인 쪽지 하나가 들어왔다.

커피는 보온병에 담아서 부엌 탁자에 올려놓았어. 광주리에 블루애플 머핀이 들었고. 천천히 준비해. 가게는 리사랑 내가 알아서 할 테니. 오늘 아침에 리사가 날 데리러 왔어.

한나는 두 눈을 비비고, 슬리퍼를 찾았다. 그 트럭에게 고마워해야겠는 걸! 트럭 소리가 아니었다면 한나는 한낮이 다 되도록 깨지 못했을 것이다. 하지만 그 트럭 소리가 뭔가 이상했다. 밖에서 나는 소리라고 생각했는데, 그렇지 않았다. 한나의 침실 구석에서 나는 소리였던 것이다!

한나는 화급히 소리가 나는 쪽으로 고개를 돌렸고, 너무 놀라 눈이 번쩍 떠졌다. 한나의 운동 기계의 전원이 커져있는 것이다! 러닝머신의 벨트가 움직이고 있었고, 그 위에는 모이쉐가 올라타 머신 위를 걷고 있었다!

"모이쉐!"

한나는 자신의 눈을 믿을 수 없었다.

"너 어떻게……?"

한나는 질문을 채 끝내기도 전에 눈앞에 벌어진 기이한 현상에 대한 논리적인 대답이 떠올랐다. 오늘 아침 한나가 자는 사이에 미셸이 침실에 들어와 러닝머신을 한 게 분명하다. 그러고는 전원 끄는 것을 잊어버리고 그냥 외출을 해버린 모양이었다.

뜨거운 커피와 블루애플 머핀의 유혹이 너무도 강렬했기에 한나는 슬리퍼를 찾아 신고 침대에서 일어나 기계의 전원을 껐다.

"어서 가자, 우리 운동광."

한나는 모이쉐에게 말했다.

"우리 둘 다 아침 먹고 일 나가야지."

한나는 또다른 쿠키 반죽을 만들며 리사의 새로운 이야기에 신경을 쏟지 않으려 애썼다. 미셸이 한나가 어제 스탈렛과 만났던 이야기를 리사에게 해주었는지 손님들에게 그 이야기를 풀어놓고 있었다. 물론 장사에는 도움이 된다. 한나 역시 인정하는 사실이었지만, 그래도 당황스러운 것은 어쩔 수 없었다. 엄마가 병원 일에 바빠 커피 마시러 가게에 나타나지 않는 것이 다행이었다!

"역시 포주일 줄 알았어!"

크누드슨 부인의 목소리였다.

"내 친구 놀라에게 내 말이 맞았다고 알려줘야겠어! 프리카세식(잘게 다진 고기와 야채를 넣어 만드는 요리)으로 만든 까마귀 요리를 먹여야지!"

사람들 사이에 한바탕 웃음이 터졌고, 한나 또한 트리플 초콜릿 쿠키 반죽에 넣을 코코아 가루를 측량하면서 슬며시 미소를 지었다.

막 녹인 초콜릿을 반죽에 붓고 있는데 전화벨이 울렸고, 한나는 서둘러 수화기를 들었다.

"쿠키단지에 한나입니다."

한나는 가게에서 전화를 받을 때면 늘 던지는 인사말을 건넸다.

"마침 있었네, 한나."

위니 헨더슨의 목소리였다. 다행히 통화는 길어지지 않을 것이다. 위니 헨더슨은 수다 떠는데 시간을 낭비하는 사람이 아니었기 때문이다.

"안녕하세요, 위니."

한나가 말했다.

"손주 생일 파티가 또 있나요?"

"아니. 어젯밤에 생각이 났어, 한나."

"뭐가요, 위니?"

"내가 사진 속 남자를 어디서 봤는지 말이야. 바로 우리 목장에서 봤더라고. 여기서 일했었거든."

"정말이요?"

"정말이지, 그럼. 그 얼굴을 잊을 수 없는 걸. 요즘 들어서 기억력이 좀 떨어지긴 했지만, 어쨌든 완전히 잊어버리진 않았잖아."

"언제 목장에서 일을 했어요?"

한나가 물었다.

"아마 10년 조금 더 되었을 거야. 오래 있지는 않았거든. 내 기억으로는 2주도 채 못 됐어. 내가 그 사람 잘라버렸으니까."

"무엇 때문이었는지 기억나세요?"

"기억나지. 아주 게으르고 의욕도 없었거든. 그해 여름에 내가 고용했던 다른 일꾼인 지미가 그 남자와 같이 일하는 걸 아주 힘들어했어. 완전 골칫덩어리라더군. 그 남자 이름이 케이스 뭐였는데. 성이 생각이 안 나네."

"케이스 브랜슨?"

"맞아! 미주리에서 공연하는 그 브랜슨이랑 같은 성이었어. 우리 남편이랑 한 번 간적이 있었는데, 몇 번째 남편이었는지는 생각이 안 나네. 어쨌든, 케이스가 생각났다는 걸 알려주려고 전화했어."

"감사해요, 위니. 기억이 나서서 다행이에요."

"그러게 말이야. 기억력 감퇴가 치통보다 더 문제라니까. 자꾸 생각이 안 나는 게 어찌나 짜증이 나는지."

"저도 그럴 때 있어요. 코노의 손은 좀 어때요?"

"깁스를 했어. 몇 주 동안 말을 타지 못하게 됐으니 완전 화가 나 있지 뭐야. 말 때문에 사는 남자라고 해도 과언이 아니니까. 손이 골절 됐대. 내가 처음에 딱 봤을 때 그런 것 같았는데, 그이가 내 말을 안 들었어. 남자들이 어떤지 한나도 알잖아. 여자 말이 옳을 때에도 절대 인정하려 들지 않는다니까. 유전자에 박혀 있나봐."

"그러게요."

"미리 얘기해주는데, 한나. 남자를 병원에 보내려면 불도저가 필요할 정도야. 오죽하면 내가 병원에 가지 않으면 당장 해고하겠다고 했을 정도니까."

한나는 호기심이 생겼다.

"정말 해고하려고 하셨어요?"

"모르지. 그 말을 듣고 순순히 병원에 갔으니까. 다이블로 일이 좀 충격이 컸나 봐, 한나. 그날 아침에 불어닥친 폭풍을 원망하던걸. 녀석이 번개 때문에 놀라서 그랬다고는 하는데, 내 생각에 다이블로는 그냥 정상이 아니야."

"코노 손은 참 안됐어요."

"괜찮아. 왼손만으로도 할 수 있는 일들을 맡겼으니까. 지금 거실 페인트칠을 하고 있는데, 왼손으로만 롤러를 들려니까 힘든가 봐. 엄청 불평하더라고. 한나가 그 투덜대는 소리를 들어봐야 하는데. 반지도 못 끼고 관절염에 좋다는 그 바보 같은 구리 팔찌도 못 낀다고 어찌나 투덜거리는지."

그때 위니가 잠시 멈칫하더니 이내 다시 입을 열었다.

"있잖아, 한나? 방금 생각이 난 건데, 그 남자 성이 브랜슨인 건 어떻게 알았어?"

"마이크가 미니애폴리스 경찰서에 있는 친구에게 물어서 확인했어요. 단속팀 팀원 중 한 명이 그 남자를 알더라고요. 케이스 브랜슨은 시티즈에서 포주로 활동했던 사람이었어요."

그러자 위니는 웃음을 터뜨렸다.

"결국 크누드슨 부인 말이 맞았네! 부인이 엄청 좋아했겠는걸. 그리고 지금 생각이 났는데, 그 남자 꽤 인물이 괜찮았어. 그래서 더 골치였지. 매일 오후 시간마다 수영장으로 쓰는 강 웅덩이로 몰래 빠져나가서 동네 애들이랑 어울리곤 했거든. 그때 애들한테 마약 같은 걸 팔지 않았을까 싶네."

트리플 초콜릿 쿠키 반죽을 올린 팬을 상업용 오븐 틀에 미끄러지듯

318

넣자마자 뒷문에 노크소리가 들렸다. 한나는 뒷문으로 향하기 전 바깥 홀에서 나는 소리에 잠시 귀를 기울였다. 하지만 들리는 소리라고는 사람들이 웅웅거리는 소리뿐이었다. 리사의 이야기가 끝이 났나 보다. 뒷문에 도착해 있는 사람이 엄마라면 일단 작업실에 붙잡아 둔 뒤 리사에게 엄마가 돌아갈 때까지 이야기를 시작하지 말라고 일러줘야 하겠다.

"로레타?"

문을 열자 앞에는 로레타 리차드슨이 서 있었다. 한나는 깜짝 놀라고 말았다. 그녀는 〈금발 속의 은빛 머리카락〉이라는 옛 노래에 어울릴 듯, 50대 중반의 나이에 금발이 조금씩 은발로 변해가고 있는 예쁘장한 여자였다. 로레타는 염색은 하지 않기로 결정했는데, 칼리가 미셸에게 설명한 바로는 로레타의 엄마가 아주 아름다운 은발을 지니고 있었기에 로레타 역시 엄마와 같은 유전자를 물려받았다면 나중에 그런 우아한 은발이 되지 않을까 하는 기대감에서라고 했다.

"안녕하세요, 로레타."

한나가 따뜻하게 맞이했다.

"쉬는 시간이세요?"

"그래요. 한나와 얘기를 하고 싶어서 왔는데, 잠깐 시간 있어요?"

"오후 시간에는 얼마든지 널널해요. 오늘은 계속 제빵만 하고 있거든요."

"냄새가 좋네요."

로레타가 작업실로 들어서 한나가 가리키는 대로 스테인레스 작업대 앞에 앉으며 말했다.

"트리플 초콜릿 쿠키를 굽는 중이에요. 아까 구운 것 맛 좀 보실래요? 지금쯤 다 식었을 거예요."

"고마워요, 한나. 맛볼 수 있으면 좋죠."

"커피에 크림과 설탕 한 스푼, 맞죠?"

한나가 자신의 커피 취향을 기억하고 있다는 데에 로레타는 사뭇 감동한 듯했다.

"마을 사람들의 커피 취향도 기억하고 있는 거예요?"

"아뇨, 생각이 안 날 때도 있어요. 그래서 항상 넣기 전에 확인을 하는 거죠."

한나는 포트에서 커피를 따라 크림과 설탕 한 스푼을 넣어 로레타에게 가져갔다. 그런 뒤 식힘망에서 쿠키 두 조각을 꺼내 냅킨에 담아 함께 건넸다.

"무슨 일 있어요, 로레타?"

한나가 물었다.

"칼리 때문에요. 어젯밤에 같이 얘기를 했는데, 제니퍼에 대해 드는 의심에 대해 미셸과 한나에게 얘기했다고 하더군요."

"맞아요. 저희한테 얘기했어요."

"칼리는 제니퍼가 자기 언니가 아니라고 생각하는 것 같은데, 내가 어찌해야 할지 모르겠어요."

한나는 로레타가 계속해서 이야기하도록 잠자코 있었다. 이야기를 해야 할 때가 있고, 들어야 할 때가 있는데, 지금은 들어야 할 때였다.

"이유에 대해서도 나한테 얘기를 했는데, 어떤 것들은 정말 이상하다고 생각이 되기도 했지만, 어쨌든 그건 사실이 아니에요, 한나."

"로레타에게 이야기한 이유들이 어떤 것이었는데요?"

한나는 이미 알고 있음에도 불구하고 물어봤다.

"자기가 생일 때 줬던 생일선물을 기억하지 못한다고 화가 났더라고요."

로레타는 고개를 가로저었다.

"칼리가 실망한 건 알겠지만, 나도 그해에 칼리가 제니퍼에게 어떤 선물을 줬는지 기억하지 못해요. 게다가 제니퍼는 어렸을 때 목욕하는 걸 좋아했는데, 이제는 샤워하는 걸 더 좋아한다고도 하더군요. 그런 이유들이에요, 한나."

"사실 칼리가 저희한테도 그런 얘기를 했었는데, 그래서 제가 칼리에게 혹시 제니퍼가 집에 돌아오고 난 뒤 엄마가 너무 행복해 하니까 질투심이 들었던 건 아니었냐고 물어봤었어요."

"그랬더니 뭐래요?"

"그런 건 아니래요. 언니를 정말 좋아한다고. 그냥 그 제니퍼가 진짜 자기 언니 같지가 않다고 했어요."

"하지만 제니퍼는 정말로 칼리의 언니에요. 내가 제니퍼 엄마이고, 우리 맏딸인데 내가 그걸 모르겠어요? 제니퍼가 아기였을 때 난 일도 하지 않았기 때문에 24시간 우리 딸과 붙어 지냈어요. 칼리가 믿을 수 없다거나 혹은 믿지 않겠다고 해도 제니퍼가 돌아온 게 맞아요. 난 어디서든 우리 딸을 알아볼 수 있어요!"

"혹시 로레타 편에서는 그 사람이 제니퍼이기를 바라는 마음이 있는 건 아닐까요?"

"아니에요. 그 애를 다시 보는 순간 단번에 알았어요. 오, 물론 외모는 조금 달라졌죠. 수년이 흘렀대도 그래도 난 알 수 있어요. 그 애가 전화를 해서 집으로 돌아오겠다고 했을 때 내가 얼마나 놀랐는지 한나는 모를 거예요. 정말 행복해서 그 길로 상점으로 달려가 그 애 침대를 새로 꾸밀 침대보도 샀죠. 예전에 그랬던 것처럼 그 애 침구를 밤새 만들었어요."

"침구를 보자마자 제니퍼가 뭐라고 하던가요?"

"네, 내 인생에서 가장 행복한 순간 중 하나였죠. 그 애가 그러더군요. *엄마! 방이 내가 떠났을 때 그대로네요.* 그러더니 옷장으로 가서 문을 열고 학교 다녔을 때 즐겨 입었던 옷들에 대해 이야기하기 시작했어요."

"그럼 로레타는 그 어떤 의심도 하지 않았네요?"

로레타는 티슈로 눈가를 훔쳤다.

"전혀요. 내 딸은 내가 알아요. 제니퍼가 맞아요. 다시 우리 곁으로 돌아온 거예요."

"칼리에게도 그렇게 말씀하셨어요?"

"네, 하지만 별 소용이 없는 것 같았어요. 자기도 언니를 좋아하지만, 이건 아니라더군요. 제니퍼가 우리한테 사기를 치려고 한다거나 상처를 주려고 하는 것 같지는 않지만, 어쩐지 진짜 자기 언니 같지가 않대요. 그러니 그 애를 어떻게 설득해야 할지 모르겠어요."

"유전자 검사는 어때요?"

한나가 제안했다.

"그렇게 하면 모든 의문이 사라지겠죠. 하지만 유전자 검사를 받자고 했다가 제니퍼가 상처를 받을까 봐 걱정이에요."

"제니퍼의 동의를 구할 필요 없어요."

"물론 머리빗에서 머리카락이나 침을 걷으면 검사는 할 수 있겠죠. 하지만 제니퍼 몰래 그런 걸 한다는 게 내키지 않아요. 어떻게 보면 그 애를…… 속이는 거잖아요."

한나는 잠시 골몰했다가 이내 한숨을 내쉬었다.

"정말 난감한 상황이네요, 로레타. 명쾌하게 해결할 방법이 없어요. 칼리와 제니퍼 둘 다 만족시킬 수 없겠어요."

"하지만 아무런 해결책 없이 이대로 지낼 수는 없어요. 상황이 안 좋아요, 한나. 하루하루 갈수록 더 심해질 거예요. 긴장은 계속 높아지는데 내가 얼마나 오래 버틸 수 있을지 모르겠어요. 어젯밤 칼리와 이야기를 한 뒤로는 잠들지 못하겠더라고요. 우리 두 딸 모두 사랑하는데, 정말 어떻게 해야 할지 모르겠어요."

로레타의 무척 상심한 얼굴에 한나는 안쓰러운 생각이 들었다.

"하루나 이틀 정도 생각해볼게요."

생각해본들 묘안이 생길까 의아했지만 한나는 말했다.

"그러면 뭔가 좋은 생각이 떠오를지도 몰라요."

그 뒤 두 사람은 몇 분간을 더 이야기했고, 로레타는 마침내 다시 일터로 돌아가기 위해 자리에서 일어섰다. 그 순간 한나에게 아이디어가 하나 떠올랐다. 칼리가 하는 말도 신빙성이 있고, 오늘 로레타가 했던 이야기들도 수긍이 갔다. 제3자에 대한 두 사람의 의견이 서로 엇갈릴 때 방법은 그 제3자를 직접 만나서 직접 이야기해보는 것일 테다. 만나

보고 나면 진실이 어떠한지 스스로 판단할 수 있을 것이다.

"오늘 몇 시까지 일하세요?"

한나가 물었다.

"6시요. 그 뒤에는 트루디가 와서 7시에 있을 자수반 용품들을 판매할 거예요."

"칼리는요? 오늘 일하나요?"

"칼리는 월요일부터 금요일까지 일해요. 그건 왜요?"

"제니퍼와 이야기해보고 싶어서요. 두 사람 모두 없을 때 단둘이 얘기해보고 싶어요. 혹시 제니퍼에게 전화해서 오후에 내가 들르겠다고 전해줄 수 있으세요?"

로레타는 잠시 당황하는 듯하더니 이내 고개를 끄덕였다.

"그럼요. 제니퍼도 한나를 만나보고 싶어할 거예요."

"집에 돌아온 환영으로 쿠키 선물도 하고 싶은데, 초콜릿 좋아할까요?"

"좋아하는데, 초콜릿이 잘 안 맞아요. 땅콩버터도 그렇고요. 아기였을 때 땅콩버터와 초콜릿 칩이 들어간 쿠키를 만들어준 적이 있었는데, 한 개 먹고는 온 몸에 두드러기가 났어요."

"어머, 세상에! 그 뒤로는 쿠키를 만들지 못하셨겠네요?"

"우리 어머니의 오트밀 건포도 쿠키를 만든 적이 있었는데, 제니퍼가 그건 좋아하더라고요. 이번에 집에 돌아오기 전날 밤에도 미리 반죽을 해뒀다가 만들었는데, 하루도 지나지 않아 모두 없어졌어요."

"조언 감사해요, 로레타. 그럼 초콜릿이나 땅콩버터가 든 쿠키는 주지 말아야겠네요. 참, 제니퍼에게 제가 4시에 갈 거라고 얘기해주세요. 그 정도에는 가야 얘기할 시간이 충분할 것 같아요."

"근데 무슨 얘기를 하려고요?"

로레타의 목소리에는 걱정스러운 기색이 역력했다. 한나는 재빨리 둘러댈 대답을 찾았다.

"일자리에 대해 얘기해보려고 해요. 물론 그 전에 대화를 좀 나눠봐야겠지만요. 마침 우리 가게에 일 도와줄 사람을 찾고 있었거든요. 근데 제니퍼라면 로레타와 함께 아침에 출근할 수 있을 것 같아서요."

"아, 그게…… 그 애가 지금 일할 생각이 있는지 모르겠네요."

"거절해도 괜찮아요. 어쨌든 마을에 돌아온 걸 환영한다는 인사는 건넬 수 있으니까요. 사실, 여기서 파트타임으로 일하기에는 제니퍼가 좀 아깝죠. 집에 돌아오기 전에는 무슨 일을 했대요?"

"아, 그러니까…… 제니퍼는…… 점원이었다고 해요. 백화점 점원이요. 어떤 건지 알죠?"

"멋지네요. 어디서 일했는데요?"

"몇 군데를 거쳤대요. 이름은 기억이 안 나는데. 그냥 큰 백화점이었다고 해요. 월급도 많았고."

오리처럼 걷고, 오리처럼 꽥꽥거리면 그건 오리인 거다. 한나는 증조할머니가 즐겨했던 말을 머릿속으로 읊었다. 한나의 질문에 대답하기 전 로레타는 마치 거짓말하기 전 무언가 망설이는 사람 같은 모습을 보였다. 게다가 대답할 때 한나와 눈도 마주치지 않았다. 이건 거짓말에 서툰 로레타가 뭔가 거짓말을 하고 있다는 이야기다.

로레타를 문까지 배웅한 뒤 한나는 다시 작업대로 돌아와 앉았다. 제니퍼에게 선물도 하고 그녀를 시험도 할 겸 만들 쿠키로 뭐가 좋을지 생각해봐야겠다. 초콜릿이나 땅콩버터는 쓰지 않을 것이다. 제니퍼가 진짜 제니퍼라면 알레르기 반응 때문에 위험할 수도 있다. 대신 고구마 쿠키를 만들어야겠다. 칼리의 이야기에 따르면 제니퍼는 고구마를 싫어했다고 하니, 하나 정도는 예의상 먹더라도 그 이상은 먹지 않을 것이다.

쿠키가 결정되자 한나는 자리에서 일어나 레시피 파일을 뒤적였다. 고구마 쿠키 레시피는 아직 갖고 있는 것이 없었지만, 기존의 쿠키 레시피에서 조금만 변형하면 될 것이다. 한나는 재료들을 모은 뒤 반죽을 시작했다. 로레타가 왜 거짓말을 했고, 한나에게 무엇을 숨기려 했는지 꼭 알아내야겠다.

블루애플 머핀

오븐은 190도로 예열합니다.
틀은 오븐의 중앙에 둡니다.

재료

머핀 반죽 재료:

녹인 버터 3/4컵(168g) / 백설탕 1컵 / 거품 낸 계란 2개(포크로 저어주세요)

베이킹파우더 2티스푼 / 소금 1/2티스푼 / 냉동 블루베리 1컵

밀가루 2컵과 1테이블스푼(체질하지 않아도 됩니다) / 전유 1/2컵

애플파이 속 1/2컵

크럼 토핑용 재료:

설탕 1/2컵 / 밀가루 1/3컵 / 부드러운 버터 1/4컵

만드는 법

1. 12개들이 머핀 팬의 바닥에 기름칠을 한 다음(컵케이크용 종이를 얹어도 됩니다. 쿠키단지에서는 그렇게 해서 만들었어요), 버터를 녹입니다. 거기에 설탕을 넣고 거품 낸 계란과 베이킹파우더, 소금을 넣은 뒤 골고루 섞습니다.

2. 밀가루 1테이블스푼을 냉동 블루베리와 함께 비닐백에 넣고 블루베리 겉에 밀가루가 코팅이 되도록 골고루 흔들어 줍니다. 그런 뒤 잠시 밀어둡니다.

3. 남은 밀가루 중 1컵을 아까의 볼에 붓고 전유 1/2컵도 붓습니다. 그런 뒤 남은 밀가루와 우유를 붓고 다시 잘 섞어줍니다.

4. 애플파이 속이 든 통조림을 따서 볼에 넣고 날카로운 칼로 쑤셔서 잘게 다져줍니다(머핀을 먹을 때 사과 조각이 씹히는 것이 좋으니 너무 잘게 자르지 않도록 합니다). 다진 애플파이 속을 머핀 반죽에 넣고 잘 섞습니다.

> 한나의 메모: 약 1/2컵의 애플파이 속이 남을 거예요. 그럴 때에는 조그마한 냉동실용 비닐백에 넣어 라벨을 붙인 다음 사용하고 남은 블루베리와 함께 냉동실에 넣어두세요. 다음번에 머핀을 만들 때 또 필요할 테니까요.

5. 아까 밀가루 코팅을 입혀둔 블루베리를 반죽에 넣습니다. 블루베리 모양이 흐트러지지 않도록 부드럽게 섞습니다.

6. 머핀 틴의 3/4 정도까지 차도록 반죽을 붓습니다. 만약 반죽이 남았다면 티브레드용 팬에 부어 별도로 굽습니다.

7. 크림 토핑을 만들기 위해서는 설탕과 밀가루를 작은 볼에 넣고, 거기에 버터를 넣고 포크나 칼로 재료들이 부스러기처럼 되도록 잘라줍니다(믹서기를 사용해도 됩니다. 마른 재료들을 넣고 버터를 덩어리로 잘라 넣은 뒤 믹서기를 껐다 켰다 하면서 옥수수가루처럼 보일 때까지 다지는 겁니다).

8. 머핀 컵의 남은 공간에 크림 토핑을 채우고 190도의 온도에서 25~30분간 굽습니다(남은 반죽을 티브레드용 팬에 부었다면 그건 머핀보다 10분 더 오래 구워야 합니다).

9. 머핀이 다 구워졌으면 머핀 팬째로 식힘망으로 옮겨 최소 30분간 식힙니다(머핀이 식어야 팬에서 잘 떨어지거든요). 그런 뒤 팬에서 살짝 들어 올려 맛있게 즐기시면 됩니다.

살짝 따뜻할 때 먹어야 맛이 있지만,
뚜껑이 달린 용기에 넣어 밤새 보관한 뒤 먹으면
사과와 블루베리 향미가 더욱 진해지는 이점도 있답니다.

미네소타 트윈스가 2연전을 펼치고 있는 가운데 한나는 쿠키단지 작업실에 앉아 경기를 지켜보았다. 트윈스는 타깃필드에서 디트로이트와 맞붙어 경기를 펼치고 있었다. 트윈스가 4대 3으로 앞서고 있었지만, 타이거를 내세운 디트로이트의 베이스는 만루였다. 9이닝에서 트윈스의 구원 투수가 나서 고군분투하고 있었다. 얼마 전 마이너리그에서 새롭게 데려온 선수였다.

"해치워버려!"

한나는 작업실의 조그마한 TV 화면을 통해 소리가 투수에게까지 전해지기라도 하는 듯 목이 터져라 외쳤다.

"할 수 있어! 파이팅!"

풀카운트였다. 지금까지 거쳐 간 네 명의 투수들 역시 풀카운트였다. 디트로이트의 두 번째 타자인 타이거는 지금껏 볼 네 개를 기록했다. 한나가 지켜보는 가운데 타자는 세 명의 투수를 갈아치웠다. 이번 이닝이 오늘 안에 끝나기는 할까? 투수가 얼마나 오래 던질 수 있을까? 그리고 타자는 잡지 못할 파울볼을 얼마나 오랫동안 쳐낼 수 있을까?

또 다른 세 명의 투수들이 파울로 지나가면서 정말로 이닝은 영원히 계속될 것처럼 보였다. 장내 아나운서가 단독 타자에 의해 떨어져나간 투수들이 몇이나 되는지에 대한 기록을 언급하지 않는 것이 놀라울 정도였다.

두 명의 투수와 두 번의 파울볼이 더해졌고, 한나는 오븐 안에 쿠키가 완성되려면 몇 분이나 남았는지 확인하기 위해 고개를 돌려 알람을 확인했다. 바로 그때 관중들의 함성소리가 들렸다. 뭔가 일이 벌어졌다!

한나의 고개가 자동적으로 TV 화면으로 돌아갔고, 평소에는 리플레이 화면을 그토록 싫어하던 한나였지만, 이번에는 놓친 장면을 다시 볼 수 있어 리플레이의 신기술이 고맙기 짝이 없었다.

"와우!"

투수가 거친 공을 던지고 3루에 서 있던 타이거가 본루를 향해 몸을 날리는 모습을 보며 한나는 탄성을 질렀다. 포수가 인간에게 불가능해 보일 정도의 빠른 속도로 손을 뻗어 본루와 1루 사이에 자리한 벽에 맞고 튀어나오는 공을 낚아챘다. 타이거는 몸을 미끄러뜨리며 발을 쭉 내밀었지만, 그의 발이 채 본루에 닿기 전에 투수가 몸을 아래로 뻗어 그를 막았다. 그렇게 경기가 끝났고, 트윈스가 승리를 차지했다! 예전에 한번 마이크가 야구 경기는 그림 감상만큼이나 지루하다고 했던 적이 있었는데, 분명 오늘 것과 같은 경기를 보지 못했기 때문에 그런 말을 한 것일 거다!

마침 울려대는 알람을 끄며 한나는 미소를 지었다. 그러고는 오븐에서 쿠키를 꺼냈다. 너무 먹음직스러워 보이는 것이 금방이라도 하나 입에 넣고 싶을 정도였다.

"아, 다행이야!"

미셸이 작업실에 들어와 식힘망이 가득 찬 것을 보고 말했다.

"홀에 쿠키가 거의 다 떨어져가거든. 리사의 이야기가 오늘 손님들을 제대로 끌고 있어."

"엄마가 아시면 안 될 텐데. 당신 책을 빌미로 스탈렛과 인터뷰를 했다는 사실을 마을 사람들이 아는 걸 원치 않으실 거야."

"언니 말이 맞아. 좋아하시지 않겠지. 오늘 가게에 들르지 않으시길 빌어보자고."

"깨우지 않아줘서 고마워."

한나가 동생을 향해 미소를 지었다.

"내일은 네가 늦잠을 자."

"난 괜찮아, 정말로. 학교에 있을 때보다는 훨씬 많이 자거든."

"그렇다면 학교에서도 좀 더 자는 게 좋겠어. 어젯밤에도 얼마 못 잔 것 같던데."

"어떻게 알았어?"

"오늘 아침에 피곤했는지 네가 러닝머신을 안 끄고 나갔더라고."

미셸은 멍한 표정으로 한나를 쳐다보았다.

"오늘은 운동 안 했는데. 혹시라도 언니 깨울까 봐."

"러닝머신 안 했어?"

"오늘 아침에는 안 했어. 왜?"

"일어나보니까 모이쉐가 러닝머신을 하고 있기에. 그 소리 때문에 깼거든."

이제 하나 남은 가설을 받아들일 수 없다는 듯, 둘 다 한동안 말을 잃었다. 그리고 이내 미셸이 고개를 설레설레 저었다.

"달리 설명이 안 돼. 정말 믿을 수가 없어."

"나도. 유령 짓이 아닐까."

"난 유령도 믿지 않아."

"나도 마찬가지야. 하지만 러닝머신이 저절로 켜졌을 리 없잖아."

"그건 그렇지. 그렇다면 모이쉐야. 다른 설명이 없어."

"좋아. 모이쉐라고 쳐. 근데 녀석이 어떻게 기계 전원 켜는 법을 알아냈지?"

"내가 하는 걸 봤나 봐. 내가 전원 켤 때마다 유심히 지켜보더라고. 뚫어져라 보기에 단순히 호기심이라고 생각했는데, 이제 보니 방법을 외워두려고 했었나 봐. 언니 정말 똑똑한 고양이를 뒀어."

"지나치게 똑똑해서 탈이지. 제빵은 절대 배우지 않으면 좋겠어. 잘

못하다가는 우리 가게가 쫄딱 망하게 생겼어."

미셸은 웃음을 터뜨렸다.

"그 부분에서라면 안심해도 좋을 거야. 참, 이제 생각났는데, 오늘 아침에 머핀 맛 어땠어?"

"최고였어! 아까 가게 도착하자마자 얘기하려고 했는데, 네가 너무 바빴고, 나도 작업실에서 줄곧 일한다고 깜빡하고 말았어. 레시피는 적어놨어?"

"물론이지. 사과랑 블루베리가 들어가니까 블루애플 머핀이라고 이름 붙일 거야. 시간 없을 때 간편하게 만들기도 좋아. 애플파이 속이랑 냉동 블루베리만 있으면 만들 수 있으니까. 그 둘만 있으면 언제든 만들 수 있어."

"내일도 또 만들어줄 수 있어?"

"언니가 원한다면 얼마든지. 블루베리랑 애플파이 속이 조금씩 남았거든. 근데 오늘 아침에 먹었던 것, 내일 또 먹어도 괜찮아?"

"괜찮아. 네 블루애플 머핀이 지금껏 먹어본 아침식사로는 최고였거든."

미셸이 진열대용 단지 두 개를 막 채우고나자 전화벨이 울렸다.

"내가 받을게."

미셸은 단지들을 개수대 위에 올려놓고 벽에 걸린 수화기를 집어 들었다.

"쿠키단지의 미셸…… 아, 안녕, 엄마. 어제 미니애폴리스에서의 엄마의 활약상에 대해 언니한테서 얘기 들었어요."

한나는 눈을 굴렸고, 미셸은 알았다는 듯 윙크를 했다. 둘 다 엄마의 행복을 깨뜨리지 말아야 한다는 데 의견을 같이했다.

"뭔데요, 엄마?"

미셸이 묻더니 이내 한나를 향해 충격 어린 시선을 쏘아보냈다.

"들러리 드레스를 바꾸시겠다고요?"

한나는 의자에 털썩 주저앉아 두 손으로 머리를 감쌌다. 한 번 결정한 것은 바꾸지 않겠다고 약속했음에도 불구하고 엄마가 또다시 시작인 것이다.

"메뉴도요?"

되묻는 미셸의 목소리에는 아까보다 더 큰 충격이 서려있었다. 미셸은 잠자코 듣고 있더니 이내 얼굴을 찌푸렸다.

"연어는 싫으시다면서요."

한나가 지켜보는 가운데 미셸은 의자를 가져와 앉았다. 그러더니 한나가 전화기 옆에 놓아두는 수첩으로 손을 뻗었다.

"잠깐만요, 엄마. 펜 좀 찾고요."

미셸은 역시나 한나가 전화기 옆에 놓아두고 사용하는, 손잡이가 부러진 머그컵에서 펜을 뽑아 들었다. 그리고 뭔가 적기 시작했다. 미셸은 줄을 바꾸어가며 무언가 계속해서 적었고, 한나는 궁금해서 참을 수 없을 지경이 되었다. 엄마가 미셸에게 뭔가 지시를 하고 있는 것이 분명했기에 한나는 동생이 뭘 쓰고 있는지 확인해보기로 했다. 그래서 자리에서 일어나 개수대로 가서 수첩을 들여다보았다.

첫 번째 줄에는 단 하나의 단어만이 느낌표와 함께 적혀 있었다. 미셸의 글씨체로 적힌바 대로 읽자면 '미나리아재비(작은 컵 모양의 노란색 꽃이 피는 야생식물)'였다. 그 아래로는 '샘 힐이 있는 곳에서 올해의 미나리아재비를 구할 수 있다'라는 문장이 물음표 세 개와 함께 적혀 있었다. 세 번째 줄에는 '와인색 드레스'라고 적혀 있었고, 첫 번째 단어인 '와인색'에 밑줄이 그어져있었다. 그 아래에는 '오, 그럼요. 언니가 엄청 좋아할 거예요'라는 문장이 느낌표와 함께 적혀 있었다.

다섯 번째 줄을 읽는 한나의 눈이 휘둥그레졌다. '바닷가재 비스크', '필로반죽을 입힌 연어', '캐비어를 곁들인 화이트 아스파라거스', '신랑, 신부 이니셜이 새겨진 하트 모양의 롤'. 그리고 연이어 여섯 번째 줄에는 '너무 많은 걸 바라시는 거 아니에요, 엄마'라는 문장이 물음표 세 개와 함께 적혀있었다.

미셸은 여전히 메모를 하고 있었고, 한나는 몸을 기울여 다음 줄도 읽어보았다. '버터스카치 샴페인'. 한나는 미셸의 손에서 펜을 뺏어 들고 '우리더러 그걸 만들어내라는 거야'라는 문장을 물음표 세 개를 붙여 적었다.

"전화 끊어야겠어요, 엄마."

웃음보가 터진 미셸이 켁켁거리며 말했다.

"홀에서 절 찾아요. 나중에 다시 전화해요, 알았죠?"

그런 뒤 미셸은 수화기를 내려놓고 한나를 쳐다보았다.

두 자매는 서로 마주보고서는 한동안 돌처럼 굳어 말이 입 밖에 나오지 않았다. 이내 한나가 천천히 고개를 가로저었다.

"안 돼."

한나가 말했다.

"지금까지 한 것만으로 충분해. 박사님께 전화해야겠어. 엄마를 설득할 수 있는 사람은 박사님뿐이야."

한나의 입에서 말이 채 떨어지기도 전에 다시 전화벨이 울렸다.

"내가 받을게."

한나는 방금 전까지 미셸을 고문했던 수화기를 들었다.

"쿠키단지의 한나입니다."

한나는 잠시 듣고 있다가 이내 미셸에게 분명한 신호를 보냈다.

"아! 안녕하세요, 박사님! 안 그래도 전화 드리려고 했었는데."

한나는 잠시 이야기를 듣고 있다가 이내 대답했다.

"아…… 그럼요. 기꺼이요. 미셸과 안드레아, 리사도 같은 생각일 거예요. 박사님 의견에 전적으로 동의해요. 그럼 6시에 뵐게요."

그 말과 함께 한나는 수화기를 내려놓고 호기심 어린 눈빛을 빛내고 있는 미셸을 쳐다보았다.

"박사님께 말할 필요도 없었어. 아까 엄마가 너랑 통화하실 때 잠깐 계셨다가 나한테 전화하려고 몰래 프론트 데스크에서 나오셨나 봐. 오늘 저녁 6시에 레이크 에덴 호텔에서 만나서 같이 저녁식사 하기로 했어. 엄마는 7시에 오실 거야. 그 전 1시간 동안 이 문제에 대해서 같이 의논해보자고. 박사님께 좋은 해결책이 있대. 물론 우리가 모두 동의한다는 전제하에."

"그거 괜찮은데."

미셸이 말했다.

"지금 시점에서라면 뭐라도 동의할 거야. 진짜 뭘 어떻게 하면 좋을지 모르겠는 막막한 이 기분도 지긋지긋하거든."

"그렇다고 엄마를 붙잡아 가둘 수도 없잖아."

한나가 말했다. 그 말을 하고 나니 한나 자신도 기분이 나아졌을 뿐만 아니라, 미셸도 웃음을 터뜨렸다. 그래도 두 사람의 유머 감각이 아직 죽지 않고 살아있으니 다행이었다.

"엄마가 바로 6시에 오시겠다고 하지 않은 게 신기해."

미셸이 말했다.

"박사님은 어떤 핑계를 대고 우리를 1시간 일찍 만나시려는 걸까?"

"핑계는 필요 없어. 레인보우 레이디즈에서 엄마를 위해 병원에서 웨딩샤워를 열어주기로 했대. 5시 30분부터 시작이라니까 적어도 7시까지는 거기 묶여 계실 거야. 그보다 더 늦어질 수도 있고. 박사님이 엄마에게 웨딩샤워가 끝나는 대로 레이크 에덴 호텔에서 만나 저녁식사 하자고 하셨다던데. 우리도 올 거라고 벌써 얘기하셨대."

"좋아. 좋아."

미셸이 말했다.

"박사님이 도움 주려고 하는 것이면 뭐든지 오케이야. 바람 한 번 불 때마다 이렇게 변덕을 부리시면 결혼식이며 피로연 식사까지 우리가 제대로 준비할 수 있는 게 없다는 걸 엄마는 아직도 모르시는 것 같으니 말이야."

"박사님이 묘안을 가져오시기를 기대해보자. 난 아이디어가 완전히 바닥났거든. 박사님이 리사도 초대하셨으니까 리사한테도 가서 얘기해줄래? 그리고 이따 너 태워서 같이 갈 수 있는지도 물어봐. 난 안드레아에게 전화해서 호텔 레스토랑에서 너희들 만나라고 얘기해놓을게. 박사님이 결혼식을 준비하는 사람들 전부를 부르신 것 같아."

"언니도 오는 거지?"

"물론이지. 그 모임을 놓칠 수야 있나!"

"근데 왜 난 리사 차를 타고 가야 해? 언니는 어디 갈 건데?"

"집에 가서 모이쉐 밥 줘야 해. 그리고 4시에 로레타의 농장에 가서 제니퍼를 만나기로 했어."

"제니퍼가 만나재?"

미셸이 깜짝 놀라며 물었다.

"아니, 그 반대야. 내가 만나자고 했어. 직접 한번 확인해보고 싶은 게 있어서. 아까 오후에 로레타가 찾아왔었는데, 상황이 아주 안 좋더라고. 칼리가 제니퍼를 진짜 언니로 생각하지 않는다는 걸 알고 있었어. 근데 로레타 생각에는 제니퍼가 진짜가 맞다는 거야."

미셸은 한나를 물끄러미 바라보았고, 이내 의심의 기색이 얼굴에 떠올랐다.

"로레타가 그렇게 생각한다면 그게 사실이지 않을까? 그래도 어느 정도 큰 십 대 때 제니퍼가 가출했으니까."

"그래, 엄마라면 당연히 알아보겠지. 제니퍼가 갓난아기였을 때 납치되었다거나 한 것이 아니니까. 로레타의 말이 옳을 거야."

"그러면……"

미셸이 말을 멈추고 심호흡을 했다.

"언니는 로레타가 거짓말을 하고 있다고 생각하는구나, 그렇지!"

미셸의 말은 질문이라기보다 확신에 가까웠고, 한나는 고개를 끄덕였다.

"가능성이 있다고 봐."

"하지만 확신할 수는 없고 해서 직접 가보려는 거야?"

"그렇지. 로레타나 칼리 없이 제니퍼와 단둘이 이야기해보려고. 직접 대답을 들어야겠어."

"그럼 쿠키 좀 가져가. 물어볼 것들이 다소 심각하니까 달콤한 것을 먼저 먹게 하는 게 좋을 거야."

한나는 큭큭거렸다.

"혹시 로니한테 심문법에 대해 강의라도 들은 거야?"

"아니, 이건 언니한테 배운 거지. 자주 이렇게 하잖아."

"그런 게 효과가 있었던가?"

"환상이었지. 언니 쿠키 몇 조각이면 원하는 이야기들을 술술 풀잖아. 진실의 약 대체품으로 판매해도 좋을 정도야."

또다른 쿠키 반죽을 오븐에 넣으며 한나는 부드럽게 킥킥거렸다. 부디 미셸의 말이 맞기를. 이 달콤한 고구마 쿠키가 진실의 약과 같은 효력을 발휘하길. 어쨌든 한나가 이름 붙인 이 야미얌 쿠키가 양날의 칼역할을 해줄 것이다. 제니퍼가 이 쿠키를 좋아한다면 그녀는 가짜고, 쿠키를 싫어한다면 진짜 제니퍼가 맞다.

야미 쿠키(고구마 혹은 얌 쿠키)

오븐은 175도로 예열합니다.
틀은 오븐의 중앙에 둡니다.

재료

소금기 있는 부드러운 버터 1/2컵(112g) / 황설탕 1과 1/2컵 / 큰 계란 2개

베이킹파우더 4티스푼 / 육두구 열매 가루 1/2티스푼(신선한 가루면 좋습니다)

시나몬 가루 1티스푼 / 바닐라 농축액 1티스푼

레몬 제스트 1티스푼(제스트는 레몬 껍질의 노란 부분을 잘게 갈아낸 것을 말합니다)

얌 혹은 고구마 으깬 것 1과 1/4컵(얌 통조림을 사용하셔도 됩니다)

다목적 밀가루 2와 1/2컵 / 말린 파파야 다진 것 1/4컵(근처 상점에서 찾을 수 없다면 파파야 대신 말린 대추야자나 살구, 생강사탕 등을 사용하셔도 됩니다. 어떤 재료든 맛있으니까요) / 다진 피칸 1/2컵

마시멜로우 30개(수평으로 절반을 잘라주세요. 전 물에 담근 부엌 가위로 잘랐답니다)

한나의 첫 번째 메모: 전자믹서기가 있으면 만들기 쉽지만, 손으로도 가능합니다.

만드는 법

1. 중간 크기의 볼에 부드러운 버터와 황설탕을 넣고 잘 섞어줍니다.
2. 계란을 한 개씩 깨어 넣으며 골고루 섞어줍니다.

3. 베이킹파우더, 육두구 열매 가루, 시나몬, 바닐라 농축액을 넣고 잘 섞어줍니다.

4. 레몬 제스트를 넣고 섞어줍니다.

5. 얌이나 고구마가 다 으깨어졌으면 1과 1/4컵을 측량하여 믹싱볼에 넣고 함께 섞습니다.

6. 밀가루를 한 번에 반 컵씩 넣어가며 재료들이 잘 섞이도록 반죽합니다.

7. 마지막으로 말린 파파야와 다진 피칸 반 컵을 넣고 섞습니다.

8. 반죽이 너무 끈적거리면 위에 비닐랩을 꼼꼼하게 씌워 냉장고에 1시간가량 넣어둡니다(밤새 보관하셔도 좋습니다).

> 한나의 두 번째 메모: 반죽을 냉장고에 잠시 넣어두기로 했다면, 오븐을 끄는 것을 잊지 마세요. 반죽을 냉장고에서 꺼내기 직전에 다시 예열하면 됩니다.

9. 쿠키 틀에 들러붙음 방지 스프레이를 뿌리거나 양피지를 깐 뒤 그 위에 스프레이를 뿌립니다.

10. 둥근 테이블스푼으로 반죽을 떠서 틀에 올립니다(리사와 저는 2테이블스푼 국자를 사용했어요).

11. 작은 숟가락이나 깨끗이 씻은 손의 엄지손가락으로 각 반죽의 가운데 부분을 꾹 눌러줍니다.

12. 그 부분에 반으로 가른 마시멜로우를 넣어주세요.

13. 쿠키는 10~12분 정도 오븐에 굽습니다. 손끝으로 쿠키 가장자리를 살짝 눌러보아 단단함이 느껴지면 완성입니다.

14. 완성된 쿠키는 틀 위에서 2분간 식힌 뒤 식힘망으로 옮겨 완전히 식힙니다.

한나의 세 번째 메모: 안드레아에게 들은 바로는 트레시의 친구들이 마시멜로우 때문에 이 쿠키를 엄청 좋아한다네요. 야채를 싫어하는 아이에게 야채 먹이기 좋은 방법입니다.

오후 2시 30분에 쿠키단지를 나서며 한나는 살짝 죄책감이 들었다. 특별히 제니퍼를 위해 만든 쿠키는 한나의 가게 이름이 새겨진 베이커리 상자에 담겨 한나의 옆자리에 놓여 있었다. 하루 10시간을 일하던 한나가 오늘은 고작 3시간밖에 일하지 않았다.

그래도 가게에 있는 동안 계속 쿠키를 만들었으니 괜찮다고 한나는 스스로를 위안했지만, 차가운 생수병을 따 마시고는 차로 마을을 빠져나오며 자꾸 양심의 가책이 느껴지는 것을 어쩔 수 없었다. 이건 마치 하키를 하는 기분이다. 물론 하키를 해본 적은 단 한 번뿐이지만. 초등학교 때 딱 한 번 해보고는 그 뒤로는 일부러 찾아 하지 않았다. 별로 나와 맞지 않는다고 생각했기 때문이다.

매년 가을마다 받는 치과 정기검진을 위해 한나는 오전 10시 45분에 학교에서 나왔지만 응급상황이 생겨 베넷 박사님과의 약속이 취소되고 말았다. 학교를 나오기 전까지 그 사실을 알지 못했던 한나였다. 베넷 박사님의 병원 접수원이 병원을 찾은 한나에게 그 소식을 알려주었고, 한나는 다시 학교에 돌아갈 요량으로 병원에서 나왔다. 하지만 적어도 1시간 동안은 밖에 있어도 된다는 사실 때문에 한나는 마치 이야기 속에 나오는 새처럼 자유를 느꼈다.

왜 돌아가야 되지? 한나의 마음에 항시 자리하고 있는 악동이 한나에게 물었다. 네가 지금 치과병원에 없다는 걸 학교 사람들은 전혀 몰라. 그냥 네가 하고 싶은 걸 해

그때는 그게 정말 좋은 생각인 것 같았다. 한나는 양심의 가책 따위는 모두 제쳐두고는 학교에서 한 블록 떨어진 공원에서 발길을 멈췄다. 공원을 크게 에둘러 산책길이 나 있었는데, 그 길에는 주로 유모차를 미는 엄마들과 자전거를 타는 아이들이 많이 있었지만, 오늘은 아무도 없이 한나 혼자였다.

오전 11시, 이 시간에 공원은 다소 한산했다. 자전거를 타는 아이들은 모두 학교에 있을 시간이고 어린 아기들을 데려오곤 하던 엄마들 역시 집에서 늦잠을 즐기거나 점심식사를 준비하느라 바쁠 시간이기 때문이다. 오후 2시쯤 되어서야 공원은 다시 북적거릴 것이다. 하지만 지금 공원에 나와 있는 아이는 한나뿐이었다.

그네가 두터운 사슬에 달려 미동도 없이 서 있었다. 한나는 그중에서 가장 높은 것에 올라탔다. 어린아이들을 위한 그네는 그보다 좀 더 낮았고, 아기들을 위한 그네에는 조그마한 의자에 다리를 내밀 수 있도록 구멍 두 개가 나 있고, 아기 몸에 안전하게 두를 수 있는 벨트도 달려있었다. 한나는 또래에 비해서도 큰 키였기 때문에 그네를 살짝 흔들자 다리가 바닥에 질질 끌렸다. 사실 그네를 크게 흔들 수 있는 건 다른 누군가가 밀어줄 때에만 가능했다. 한나는 혼자서도 크게 그네를 흔들 수 있었지만, 상상했던 것만큼 스릴 있지는 않았다.

혼자 그네를 타는 것은 재미가 없었다. 크게 흔들어 탈 때도 마찬가지였다. 한나는 그네가 저 혼자 멈출 때까지 기다렸다. 공원에 아이들이 있으리라 기대하지는 않았지만, 적어도 벤치에 앉아 신문을 읽거나 잡지를 뒤적이는 사람들은 있을지도 모른다고 생각했다. 하지만 아무도 없다. 단 한 명도. 심지어 공원을 지나치는 사람조차 없었다. 거리에도 차 한 대 보이지 않았다. 완벽히 혼자가 되자 한나는 문득 반 친구들이 보고 싶어졌다. 하기도 혼자 할 때는 재미가 없다.

한나는 조부모님이 생일선물로 주신 시계를 내려다보았다. 베넷 박사님의 병원에서 나온 지 고작 5분밖에 지나지 않았는데도 훨씬 오래된 것 같은 기분이었다. 다시 학교로 돌아가야 할지도 모르겠다. 거기는 적어도 외롭지 않을 것이다. 이 조용한 곳에 혼자 있는 것이 더 낯설고 무섭기까지 했다.

한나는 아파트 정문으로 들어서는 딸칵 소리와 함께 추억 여행에서 빠져나왔다. 한나는 카드키를 사용해 정문을 들어선 뒤 정문 관리실에서 외부인의 출입을 막고, 방문객들의 출입 허가를 내주는 일을 하는 경비원 노마에게 손을 흔들었다. 그런 뒤 지하 주차장으로 향했다.

주차장은 거의 팅 비어 있었다. 한나의 구역에 주차되어 있는 차는 한나의 아래층에 사는 필 플랫닉의 차가 유일했다. 그는 델레이 제조사에서 야간 근무를 했다. 몇 시간 후면 필도 일어나 출근할 채비를 할 테지만, 여름이라 일어난 뒤에도 날이 환할 터였다. 하지만 겨울에는 그렇지 않았다. 미네소타는 북쪽에 자리하고 있는 데다가 겨울에는 해도 훨씬 짧아지기 때문이다. 겨울에 필은 어두울 때 퇴근했다가 다시 어두울 때 출근했다. 해를 볼 수 있는 때는 주말뿐이었다.

2층 자신의 집으로 향하는 계단을 오르며 한나는 침실 쪽에서 기계음이 들리는 것을 알아챘다. 하지만 이번에 한나는 그저 즐거운 미소만 지을뿐이었다. 모이쉐가 또다시 러닝머신을 하고 있는 것이다. 이 기현상이 계속된다면, 모이쉐를 일부러 다이어트 시킬 필요도 없겠다. 경품으로 탄 운동기구 덕분에 모이쉐가 덕 보게 생겼으니 말이다.

한나는 잠긴 문을 열었지만, 모이쉐는 평소처럼 한나에게 달려들지 않았다. 러닝머신의 소음 때문에 한나가 오는 소리를 듣지 못한 모양이다. 복도를 지나 침실문을 연 한나의 얼굴에 미소가 더욱 환해졌다. 모이쉐는 정말로 러닝머신을 즐기고 있었다.

"이봐, 모이쉐!"

한나는 목소리를 높여 녀석을 불렀다.

모이쉐는 한나를 쳐다보더니 벨트에서 풀쩍 뛰어내렸다. 그러고는 한나에게 쪼로록 달려와 발목에 얼굴을 부비적거렸다.

"그래. 내가 평소보다 일찍 왔지? 운동은 언제든 하고 싶을 때 해도 좋아. 난 이따 엄마랑 박사님과 함께 저녁식사 할 거라서 단정한 옷으로 좀 갈아 입어야겠어."

'엄마' 소리에 모이쉐의 등 털이 위로 솟구쳤다.

"걱정마."

한나가 말했다.

"집으로 오시는 게 아니니까. 일단 기계 끄고 조금 이르긴 하지만 저녁 먹자."

모이쉐는 한나를 따라 복도를 지나 부엌으로 향한 뒤 한나가 채워주는 사료 그릇을 뚫어져라 쳐다보았다.

"연어 줄까?"

한나가 물었다.

"야아아아아옹!"

달라는 이야기다. 한나는 찬장에서 작은 연어 통조림을 꺼내 뚜껑을 열고 녀석의 키티 크런치 위에 발라주었다.

"어서 먹어."

한나는 먹이그릇을 바닥에 내려놓았다.

"난 그동안 얼른 샤워하고 올게."

거실의 탁자를 지나며 한나는 가운데 서랍이 살짝 열려있는 것을 보았다. 서랍이나 캐비닛 여는 데 능통한 모이쉐였기에 한나는 서랍을 열어 내용물을 확인했다. 안은 이전 그대로였다. 한나는 케이스 브랜슨이 끼고 있던 반지를 넣어둔 상자를 열어 반지가 없어지지는 않는지 확인했다.

반지. 남자의 반지. 한나는 오늘 전화로 위니와 나눴던 대화를 떠올렸다. 코노는 깁스 때문에 구리 팔찌나 반지를 낄 수 없다고 했다. 하지만 반지를 낄 수 없는 이유가 단지 깁스 때문만이 아니라면? 반지를 잃어버렸던 것이라면? 코노의 손은 어떻게 된 거지? 말 때문이라고 했지만, 그게 사실일까? 혹시 케이스 브랜슨과 난투를 벌이다가 손을 다친 것이 아닐까?

코노는 진실한 사람이었다. 한나도 그 점을 잘 알고 있다. 그에게 사진을 보여줬을 때 그는 케이스 브랜슨을 모른다고 했다. 아마 그건 사실이었을 것이다. 누군가와 싸웠다고 해서 그 사람을 꼭 잘 알아야 하는 법은 없으니까. 게다가 여타 증거들이 케이스가 위니의 파이를 훔쳤다는 사실을 증명하고 있었다. 그것 때문에 코노가 케이스 브랜슨을 때렸고, 그로 인해 두개내출혈이 생긴 것이 아닐까?

코노가 뭔가에 무척 화가 난 것은 맞지만, 단지 위니의 파이를 훔쳤기 때문이라고 보기에는 무리가 있다. 물론 화는 났겠지만, 그 정도로 화가 나진 않았을 것이다. 한나는 햇살이 비치는 거실에 우두커니 서서 코노를 그토록 화나게 한 것이 무엇이었을까 생각해보았다. 하지만 어떤 것도 생각나지 않자 이번에는 다른 각도에서 상황을 살펴보기로 했다. 케이스 브랜슨 같은 포주가 미니애폴리스를 떠나 레이크 에덴 마을에는 왜 들어왔을까? 자기가 데리고 있던 아가씨인 허니를 붙잡아 오기 위해 그 뒤를 쫓았던 것일까?

최근 마을에 들어온 여자라고는 단 한 명, 로레타의 오랫동안 잃어버렸던 딸 제니퍼였다는 사실을 깨닫는 순간 한나의 머릿속 퍼즐이 제자리를 찾아가기 시작했다. 케이스가 제니퍼를 쫓아 마을에 들어왔고, 제니퍼의 거리 이름이 허니였다면? 위니의 목장 울타리는 로레타의 농장과 맞닿아있었고, 케이스는 한때 위니의 목장에서 일했던 적이 있다고 했다. 제니퍼는 그 바로 옆집에 살고 있었던 셈이니 케이스도 목장에서 일했던 여름, 제니퍼를 만났을 것이다. 위니에게서 케이스가 수영을 할 수 있는 강의 웅덩이로 몰래 빠져나가 동네 아이들과 어울리곤 했다고 들었다. 그래서 그를 해고했다고 말이다. 그때 케이스가 제니퍼를 만나 집에서 나오라고 꼬드긴 것이라면?

한나의 머릿속이 온갖 가능성들로 바빠지기 시작했다. 한나의 생각대로 제니퍼가 케이스와 함께 도망간 것이라면, 그녀가 어디에 살고 있었는지도 알고 있었을 것이다. 케이스가 레이크 에덴으로 들어와 제니퍼를 찾아내고는 그의 차에 강제로 태워 데려가려고 했다면? 그 찰나에 코노가 디아블로를 타고 그 옆을 지나던 중이었다면? 칼리는 얼마 전 제니퍼가 숲에서 넘어져 다쳤다고 했다. 근데 그 긁힌 상처와 멍들이 케이스에게서 벗어나려 저항하다가 생긴 것이라면?

코노는 당연히 제니퍼를 위해 나섰을 것이다. 한나는 확신했다. 코노는 좋은 사람이었다. 제니퍼를 케이스에게서 구해내기 위해 무엇이라도 했을 것이다.

"이 반지를 가져가야겠어."

한나는 큰 소리로 말했다. 느닷없이 떠오른, 그럴 듯한 가설과 추측에 완전히 빠져들고 말았다. 하지만 그 가설이 사실이라고는 아직 단정지을 수 없다. 반지는 코노의 할아버지가 고등학교 졸업 때 받은 반지일지도 모른다. 그래서 그 문장이 인터넷 그 어디에도 검색되지 않는 것이다.

사실 여부를 확인하기 위해서는 한 가지 방법밖에 없다. 한나는 반지를 가방에 넣었다. 아침에 가게에 나가기 전 플랄린 반죽을 만들어놓길 잘했다. 블루애플 머핀을 만들어준 데 대한 보답으로 미셸에게 깜짝 선물할 계획이었지만, 대신 이걸 로레타의 농장에 가는 길에 위니의 목장에 들러 선물해야겠다. 쿠키를 주러 왔다고 하면 전혀 어색해 보이지 않을 것이다. 코노 역시 집 안팎을 페인트칠하느라 집에 있을 것이고, 반지를 찾았다고 하면서 그에게 보여주고 난 뒤 그의 반응을 살필 생각이었다.

케이스 브랜슨을 치어 숨지게 한 숲길을 지나 자갈길로 들어서면서 운전대를 잡은 한나의 손이 떨리기 시작했다. 하늘에는 검은 구름이 몰려오고 있었다. 또다시 여름 폭풍이 오려는 건가. 지금은 안 된다. 그 일을 겪었던 그 장소를 지나가는 지금만큼은 폭풍 따위 멀리 물러나주길.

구름이 해를 가리자 하늘이 순간 어두워졌지만, 몇 번의 심장박동 후에 다시 밝아졌다. 한나는 안도의 한숨을 내쉬며 여름 공기를 호흡하기 위해 창문을 내렸다. 무더운 날씨였지만, 그래도 동네 아이들이 즐겨 찾는 강물 웅덩이 옆을 지나면서는 살짝 바람이 불었고, 그 결에 한나는 축축하게 젖은 흙냄새를 맡을 수 있었다. 깨끗한 물 냄새와 붉은토끼풀의 달콤함이 뒤섞인 향긋한 바람이었다.

위니의 목장과 이웃한 농장 사이의 경계를 구분해주는 하얀 울타리 옆에 세 마리의 아름다운 암말이 서 있는 것이 보였다. 암말을 보며 한나는 미소를 지었다. 녀석들은 옆을 지나는 차들을 구경하며 운전자와 그 옆 조수석에 앉은 사람들이 어디로 가는지 관찰하기라도 하는 듯했다. 세 마리 중 가운데에 선 말은 한나에게 마치 인사를 건네는 듯 히히힝 울어댔다.

곧 광활한 들판이 펼쳐졌다. 들판에는 나무가 거의 없이, 나지막한 풀들로 뒤덮여 있었다. 그 옆을 지나며 한나는 살짝 몸을 떨었다. 모든 것이 시작되었던 그 운명의 날 아침 천둥번개가 무섭도록 내려치던 바로 그곳이 이곳이다. 길가에 한나의 트럭을 세울 수 있을 만한 공간은 충분했다. 잠시 차를 세우고 폭풍우가 잦아들 때까지 기다리고도 남을 만큼 공간은 넉넉했다. 하지만 그렇게 했다면 리사와 함께 번개에 맞아 감전사 당했을지도 모른다.

한나는 양쪽으로 나무가 줄지어 서 있는 길로 접어드는 모퉁이를 돌며 차의 속도를 줄였다. 그날 보았던 거대한 나뭇가지는 이미 치워지고 없었지만, 길가에는 나무 더미들이 가득 쌓여 있었다. 시의 도로 담당 일꾼들이 전기톱을 가지고 나와 차도로 삐져나와 있는 가지들을 모두 손질한 모양이었다.

위니의 목장을 저 앞에 두고 한나는 목장 주택을 향해 난 바람 부는 길로 접어들었다. 하얀색 울타리로 둘러싸인 주택 주변은 어지러져있는 것 없이 깨끗했다. 그 주변에 자리한 푸르른 언덕들을 보니 한나는 영국 시골 풍경을 그린 그림이 떠올랐다. 언젠가는 영국에 가보고 싶은 마음이었지만, 지금으로서는 레이크 에덴의 외곽 풍경도 충분히 아름다웠다. 한나는 주택 앞에 차를 세우고는 차에서 내려 현관으로 걸어갔다. 어떻게 해야 자연스럽게 보일지 한나는 여전히 자신이 없었다. 부디 적절할 때에 적절한 말들이 튀어나와주기를.

"안녕하세요, 위니."

위니가 현관문을 열자 한나가 인사했다.

"드릴 것이 있어서 로레타의 집에 가는 길에 잠시 들렀어요."

"친절하기도 해라, 한나."

위니가 한나가 건넨 상자를 받아 들었다.

"안에 뭐야?"

"프랄린이요. 대학 동창이 레시피를 줬는데, 오늘 아침에 한번 만들어 봤어요. 뉴올리언스가 고향인 친구라서 완전 원조 프랄린이에요."

"방금 프랄린이라고 했나?"

그때 코노가 현관에 모습을 보였다.

"저 양반 다행히 귀는 멀쩡하군."

위니가 그를 향해 미소를 지어 보이며 다시 한나 쪽으로 고개를 돌렸다.

"커피 마실래? 방금 끓였는데."

한나는 날짜 계산을 해보았다. 위니는 일요일 아침이면 푸른색의 거대한 에나멜 주전자를 씻어 새 커피를 끓였는데, 그 이후에는 주전자를 가스레인지에 올려놓은 채 커피 물이 졸아들 때까지 기다렸다가 거기에 커피와 물을 더해 끓이고, 또 끓이곤 했다. 그렇게 되면 토요일쯤 위니의 커피는 매니큐어를 지우는 아세톤만큼이나 진해졌다. 한나와 마이크는 토요일 밤에 위니의 집에 들렀다가 커피를 한 잔 마셔본 이후로는 두 번 다시 위니의 커피에 손도 대지 않았다. 위니는 어머니도 항상 그런 식으로 커피를 끓였기 때문에 별로 문제될 것이 없다는 반응이었다.

오늘은 목요일, 한 주의 반이었다. 위니의 제안을 받아들인다면 상당히 위험한 상황에 처하게 되고 말겠지만, 차마 거절할 수가 없었다.

"좋죠. 안 그래도 커피 한 잔 마시고 싶었는데요."

한나가 대답했다.

위니가 세 사람 몫의 커피를 따른 뒤 셋은 부엌 식탁에 앉았다. 1~2분 정도 이야기를 나누던 차에 한나가 반지를 꺼냈다.

"오는 길에 이걸 찾았어요."

한나가 반지를 위니에게 건넸다.

"남자 반지 같은데. 혹시 근처에 이거 잃어버린 사람 없어요?"

"당신 것 같은데."

위니가 코노에게 반지를 건넸다.

한나가 지켜보는 가운데 코노의 얼굴이 창백해졌다.

"내 것이 맞아."

그가 인정했다.

"왜 잃어버렸다고 얘기 안 했어?"

위니가 물었다.

"그럼 애들 시켜서 찾아봤을 텐데."

"그게 어디서 잃어버렸는지……."

코노는 하던 말을 멈추고 심호흡을 했다.

"어디서 잃어버렸는지 몰라서."

그는 한나를 돌아보았다.

"어디서 찾은 거야?"

"제가 케이스 브랜슨을 쳤던 길의 바로 옆 숲에서요."

그러자 코노의 얼굴이 더욱 창백해졌다.

"그렇군. 역시 그랬어."

그가 말했다.

"아니, 거기서 대체 뭘 했어?"

위니가 물었다.

그러자 코노는 또다시 한숨을 쉬었다. 뭔가 해서는 안 될 일을 하다가 들켜버린 듯한 남자의 한숨이었다.

"그 남자와 싸웠지."

그가 말했다.

"왜 진작 말하지 않았어?"

화가 난 위니의 두 눈이 번뜩거렸다.

"당신이 밖에서 싸움이나 하고 다니는 남자는 싫다고 해서. 당신이 날 사랑하지 않는 건 상상도 하고 싶지 않거든."

위니의 성난 얼굴이 한결 부드러워졌다.

"아니, 그 사람이랑은 대체 왜 싸운 거야, 코노?"

"어떤 여자를 숲속으로 끌고 가려고 하더군. 마침 내가 울타리 옆을 지나고 있었는데, 그걸 보자마자 울타리를 넘어서 그에게 주먹을 날렸지. 그리고 또 한 번 주먹을 날렸는데, 그 바람에 그 남자가 넘어져버리고 말았어."

"그 남자가 여자를 때렸어?"

코노가 고개를 끄덕이자 위니는 자리에서 일어나 식탁을 돌아 그에게 다가간 뒤 그를 꼭 안았다.

"그 여자가 누구였는데?"

"모르겠어. 한 번도 본 적이 없는 여자였는데, 아주 겁에 질렸더라고. 내가 남자를 끌어내자마자 도망가 버렸어."

"이런 바보 같은!"

위니의 목소리에는 사랑이 묻어 있었다.

"싸움질 하는 남자가 싫다고 했을 때는 하릴 없이 과시하기 위해 싸움하는 남자를 말한 거였어. 여자를 구하기 위해 싸우는 남자가 아니라. 그런 싸움은 사나이라면 응당 해야 하는 거야."

"전 그만 가볼게요."

한나는 자리에서 일어섰다.

"만나기로 한 사람이 있어서요. 아까 드린 프랄린은 맛있게 드세요."

"당신이 프랄린 좋아하는 줄 몰랐는데."

한나가 자리를 뜨자 위니가 코노에게 말했다.

"좋아하지. 뉴올리언스에서 PBR 로데오를 할 때 좀 먹었거든."

"PBR이 뭐야?"

"프로페셔널 불라이더(Professional Bull Riders). 뉴올리언스 아레나 경기장에서 경기가 열리지."

"당신이 불라이더였다고?"

위니의 목소리에 놀라움이 묻어났다.

"내가 아니고 우리 아버지가 그랬지. 난 항상 말을 좋아했으니까."

한나는 현관문을 열고 밖으로 나섰다. 수사의 한 부분이 끝났다. 케이스 브랜슨의 머리에 치명상을 입힌 사람은 다름 아닌 코노였다. 그렇다고 해도 실제로 그를 쳐서 죽게 한 사람은 자신인데, 한나는 그 치명상에 대한 이야기를 코노는 물론 위니에게도 할 수 없었다. 코노는 그저 숲에서 만난 이름 모를 여자를 도와주었을 뿐. 한나는 그 여자가 누구인지 알 것 같았다.

손쉬운 프랄린

재료

버터밀크 1컵 / 백설탕 1와 1/2컵 / 베이킹소다 1티스푼

다크 콘시럽 2테이블스푼 / (실온에 둔) 소금기 있는 버터 1/2컵(112g)

바닐라 농축액 1티스푼

피칸 조각 혹은 반 가른 것 1컵(정확히 반을 가른 조각이 보기에 더 예쁘지만, 값도 더 비싸답니다)

만드는 법

1. 시작하기 전에 4쿼터들이 소스팬을 꺼내 안쪽에 들러붙음 방지 스프레이를 뿌립니다. 팬의 안쪽까지 골고루 뿌렸는지 확인합니다. 그런 뒤 당과용 온도계를 꺼내 죔쇠가 밖으로 나오도록 소스팬에 넣습니다. 그런 뒤 팬의 바닥에서 대략 1/2인치(1cm) 정도 올라오도록 온도계를 고정시킵니다(온도계의 둥근 부분이 팬 바닥에 닿으면 온도를 제대로 측정할 수 없을 거예요).

2. 죔쇠를 건드리지 않은 채 온도계를 빼냅니다. 온도계는 나중에 다시 집어넣을 거예요.

3. 아직 불을 넣지 않은 가스레인지 위에 소스팬을 얹고 버터밀크와 백설탕, 베이킹소다, 콘시럽을 넣고 섞습니다.

한나의 첫 번째 메모: 방금의 이 단계를 미리 준비해서 모든 재료들이

모두 실온 상태로 섞었다면 불에 올려 끓이는 데는 딱 3분밖에 걸리지 않을 거예요. 그러면 볼 앞에 서 있는 시간뿐만 아니라, 끊임없이 팬을 저어야 하는 노동도 반으로 줄일 수 있답니다.

4. 소스팬을 중불에 올린 뒤 끓을 때까지 계속 저어줍니다(재료들이 실온 상태가 아니었다면 끓을 때까지 6분가량은 걸릴 테니 의자를 가져와 앉아서 저어주세요).

5. 재료가 끓으면 소스팬을 불 없는 버너 위로 옮깁니다.

6. 팬에 버터를 넣고 버터가 녹을 때까지 저어줍니다.

7. 팬에 다시 당과용 온도계를 부착합니다. 아까의 위치에서 더 내려가거나 올라가지 않도록 주의합니다. 팬 바닥에 닿지는 않는지 시험삼아 온도계를 흔들어봅니다.

8. 소스팬을 다시 불 위에 올려 요리합니다. 여기서부터는 젓지 않아도 됩니다. 저어야 될 것 같은 때에만 한 번씩 저어주면 되니 의자를 가져와 편히 쉬면서 요리하세요. 온도계의 온도가 115도로 올라갈 때까지 커피 한 잔 즐기셔도 됩니다(115도는 캔디를 만들 때 소프트볼 단계[시럽을 찬물에 떨어뜨린 후 손으로 뭉치면 부드러운 볼 형태가 되는 단계]의 온도입니다).

9. 온도계의 온도가 115도에 도달하였으면 마지막으로 한 번 저어준 뒤 불을 끄고 소스팬을 내립니다. 그런 뒤 바닐라 농축액을 넣고 저어줍니다(이때 조금 튈 수도 있으니 조심하세요).

10. 식힘망에서 팬을 10분 정도 식힙니다(무더운 날이거나 부엌의 온도가 높다면 15분 정도는 식히는 것이 좋습니다).

11. 캔디가 식는 동안 도마에 기름종이를 깔아줍니다. 그런

뒤 캔디가 완전히 식을 때까지 잠시 쉬면서 기다려주세요.

12. 캔디가 다 식었으면 광택과 걸쭉함이 잦아들 때까지 뒤적여줍니다(저는 약 5분 정도 뒤적였던 것 같네요).

13. 피칸을 넣고 재빨리 섞어줍니다.

14. 테이블스푼을 사용해 프랄린을 떠서 기름종이에 얹습니다. 크기가 균일하지 않아도 괜찮습니다. 손님들이 한 번 맛을 보면, 점점 더 큰 크기의 프랄린을 찾게 될 테니까요.

한나의 두 번째 메모: 안드레아가 이 캔디를 무척 좋아해서 매년 크리스마스 때면 만들어달라고 하죠. 미셸도 좋아하긴 하는데, 바닐라 농축액 대신 메이플 시럽 1티스푼을 넣는 것을 더 선호한답니다. 메이플 시럽을 넣어야 캐나다에 있을 때 즐겨 먹던 단풍잎 모양의 캔디 맛과 비슷해진다나요. 물론 엄마도 이 캔디를 좋아하지만, 녹인 초콜릿에 한 번 담가 만들어보면 어떠냐고 하시더라고요. 뭐, 놀랄 일도 아니죠. 엄마는 초콜릿광이니까요.

로레타의 농장까지는 금방이었다. 한나는 좀 더 깊은 숲과 가시가 돋은 철조망 울타리를 지나 로레타의 우편함에 도착했다. 다시 자갈길로 접어들자 저 멀리 빛바랜 푸른빛의 농가가 눈에 들어왔다.

　한나는 오크나무 옆에 멈춰 서서는 몇 번이고 깊고 차분한 심호흡을 했다. 이제 농가에 거의 다 와간다. 제니퍼에게 제대로 질문하기 위해서는 좀 더 맑은 정신이어야 한다.

　농가 앞에 차를 세우자마자 현관문이 열리더니 예쁘장한 젊은 여자가 밖으로 나왔다. 지난번 마이크와 함께 위니의 목장으로 가는 길에 반대편에서 보았던 그 여자였다.

　"안녕하세요, 한나!"

　여자가 한나에게 반갑게 인사를 했다.

　"커피를 좋아하신다고 엄마에게 들어서 새 커피를 끓여놓았어요. 어서 같이 부엌으로 가세요."

　아주 사근사근한데. 차의 시동을 끄고 제니퍼를 따라 집으로 올라가며 한나는 생각했다.

　"만나서 반가워요, 제니퍼."

　한나도 인사를 했다. 제니퍼는 거실을 지나 한나를 부엌으로 안내했다.

　"블랙으로 드신다면서요."

　제니퍼의 말에 한나가 고개를 끄덕이자 한나에게 커피를 가져다주었다.

"앉으세요. 한나가 자기 커피 취향을 잘 기억하고 있더라면서 엄마가 얼마나 좋아하셨는지 몰라요."

"그랬군요."

한나는 대답했지만, 속으로는 다른 생각을 하고 있었다. *주도권을 잡아야 해. 지금 제니퍼는 자신이 대화의 주도권을 잡으려 하고 있어. 절대 그렇게 되어서는 안 돼.*

"그나저나, 제니퍼."

한나는 탁자 반대편 의자를 향해 손짓했다.

"오랜만에 집에 돌아오니 좋겠어요."

"오, 그럼요! 엄마도 다시 만나니 좋고, 칼리도! 칼리도 정말 많이 컸어요. 제가 떠났을 때는 아주 조그마했는데."

이제 됐어. 제니퍼의 대답에 한나는 벌써 다음 질문이 떠올라 속으로 외쳤다. 한나는 미소를 지으며 첫 번째 직구를 날렸다.

"다 큰 칼리를 보니 진짜 놀랐겠네요. 아기였을 때 떠났을 테니까."

"아, 아기는 아니었어요. 마지막으로 봤던 게 다섯 살이었으니까요."

한나의 직구에 제니퍼가 흔들림 없이 야구 방망이를 휘둘렀다.

"다섯 살이 아니라, 네 살이었죠."

제니퍼가 친 공이 파울로 떨어지는 것을 보며 한나가 사실을 정정했다.

"옛날에 칼리 생일 때 직접 케이크를 만들어줬잖아요. 위에 커다랗게 숫자 4를 써서. 기억이 날 텐데요."

제니퍼가 달리 대꾸할 말을 찾지 못하는 듯하자 한나는 머릿속으로 점수를 매겼다. *파울볼. 노 볼에 원 스트라이크.*

"한나 말이 맞네요. 제가 깜빡 했어요."

제니퍼는 어딘가 모르게 불편한 기색을 보였다.

"시내에서 아주 멋진 베이커리 카페를 하고 계시다면서요. 엄마에게 들었어요."

"그렇게 말씀해주셨다니 감사하네요."

한나가 대답했다.

"사실, 오는 길에 쿠키를 좀 가져왔어요."

한나가 베이커리 상자를 탁자 위에 올리고는 뚜껑을 열었다.

"야미얌 쿠키라는 건데, 고구마나 얌, 그리고 마시멜로우를 넣어 만든 거예요."

"맛있겠는데요!"

제니퍼가 활짝 미소 지으며 말했다.

"고구마랑 얌, 정말 좋아하거든요."

투 스트라이크! 한나의 두 번째 직구가 제니퍼의 방망이를 비켜가자 한나는 머릿속으로 외쳤다. 제니퍼는 고구마와 얌을 싫어한다고 했는데. 그저 예의를 갖춰 이야기하는 것일 뿐일까? 한나는 확인해봐야겠다고 생각했다.

그때 제니퍼가 쿠키를 한 개 집어 얼른 입으로 가져갔다.

"정말 맛있어요!"

제니퍼가 말했다.

"고마워요."

한나는 대답했지만, 머릿속에는 경기 현황이 울려 퍼지고 있었다.

이제 타자가 쿠키를 또 한 개 집으면, 노 볼에 투 스트라이크. 제니퍼가 이내 쿠키를 한 개 더 집어 들었다.

이제 스트라이크 한 개만 더 기록하면 한나의 승리! 한나는 다음 직구를 준비했다. 제니퍼의 새 침대보에 대해서는 아직 물어보지 않았다.

"예전에 쓰던 방을 쓴다면서요."

제니퍼가 세 번째 쿠키를 집어 드는 것을 보며 한나가 입을 열었다. 고구마를 냅킨에 몰래 싸서 버릴 정도로 싫어했던 사람치고는 무시하지 못할 신호였다.

"네, 모든 게 예전 그대로예요. 물론 침대보만 빼고요. 옷장에 옷들도 이제는 맞지 않지만요."

"침대보가 바뀌었어요?"

한나가 모르는 척 물었다.

"네. 아, 디자인은 옛날이랑 같은데요. 엄마가 새 천을 끊어다가 다시 만들어주셨어요."

한나는 속으로 꿍소리를 냈지만, 겉으로는 애써 환한 표정을 지어 보였다. 마지막 직구는 분명 스트라이크일 것이라고 생각했는데, 제니퍼가 잘 방어하고 나섰다. *파울볼*. 한나의 머릿속 아나운서가 외쳤다. *점수는 여전히 노 볼에 투 스트라이크*. 제니퍼는 또 다른 타격을 준비하며 아직 타자석에 건재했다.

다섯 번의 피치와 다섯 개의 파울볼. 한나는 점점 지쳐가고 있었다. 제니퍼를 완전히 스트라이크 아웃시킬 수 있는 방법은 요원해 보였다. 마음으로는 제니퍼가 진짜 언니가 아니라고 생각하는 칼리의 편에 서야 했지만, 제니퍼의 태도나 행동에서는 거짓말쟁이라고 단정할 만한 점이 조금도 보이지 않았다. 하지만 제니퍼의 겉으로 드러나는 모습 이면에는 또 다른 어떤 감정이 깃들어 있는 것이 확실했다. 매우 강력한 감정, 거짓말이라도 감행할 수 있을 만한 어떤 감정이 그곳에 자리하고 있었다. 하지만 그것이 과연 무엇일까?

제니퍼가 자신의 커피잔을 들었을 때 한나는 답을 얻을 수 있었다. 제니퍼의 손이 벌벌 떨리고 있었던 것이다. 그제야 한나는 이 젊은 여자로 하여금 거짓말을 하게끔 하는 요인을 단번에 알 수 있었다. 그것은 바로 두려움! 제니퍼는 지금 무언가에 혹은 누군가에 두려움을 느끼고 있다. 이제 전력투구하여 제니퍼로부터 무엇이 그녀를 그토록 두렵게 만드는지 답을 얻어내야 할 때가 왔다. 그 답이 무엇인지는 몰라도 그것은 로레타마저 거짓말을 하게 만들고, 제니퍼가 자신의 딸이라고 믿게 만들었다. 평범한 직구로는 아무런 성과 없이 지루한 경기만 지속될 뿐이다. 한나는 전에 보았던 트윈스 경기에서 힌트를 얻어 거친 공을 날려보기로 했다.

"쿠키가 입맛에 맞는 것 같아 다행이에요."

한나가 말했다.

"이 쿠키 말고 보물상자 쿠키를 선물할까 고민했었거든요."

"보물상자 쿠키라니, 이름이 재미있네요. 어떤 쿠키인데요?"

"일반적인 슈가 쿠키 안에 깜짝 재료를 넣은 거예요. 지난번 반죽에는 피넛버터 컵스를 넣었더랬죠."

"그것도 정말 맛있겠어요!"

잠시 제니퍼의 손떨림이 멈췄다.

"피넛버터와 초콜릿의 조화를 정말 좋아하거든요. 예전에는 피넛버터와 초콜릿 퍼지 샌드위치를 즐겨 만들었는데, 그 위에는 퍼지 아이스크림을 토핑으로 올렸어요. 재료값이 비싸지도 않고, 오랜 시간 들고 다녀도 끄떡없거든요. 정말 맛있었어요! 한 주 동안 하루에 꼬박 세 끼를 피넛버터와 초콜릿 퍼지 샌드위치로만 먹은 적도 있어요."

쓰리 스트라이크, 타자 아웃! 한나의 머릿속 아나운서가 외쳤다. *한나 팀이 승리를 거뒀습니다!*

"좋아. 그만하면 됐어요."

한나가 제니퍼의 손을 잡고 꽉 쥐었다.

"진짜 제니퍼 리차드슨이 아니라는 것 알고 있어요. 뭔가 겁에 질려있다는 것도요. 로레타에게 자신의 진짜 딸이라고 거짓말을 하게끔 시켰죠? 제니퍼, 아니 당신 이름이 뭔지 모르겠지만 속셈은 이미 다 파악했으니, 이 난관에서 벗어나는 데 내 도움이 필요하다면 전부 사실대로 털어놓는 게 좋을 거예요."

"당신 도움 따위는 필요없다면요?"

제니퍼의 목소리는 떨리고 있었지만, 태도만큼은 당당했다.

"그러면 어쩔 건데요?"

"위넷카 카운티 경찰서에 근무하는 내 친구 마이크에게 전화해서 지금 여기서 무슨 일이 있었는지 전부 이야기할 거예요. 그러면 그 친구가 기꺼이 당신을 먼싱턴 거리 모퉁이로 데려다 놓겠죠. 다시 레이디 다이 밑에서 일할 수 있도록요."

당연한 이야기겠지만, 제니퍼는 항복했다. 한나의 말에 몹시 겁에 질려 그 외에 다른 것은 생각도 못했을 것이다. 다시 집으로 돌아가는 길에 한나의 머릿속은 복잡했다. 제니퍼가 한나에게 털어놓은 이야기들은 정확히 말해 놀랍지는 않았다. 마이크는 종종 살인사건 수사에는 우연이란 없다고 이야기하곤 했는데, 이번 사건 역시 결국 살인사건이었다. 레이크 에덴에서 일어난 사건은 아니었지만, 어쨌든 살인사건이 분명했다.

실제로 드러난 사실은 한나가 생각했던 것보다 더 충격적이었다. 로레타의 딸인 척 연기했던 그녀는 미니애폴리스 거리에서 함께 일하며 친해진 제니퍼의 친구였다. 둘 다 케이스 브랜슨의 밑에서 일했고, 속아서 시작한 그 생활을 끝낼 방법을 찾지 못했다고 한다. 로레타 딸의 거리 이름은 슈가였는데, 슈가는 죽었다. 집으로 돌아가기 위해 도망을 치자 케이스 브랜슨과 레이디 다이가 그녀를 붙잡아 죽도록 때린 것이다. 제니퍼인 척 했던 여자는 사실 허니였는데, 두 사람에게 맞아 쓰러진 슈가를 발견한 사람이기도 했다. 허니는 슈가를 버려진 건물로 데려가 정성껏 간호했지만, 소용이 없었고, 결국 슈가는 친구의 품에서 숨을 거두고 말았다.

슈가가 눈을 감기 전까지 닷새 동안의 시간이 있었는데, 그동안 그녀는 엄마 로레타와 동생 칼리와 레이크 에덴에서 행복했던 시절에 대한 이야기를 들려주었다고 한다. 양부모의 집에서 자라 케이스와 함께 가출을 했던 허니로서는 한 번도 경험해보지 못한 이상적인 가정이었고, 숨을 거두긴 전 슈가는 허니에게 레이크 에덴으로 가서 로레타에게 자신이 집을 나왔던 것을 얼마나 후회했는지 전해달라고, 단 한 번도 엄마와 동생을 사랑하지 않았던 적이 없었다는 것을 전해달라고 부탁했다.

허니는 갖고 있던 몇 푼의 돈으로 간신히 레이크 에덴으로 향하는 버스표를 구입했다. 사실 그녀로서는 달리 선택의 여지가 없었다. 케이스와 레이디 다이가 이미 그녀를 찾아 다니기 시작했고, 그들에게 잡히면 어떻게 될지 아주 잘 알고 있었기 때문이다.

한나는 조수석을 쳐다보았다. 허니는 조용히 흐느끼고 있었다.

"로레타에게는 언제 얘기했어요?"

한나가 물었다.

"처음 도착한 날에요. 칼리는 출근을 했던 참이라 그때 로레타에게 전부 얘기했어요. 농장에서 함께 지내자고 하시더라고요. 모든 걸 자신한테 맡기라면서 여기 농장이 지내기 가장 안전한 곳일 거라고 했어요. 슈가와 얼굴도 닮았으니 자기 딸인 척하자면서요."

"근데 케이스가 당신 있는 곳을 알아냈군요."

"네, 레이디 다이가 날 붙잡아 오라며 그를 여기로 보냈어요. 그날 숲속에서 그것 때문에 다친 거예요. 로레타와 칼리에게는 실수로 넘겨졌다고 했지만, 사실 케이스에게서 벗어나려다 다친 거였어요."

한나는 자갈길에서 벗어나 고속도로로 접어들었다.

"케이스의 얼굴을 때렸어요?"

"아뇨, 그 아저씨가 그랬어요. 정말 잘 싸우시더라고요. 처음 주먹을 날리실 때부터 알아봤어요."

"그 아저씨가 누구였는지 알겠어요?"

한나는 허니를 쳐다보았지만, 이내 다시 정면을 주시했다. 길이 막히고 있었기 때문에 당장은 운전하는 데 집중해야 했다.

"누군지 모르겠어요. 갑자기 말을 타고 숲에서 나타나 케이스를 내게서 떨어뜨려 놓았어요. 그러고는 싸우기 시작하는데, 그때 전 도망을 쳤죠."

"어디로 갔어요?"

"농장으로요. 짐을 싸서 도망칠 생각이었는데, 마침 로레타가 집에 돌아왔어요. 농장 옆을 지나는 도로에서 누군가 죽었다는 이야기를 들었다면서 이제 안심해도 된다고 했어요."

허니는 또다시 흐느꼈고, 한나는 다시금 조수석을 돌아보았다. 얼굴은 여전히 눈물로 얼룩덜룩했지만, 그래도 처음 만났을 때보다는 한결 평화로운 모습이었다. 전전긍긍 감췄던 사실이 드러났고, 한나가 그녀를 돕겠다고 약속했기 때문일 것이다.

"괜찮아요?"

한나가 물었다.

"네, 괜찮아요. 전에는 이렇게 관심 가져주는 사람이 아무도 없었거든요. 로레타와 칼리도 걱정이 돼요. 레이디 다이가 내가 있는 곳을 알아내고 날 죽이러 오면 어쩌죠?"

"그래서 우리 집으로 가는 거잖아요. 마이크에게 전화해서 메시지를 남겨놓았으니 우리 집에서 우리를 기다리고 있을 거예요. 스텔라와 마이크가 당신을 안전하게 데리고 있을 방법을 강구할 거예요. 레이디 다이에 대해 법정에서 증언할 수 있는 날이 올 때까지요. 그러면 조만간 그 여자는 체포되겠죠!"

"하지만 로레타와 칼리는 괜찮을까요?"

"로레타 가게에 전화해서 만약의 경우를 대비해 오늘 밤에는 트루디의 집에 있으라고 했어요. 칼리도 미셸이 있으니 우리 집으로 오거나 다른 친구 집으로 갈 거예요. 레이디 다이가 농장으로 달려가봤자 기다리고 있는 사람은 경찰뿐일 걸요."

"그렇다면 안심이에요. 다행이네요."

허니는 안도의 한숨을 내쉬었다. 마침내 한나는 아파트 주차장에 차를 세웠다.

"다 왔어요?"

"네, 근데 마이크가 아직 도착하지 않은 것 같네요. 왔으면 차가 보였을 텐데."

한나는 허니에게 내리라고 손짓했고, 두 사람은 차에서 내렸다. 한나는 계단을 올라가 현관문을 열고 달려드는 모이쉐를 받아냈다. 이 광경에 허니는 웃음을 터뜨렸는데, 만난 이후로 처음 보는 환한 웃음이었다. 두 사람은 안으로 들어섰다.

"노먼에게 전화해서 같이 있어주라고 해야겠어요."

한나가 말했다.

"아마 금방 올 거예요. 냉장고에 먹을 것이 있으니 마음껏 들어요. 다만 아무도 들여보내지 말고요."

"그 노먼이란 사람은요? 그 사람에게는 문 열어줘도 돼죠?"

"노먼한테는 문을 열어줄 필요가 없어요. 열쇠를 갖고 있거든요. 아마 모이쉐 친구 고양이도 데려올 거예요. 커들스라고."

"귀여운 이름이네요. 고양이 좋아해요."

허니는 소파 뒤에 서서 모이쉐의 볼을 살살 긁어주며 말했다.

한나가 막 집을 나설 준비를 하려는 찰나 노크 소리가 들렸다.

"마이크인가 봐요."

한나는 문구멍을 내다보지도 않은 채 문을 열었다.

"틀렸어."

여자의 목소리가 들렸고, 한나는 별안간 자신의 머리를 가누고 있는 총구멍과 맞닥뜨리고 말았다.

"물러서! 허니는 어디 있지?"

찰나와 같은 순간에 한나의 머릿속에는 수십만 가지 생각들이 스쳐 나갔지만, 어느 것 하나 쓸만한 것이 없었다. 지금 이 자리에서 죽게 되면 엄마의 결혼식은 보지 못할 것이고, 허니 역시 죽고 말 것이다. 노먼과 마이크가 두 사람의 시체를 발견하게 되겠지. 엄마는 한나의 죽음에 분명 크게 상심할 것이고, 아마 몇 년 동안 칙칙한 검정색 옷만 입고 다닐지도 모를 일이다. 순간 한나의 머리가 반짝했다. 다소 우스꽝스러운 한나의 마지막 상상이 아이디어를 준 것이다.

한나는 등 뒤로 허니에게 손짓을 했다. 어디든 안전한 곳으로 어서 숨으라는 신호였다. 그런 뒤 한나는 현관에 선 여자에게 한 걸음 더 가까이 다가갔다.

"아니, 그 끔찍한 옷은 대체 어디서 구한 거예요?"

한나가 짐짓 권위적인 태도로 말했다.

"무슨……?"

레이디 다이는 한나의 예상대로 흠칫 물러서는 듯했다. 그녀는 자신이 입고 있는 옷을 내려다보았다.

"그럴 줄 알았지!"

한나는 순간 총 손잡이를 잡아 쥐고는 밑으로 내리쳤다. 그와 동시에 레이디 다이의 배를 발로 힘껏 찼다.

그 모든 것이 마이크와 함께 보았던 영화에서처럼 효과적이었다. 다만 한 가지 예외가 있었는데, 한나는 무술 영화에서 흔히 볼 수 있는 유단자가 아니라는 사실이었다. 총은 영화에서처럼 바닥으로 떨어졌고, 레이디 다이 역시 한나의 타격에 한두 걸음 뒤로 주춤했지만, 영화 속 악당들보다 더 빨리 균형을 회복해 한나에게 달려들었다.

한나는 몸을 돌려 달아나기 시작했고, 어디로 가야할지 당황하던 중 복도 끝에서 나는 기계음에 귀가 쫑긋해졌다. 한나의 침실에 있는 운동기계의 러닝머신이 돌아가고 있는 것이다! 한나는 복도를 내달려 화급히 침실로 들어갔다. 러닝머신을 달리고 있던 모이쉐가 후다닥 내려와 침대 밑으로 들어갔고, 거의 동시에 한나는 후다닥 매트리스 위를 뛰어넘어 벽과 침대 사이 바닥에 놓인 양탄자 위에 안착했다. 그런 뒤 침대 밑에 놓아둔 밀가루 그릇을 찾아 챙겼다. 한나가 밀가루 그릇을 꺼내자마자 때맞춰 침실로 들어온 레이디 다이가 협소한 공간 탓에 러닝머신 위에 올랐다.

레이디 다이가 러닝머신 위에서도 이내 균형감을 찾는 모습을 지켜보는 동안 시간은 너무도 느리게 흘러갔다. 레이디 다이는 평소에도 운동을 좀 했던 모양이다. 케이스가 데리고 있던 아가씨들을 펀치백 삼아 권투 연습을 했는지도 모를 일이다. 그때 레이디 다이가 다시금 균형을 잡기 위해 팔을 휘휘 휘두르다가 이내 손잡이를 붙들었다. 어차피 또다시 균형을 잃고 말 것이다. 혹시 아니면 어쩐다?

한나는 더 이상 기다릴 수 없었다. 기다리고만 있기에는 위태로운 상황이었다. 한나는 침대 가장자리로 빠져나와 손잡이 앞에 섰다. 그런 뒤 밀가루 그릇의 뚜껑을 열었다.

"이건 슈가 몫이야."

한나는 소리친 뒤 밀가루 그릇을 레이디 다이의 얼굴에 그대로 던져버렸다.

레이디 다이는 비명과 신음소리가 한데 뒤섞인 소리를 내지르며 손잡이를 놓치고 그만 러닝머신 위에서 넘어지고 말았다. 러닝머신의 벨트가 계속 움직이고 있는 가운데 그녀는 뒤쪽으로 질질 끌려갔고, 그대로 기계 뒤벽에 쿵 부딪히고 말았다. 하지만 여기서 끝이 아니었다. 레이디 다이는 다시 머신 위로 기어올라 손잡이를 찾았다.

"손들어!"

그때 남자의 외침이 들렸고, 한나가 고개를 돌려 침실 문 쪽을 쳐다보니 노먼이 기계의 코드를 뽑기 위해 앞으로 진격하고 있었다.

"손들라고 했어! 난 치과의사다!"

그러자 레이디 다이는 좀 전의 낙상으로 머리를 다쳤는지 가만히 앉아 눈가에서 밀가루를 닦아내고는 미친 듯이 웃기 시작했다.

"그래서 뭘 어쩔 건데, 치과의사 아저씨? 내 이라도 뽑을 건가?"

레이디 다이가 물었다.

"공짜로는 어림없지."

노먼이 레이디 다이가 갖고 있던 총을 들어 그녀의 머리를 겨누었다.

"하지만 가끔 봉사활동을 하기도 해. 이를 테면 당신 같은 인간들을 세상에서 없애는 일 같은 것. 당장 손들지 않으면 다음번 내 세금 감면 혜택 사유는 당신이 될 거야. 선택은 당신에게 맡기지."

"고마워, 노먼. 이제부터는 내가 맡지."

또다른 남자 목소리가 말했다.

한나가 고개를 돌리니 그곳에는 마이크가 서 있었다. 그는 이내 레이디 다이를 붙들어 세우고는 손에 수갑을 채웠다.

"잘했어."

마이크가 노먼에게 말했다.

"고마워."

"총 쏠 줄은 아나?"

마이크가 물었다.

"아니. 근데 아까 여기 들어오기 전에 자네가 차 세우는 걸 봤거든. 그래서 자네가 올 때까지 조금만 시간을 끌면 되겠다 싶었지."

그때 마이크의 등 뒤로 무슨 소리가 들렸고 한나가 슬쩍 물러서 살펴보니 허니가 두 손으로 얼굴을 감싼 채 서 있었다.

"허니! 어디 있었어요?"

한나가 물었다.

"세탁실에요. 건조기가 커서 그 안에 숨어 있었어요. 안에 젖은 옷이 있던데 알고 계셨어요?"

"어머! 오늘 아침에 건조시킨다고 넣어놓고는 깜빡했네요. 암튼 괜찮아요?"

"괜찮아요."

"이제 무서해요, 허니. 레이디 다이도 체포됐으니까 이제 울지 말아요."

"우는 게 아니에요."

허니가 두 손을 내리며 말했다.

"웃고 있는 거예요. 고양이가 러닝머신을 뛰고, 한나는 레이디 다이 얼굴에 밀가루를 던졌잖아요. 게다가 총을 쏠 줄도 모르는 치과의사가 총을 들고 나섰고, 지금 거실에는 진짜 귀여운 고양이가 어리둥절한 표정을 하고 있어요. 여기 정말 재미있는 곳이네요!"

허니의 이야기에 한나 역시 웃음이 터지고 말았다.

"정말 그러네요. 어쨌거나 허니, 계속 레이크 에덴에 살아도 괜찮겠어요?"

"그럼요!"

허니가 단호한 어투로 대답했다.

"슈가는 고향 마을이 너무 지루해서 떠났다고 했는데, 와 보니 전혀 지루하지 않아요. 레이크 에덴 사람들 모두 여기 세 분처럼 재미있다면, 이곳은 정말 저한테 딱 맞는 곳일 거예요."

"늦어서 미안."

한나가 레이크 에덴 호텔 레스토랑 둥근 테이블의 안드레아의 옆자리로 슬그머니 다가와 앉으며 말했다.

"어디 좀 묶여 있느라."

"정말 묶여 있었어?"

미셸이 농담을 던지며 큭큭거렸다.

"거의 그런 셈이지. 이따가 얘기해줄게."

한나가 호스트를 향해 고개를 돌렸다.

"오늘 저녁식사에 초대해주셔서 감사해요, 박사님."

"여러분들과 함께라면 나도 영광이지. 하지만 오늘 초대는 비단 그 이유 때문만은 아니라네. 한나가 도착하거든 시작하려고 기다리고 있었는데, 오늘 시간은 석식중재회라고 이름 붙이면 좋겠어."

"석식중재회요?"

한나가 웃으며 물었다.

"그래. 저녁식사와 중재회의 결합이라고 할까. 로리가 여기 네 사람의 골치를 꽤 아프게 하고 있지만 내게 해결책이 있어. 내가 로리와 결혼하는 시점까지 여러분이 다른 사람에게 절대 이야기하지 않겠다고 약속만 해주면 돼."

"약속할게요."

한나가 재빨리 말했다.

"저도요."

미셸도 나섰다.

"저도 마찬가지에요."

안드레아도 약속했다.

"이 결혼식 계획에 우리 모두 머리카락이 빠질 지경이거든요."

"리사는 어떤가?"

박사님이 아직 대답하지 않은 한 사람을 향해 고개를 돌렸다.

"저도 동의해요. 하지만 별로 내키지는 않아요."

리사가 말했다.

"전 허브와 결혼할 때 둘 사이에 어떤 비밀도 만들지 말자고 했거든 요. 물론 크리스마스 선물과 생일 선물 같은 사소한 것들은 말고요. 근 데 이건 사소한 일이 아닌데도 허브에게 비밀로 해야 하잖아요."

"그렇다면 허브에게는 얘기해도 좋아."

박사님이 리사를 안심시켰다.

"대신 아무에게도 얘기하지 말라고 일러둬야 해."

"그럴게요. 허브도 약속을 지킬 거예요. 누구보다 입이 무거운 사람이 니까요."

"그렇다면 좋아."

박사님이 모인 사람들을 둘러보았다.

"로리가 이걸 조금이라도 눈치채는 날에는 모두 허사로 돌아가고 말 거야."

그 해결책이라는 것이 무엇인지 한나가 막 물어보려는 찰나 샐리가 에피타이저 쟁반을 들고 나타났다.

"이것 한번 맛 봐."

샐리가 테이블 중앙에 쟁반을 내려놓았다. 그런 뒤 박사님을 향해 물었다.

"아직 말씀 안 하셨어요?"

"아직 안 했어. 한나가 방금 도착했거든. 이제 마실 것 갖다줘도 되겠어, 샐리. 그런 뒤 자네도 와서 앉지. 자네 역시 우리 일원이니까."

샐리는 서둘러 바로 가서 마티니 잔이 담긴 쟁반을 들고 다시 나타났다.

"이건 블랙베리 파이 마티니라는 건데."

샐리는 모두의 앞에 잔을 하나씩 내려놓고는 자신의 잔도 챙겼다.

"딕이 개발한 레시피야."

"고마워요, 샐리. 하지만 전……."

미셸이 뭔가 말하려 하자 샐리가 미셸의 어깨에 가만히 손을 올렸다.

"걱정 마."

샐리가 말했다.

"미셸 것은 무알콜이니까. 내 것도 마찬가지고. 오늘 밤에 요리를 맡아 해야 하거든."

"정말 맛있어요."

리사가 한 모금 마신 뒤 말했다.

"진짜요."

한나도 미소를 지으며 동의했다.

모두들 한결같이 딕의 마티니를 칭찬하자 샐리는 기쁜 표정을 지었다.

"딕에게 얘기해줘야겠는 걸."

"아까 말씀하신 해결책이 뭐예요?"

한나가 더 이상 궁금증을 참지 못하고 물었다. 부디 기발한 방법이기를. 이 폭주하는 결혼식 기관차에서 제동의 고삐를 잡아 줄 사람은 박사님이 유일했다.

"곧 말해주지."

박사님은 샐리가 좀전에 테이블에 내려놓았던 깜찍한 회전 탑을 가리켰다.

"이 샐리의 에피타이저 어떻게 생각해?"

"오늘 하루 중 제일 행복한 순간이네요."

한나가 말하고는 훈제연어와 허브를 가득 넣은 크림치즈로 포인트를 준

토스트를 집어 한 입 베어 물고 옆에 함께 놓인 회전 탑을 가리켰다.

"이건 혹시 빌 제섭의 미스디미너 머슈룸?"

"바로 맞혔어!"

한나가 접시에 음식을 두 개 더 담는 것을 보자 샐리는 귀에 걸릴 듯 환한 미소를 지었다. 그런 뒤 층층이 배열한 에피타이저들의 이름을 하나하나 읊었다.

"내가 좋아하는 데블 에그네요!"

미셸이 훈제연어를 곁들인 데블 에그와 햄 샐러드를 곁들인 데블 에그를 얼른 집으며 말했다.

"이보다 더 좋을 수 있어요?"

"사과와 시나몬을 넣고 구운 브리 치즈도 있어."

안드레아가 크게 한 조각을 뜨며 말했다.

"올리브를 가득 채운 블루 치즈가 단연 최고예요."

리사가 말했다.

"아니, 해기스가 최고지."

"해기스?!"

한나가 박사님 쪽에 있는 회전 탑을 쳐다보며 입을 떡 벌렸다.

"그게 어디 있는데요?"

"해기스가 아니라, 마이크의 바쁜 날의 파테야."

샐리가 말했다.

"펌퍼니켈(통호밀 빵)의 삼각형 모양으로 잘라 만들어서 모양이 좀 달라 보이는 거야."

"엄마가 도착하기까지 고작 10분 남았어."

모두 마티니를 마시고 나자 한나가 손목시계를 확인하며 말했다. 샐리의 종업원들이 와서 에피타이저 접시를 치웠다.

"이제 해결책이 뭔지 말씀해주세요, 박사님."

"간단해."

박사님이 미소를 지으며 입을 열었다.

"로리를 납치해서 공항으로 가는 거지. 그리고 곧장 라스베가스로 날아갈 거라네. 물론 일등석으로 말이지. 그리고 그곳 리틀 화이트 웨딩 채플에서 결혼식을 올릴 생각이야."

"엘비스 주례로요?"

리사가 물었다. 리틀 화이트 웨딩 채플이 어떤 곳인지 잘 알고 있는 듯했다.

"아니, 목사님 주례로. 거기도 일반 서비스를 제공하기도 하거든. 전화로 물어봤지. 식이 끝나면, 여러분들은 라스베가스에서 하룻밤을 보낸 뒤 아침에 레이크 에덴으로 돌아와 피로연 저녁식사를 준비하는 거야. 로리와 나는 하루 더 있다가 피로연 시간에 맞춰 돌아올 거라네."

모두 생각에 잠긴 듯 한동안 침묵이 흘렀다. 기발한 계획이었다. 마침내 샐리가 입을 열었다.

"딜로어도 이 계획을 알고 있어요?"

"당연히 모르지. 로리는 절대 동의하지 않을 테니까. 리무진으로 대기하고 있다가 집에서 바로 납치해서 곧장 공항으로 갈 거야."

"로맨틱해요."

리사가 눈가에 촉촉하게 맺힌 눈물을 닦아내며 말했다.

"로맨틱한 게 아니라, 불가피한 거지."

한나가 리사에게 말했다.

"엄마는 절대 마지막 결정을 내리지 못하실 테고, 우리 중 그 누구도 더 이상의 계획 수정은 받아들일 수 없으니 말이야."

"상황이 더 나빠지기 전에 모두를 구해야겠다는 생각에서 내린 결정이라네."

박사님이 설명했다.

"피로연이 펼쳐질 때쯤이면 로리도 행복하게 받아들일 거야. 여러분이 어떤 것을 결정하든 좋아할 걸세. 얼마 동안만 더 참아주면 최종 결정은 여러분 몫이 될 텐데. 어때, 할 수 있겠나?"

"그럼요."

한나가 말했다.

"혹시 이 계획에 저희가 뭔가 도울 일은 없을까요?"

"우리가 출발하는 날 로리 짐만 좀 싸서 미리 병원으로 갖다줘. 그러면 모든 준비는 끝이니까."

박사님이 모두의 얼굴을 쳐다보았다. 다들 놀라긴 했지만, 그래도 기분 좋은 표정들이었다.

"자, 내 계획이 어떤가?"

"기발해요."

한나가 모두를 대신해 대답했고, 다들 고개를 끄덕였다.

"평생 이 감사함을 잊지 못할 거예요, 박사님. 박사님이 정말 저희 모두를 구……."

레스토랑 입구를 흘끗 쳐다본 한나가 순간 하던 말을 멈추었다.

"저기 엄마가 오세요!"

모두의 시선이 엄마를 안내하고 있는 도트 라슨에게로 향했다. 샐리는 얼른 자리에서 일어나 부엌으로 돌아갔고, 가던 길에 엄마를 만나 반갑게 인사했다. 엄마는 박사님 옆 빈자리에 앉으며 모두에게 살짝 손을 흔들어 보였고, 이내 한나에게 관심을 보였다.

"너 괜찮니, 한나?"

"괜찮아요, 엄마. 왜요?"

"병원에서 나오는데 너에 관한 소문이 돌더구나. 마이크와 빌이 수갑을 채운 여자를 데려왔는데, 머리를 다쳤더라. 제니가 치료를 맡았는데, 마이크가 하는 말이 그 여자가 널 죽이려고 했다지 뭐냐!"

"사실이에요."

한나가 인정했다.

"게다가 마이크가 도착할 때까지 노먼이 여자한테 총을 겨누고 있었

372

다던데."

"그것도 사실이에요."

"어머나, 저런!"

엄마는 가슴에 손을 얹고는 심호흡을 했다.

"무사해서 천만다행이구나! 마이크가 제니와 말린에게 넌 괜찮다고 얘기했다고 하더만, 그래도 걱정이 되더라. 근데 말이다, 얘야…… 노먼이 총을 쏠 줄 모른다는 게 정말이냐?"

"마이크가 도착하고 난 다음에 그렇게 얘기하더라고요."

"세상에! 그럼 그 총으로 뭘 어쩌려고 그랬다더냐?"

"엄마, 쏴보려고 했대요, 어떻게든."

그러자 안드레아가 웃음을 터뜨렸다.

"그 문장 앞에 혹시 쉼표가 빠진 건 아니야?"

잠시 한나는 어리둥절했지만, 이내 안드레아의 말뜻을 깨달은 한나가 웃음을 지었다. 안드레아가 문장 부호에 대해 우스갯소리를 하는 건 처음이다. 안드레아에게 문법을 가르치느라 숱하게 지새웠던 밤의 노력들이 결코 헛되지 않았다!

"쉼표 들어 있어."

한나가 말했다.

"설마 노먼이 엄마를 쏘려고 했겠어?"

테이블에 둘러앉은 모두가 한동안 웃음을 터뜨렸고, 이내 샐리가 샴페인을 들고 나타났다.

"딜로어?"

샐리가 샴페인을 한 잔 따라 먼저 엄마에게 건넸다.

"식사는 이미 했다고 들어서 샴페인이랑 같이 먹으면 좋을 간식을 좀 가져왔어요."

엄마는 테이블에 놓인 황금색 상자를 내려다보았다.

"이거 혹시 내가 생각하는 그건가?"

"맞아요."

샐리가 대답했다.

"지난번 박사님과 함께 오셨을 때, 초콜릿을 좋아한다고 하셨잖아요. 그래서 딜로어를 위해 특별히 과일 트뤼플을 만들어봤어요."

"이렇게 고마울 데가!"

엄마가 말했다.

"트뤼플은 내가 좋아하는 건데."

엄마는 샐리를 향해 따스한 미소를 지어 보이고는 상자로 손을 뻗어 트뤼플을 하나 집었다. 트뤼플을 한 입 베어 문 엄마의 입가에 미소가 환해졌다.

"딸기 트뤼플이네. 정말 맛있어, 샐리!"

"고마워요. 이제 얼른 박사님과 숙녀분들이 주문한 메인 요리를 내와야겠네요. 박사님께 들었는데 웨딩샤워에 다녀오시는 길이라면서요? 그래도 뭔가 드시지 않아도 괜찮겠어요?"

"음…… 가장자리를 잘라낸 치킨 샐러드 샌드위치 조금 시킬까? 혹시 오소부코도 있어?"

"그럼요."

"그럼 그걸로 시킬게. 먹다 남으면 우리 박사가 가져가서 내일 아침으로 먹으면 될 거야…… 그렇지?"

"과사정이야, 로리."

엄마는 웃음을 터뜨렸다.

"과대 사적 정보. 지난번에 한나에게서 배운 말이지."

엄마는 샐리를 돌아보았다.

"아까 이야기는 그냥 잊어줘."

"못 들은 것으로 할게요."

샐리가 말했다. 그녀는 엄마의 어깨를 토닥인 뒤 바쁘게 다시 주방으로 돌아갔다.

"건배 제의를 하지."

샐리가 자리를 뜨자 엄마가 말했다.

"모두 내 변덕에 나름의 인내심을 보여줘서 정말 고마워. 다시는 결정을 번복하지 않겠다고 약속했지만, 자꾸만 더 좋은 아이디어들이 생각나서 말이야."

세 명의 스웬슨 자매와 리사는 서로 시선을 주고받았다. 다들 같은 생각을 하고 있는 듯했다. *이런! 또 시작이군!*

"무슨 아이디어요, 엄마?"

한나가 물었다.

"분홍색! 결혼식 색으로 분홍색 괜찮지 않아?"

한나는 거의 비명을 지를 뻔했다. 한나의 붉은색 머리카락이 분홍색과 어울릴 리 만무하다.

"그럼 결혼식에 분홍색 드레스를 입으시겠다는 거예요?"

"아니, 얘야. 들러리 드레스와 부케를 분홍색으로 하면 어떨까 했지. 하얀색 꽃과 어우러진 조그마한 분홍색 장미가 아주 예쁠 것 같구나. 분홍색과 흰색이라. 너무나 사랑스러운 조합이지 않니. 그래, 결정했다. 결혼식의 색깔은 흰색으로 해야겠어."

"그럼 하얀색 드레스를 입으신다고요?"

리사가 물었다.

"세상에, 아니지! 절대 흰색 드레스는 입을 수 없다. 나한테는 두 번째 결혼식이니 수줍은 신부라고 말하기엔 무리가 있지 않니."

그러자 박사님이 웃음을 터뜨렸다.

"전적으로 동의하네!"

한나와 미셸, 안드레아와 리사가 정신없이 웃는 동안 엄마는 깜짝 놀란 표정으로 박사님을 쳐다보았다.

"박사!"

엄마의 두 눈이 이글거렸다.

"진정해, 로리. 여기 있는 네 명의 숙녀 중 셋이 당신 딸이야. 태어날 때 전부 내가 직접 받지 않았던가. 당신이 초혼이 아니라는 사실은 그 누구보다 내가 더 잘 알고 있다고."

"아."

엄마의 얼굴에 금세 미소가 돌아왔다.

"그렇지. 당신이 내 주치의였으니까."

"여전히 당신의 주치의지."

"그래, 맞아."

엄마는 다시금 자매와 리사를 향해 고개를 돌렸다.

"어쨌든 결혼식 계획에 너무 이랬다저랬다 해서 미안해. 그냥…… 모든 걸 완벽하게 준비하려다 보니."

"괜찮아요, 엄마."

한나가 진심을 담아 말했다.

그러자 안드레아도 고개를 끄덕였다.

"그 점은 걱정 마세요."

"엄마 결정이라면 어떤 것이라도 따를게요."

미셸도 나섰다.

"어머님 결혼식이니까요."

리사도 덧붙였다.

"당연히 주인공이 결정하셔야죠."

"하지만 한나에게 그러지 않겠다고 약속해놓고서도 너무 많이 변덕을 부렸어."

엄마는 나름 반성하는 듯했다.

"다시금 내가 사과하지. 그리고 이제 결정한 것을 번복하지 않도록 최선을 다하겠다고 약속하마."

"좋아요."

한나가 말했고, 모두 동의의 뜻으로 고개를 끄덕였다.

"오, 잘됐다!"

엄마는 이제야 안도한 듯했다.

"잠시였지만, 너희들이 아예 포기해버리면 어쩌나 걱정하기도 했거든."

"그런 일은 없을 거예요."

한나가 모두를 대표해 대답했다.

"우리 딸들, 정말 사려 깊기도 하지."

엄마가 말하고는 이내 박사님을 돌아보았다.

"우리 딸들 정말 착하지 않아?"

"세계 최고지."

박사님이 엄마를 품에 안아 포옹하며 모두를 향해 윙크를 날렸다.

안드레아 역시 엄마를 향해 미소를 지었다.

"우리 모두 엄마 덕분에 행복해요."

"엄마 결혼식을 직접 계획할 수 있어 영광이고요."

한나도 덧붙였다.

행복한 순간이었다. 네 명의 웨딩 플래너들은 엄마의 변덕에 더 이상 시달리지 않게 되었고, 이 모든 것이 박사님 덕분이었다. 지금 여기 자리한 사람들이 알고 있는 한, 엄마는 정말 자신에게 딱 맞는 남자를 만났다……. 물론 스웬슨 자매와 리사, 모두에게도!

그때 난데없이 호위가 테이블로 다가왔다.

"다들 좋은 일 있으신가보네요."

호위가 말했다.

"네, 그래요."

엄마가 미소를 지으며 대답했다.

"그나저나 무슨 일이에요, 호위?"

호위는 살짝 당황하는 기색을 보였다.

"죄송하지만 별로 좋은 일은 아니에요, 딜로어. 한나, 잠깐 단둘이 얘기 좀 할 수 있을까요?"

한나의 심장박동이 빨라졌다. 호위의 얼굴 표정은 매우 굳어 있었다.

"그럼요."

한나가 대답했다.

"혹시 재판에 관한 일인가?"

박사님이 물었다.

"네, 결혼식이 언제시죠?"

"9월 12일."

엄마가 대답했다.

"자네와 키티도 초대할 거야. 곧 청첩장 보내지."

"감사합니다."

호위는 공손하게 인사한 뒤 다시 박사님을 향해 고개를 돌렸다.

"이제 정말 한나와 사적으로 얘기 좀 나눠야겠습니다."

한나는 자리에서 일어났지만, 박사님은 다시 앉으라고 손짓했다.

"재판에 관한 것이라면 우리 모두가 알아야 할 일이지. 뭔데, 호위? 그냥 여기서 시원하게 얘기해보게."

"한나?"

호위는 한나를 쳐다보았다.

한나는 침을 꿀꺽 삼켜내렸다. 이 행복한 저녁시간이 악몽으로 끝나게 될까 두려웠다. 하지만 이렇게 호위가 나타났으니 가족들 앞에서 논의하는 것 외에는 달리 방법이 없으리라.

"얘기해봐요, 호위. 여기 모두 앞에서."

"재판 날짜가 9월 첫째 주로 잡혔어요. 어머님 결혼식 때쯤이면 모두 끝날 겁니다."

"이렇게 다행일 데가!"

엄마가 안도한 표정으로 말했다.

"한나가 들러리를 서야 하거든."

"네, 알고 있어요."

호위가 다시 한나를 향해 고개를 돌렸다.

"재판 전에 전략을 세워야 하니 다음 주에 내 사무실에 들러줘요."

한나는 고개를 끄덕였다. 입 안이 말라 차마 말이 나오지 않았다. 재판 결과를 낙관하느냐고 묻고 싶었지만, 지금 당장은 잠자코 있는 것이 나을 것 같았다.

"방문 드릴게요."

한나는 가까스로 대답하고는 이내 엄마에게로 고개를 돌렸다.

"걱정 마세요, 엄마. 호위 이야기 들었잖아요. 결혼식 때쯤에는 모든 게 해결될 거예요."

엄마는 미소를 지으며 샐리에게 손짓해 호위를 위한 여분의 의자를 가져오게끔 했다.

"샴페인 들겠어?"

"한 잔만요. 클라이언트와 약속이 잡혀 있어서요."

"이 밤에?"

박사님이 물었다.

"네, 공갈 폭행 사건인데, 좀 복잡한 건이에요."

"너무 무리하는 것 아닌가, 호위."

도트가 의자를 들고 나타나자 엄마가 그를 위해 샴페인을 따라주며 말했다.

사람들 사이에 대화가 오가는 가운데 한나는 줄곧 애써 미소를 지었다. 호위는 전략회의를 하자고 했는데, 그게 대체 무슨 뜻일까? 오늘 밤 논의해야 한다는 그 공갈 폭행 건보다 한나의 사건이 더 복잡한 것은 아닐까?

얼굴의 미소는 놓치지 않았지만, 한나는 그 누구와도 제대로 눈을 맞출 수 없었다. 호위와는 더더욱. 자칫 울음이 터질까 두려웠다. 혹시 호위는 한나에게 플리바긴(유죄를 인정하는 대신 형량을 조정하거나 협상하는 제도)을 하자고 설득하려는 것은 아닐까? 그렇게 하는 편이 낫다고 한다면 한나는 그걸 수락해야만 할까? 그렇게 되면 또다시 감옥에 갇혀 엄마와 박사님의 결혼식에 들러리는커녕 구경조차 못하게 되는 것이 아닌가?!

블랙베리 파이 마티니

우선 마티니 잔과 마티니 쉐이커 혹은 얼음을 가득 채운 주전자와 여과기가 필요합니다.

재료

잔 가장자리 장식 재료:

시나몬 가루 1/2티스푼 / 육두구 열매 가루 1/4티스푼 / 백설탕 1/4컵

음료 재료:

핸드메이드 보드카 2온스(56g) / 트리플 섹(오렌지 리큐르) 1온스(28g)

레몬주스 3/4온스(21g) / 블랙베리 시럽 2온스(56g)(혹은 블랙베리 퓨레)

장식 재료:

블랙베리 조금

만드는 법

1. 시나몬과 육두구 열매 가루, 설탕을 마티니 잔의 윗면보다 조금 더 큰 지름의 접시에 담아 섞습니다(전 밀가루 통 뚜껑을 뒤집어 사용했답니다. 크기가 딱이었거든요).

2. 깨끗이 씻은 손의 손가락으로 레몬주스를 찍어 잔의 가장자리에 발라줍니다(가장자리 장식 재료들이 잔에 잘 붙게 하기 위해 주스를 발라주는 겁니다).

3. 아까의 재료들이 담긴 접시에 잔을 거꾸로 하여 담가 가장자리에 가루들이 묻게 합니다.

4. 이제 음료를 만듭니다.

5. 마티니 쉐이커에 음료 재료들을 넣고 섞습니다. 얼음을 넣은 뒤 5~10초간 더 흔들어주세요. 단, 너무 많이 흔들며 얼음이 녹을 수 있으니 주의하세요.

6. 아까 가장자리 처리를 해둔 마티니 잔에 여과기를 통해 음료를 따릅니다. 거기에 블랙베리를 장식으로 꽂아 손님에게 대접합니다.

7. 얼음을 넣은 주전자에 음료를 넣어 잔에서와 마찬가지로 살짝 흔든 다음에 아까 준비한 마티니 잔에 따라주어도 좋습니다.

8. 역시 장식으로는 블랙베리를 꽂아줍니다.

한나의 메모: 블랙베리 파이 마티니를 딱 한 잔만 만들었다면, 가장자리 장식을 위해 만들어두었던 혼합물이 남았을 거예요. 그건 버리지 말고 보관했다가 아침에 시나몬 토스트를 만들어 먹을 때 버터를 바른 위에 뿌려주면 아주 좋습니다.

블랙베리 파이 아이스

(무알콜 블랙베리 파이 마티니)

재료

가장자리 재료:

시나몬 가루 1/2티스푼 / 육두구 열매 가루 1/4티스푼 / 백설탕 1/4컵

음료 재료:

화이트 크랜베리 주스 2온스(56g) / 레몬주스 2온스(56g)

블루베리 시럽 혹은 블루베리 퓌레 2온스(56g)

장식 재료:

블루베리 조금

만드는 법

1. 시나몬과 육두구 열매 가루, 설탕을 마티니 잔의 윗면보다 조금 더 큰 지름의 접시에 담아 섞습니다(전 밀가루 통 뚜껑을 뒤집어 사용했답니다. 크기가 딱이었거든요).

2. 깨끗이 씻은 손가락으로 레몬주스를 찍어 잔의 가장자리에 발라줍니다(가장자리 장식 재료들이 잔에 잘 붙게 하기 위해 주스를 발라주는 겁니다).

3. 아까의 재료들이 담긴 접시에 잔을 거꾸로 하여 담가 가장자리에 가루들이 묻게 합니다.

4. 이제 음료를 만듭니다.

5. 마티니 쉐이커에 음료 재료들을 넣고 섞습니다. 얼음을 넣은 뒤 5~10초간 더 흔들어주세요. 단, 너무 많이 흔들면 얼음이 녹을 수 있으니 주의하세요.

6. 아까 가장자리 처리를 해둔 마티니 잔에 여과기를 통해 음료를 따릅니다. 거기에 블랙베리를 장식으로 꽂아 손님에게 대접합니다.

7. 얼음을 넣은 주전자에 음료를 넣어 잔에서와 마찬가지로 살짝 흔든 다음에 아까 준비한 마티니 잔에 따라주어도 좋습니다.

8. 역시 장식으로는 블랙베리를 꽂아줍니다.

한나의 메모: 블랙베리 마티니를 딱 한 잔만 만든다고 하면 장식 재료 섞은 것이 많이 남을 거예요. 그럴 때는 따로 남겨 두었다가 다음날 아침 시나몬 토스트를 만들 때 따뜻한 버터가 이글거리는 토스트 위에 살살 뿌려주면 좋습니다.

블랙베리 파이 살인사건

2014년 07월 01일 초판 발행

지은이   조앤 플루크
옮긴이   박영인
펴낸이   이경선
펴낸곳   해문출판사

등 록   1978년 1월 28일 제3-82호
주 소   서울시 강남구 논현로87길 41, 911호(역삼동, 신일유토빌)
전 화   325-4721(대표)
팩 스   325-4725

값 14,000원
ISBN 978-89-382-0427-1
ISBN 978-89-382-0400-4(세트)

※ 잘못 만들어진 책은 구입하신 곳에서 바꾸어 드립니다.

국립중앙도서관 출판시도서목록(CIP)

블랙베리 파이 살인사건 / 지은이: 조앤 플루크 ; 옮
긴이: 박영인. -- 서울 : 해문출판사, 2014
    p. ;   cm. -- (Cozy mystery ; 17)

원표제: Blackberry pie murder
원저자명: Joanne Fluke
영어 원작을 한국어로 번역
ISBN 978-89-382-0427-1 04840 : ₩14000
ISBN 978-89-382-0400-4 (세트) 04840

미국 현대 소설[美國現代小說]
추리 소설[推理小說]

843.5-KDC5
813.54-DDC21   CIP2014018243